中国古典诗词品汇

李贺诗品汇

尚永亮　钟婷婷　撰

长江出版传媒
崇文書局

图书在版编目（CIP）数据

李贺诗品汇 / 尚永亮，钟婷婷撰．-- 武汉 ：崇文书局，2025．10．--（中国古典诗词品汇）．-- ISBN 978-7-5403-7985-8

Ⅰ．I207.227.42

中国国家版本馆 CIP 数据核字第 20256VR902 号

出 品 人　韩　敏
责任编辑　程可嘉
封面设计　甘淑媛
责任校对　郭晓敏
责任印制　李佳超

李贺诗品汇

LI HE SHI PIN HUI

出版发行　长江出版传媒 | 崇文书局
地　　址　武汉市雄楚大街 268 号 C 座 11 层
电　　话　（027）87677133　邮政编码　430070
印　　刷　湖北新华印务有限公司
开　　本　880mm × 1230mm　1/32
印　　张　11.375
字　　数　284 千
版　　次　2025 年 10 月第 1 版
印　　次　2025 年 10 月第 1 次印刷
定　　价　58.00 元

疏离心态与长吉诗风

（代前言）

李贺（790—816），字长吉，河南府福昌县昌谷乡（今河南省宜阳县）人。其人生虽仅短短二十七年（一说享年二十四岁），却是唐代诗史上不可无一、难能有二的天才诗人，并因其坎坷经历和独特心态，形成文学史上惊艳古今的长吉诗风。

据李商隐《李贺小传》、王定保《唐摭言》、两《唐书·李贺传》等相关记载及后人评说，知李贺至少有如下诸“奇”：

一是颇具特点的长相：“细瘦，通眉，长指爪”（唐李商隐《李贺小传》）——身材纤细瘦弱，十指修长，两道浓密的眉毛似乎连在一起。

二是远超常人的才华：据说七岁即能为辞章，曾为前来造访的韩愈、皇甫湜作《高轩过》一诗，从此名动京洛。

三是人所罕遇的遭际：虽为唐宗室后裔，但家世已衰败潦倒；又因其父“晋肃”之名与“进士”二字谐音，遂被迫避父讳而不得参加进士考试。韩愈曾为此作《讳辩》一文，然亦无助于其困厄处境的改变。

四是低微卑贱的官职：仅任从九品上的太常寺奉礼郎，职责不过是掌管朝会、祭祀时的赞导事务，于祭礼、葬礼时排位次，摆祭品，赞跪拜。通俗点说，即设在长安的国家祭祀兼殡仪馆的工作人员。

五是独特的创作方式：“恒从小奚奴骑距驴，背一古破锦囊，遇有所得，即书投囊中。及暮归，太夫人使婢受囊，出之，见所书多，辄曰：‘是儿要当呕出心乃已尔。’上灯与食，长吉从婢取书，研墨叠纸足成之，投他囊中。非大醉及吊丧日，率如此。过亦不复省。”（唐李商隐《李长吉小传》）

六是奇瑰幽凄的诗风：杜牧《李贺集序》称其诗：“云烟绵联，不足为其态也；水之迢迢，不足为其情也；春之盎盎，不足为其和也；秋之明洁，不足为其格也；风樯阵马，不足为其勇也；瓦棺篆鼎，不足为其古也；时花美女，不足为其色也；荒国陊殿，梗莽丘垄，不足为其恨怨悲愁也；鲸呿鳌掷，牛鬼蛇神，不足为其虚荒诞幻也。”在这一连串喻词中，后人最看重的是其后两句，即“荒国陊殿，梗莽丘垄”“鲸呿鳌掷，牛鬼蛇神”所指向的“恨怨悲愁”“虚荒诞幻”。南宋刘辰翁谓其《长歌续短歌》“非世间人，世间语”；明代焦竑《李贺诗解序》评其诗“所操者异，而总非食烟火人所能办”；钱锺书《谈艺录》评云：“盖长吉振衣千仞，远尘氛而超世网，其心目间离奇俶诡，鲜人间事。”有关李贺诗歌中的超离人间现实的风格表现，被人拈举出来，加以放大，以致北宋前期已有视其为“鬼才”者，并将李白、白居易与之作比，谓“李白为天才绝，白居易为人才绝，李贺为鬼才绝”。自是而后，“鬼才”似乎便成了李贺的代称。

以上诸“奇”，乃是了解李贺其人其诗的基本路径，而从深层次看，李贺的人生遭际和创作趋向，又从原因和结果两方面形成其对人世社会的疏离心态和独特诗风。换言之，李贺的疏离心态，乃由其求仕遭际、生活经历、文学观念等多方面因素所共同酿成，主要包括：科举道路的阻断所造成的他对公共政治生活的脱离，奉礼郎的经历使之成为中唐政局的“旁观者”，长期的体弱多病导致其深重的生命焦虑和死亡关注，所有这些，共同造就了他的“疏离”心态，并成为决定李贺奇谲幽怖诗风的关键。

一、科举受阻导致的政圈疏离

科举之途被阻断，造成李贺对公共政治生活的被动脱离，这是李贺诗风演化与心态转变的关键节点。

身为一位早慧高才、胸怀大志的士子，李贺本应在科举考试中金榜题名，顺利实现自己的政治抱负，而其命运却遭遇陡然转折。他少年即有美誉，最早以《高轩过》闻名京城，诗中有言：“我今垂翅附冥鸿，他日不羞蛇作龙。”李贺对于自身的天赋文才颇为自负，亦胸怀济世之志，曾写下“男儿何不带吴钩，收取关山五十州。请君暂上凌烟阁，若个书生万户侯”（《南园十三首·其五》）的豪迈诗句。此外，他对自身的唐宗室后裔身份很是看重，在《金铜仙人辞汉歌》诗序中自称“唐诸王孙李长吉”，并常以“古剑”来比喻自己的宗室血脉，以“剑飞”“剑吼”等有力的意象，暗示其对宗室身份的自豪：

天眼何时开，古剑庸一吼。（《赠陈商》）
自言汉剑当飞去。（《出城寄权璩杨敬之》）
临岐击剑生铜吼。（《开愁歌》）
忧眠枕剑匣，客帐梦封侯。（《崇义里滞雨》）
我有辞乡剑，玉锋堪截云。（《走马引》）

但由于时隔久远，家世没落，唐宗室后裔的身份已然不能为诗人带来现实的荣耀和福利。这令向来以身世为傲的李贺备感失落，在诗歌中抒泄悲怨之气：“欲雕小说干天官，宗孙不调为谁怜。”（《仁和里杂叙皇甫湜》）相似的出身和际遇使得李贺与屈原产生强烈共鸣，当其失意之时，便“楞伽堆案前，楚辞系肘后”（《赠陈商》），借佛经与屈原作品自我抚慰。

宗室血脉不但未能给李贺带来优越的境遇，也丝毫挽回不了被隔离在科举通道之外的命运。科考当前，有争名之人议论攻击李贺，说李贺父名“晋肃”，“晋”与“进士”之“进”同音，“肃”与“士”音近，李贺应讳父名不得参加进士考试。而李贺竟当真以此无奈原因，科举失意，陡然仕途无望。赏识他的韩愈作《讳辩》为其辩护，亦无济于事。

众所周知，中唐以后，科举取士，特别是进士试已成为读书人实现自身价值最为重要的途径，而李贺却仅因父亲的名讳而被隔离在入仕大门之外，不能不深受刺激，所谓“洛风送马入长关，阖扇未开逢猰犬”（《仁和里杂叙皇甫湜》），便是他斯时心理的真切写照。科举受挫的经历，既对李贺造成巨大的精神冲击，也成为他与现实世界产生裂痕和疏离感的开始。诗人在考取进士无望之后写给其弟的诗中，说人力已尽，应顺随天命，隐忍中不忘安慰兄弟，“病骨犹能在，人间底事无”（《示弟》）。但在强作慰藉的同时，少年时的豪气已逐渐减损，诗中开始频繁出现“长安有男儿，二十心已朽”（《赠陈商》）一类的早衰之辞。

联系到中唐时期的社会政治背景，可以更深切地了解到这次进士试对李贺打击之深重。中唐特别是元和时期乃是文人群体的参政意识和实干精神特别突出的历史时期。与多为政治旁观者的盛唐诗人相比，中唐诗人的参政意识更为浓烈，在他们这里，知识结构由单一走向多元，通过科举入仕而掌握实权、大呼猛进已成常态。“因为社会地位的升高，自己已成了统治阶层的一员，那种距离感、隔阂感逐渐消失，表现在对待政局的态度上，便主要是以当事者、批评者和维护者的面貌出现了。”[①]如韩愈，胸怀参政用事之热血，屡次直谏，敢于议政，并创作了很多忧国忧民题材的诗歌。同时期的柳宗元、刘禹锡、元稹、白居易等人，或参与革新，铲除弊政，或上书言事，积极施为，一时间风生水起，波澜壮阔。而在如此充满斗争精神和参政热情的环境中，李贺却只能做一位孤独的“旁观者”，发出“门外满车马，亦须生绿苔”（《拂舞歌辞》）的叹喟，这其中的落差是不难感知的。

科举受阻、仕途无望的遭际，最终导致李贺心生“身世两相弃”之感，即在被法则世界排斥在外之后，对世界报之以反叛和疏离。在心理上，“他不复有联续感、义务感及对群体的责任感”（殷海光《中国文化的展望》）。这样一种心态，源于主体所受不公平待遇和巨大挫折，而其直接结果，便是在深感愤懑不平后将自己与政治、社会、群体自觉阻隔开来，而不复有积极进取的意愿。用李贺的话说，便是“只今道已塞，何必须白首”（《赠陈商》）。

被排斥在科举入仕的普适规则之外、受到精神重创的李贺，恍然变作人世间的游魂。在落魄回乡之际，作《出城》一诗：

雪下桂花稀，啼乌被弹归。关水乘驴影，秦风帽带垂。入乡试万里，无印自堪悲。卿卿忍相问，镜中双泪姿。

又作《春归昌谷》：

① 尚永亮：《唐五代逐臣与贬谪文学研究》，武汉大学出版社，2007，第285页。

束发方读书，谋身苦不早。终军未乘传，颜子鬓先老。天网信崇大，矫士常慅慅。逸目骈甘华，羁心如荼蓼。

啼乌被弹，帽带低垂，天网崇大，矫士慅慅，相较于前，心气陡然颓靡。此后，其诗歌中开始频繁使用阴森破败的字眼，描绘幽寒恐怖之境。即便不涉神鬼，其诗作中所写人物、地域往往也难以征实，所描述之时代多在唐朝以前，很少涉及本朝的人物和事件，甚至书写神话传说中的形象时也加以变形改造。诗人开始把目光更多地投向神秘的幻想世界，而非人间和现世。表面看来，这只是一种文学表现，但从深层次看，其所反映的则是诗人与现实社会日趋拉大的距离，以及一种自觉的疏离心态。

二、三年奉礼郎的孤立幽寒

据朱自清《李贺年谱》，李贺在21岁那年的秋天到长安考进士，受挫，回到故乡；22岁的春天到长安任奉礼郎，两年后因病复返昌谷，同年又从洛阳到长安复职。因三年任期已到，眼看迁升无望，于是辞官入幕府。做了两年幕府寒职却无法融入官场，心情失望又加病体虚弱，只得再度返乡，不久在故乡病逝。这样算来，李贺在长安任奉礼郎近三年，这段经历，进一步强化了他与政治生活，甚至是现实社会的疏离之感。由此，诗人与现实世界的关系由客观上的被动疏离逐渐变为精神上的主动疏离。

李贺三年奉礼郎的职务是执掌祭祀、朝会、巡陵、殡葬的仪式活动调排，三年之中，整日与鬼神祭台打交道。这种生活无疑对其心境与诗思都产生了直接影响。其《三月过行宫》云：

渠水红繁拥御墙，风娇小叶学娥妆。垂帘几度青春老，堪锁千年白日长。

“几度”，回首以往，对“青春”之“老去”充满惋惜；“千年”，极度夸言未来“白日”之久长，而一个“锁”字，则将人生永久地定格于渺无希望的生命空耗之中。从诗中所写看，似乎只是深宫弃妇之思，但隐藏于字面之下的，则是作者被现世排斥阻隔的凄凉之感，是他作为一个孤立的个体与整个人世的疏离状态。诗人嗟叹：“臣妾气态间，唯欲承箕帚。”（《赠陈商》）后来总结三年来的生活，又道：“辞家三载今如此，索米王门一事无。”（《勉爱行二首送小季之庐山（其二）》）奉礼郎虽然属于朝官，却是从九品的最低品级，而所做之事，不过是送往迎来，与鬼神为伴，长年累月如此，如何使他不隔绝于核心政圈，如何能为他提供施展抱负的机会？在《李长吉小传》中，李商隐记载了李贺临死前天帝召其为新建白玉楼作记的佚事，感叹道：“长吉生时二十七年，位不过奉礼太常，时人亦多排摈毁斥之。又岂才而奇者，帝独重之，而人反不重耶？又岂人见会胜帝耶？”寥寥数语，深深致慨于李贺短暂一生的不幸遭遇，也道出了李贺多才而不遇的压抑和孤寂。

经年与香火纸钱为伴，近鬼迎神，并寄住在荒沟古水环绕的崇义里寓所，使得李贺进一步脱离了政治生活，心境更增幽寒。由此带来的隔绝感、孤立感、身份的透明感，与其病体带来的生命危机感交织在一起，导致诗人逐渐投入到对鬼神世界的关注中，沉浸在幽晦的内心世界和离奇的想象世界，创作出一系列直承《楚辞》中祀神传统的浪漫奇谲的作品。在这类诗中，除了描写“女巫浇酒云满空，玉炉炭火香鼕鼕。海神山鬼来座中，纸钱窸窣鸣旋风”（《神弦》）等巫术、祭吊场面外，还大量出现各类神鬼之象与幽怖情景：“百年老鸮成木魅，笑声碧火巢中起”（《神弦曲》），“呼星召鬼歆杯盘，山魅食时人森寒”（《神弦》），“嗷嗷鬼母秋郊哭”（《春坊正字剑子歌》）……老鸮、碧火、呼星召鬼、嗷嗷鬼母，多种怪奇意象聚集一途，染浓了诗歌超现实的森寒氛围。更典型者如《南山田中行》：

秋野明，秋风白，塘水漻漻虫啧啧。云根苔藓山上石，冷红泣露娇啼色。荒畦九月稻叉牙，蛰萤低飞陇径斜。石脉水流泉滴沙，鬼灯如漆点松花。

读来阴冷，仿佛非人境。再如《感讽五首（其三）》：

南山何其悲，鬼雨洒空草。长安夜半秋，风前几人老。低迷黄昏径，袅袅青栎道。月午树立影，一山惟白晓。漆炬迎新人，幽圹萤扰扰。

飘洒的阴雨，迷蒙的幽道，立影的大树，形成一个个点状分布的幽怖景点。一个“迎”字，更仿佛是立足于鬼魅世界，以鬼眼反观人世间，令人惊惧。对鬼魅意象的钟爱和对象征世界的着意构建，折射出诗人对人世社会法则的疏离。大量象征手法的运用，使诗意从现实世界抽离，进入用文字构造的想象世界。大概只有从这一角度考察，才能准确理解诗人对现实世界日趋拉大的疏离心理，才能真正认识诗人对于象征手法的倚重和对种种超现实意象的偏爱。

三、生命忧虞带来的超现实想象

天生体弱的李贺，在科举受挫和奉礼郎经历的影响之下，身体每况愈下，与药为伴，继而更多地聚焦于自身的生命体验，产生了强烈的生命幻灭感。其诗中对寿命的忧虞，对死亡的关注，可以说比比皆是：

生世莫徒劳，风吹盘上烛。（《铜驼悲》）
壮年抱羁恨，梦泣生白头。（《崇义里滞雨》）
日夕著书罢，惊霜落素丝。（《咏怀二首（其二）》
我当二十不得意，一心愁谢如枯兰。（《开愁歌》）
吴霜点归鬓，身与塘蒲晚。（《还自会稽歌》）
归来骨薄面无膏，疫气冲头鬓茎少。（《仁和里杂叙皇甫湜》）

对衰老病死的危机感，一方面增加了诗人对死亡的联想和对“死亡”意象的使用，如“酒客背寒南山死”（《河南府试十二月乐词·二月》），“七星贯断姮娥死”（《章和二年中》），“彭祖巫咸几回死”（《浩歌》）；另一方面，也使诗人的时间感变形。病体带来的生命焦虑，影响着诗人对现世时间的感受，表现在诗歌中，便是诗人对时间的超现实想象。

诗人笔下的时间描述，缺少的是对现实世界一朝一夕的情感投入，而多见桑田沧海、千年走马的迅疾和虚幻。《嘲少年》道：“少年安得长少年，海波尚变为桑田。荣枯递转急如箭，天公岂肯于公偏。莫道韶华镇长在，发白面皱专相待。”夸张言辞的内里，是诗人真实心态的传达，是诗人疏离现世时光的表现。钱锺书《谈艺录》指出：“细玩昌谷集，舍侘傺牢骚，时一抒泄而外，尚有一作意，屡见不鲜。其于光阴之速，年命之短，世变无涯，人生有尽，每感怆低徊，长言永叹。”事实正是如此。试看下列诗句：

今古何处尽，千岁随风飘。(《古悠悠行》)

劫灰飞尽古今平。(《秦王饮酒》)

黄尘清水三山下，更变千年如走马。(《梦天》)

几回天上葬神仙，漏声相将无断绝。(《官街鼓》)

南风吹山作平地，帝遣天吴移海水。王母桃花千遍红，彭祖巫咸几回死。(《浩歌》)

诗人常写大跨度的时间转换，却少了些历史的苍茫感和厚重感，而是以飘逸的笔触写沧海桑田的变幻，写天上人间的时空想象。“他人或以吊古兴怀，遂尔及时行乐，长吉独纯从天运着眼，亦其出世法、远人情之一端也。”（钱锺书《谈艺录》）就此而言，李贺诗中对于现世时间的疏离状态，也是其抽离现世、背离常情的一种重要表现。可再举李贺《莫种树》一诗为解，诗曰：

园中莫种树，种树四时愁。独睡南窗月，今秋似去秋。

这首不受关注的小诗，对于理解李贺对现世时间的疏离感，尤为重要。看到树，诗人便看到春华、夏荫、秋落、冬枯和永不停止的循环重复，看到直击心神的时光流逝，这相似的轮回，令诗人感到无意义，并产生“人生长恨水长东”的浓烈愁绪。由此，诗人之不种树，便是拒绝四季的轮回，拒绝生命的忧虑，拒绝投入到真切的时光中，亦即想要疏离这奔逝不停的时光之流。对于现世的疏离感，使得李贺创作出了大量的具有强烈时间反差的惊人诗句："一日作千年，不须流下去"（《后园凿井歌》），这分明道出了诗人心中对于现世时光的虚无感。相比于阮籍《咏怀》中"一日复一夕，一夕复一朝""一日复一朝，一昏复一晨"所表现出的分秒可感的异常紧张的时间观，相比于南朝王僧孺《有所思》之"光阴复何极，望促反成赊"的煎熬等待，李贺的时间观时常体现出一种生命幻灭的意味，是一种"千年如走马"式的极具超越性的强烈的幻灭感。这也是其对于时间的描绘时常超出常理，奇绝宏大，令人惊奇回味的原因之一。

李贺笔下对人世时间的"超脱"，亦可理解为他对现世时间的一种抵抗。在他对现世没有归属感且充满寿命忧虑之时，转而以超现实的想象去寻求永恒，以想象去打破古今差别，达至"劫灰飞尽古今平"《秦王饮酒》之境。他的不少诗作即体现出他对于人世时间的精神抗争：

东方日不破，天光无老时。（《拂舞歌辞》）

朝朝暮暮愁海翻，长绳系日乐当年。（《梁台古意》）

酒酣喝月使倒行。（《秦王饮酒》）

磓碎千年日长白。（《官街鼓》）

羿弯弓属矢，那不中足，令久不得奔，讵教晨光夕昏。（《日出行》）

吾将斩龙足，嚼龙肉，使之朝不得回，夜不得伏。自然老者不死，少者不哭。（《苦昼短》）

李贺以惊人的想象，表达着他想要阻止时间流逝、消泯寿命忧虞的强烈渴望。李贺以想象和文字对时光加以操控，正是他与现世的时间和现实的生存处境做斗争的精神体现。

然而，诗人对现世时间的精神抗争越强烈，同时传达出的对死亡的忧惧、对生命的幻灭感和对现实世界的疏离感也越强烈。

四、诗歌创作与疏离心态的相互作用

年轻的诗人李贺，人世阅历浅，缺乏对社会的深刻认知，因科举失意难以进入政坛施展抱负，加之病弱之身带来的生命忧虞，必然会导致他越来越凝神于个体的幽微世界，愈发感到人世的促狭，愈发沉溺于疏离的精神之域。“壶中唤天云不开，白昼万里闲凄迷。”（《开愁歌》）李贺以其天赋鬼才，将想象的世界赋以诸多形象，以奇崛之笔将现实世界幻化，以联通的感官来解放文字，以不羁的文字来解构传统，以无限的想象力来超脱人间的局限，由此创造出令人叹绝的诗章。

写想象则有：“端州石工巧如神，踏天磨刀割紫云”（《杨生青花紫石砚歌》），“银浦流云学水声”“王子吹笙鹅管长，呼龙耕烟种瑶草”（《天上谣》），“昆山玉碎凤凰叫，芙蓉泣露香兰笑”“老鱼跳波瘦蛟舞”（《李凭箜篌引》）。

写冷艳则有：“冷红泣露娇啼色”（《南山田中行》），“漆灰骨末丹水砂，凄凄古血生铜花”（《长平箭头歌》）。

写光亮则有：“一双瞳人剪秋水”（《唐儿歌》），“荒沟古水光如刀”（《勉爱行》）。

写奇怖则有：“青狸哭血寒狐死”（《神弦曲》），“金虎蹙裘喷血斑”（《梁台古意》）……

这是一个充满奇谲幻想的神秘文学空间，这是李贺在用文学创作进行自我排解，排解在现实世界中受到的拘挛，并将内心的幽寒之境具象化地呈现出来。每一句诗都不甘于平淡，不甘于熟俗，每一个字都扛负着“笔补造化”的功力。

在文学创作观念方面，李贺表现出不袭前人旧语的态度，正如清人叶矫然《龙性堂诗话续集》所说：“长吉眼空千古，不唾拾前人片字。”而不袭与反叛，亦是疏离心态的表现。李贺纵然属于中唐韩孟诗派，与韩孟等人有着共同的对于“奇”的追求，又不全然相同。徐献忠《唐诗品》云：“长吉陈诗藻缋，根本六代，而流调宛转，盖出于古乐府，亦中唐之变声也。盖其天才奇旷，不受束缚；驰思高玄千，莫可驾御；故往往超出畦径，不能俯仰上下。”即指出李贺诗歌在中唐诗坛的特异性。唐代诗人张碧曾说：“碧尝读《李长吉集》，谓春拆红翠，霹开蛰户，其奇峭者不可攻也。及览李太白词，天与俱高，青且无际，鹏触巨海，澜涛怒翻。则观长吉之篇，若陟嵩之巅视诸阜者耶。”李贺诗歌之所以能达到如此奇险高崛的姿态，与诗人疏离一般文学创作法则从而肆意驰骋思维是分不开的。疏离法则意味着跳出种种牢笼羁绊，这往往是惊人耳目的开端。

李贺诗歌不袭前人的创作追求，根源在于其疏离心态对文学创作的影响，而这种疏离文学传统的追求，在中唐韩孟诗派自觉求奇的诗歌创作理念的影响甚至“鼓励”下，愈发恣意和用力了。李贺诗歌对于文学传统的疏离，源于他人生理想破灭之后疏离现世的世界观。探究李贺诗歌的奇崛，我们一方面不能忽视中唐诗坛韩孟诗派的影响；另一方面，更需充分认识到，李贺对幽怖奇诡诗风的着意追求，是其疏离现世的心态与种种人生遭际共同作用下的必然。

通常情况下，当诗人在现实中的压抑无法排解，便会寻求在文学创作中营造幽独世界，获取文学的治愈之力。而事实上李贺又走向了文学治愈的反面，诗歌创作并未治愈他的疏离和孤立；相反，他诗歌的奇光异彩是以放大和加强这种疏离感为代价的。简而言之，李贺后期诗歌创作与其疏离心态形成了互为因果的循环。明代王思任谈李贺的孤独和文学的关系时指出：“贺既孤愤不遇，而所为呕心之语，日益高渺，寓今托古，比物征事，大约言悠悠之辈，何至相吓乃尔。人命至促，好景尽虚，故以其哀激之思，变为晦涩之调，喜用鬼字、泣字、死字、血字，如此之类，幽冷溪刻，法当夭乏。”千古之下，令人叹惋。文学作品本质上反映的是人与世界的关系。站在李贺疏离现世的视角，我们便能更真切地理解其心理结构和诗歌作品，才能更深沉地去感受诗人用独特生命体验所构建的奇异诗歌空间。

他倾心于神秘的精神世界，幻想超越现实，但无法得到超越，却成功地构造出一个违逆传统“诗教”的、极具创新力和感染力的艺术世界。李纲《五峰居士文集序》道：“士达则寓意于功名，穷则潜心于文翰。故诗必待穷而后工者，其用志专，其造理深，其历世故险阻艰难无不备尝故也。……或放浪于林壑之间，或漂没于干戈之际，或迁谪而得江山之助，或闲适而尽天地事物之变，冥搜精炼，抉摘杳微，一章一句，至谓能泣鬼神而夺造化者，其为功亦勤矣。以此终其身而名后世，非偶然也。”仔细想来，李贺不正是这“冥搜精炼，抉摘杳微，一章一句，至谓能泣鬼神而夺造化者”吗？困囿于现实世界中的诗人，从文学创作中获得了对世界的权力感，释放了精神的强力。美国心理学家 H.S. 沙利文曾说：“冷漠是一种奇特的状态，它是人防卫打击以免于实质损伤的一种方式。当然，它如果持续过久，人也会遭到时间的损伤。在我看来，冷漠似乎是人格遭受重大挫伤后借以暂时栖身的一种自卫奇迹。”那么，被世界疏离的人，报世界以疏离，是否也是李贺的一种自卫?

在现实世界中受到的身份阻隔与其自身种种特性一道，共同牵引着诗人李贺沉浸于诗歌的空间，驰骋文学的想象，着力于文字的塑造，以呕心沥血的诗歌创作弥补内心的缺失，而又反向加剧了他与现实世界的疏离，伤痛愈发不可治愈。就此而言，李贺正是在奇异诗歌世界与其疏离心态的相互作用之中，形成了独一无二的长吉诗风。

本书精选李贺富于创造性的、个性较鲜明的、前人评论较多的诗歌一百三十篇，依照《昌谷集》原辑顺序进行编排。

诗歌文本方面，以清人王琦《李长吉歌诗汇解》为基本依据，个别文字参照他本酌情改动。评鉴文字方面，主要采借的历代评注本有如下数种：宋吴正子、刘辰翁《笺注评点李长吉歌诗》，明徐渭《唐李长吉诗集》，明钟惺、谭元春《唐诗归》，明邢昉《唐风定》，明曾益注《昌谷集》，明姚佺《昌谷集句解定本》，清姚文燮《昌谷集注》，清方世举《李长吉诗集批注》，清王琦《李长吉歌诗汇解》，清贺裳《载酒园诗话又编》，清陈本礼《协律钩玄》，清黎简《黎二樵批点黄陶庵评本李长吉集》，清陈沆《诗比兴笺·李贺诗笺》，清吴汝纶《李长吉诗评注》，清范大士《历代诗发》，清李裕《昌谷集辨注》，清阙名《李长吉诗集》。

参鉴的今人评赏著作，主要有：叶葱奇《李贺诗集疏注》（人民文学出版社，1959 年版），《唐诗鉴赏辞典》（上海辞书出版社，1983 年版及 2013 年版），《唐诗鉴赏辞典补编》（四川文艺出版社，1990 年版），刘衍《李贺诗校笺证异》（湖南出版社，1990 年版），吴企明《李贺资料汇编》（中华书局，1994 年版），陈贻焮《增订注释全唐诗》（文化艺术出版社，2001 年版），钱锺书《谈艺录》（三联书店，2001 年版），王友胜、李德辉校注《李贺集》（岳麓书社，2003 年版），刘学锴《唐诗选注评鉴》（中州古籍出版社，2013 年版），陈伯海主编《唐诗汇评（增订本）》（上海古籍出版社，2015 年版），江弱水《古典诗的现代性》（三联书店，2017 年版），陈允吉、吴海勇《李贺诗选评》（上海古籍出版社，2019 年版）等。此外还汲取了部分新近学术论文的相关评说。

以“品汇”的形式解读李贺诗，是一种新的尝试。既要精择前人评点，将各种意见合理编排，展示精要，又能指瑕纠谬，申以己说，达至对李诗的准确理解，并非易事。我们历时两年，数易其稿，希望能尽量做得好一点。但限于水平，在选篇和解读中必然会有一些遗漏和错误，诚盼读者高明有以指正，以便再版时能有改进和提升。

目　录

卷　一

李凭箜篌引[①]

吴丝蜀桐张高秋[②]，空山凝云颓不流[③]。
江娥啼竹素女愁[④]，李凭中国弹箜篌[⑤]。
昆山玉碎凤凰叫，芙蓉泣露香兰笑。
十二门前融冷光[⑥]，二十三丝动紫皇[⑦]。
女娲炼石补天处，石破天惊逗秋雨。
梦入神山教神妪[⑧]，老鱼跳波瘦蛟舞。
吴质不眠倚桂树[⑨]，露脚斜飞湿寒兔[⑩]。

【注释】

①李凭：中唐宫廷乐师，以善弹箜篌而闻名，本梨园弟子，后流落民间。箜篌引：汉乐府曲名，属相和歌辞。箜篌，即竖箜篌，《通典》卷一百四十四："竖箜篌，胡乐也。汉灵帝好之。体曲而长，二十三弦，竖抱于怀中，用两手齐奏，俗谓之擘箜篌。"

②张：张设，调置琴弦。

③"空山"句：凝，停止、聚集。此处暗用《列子·汤问》秦青讴歌"声振林木，响遏行云"事。颓不流，聚而不散貌。

④"江娥"句：江娥，又称湘娥，传说中尧之二女，舜之二妃娥皇、

女英，舜帝南巡而死，二妃悲泣，泪洒湘竹，竹尽斑，事见张华《博物志》。素女，神话传说中的神女，善鼓瑟。

⑤ 中国：举国之中，此指长安。

⑥ 十二门：指长安城四面的十二座城门。

⑦“二十”句：二十三丝，箜篌有二十三根弦。紫皇，古代道教传说天宫中地位最高的神曰太皇、紫皇、玉皇。

⑧ 神妪（yù）：具备神通力的老妪。

⑨ 吴质：当即吴刚，古代神话传说中的人物。或谓吴质即三国魏人，字季重，通音乐，多愁病，曹丕有《与吴质书》。

⑩ 露脚：下滴的露水。

【评析】

此诗或作于元和六至八年（811—813）在长安官奉礼郎时，是李贺诗歌擅长铺展神奇超然艺术境界的典范之作。

首二句用“高”“空”“凝”“不流”等清理空间和画面，然后导入箜篌之声，驰骋想象，邀请植物、动物、气象和各路神仙一起赏乐。借助丰富遥远的神话掌故，将乐声从当下的真实世界抽离出来，引人进入神界、仙界与人间相通联的长吉世界，专注于箜篌的灵动音色与怦然婉转的旋律，在神游遐想中领略其神奇的艺术效果。

将声音及听觉感受形象化，是此诗一大特色，前人对此亦多有论及：

刘辰翁云：“状景如画，自其所长。”（《笺注评点李长吉歌诗》卷一）

郭濬云：“幽玄神怪，至此而极，妙在写出声音情态。”（《增定评注唐诗正声》）

方世举云：“白香山‘江上琵琶’，韩退之《颖师琴》，李长吉

《李凭箜篌》，皆摹写声音至文。韩足以惊天，李足以泣鬼，白足以移人。”（《李长吉诗集批注》）

王琦云：“当是初弹之时，凝云满空；继之而秋雨骤作；洎乎曲终声歇，则露气已下，朗月在天，皆一时实景也。而自诗人言之，则以为凝云满空者，乃箜篌之声遏之而不流；秋雨骤至者，乃箜篌之声感之而旋应。似景似情，似虚似实。”（《李长吉歌诗汇解》）

今人朱世英谓：“诗人致力于把自己对于箜篌声的抽象感觉、感情与思想借助联想转化成具体的物象，使之可见可感。诗歌没有对李凭的技艺作直接的评判，也没有直接描述诗人的自我感受，有的只是对于乐声及其效果的摹绘。”（《唐诗鉴赏辞典》）

刘学锴谓：“巧妙处在将眼前所见实景与耳中所闻箜篌演奏之声，心中所感之情以及由音乐所唤起的种种联想、想象乃至幻觉融成浑然一体的意境，方见其艺术构思的精妙独特。”（《唐诗选注评鉴》）

中国古代审美文化中，以物象描摹音乐的传统早已有之，如《列子·汤问》即有“瓠巴鼓琴而鸟舞鱼跃”的记载。而诗人李贺尤其擅长将音乐情态进行具象化的书写，常以其敏于常人的感受力和想象力呈现出既贴切又奇异的画面。

“奇”，是前人评论此诗的又一要点。

黄周星云：“本咏箜篌耳，忽然说到女娲、神妪，惊天入目，变眩百怪，不可方物，直是鬼神于文。”（《唐诗快》）

郭兆麟云：“李贺诗字字求奇，不知一生呕出几斗心血。如‘女娲炼石补天处，石破天惊逗秋雨’，其极力用意乃尔。”（《梅崖诗话》）

叶矫然云：“长吉耽奇凿空，真有‘石破天惊’之妙，阿母所谓是儿不呕出心不已也。然其极作意费解处，人不能学，亦不必学。义山古体时效此调，却不能工，要非其至也。”（《龙性堂诗话初集》）

近代吴汝纶云：“通体皆从神理中曲曲摹绘，出神入幽，无一字

落恒人蹊径。”（高步瀛《唐宋诗举要》引）

今人陈允吉云：“设想奇瑰神骏，反复运用通感联觉，造物赋形出人意表，辞采华丽而含意隐晦，带有诗人强烈的主观感情色彩。”（《李贺诗选评》）

没错，李贺诗语之奇，具有专属诗人的独特性，是学不来的。此诗“由箜篌轻轻掣起，淡淡写落，跌出李凭，顺手摹神，何等气足”（阙名《李长吉诗集》）；而诗中“石破天惊逗秋雨”七字，亦适可作昌谷诗之确评。

残丝曲

垂杨叶老莺哺儿，残丝欲断黄蜂归。
绿鬓年少金钗客①，缥粉壶中沉琥珀②。
花台欲暮春辞去，落花起作回风舞。
榆荚相催不知数③，沈郎青钱夹城路④。

【注释】

①“绿鬓”句：绿鬓，青鬓，指年轻男子。金钗客，或指女子。

②“缥粉”句：缥（piǎo）粉，青白色。琥珀，此处指酒色浓郁。

③榆荚：俗称“榆钱”。

④“沈郎”句：沈郎，晋代沈充曾铸小钱，称“沈郎钱”。此处以沈郎青钱喻榆荚。夹城路，指长安城东夹墙边的御道。

【评析】

人们伤逝的总是最美好脆弱的时光，李贺此诗以沉静朦胧的笔调烘染出一幅晚春图景。正值美好年华的少年（以“绿鬓”代指少年，有意扣合“春”字）与佳人在这梦幻般的暖春时节里对酌，景是醉人的，酒是醉人的，飘洒的落花是醉人的，这令人沉醉的如真似幻之梦终究将如春色迅疾地破碎，洒遍了路边的青青榆钱比那落花还引人伤感。全诗在营造青春的美，也始终贯穿一种“残丝欲断”的紧迫感，一种时不我待的隐隐忧虑。“此题全要暮春时去之感，托意残丝。残丝，游丝也。时去矣，尚未知耶？”（阙名《李长吉诗集》）加重这种感受的还有“欲暮”“辞去”“回风”“相催”等用语。

前人多从春时易逝的角度体会此诗蕴藉的意味。

曾益云：“杨老莺孳，丝断蜂归，皆晚春之景。年少之客，正宜狎金钗，饮美酒以为乐，否则春去花落，榆荚之摧残者，吾不知其几矣，伤时之易迈也。”（《昌谷集》）

姚文燮云：“叶老莺雏，丝残蜂伴，言春光倏迈也。绿衣翠袖，玉罍红醪，虽不必效丽娟之舞，而庭树几翻落矣。城隅榆荚，如沈充小钱之多。曾沉湎酣宴之人，亦知好景之易逝否？”（《昌谷集注》）

黎简云：“后四句极曲折，言春欲去而落花回风，犹有留春之意，乃榆叶纷纷相催春去，多于落花之起舞也。”（《黎二樵批点黄陶庵评本李长吉集》）

今人刘学锴认为“残丝”正是春光老去的标志，“诗人用它来作题目，本身便包含了对春光老去的惆怅。”（《唐诗选注评鉴》）

但不同读者的领会委实千差万别。诗中以沈郎青钱巧喻榆荚的写法，竟还引起惜钱不用的理解。何焯说：“为乐惜钱不知徒以催老，积于无用，化为土也。妙在隐约不尽。蟋蟀刺晋昭公，此言夹城路，必有属矣。其以琼林大盈为戒耶！”（陈本礼《协律钩玄》引）如此阐说，强附《诗经·唐风·蟋蟀》刺晋昭公有财不能用的典故，或有离题之嫌。正如史承豫所言：“昌谷诗读者当以意会，不可细著。诠解

一明，诗味灭矣。”（《唐贤小三昧集》）

又有“不解风情”者云：“不过写蚕事将了，困人天气。不晓‘沉琥珀’何谓？末独赋榆钱，著沈郎，尤劣。”（吴正子、刘辰翁《笺注评点李长吉歌诗》）陈允吉则认为沈钱之比是李贺运用逆向思维，“反用前代事典，造就一处非常贴切的比喻，从而将整篇作品提升到了脱俗超群的境界”（《李贺诗选评》）。

李贺多以琥珀代酒，如“琉璃钟，琥珀浓”（《将进酒》），林同济谓：“‘沉’字妙。酒已不倾，只相看无语了。一字中透出主人公无聊赖的阑珊感，可留恋的年光意。”（《李长吉歌诗研究》）

陈本礼云：“此刺当时少年狭邪不归而作。绿鬓年青，金钗色丽，粉壶器美，琥珀香浓，正温柔沉湎之乡，岂可遽言归去？无如莺老蜂归，花台春暮，囊中青钱已化为榆荚，犹眷恋而不已也。”（《协律钩玄》）一句“温柔沉湎之乡”，实得此诗悠韵，而“刺当时少年狭邪不归”，似又落于窠臼。

也有人在民歌风味中察觉到词体的肇始，如许学夷曾道：“李贺乐府七言，声调婉媚，亦诗余之渐。上源于韩翃七言古，下流至李商隐、温庭筠七言古，如‘啼蛄吊月钩阑下’、‘天河落处长洲路’、‘鸦啼金井下疏桐’、‘落花起作回风舞’、‘露脚斜飞湿寒兔’、‘兰脸别春啼脉脉’、‘况是青春日将暮，桃花乱落如红雨’等句，皆诗余之渐也。”（《诗源辩体》）这是很值得注意的观点。

还自会稽歌并序[①]

庾肩吾于梁时[②]，尝作《宫体谣引》[③]，以应和皇子。及国势沦败，肩吾先潜难会稽，后始还家。仆意其必有遗文[4]，今无得焉，故作《还自会稽歌》以补其悲。

野粉椒壁黄[5]，湿萤满梁殿[6]。
台城应教人[7]，秋衾梦铜辇[8]。
吴霜点归鬓[9]，身与塘蒲晚[10]。
脉脉辞金鱼[11]，羁臣守迍贱[12]。

【注释】

①会稽：今浙江绍兴。

②庾肩吾：字慎之，南朝梁著名文学家，初为晋安王国常侍。萧纲为皇太子时，庾肩吾兼东宫通事舍人，出入禁闼。侯景叛乱，攻陷都城建康，囚禁梁武帝，矫诏遣庾肩吾出使江州。江州降贼，庾肩吾因而逃难会稽。

③《宫体谣引》：一种艳体诗。庾肩吾所作《宫体谣引》今已失传。

④意：揣测。遗文：李贺想象中庾肩吾避难会稽时所作诗文。

⑤"野粉"句：野粉，胡粉。椒壁，以椒粉和泥涂抹的墙壁，可取暖辟邪。

⑥湿萤：萤火虫生于湿地，故称。

⑦"台城"句：台城，梁皇宫所在的禁城。应教，汉魏六朝太子诸王之令称为教，文臣应令属和诸王的诗赋曰"应教"。应教人指庾肩吾。

⑧铜辇：太子萧纲的车乘。

⑨吴霜：吴地的寒霜。会稽古属吴地。

⑩塘蒲：塘中蒲草。

⑪金鱼：指梁代东宫宫门所悬的鱼形金钥匙。

⑫迍（zhūn）贱：困厄贫贱。

【评析】

这是一首替古人代言的杂拟体诗，“写的是一个故国沉沦者经历的悲剧，虽不言亡国的悲伤，但深切的悲情于中自见，情调凄婉又具有沉着的表现力，可说是中国古典诗歌杂拟体里的上乘之作。”（陈允吉、吴海勇《李贺诗选评》）

有趣的是李贺作此诗的动机，如小序所言，是为庾肩吾拟作。陈沆云：“杜牧之序长吉集，独举此篇及七言之《铜仙辞汉歌》，此深于知长吉，故举此二诗以明隅反也。考长吉集中咏古题而有自序者，惟此二章及《秦宫诗》，盖彼借古寄意，而此二诗则自喻也。其举进士不见容而归昌谷时所作欤？昌谷在河南福昌县，故自西京东还也。‘秋衾梦铜辇’‘脉脉辞金鱼’，孰谓长吉无志用世者？不然，何取于庾肩吾之还家而必为补之？”（《诗比兴笺·李贺诗笺》）是将李贺的“补作”行为与其不平的身世经历相联系，以之为自喻之作。

董伯音则认为诗中有讽喻之意：“肩吾……自会稽还新野时，梁已久为陈矣。守贞不仕，亦贤士也。安史之乱，王维受官，张垍无还意，其愧潜难辞位者多矣。贺盖为此辈讽也。”（陈本礼《协律钩玄》引）

刘衍认为此诗“借肩吾之痛而自抒困顿之怀，以寄托世变无涯之悲”（《李贺诗校笺证异》）。叶葱奇亦从此说。

以上诸位评家的思路在传统文人笔下皆为常见，但罗秉恕所言似乎更能解释李贺的创作心态：“李贺对待历史的态度显然与正统文人迥然不同。在传统文人那里，历史是一种修辞资源，可以拿来作他们自己言论的依据或装饰。而玩味‘追和’、‘补作’等提法，则像是李贺要自己跳到历史中去”，此诗“旨在使历史上的情景在读者想象中重现”，“这种创作的特征在于将涵义不明确的细节排列在读者面前”，

"庾肩吾的一段心灵经验在我们面前仿佛可见"(《楚辞的启示——略述李贺诗歌创作的"巫"心态》)。

陈贻焮分析道:"李贺写这首诗的动机,是从他因庾肩吾自会稽还家这一极平凡的往事,而兴起'意其必有遗文'这一新奇有趣的遐想中得来。这一遐想很富有诗意,也很有启发性。既有这遐想,可见诗人这时已经有所感触了;既想到当时庾肩吾一定写过诗,就自然而然会使人去揣度那诗的内容。这样,诗人就不知不觉地给引到两百多年前庾肩吾所处的特定情境中;就很有可能更进一步在自己的生活体验的基础上,运用丰富的想象力去体会庾肩吾当时的感受、感情和思想,并代他写出这样一首感人的诗歌。"(《论李贺的诗》)

就诗歌本身而言,最出色的是诗人李贺对古人心意的想象和对当时景象的虚构,正是杜牧所谓:"贺能探寻前事,所以深叹恨古今未尝经道者,如《金铜仙人辞汉歌》《补梁庾肩吾宫体谣》,求取情状,离绝远去笔墨畦径间,亦殊不能知之。"(《李长吉歌诗叙》)

曾益解首二句云:"椒壁而曰'野',粉白而云'黄',凄凉颓圮,已自可知。又言昔日梁王之殿,只今唯有湿萤,则并其殿而无之矣,犹李白诗云:'宫女如花满春殿,只今唯有鹧鸪飞。'"(《昌谷集》)尤其可注意"湿萤"一词,日本学者川合康三曾指出,长吉喜用"湿"字组合语词,如"湿萤"、"湿蛄""湿云"等,在唐诗中少见。这种"以'湿'字为前缀组成新词的做法,表明李贺已经超越了普通的感觉,而依据感觉的自由联想来使用'湿'字"(《李贺其人其诗》)。

因此,虽为代拟之作,此诗语言依然富含长吉风格,感染力浓烈,得诸评家之赞赏。

刘辰翁云:"此拟庾肩吾归自会稽之作,安得不述梁亡之悲!其沉着憔悴,在先言秋衾铜辇之梦,而庾自见。殆赋外赋也。塘蒲之叹,融入秋晚,结语却如此,极是。"(《笺注评点李长吉歌诗》)

周珽曰："潜自会稽，宁能忘念梁德？及还家，容骨衰悴，以此日困守迍贱，回首昔时佩服荣宠，一代文人至此，良可悲也。"（《唐诗选脉会通评林》）

吴瑞荣云："萧梁时事可见，而庾亦和盘托出。'身与塘蒲晚'，言不酸而闻者意苦。"（《唐诗笺要》）

出城寄权璩杨敬之①

草暖云昏万里春，宫花拂面送行人。
自言汉剑当飞去②，何事还车载病身③。

【注释】

① 权璩（qú）、杨敬之：皆元和初擢进士第，李贺故交。权璩官至中书舍人、阆州刺史，杨敬之官至户部郎中、国子祭酒。

② 汉剑：典出刘敬叔《异苑》："晋惠帝元康五年，武库火，烧汉高祖斩白蛇剑、孔子履、王莽头等三物。中书监张茂先惧难作，列兵陈卫，咸见此剑穿屋飞去，莫知所向。"此处诗人以汉剑自喻。

③ 还车：归返之车。

【评析】

此诗当作于元和八年（813）春。"出城"指诗人辞官离开京城东归昌谷。刘嗣奇云："贺传云贺父名晋肃，礼部议贺不合举进士，排之。此失意而归寄作也。"（《李长吉诗删注》）认为是李贺科举受挫后归乡时作，但依末句"病身"判断，恐非是。当为李贺任职奉礼郎因病辞官之时。

简短四句，诗人在精当取景中含蕴复杂情绪。前二句颇具炼字功夫，得到诸家赏评。曾益云：“是述春时而含归途之景。‘宫花拂面’，不解迎人而解送人，有自惭意，而凄惋可知矣。”（《昌谷集》）言其在不露声色中，已然借物言情。丘象随评曰：“草暖，是春时之景；云昏，失意时也。”（《昌谷集句解定本》）黎简说诗人以“暖”“昏”二字“状远春，入神”（《黎二樵批点黄陶庵评本李长吉集》）。同时，“万里春”三字写出了暖阳浩荡、春色磅礴，偏偏与诗人此刻失意颓丧的精神状态形成反照，似乎是诗人有意为之。

第三句借“汉剑”之典，向友人抒发心声。曾益评曰：“贺平昔自负，后二句设言以解之。曰‘汉剑’神物，固当飞去，今何事而还车乎？病故也。犹言非已之故，时命不齐之故也。”（《昌谷集》）姚文燮云：“失意京华，败辕病骨，飞腾神物，应自有期。回首故人，悲不堪道。”（《昌谷诗注》）陈允吉谓：“‘自言’云云出语沉痛，‘汉剑’用六朝小说事典，是诗人自况之语，充分体现了长吉对自我的过高期许，‘当飞去’之‘当’全然是想当然的口吻语气，在不经意间正透露了诗人悲剧命运的性格因素：人生的预设如此不切合实际，轻飘的理想终不免在沉重的现实面前折翅人间。”（《李贺诗选评》）刘衍联系《新唐书》李贺本传载“与游者权璩、杨敬之、王恭元，每撰著，时为所取去”，认为“其时，权璩与杨敬之均在长安，并有文名，时取贺之撰著，敬慕李贺如此，故贺‘自言汉剑当飞去’，对功名前程亦曾存幻想。”（《李贺诗校笺证异》）

不论是否友人有这般实际期待，诗人以此神物自比，表明了其自认天赋异禀、卓于众人的自我定位。然而，病弱之身成了诗人雄图抱负的现实拖累，令其无奈，增其颓靡。事实上，即便无病，诗人在奉礼郎的职位上亦难酬壮志。这浩浩万里之春色，望不尽的前路迷蒙，与“汉剑”的超然腾飞相比照，加倍凸显出现实的落差，增强了作品的抒情效果。

示　弟

别弟三年后，还家一日余。
醁醽今夕酒[①]，缃帙去时书[②]。
病骨犹能在，人间底事无？
何须问牛马[③]，抛掷任枭卢[④]！

【注释】

① 醁醽（lù líng）：美酒名。

② 缃帙（zhì）：黄色的包书布。帙：包书的布，古称书衣。

③ 牛马：古代赌具中“五木”的名色，其形两头尖，中间平广，背面涂黑，画牛马，正面画雉以相区别，故以牛马指代之。

④ 枭卢：掷出五子后，全黑者为“卢”，白二黑三者为“枭”。

【评析】

此诗应作于元和八年（813）辞官归昌谷时。方世举谓“此当是以父名晋肃不得举进士而归”之作，不妥。李贺举进士受挫后曾返家，而诗云“别弟三年后”，可知作于任奉礼郎三年后归家时。

诗人早年丧父，家中有母及一姊一弟。明弘治本《锦囊集》、徐渭批点本《昌谷诗注》在诗题下有“犹”字，可知贺弟名犹。贺与弟情感深厚，相离三年后归来，胸中多感慨。因科举失利，且辞去了奉礼郎的官职，此三年可谓“一事无成”，诗意难免伤感。尤其“病骨”二句，宋人刘辰翁评“亦是恨意，凄婉如老人语”（《笺注评点李长吉歌诗》)。

姚文燮解诗云:“鹿鹿三年,未尝欢饮。今夕兄弟之乐,当何如之?挟策无成,空囊返里,犹是出门时篇帙。病骨幸存,骨肉欢聚,而生计复尔茫然。功名成败,颠倒英雄。主司去取,一任其意,又何异于抛掷枭卢耶?”(《昌谷集注》)

姚氏所言“鹿鹿三年”“空囊返里”,这八字乃此诗中最鲜明的情绪。细看诗中,一“别”对一“还”,“三年”对“一日”,“今夕”对“去时”,无不在感喟时间,无不隐含着愧意。后四句,则语气一转,强打精神,与其说在自我开导,不如说是在勉励兄弟,如曾益所谓:“五以得见为幸,六言时命不常耳。七八言已,以为牛即牛,马即马,一听自然,无所置力,如博者之任枭卢而已。”(《昌谷集》)只有在无所可为之时,方才选择听之任之吧,因此末两句充溢着掩不住的无奈。

关于此诗的语言风格,黄淳耀概括为一个“率”字,又说:“平易似不出贺手。冲淡拙率,尤贺之佳佳处。”(《唐李长吉诗集》)黎简则认为:“拙率为佳佳处,恐未然。”(《黎二樵批点黄陶庵评本李长吉集》)吴汝纶甚至认为“后半逼近杜公”(《李长吉诗评注》)。

方世举评“何须问牛马,抛掷任枭卢”二句为“朴诗浓结”(《李长吉诗集批注》),此四字可谓探得真味,诗人写给弟弟的这首诗,正是发语朴直,而意绪浓稠。

在拙率的语言风格下,此诗又不乏章法。黎简有云:“昌谷于章法每不大理会,然亦有井然者,须细心寻绎始见。”(《李长吉集评》)朱世英认为此诗即为一例,“全诗各联出句和对句的意思表面相对或相反,其实相辅相成:一者显示悲苦,一者表示欣慰,但其思想感情的基调都是忧伤愤激。”(《唐诗鉴赏辞典》)

始为奉礼忆昌谷山居[①]

扫断马蹄痕，衙回自闭门。
长鎗江米熟[②]，小树枣花春。
向壁悬如意，当帘阅角巾[③]。
犬书曾去洛[④]，鹤病悔游秦[⑤]。
土甑封茶叶[⑥]，山杯锁竹根[⑦]。
不知船上月，谁棹满溪云[⑧]？

【注释】

①昌谷：李贺家乡，在河南府福昌县（今河南省宜阳县）。

②鎗（chēng）：通“铛”，有脚有耳的锅。

③角巾：有棱角的方形冠巾，晋唐人私居所戴。

④犬书：相当于家书。任昉《述异记》载，晋陆机仕洛，久无家信，有犬黠慧通人语。思家不已，乃命犬赍书驰往吴中，半月又携家书而返。

⑤“鹤病”句：鹤，此处为作者自指。游秦，居京宦游。

⑥土甑（zèng）：瓦罐。

⑦竹根：用竹根制作的酒杯，此处代指酒。

⑧棹：船桨。

【评析】

此诗作于元和六年（811）在长安始官奉礼郎时。奉礼郎为太常寺属官，从九品上，掌君臣版位，以奉朝会祭祀之礼，实乃一闲散之职。诗人在静闲之时，生出对过往故乡生活的怀恋。

陈允吉评云：“此诗笔意澄净、思致清晰，李贺用他那支叙述生

动的笔，委婉地表现自己依违于守官与思乡两端的特定襟怀，通篇浸透着一股浓浓的乡情。”（《李贺诗选评》）

整首诗的叙述与抒情皆跟随诗人的行止目光转移，心绪变化与书写自然流畅。在一“扫”一“回”一“闭”之后，诗人绝断了外界，回到独自封闭的日常生活中。此刻，眼前生活由正散发香味的极简的食物和正在开花的小枣树构成，简陋居所仅有的装饰之物是墙上的如意和头巾。静味当下，诗人自然生出对此前朴雅闲适生活的思念与淡淡追忆，也将笔触转向远方的故乡。“土甑”两句用一“封”一“锁”写出自己离开后旧居的孤寂，曾经珍爱的茶与酒的香气，如旧时光一样被尘封。又忆起曾经驾船赏月的畅意时刻，忆起当时水面的云影，怅惘之情无法自禁。

姚文燮对全诗做了细致的析读：“太常散职，官居陆沉，门可罗雀，杳无车马，复少胥役，故云自闭门也。汉上呼米为‘长腰鎗’，江米乃江南所贡玉粒。仅邀上方薄禄，以糊其口。衙舍荒芜，别无花卉，唯一枣树尚小，亦堪寓目。如意悬之于壁，无复佳绪指挥。当帘闲玩，每动羊袪角巾归里之思。曾作家书付黄耳，以病追悔此游之汗漫。土甑望家中封茶以寄，盖因病断酒，惟思茗碗，故云‘山杯锁竹根’矣。”（《昌谷集注》）姚氏之评传神再现了诗中所叙生活情境，不过，“长鎗江米熟，小树枣花春”两句从对偶角度看，“长”对“小”，“鎗”对“树”，鎗理解为煮米的器皿更妥。王琦谓“长鎗”一联：“上句见谷食之外，无别味可餐；下句见枣树之外，无花木可玩”；谓“向壁”一联：“二句皆写羁旅无聊之况”；谓末四句：“皆言奉礼官舍景况，此二联乃忆昌谷山居也。‘封’字、‘锁’字，见主人不在之意。”（《李长吉歌诗汇解》）

诗末两句点题到位。曾益谓：“船上之月，我昔载之；溪上之云，我昔棹之。今既服官，谁复优游其间哉？犹言山阿寂寥，见忆之甚。”

（《昌谷集》）董伯音道："空有满船之明月，何人棹破溪云而行游耶？末二尤得'忆'字神理。"（陈本礼《协律钩玄》引）姚文燮云："湖光晚棹，其乐万倍，心焉溯之，奈何奈何！"（《昌谷集注》）黎简谓此诗："老成风度。贺五言长律，结局少此酣畅。"（《黎二樵批点黄陶庵评本李长吉集》）

在文字方面，叶矫然发现了其中的承袭，"李长吉最心醉新野父子，观其《补庾肩吾还会稽歌》，则其流连仰止可知矣。长吉眼空千古，不唾拾前人片字，独用（庾）子山'山杯捧竹根'全句，云'土甑封茶叶，山杯锁竹根'，又可知矣。"（《龙性堂诗话续集》）

此外，对"鹤病"一词的理解，关乎对此诗内涵的阐释和对李贺家世的分析，应予以辨析。看法有二：其一，汉乐府《艳歌何尝行》有："飞来双白鹄，乃从西北来。十十将五五，罗列行不齐。忽然卒疲病，不能飞相随。五里一反顾，六里一徘徊。吾欲衔汝去，口噤不能开；吾欲负汝去，羽毛日摧颓。"王琦推论："诗用此事，当因其妇卧病故与！"（《李长吉歌诗汇解》）后来学者多认同此说。其二，认为此处"鹤"乃作者借陆机自喻。晋初陆机应召入洛阳，潘岳曾作诗盛赞曰："鹤鸣九皋，犹载厥声。况乃海隅，播名上京。"（《为贾谧作赠陆机诗》）自此，陆机"鹤"名远扬。陈允吉即认为："李贺与陆机同是出身于赫奕世家，且亦早著才名，现在应召来到京城，不过做一个很不起眼的小官，精神上又屡为恋家的情结所占据。"（《李贺诗选评》）相较之下，自喻之说似更可取。

七　夕

别浦今朝暗①，罗帷午夜愁。
鹊辞穿线月②，花入曝衣楼③。
天上分金镜④，人间望玉钩⑤。
钱塘苏小小⑥，更值一年秋。

【注释】

①别浦：此指隔绝了牛郎、织女二星的天河。浦，水边。

②“鹊辞”句：鹊辞，传说每年七月七日，乌鹊填河成桥以渡织女。穿线，宗懔《荆楚岁时记》载：七夕，女子们结彩缕，穿七孔针，陈瓜果于庭中，以乞巧。

③曝（pù）衣：古代习俗，每年于七月七日曝晒经书及衣裳。

④金镜：七夕之际，初月未圆，状如半镜，故曰分金镜。

⑤玉钩：缺月。

⑥苏小小：钱塘名伎，南齐时人。

【评析】

七夕主题的诗作，文人笔下不少见，所叙大体不出人世间的离别相思，如白居易《七夕》诗云：“烟霄微月澹长空，银汉秋期万古同。几许欢情与离恨，年年并在此宵中。”

作诗追求出人意表的李贺，自然不会循规蹈矩。此诗特别之处有二：一如董伯音所云，“诗不言巧会，全重伤别”（陈本礼《协律钩玄》引）；二是末尾“苏小小”的出现，历来读者多就此发表评论。

黄周星云：“忽然说到苏小，真是梦想不到。”（《唐诗快》）

徐渭云："末二句忽说至此，信手拈来。"（《唐李长吉诗集》）

方世举谓："徐文长评末二句'忽说至此，信手拈来'，末二句乃千思万想而得者，何谓'信手拈来'？一篇之妙，全在此结。然以为信手拈得，亦道得出天机之妙。"又评末二句："仙笔也。一年一会者尚可感，终身飘零者奈何？只开手还过七夕本事，以下全写闺情，立格亦高。义山'金风玉露'之七律，直是笨伯。"（《李长吉诗集批注》）方氏所提到的李商隐诗为《辛未七夕》："恐是仙家好别离，故教迢递作佳期。由来碧落银河畔，可要金风玉露时。清漏渐移相望久，微云未接过来迟。岂能无意酬乌鹊，唯与蜘蛛乞巧丝。"读来亦为妙作，竟被方氏贬低了。

黎简云："结自妙，随手拈来，似无谓而好者，情到故也。"（《黎二樵批点黄陶庵评本李长吉集》）

今人叶葱奇谓："末二句情思缠绵，有惘惘不尽之致。"（《李贺诗集疏注》）

那么，诗人在七夕时节以"苏小小"寄寓何意？诸家有着不同理解。

曾益云："末言苏小小，名倡也。昔曾对月穿针为乞巧之事，今何在乎？人事代谢而七夕屡更，其寄慨深矣。"（《昌谷集》）

姚文燮云："上六句说淑景芳辰，离情别绪。末二句不胜悲凉。彼美当秋，心惊迟暮，佳人不偶，恐老冉冉将至矣。贺盖借苏以自慨也。"（《昌谷集注》）

陈本礼云："《九歌》：'悲莫悲兮生别离。'此因生别而忆及死别也。七夕牛女一别已固可悲，然一年一度尚有会期。南齐苏小小卒于七夕，骨埋芳土，魂化无归，而怜香惜玉者犹年年凭吊。今且更值一年秋矣，岂不尤可悲哉！"（《协律钩玄》）

今人刘衍则认为诗人以"苏小小"指其爱妻（《李贺诗校笺证

异》)，这个猜测十分大胆，可惜未有足够资料来证明。

论及此诗的语言风格，刘辰翁评之：“鬼语之浅浅者。”(《笺注评点李长吉歌诗》)陆时雍云：“三、四新琢，‘花入曝衣楼’，此际无花，故为此语。”(《唐诗镜》)清人谓：“此首真所谓‘奴仆命《骚》’者也。”(阙名《李长吉诗集》)

送沈亚之歌并序[①]

文人沈亚之，元和七年，以书不中第，返归于吴江[②]。吾悲其行，无钱酒以劳，又感沈之勤请，乃歌一解以送之[③]。

吴兴才人怨春风，桃花满陌千里红。
紫丝竹断骢马小[④]，家住钱塘东复东。
白藤交穿织书笈[⑤]，短策齐裁如梵夹[⑥]。
雄光宝矿献春卿[⑦]，烟底蓦波乘一叶[⑧]。
春卿拾材白日下，掷置黄金解龙马[⑨]。
携笈归江重入门，劳劳谁是怜君者。
吾闻壮夫重心骨，古人三走无摧捽[⑩]。
请君待旦事长鞭，他日还辕及秋律[⑪]。

【注释】

① 沈亚之：字下贤，吴兴(今浙江湖州)人。元和十年(815)进士，以文辞得名，曾游于韩愈门下，著有《沈下贤集》。

② 吴江：即吴淞江，在今江苏省东南部，这里借指沈氏故乡吴兴。

③ 一解：诗歌的一章。《乐府诗集》：“凡诸调歌辞，并以一章为一解。”

④“紫丝”句：紫丝竹，马鞭。骢（cōng）马，毛色青白相间的马。

⑤书笈（jí）：书箱。

⑥“短策”句：短策，短的竹简，代指书籍。梵夹，贝叶佛经。

⑦“雄光”句：雄光宝矿，喻沈亚之过人的才华。春卿，《周礼》称礼官为春官，后遂以春官为礼部的别称。唐时科举考试由礼部主持。

⑧“烟底”句：蓦，越过。一叶，代指扁舟。

⑨“掷置”句：龙马，高八尺以上的骏马。掷黄金、解龙马，喻对人才的去取不当。

⑩“古人”句：三走，春秋时，齐国管仲三次为官，三度被君王放逐，后来得到齐桓公的重用。此喻沈氏时运不济。摧捽（zuó），犹挫折。

⑪“他日”句：还辕，回车，指他日复至京师再邀功名。及，赶上。秋律，古代以十二律配十二月，秋律即秋月，这里借指试期。唐代规定，州府贡举人选拔考试于秋季举行，举人秋初就路，次年春末方还，谓之“秋赋春还”。

【评析】

此诗作于元和七年（812）在长安官奉礼郎时。沈亚之与李贺关系亲密，第一部李贺诗集即由其所编。沈亚之在其《序诗送李秀才》中赞道：“余故友李贺善择南北朝乐府故词，其所赋不多，怨郁凄绝之功，诚以盖古排今，使为词者，莫得偶矣。”李贺亦曾称许沈“工为情语，有窈窕之思”（阙名《沈下贤文集序》引），二人可谓互为知音。

此诗为送别沈氏下第回乡而作，很自然地令人联想到李贺几年前科举受挫的经历。据朱自清《李贺年谱》，元和五年（810），21岁的李贺参加河南府试，作《河南府试十二月乐词并闰月》，获“乡贡进士”资格，但在进士考试之前，有与贺争名者毁之曰：“父名晋肃，子不得举进士。”赏识李贺的韩愈为之作《讳辩》，然贺终未能就礼部试，含恨落第。自此，李贺便与科举绝缘。此番经历对其打击巨大，再读此诗，正如姚文燮所说：“贺叹沈，即自叹。”（《昌谷集注》）换言之，借他人酒杯自浇块垒，乃是此诗题中应有之义。姚氏又评“雄光”四句云：“乃秉鉴非人，目昧五色，‘白日下’，骂得痛快；‘重入门’三字，写得悲凉。世态炎凉，当此自无怜才之人。”（《昌谷集注》）正是因为李贺有相似的切肤之痛，才有此激愤之辞，以指斥那些不辨贤愚的选材者。

诗以七言歌行体写成，十六句三次换韵，形成四句一段的结构，抒情浓厚真挚，诗眼则为一个“怨”字。此“怨”源于怀才不遇，源于时运不济。此怨既是友人的，更是李贺自己的。曾益云：“才人怨，言抱才而不遇，见以文人而下第。”（《昌谷集》）好在诗人先抑后扬，在怨郁牢骚之后，又给这首歌行一个振奋的结尾。“壮夫重心骨”“待旦事长鞭”，既是宽慰，更是激励，寄望友人，振起诗情。吴正子云：“‘秋律’谓他日得意春官，归及秋律，非如今怨春风也。”（《笺注评点李长吉歌诗》）曾益云：“壮夫不在乎人之知不知，在自信其心，自奋其身耳。”（《昌谷集》）所言均中肯綮。

沈氏元和十年（815）登进士第，不枉友人勉励；然诗人自己在仕途上再未能“策鞭”驰骋，令人不禁为之发一长叹。

咏怀二首

其　一

长卿怀茂陵[①]，绿草垂石井。
弹琴看文君[②]，春风吹鬓影。
梁王与武帝[③]，弃之如断梗。
惟留一简书[④]，金泥泰山顶[⑤]。

【注释】

①“长卿”句：长卿，司马相如的字。茂陵，汉武帝的陵墓，在今陕西兴平东北。相如在汉武帝时为孝文园令，以病免职后，家居茂陵。

②文君：卓文君，司马相如的妻子。据《史记》载，司马相如初事汉景帝为武骑常侍，因病免，客游梁。梁孝王死后，相如迫于生计前往临邛。临邛富人卓王孙有女文君，新寡，喜好音乐，相如在宴会上以琴挑之，文君乃夜奔相如。

③梁王：即梁孝王。

④一简书：犹一卷书。《史记》载：相如病重，汉武帝遣使取其所著书，使至，相如已死，其遗书乃言封禅事（筑土为坛以祭天为“封”，扫地为坛以祭地为“禅”）。

⑤金泥：封禅时的一种礼仪，用水银和金为泥，涂封写有祭文的玉牒，埋置于泰山之巅。

【评析】

此诗应作于举进士不第，东归故乡昌谷后。昌谷之于李贺，正如茂陵之于司马相如。司马相如先后事汉景帝、梁孝王，武帝时因病免官，家居茂陵。相如虽有奇才、美妻，但人生并不如意。生前一直未得到梁孝王或汉武帝的重视。唯一事可安慰，相如在世时著书一卷，专言封禅事，临死前说武帝必遣使取之。死后武帝果派人取走，后遂行封禅祭祀之事。

借古人往事抒自己之怀抱的佳作，较早有左太冲的《咏史》。左诗直抒胸臆，风力袭人，李贺的借史咏怀则不动声色，无一语抒情或议论。此诗读来只是平静的叙述，述司马相如的生活和人生，却分明又是诗人在感伤身世。一句“弃之如断梗”，也道出自身被漠视的现实遭际。如果说司马相如生前未被重用的遗憾可由一卷封禅书得到弥补，那么李贺的社会价值由什么来实现呢？必然是他留与后人的诗作了，这一篇篇呕心沥血而成的诗歌便是李贺的“封禅书”，待世人领取和认定。

前人对此诗的理解，也大体皆从身后之名道来：

曾益云：“言长卿家居，草石荒凉，唯与文君相对弹琴，日复一日，终老茂陵而已。梁王、武帝弃之而不用也。迨至死后，始求其书，用礼泰山，以是知生前之遇不可期，而身后之名为可传耳。”（《昌谷集》）

方世举云：“此二作不得举进士归昌谷后叹授奉礼郎之微官。前首言去奉礼，后首言在昌谷。‘长卿怀茂陵’，此句用相如官茂陵令，比己官奉礼郎。相如尝弃茂陵，己亦去奉礼也。‘弹琴看文君’二句，写相如无聊本事，却暗用信陵晚节饮酒近妇神理。‘金泥泰山顶’，此句才说相如身后。后四语感慨生不逢时，惟有死待求书而已。”（《李长吉诗集批注》）

李裕云：“此章乃长吉咏怀自况，本无讥意，末二语所谓文士名心不减，独此庶几差强人意耳。”（《昌谷集辨注》）

今人刘衍认为：“揆贺诗所咏，知贺虽为同辈所排，朝廷所弃，归家后心甚忧愤，然归昌谷山居后，不仅得家室之乐，亦有负才而不甘沉沦之志。现实既然严酷，仕途既然险恶，而诗的艺术大厦，将可保证自己的名声垂于不朽。”（《李贺诗校笺证异》）

诗中摹写长卿夫妇生活场景的几句，历来备受诸家赞赏。黎简云：“‘草垂石井’，寂寞矣。三句于寂寞中写出长卿极得意处，真千古佳话也。‘春风鬓影’在远山芙蓉外看出，无形佳丽，细静至此，非我长吉先生谁能道得？此长吉以长卿自况。”（《黎二樵批点黄陶庵评本李长吉集》）至“弹琴”二句，史承豫称其“风流绝世”（《唐贤小三昧集》）；陈本礼谓其“活画出一风流潇洒之长卿来，笔致趣甚”（《协律钩玄》）；今人林同济评云：“‘弹琴’两句写夫妻相处之乐，轻轻一笔，描得栩栩如生，却又期期入微”（《李长吉歌诗研究》）；陈允吉谓此二句是诗中最为出色处，“设语简练纯净，涉形顿致传神，充满了温馨气息”（《李贺诗选评》）。

其　二

日夕著书罢①，惊霜落素丝。
镜中聊自笑，讵是南山期②。
头上无幅巾③，苦檗已染衣④。
不见清溪鱼，饮水得相宜。

【注释】

①著书：指写诗。

②“讵是”句：讵（jù），岂。南山期，谓长寿如南山。《诗经·小雅·天保》：“如南山之寿，不骞不崩。”

③幅巾：裹头的绸布。据《宋书·礼志》载，汉末王公名士多委弃

正服而不着冠，以幅巾裹头为雅。此处以幅巾代指士人装扮。

④ 苦檗（bò）：一种可作染料的黄色落叶乔木，田野人家多用其皮染衣。其味甚苦，故曰苦檗。

【评析】

此诗作时同前。其时诗人居家，穿着乡野平民的土布衣服，更加专注于创作，早出晚归，昼夜苦吟。这首小诗展示的便是其苦吟的心态——既知苦吟伤身，又耽溺其中而不能自拔的心理状态。

对“南山期”有两种理解，一谓南山般的高寿，谓自苦如此，寿命岂能久长？二谓归隐南山，方世举说：“‘讵是南山期’，此乃心口审度入山归隐之意。”（《李长吉诗集批注》）

相应地，诸家对末二句旨意，也有不同理解：

吴正子云：“此临水愧游鱼之意也。”（《笺注评点李长吉歌诗》）

曾益云：“幅巾即未上头，而黄衣已染，思弃官以就隐也。末谓命薄之夫宜隐不宜仕，犹之清溪之鱼，溪唯清故无所得食，适得以自如而已。”（《昌谷集》）

徐渭云：“清溪鱼宜饮不宜食，比己命薄，宜隐不宜仕也。贺虽少年而头已白，故有此早衰之叹。”（《唐李长吉诗集》）早衰之叹确实浓重，但用“清溪鱼宜饮不宜食”谐音“宜隐不宜仕”，实在有些勉强。

王琦云：“自笑用心过劳，非养生以致寿考之道，当知自悔。科头野服，随意自适，如清溪之鱼，饮水从容，乃得相宜，何为役役而槁死于文字之间乎？”（《李长吉歌诗汇解》）

姚文燮云：“玄鬓早霜，岁华有限。簪缨钟鼎，亦复无心。何如披缁饮水，世外观空，又奚用法网以自困也！”（《昌谷集注》）姚氏认为李贺是用清溪中的黑鱼来象征披缁饮水的出世自足之乐，这番联想不失巧妙。

简而言之，诸家对于诗中所流露的意志持积极或消极两种解读，“饮水得相宜”究竟是借游鱼自诉淡然，还是表达对游鱼的艳羡？

今人叶葱奇认为：“这首诗表面是自己宽解，实在还是充满了牢骚的意味。”（《李贺诗集疏注》）

陈贻焮认为：在李贺描写隐退生活的这类诗作中，我们“很少能感到像陶渊明、王维他们那种由于真正厌倦尘世而逃避到田园或大自然中时的舒畅和喜悦之情，相反却能从那表面似乎是异常宁静甚至凄凉的情境中觉察出他那不安定的灵魂深处的苦闷，及其由于生命的耗蚀而产生的幽怨”（《论李贺的诗》）。

刘衍则认为：“此诗忧而无悔，更不失负才期显之志。旧注以‘自悔’、‘牢骚’概括此诗，亦未探其底蕴。”（《李贺诗校笺证异》）

如此一首小诗，引得诸家各抒已见，可见诗无达诂，信矣。我们以为，理解此诗的关键在于理解诗人自己对于苦吟的态度。诗人心中是有矛盾的，一个“惊”字表明了他由落发而引起的生命忧虑，一个“笑”字是发自无奈的苦笑，一声苦笑也开解了紧张的情绪。后四句进一步平静下来，末了一句“饮水得相宜”，是贺诗中难得的淡然。孟郊《夜感自遣》有云：“夜学晓未休，苦吟神鬼愁。如何不自闲，心与身为雠。”也传达了与贺诗类似的矛盾心理。对于苦吟，他们既忧虑又耽溺其中，无法自拔。换言之，“为了吟诗镂骨呕心诚然是侵害他健康的重要原因之一，反之其身体的病困委顿又往往愈发激起亢奋的创作热情，自始与诗歌结缘直至逝世，李贺并未真正跳出过上述两者交替互动的恶性循环。”（陈允吉、吴海勇《李贺诗选评》）

春坊正字剑子歌[①]

先辈匣中三尺水[②]，曾入吴潭斩龙子[③]。
隙月斜明刮露寒[④]，练带平铺吹不起[⑤]。
蛟胎皮老蒺藜刺[⑥]，鸊鹈淬花白鹇尾[⑦]。
直是荆轲一片心，莫教照见春坊字。
挼丝团金悬麗䍡[⑧]，神光欲截蓝田玉。
提出西方白帝惊[⑨]，嗷嗷鬼母秋郊哭[⑩]。

【注释】

① 春坊（fāng）：自魏晋以下，太子东宫曰春坊。唐代左春坊司经局有“正字”官二人，掌校雠图籍，刊正文章。剑子：即剑。

② 先辈：指已经登第的举人。这里是对春坊正字的尊称。

③“曾入”句：暗用晋周处斩蛟事。《世说新语·自新》载：周处曾在义兴长桥下潜入水中杀蛟，为民除害。因义兴在吴地，故曰吴潭。

④ 隙月斜明：从云隙中斜射下来的月光，借指剑。

⑤ 练带：白色的绢带，借指剑。

⑥“蛟胎”句：蛟胎，蛟皮制成的剑鞘。蛟皮即鲨鱼皮，旧或称鲛鲅，有珠文，坚硬，适宜做剑鞘。蒺藜，一种药草，有刺，此用来形容蛟皮上的珠文。

⑦“鸊鹈”句：鸊鹈（pì tí），水鸟，以其脂肪涂刀剑可以防锈。白鹇（xián），形似山鸡而色白的鸟，身有黑纹，尾长三四尺，雄鸟有白色的长尾羽。

⑧“挼丝”句：挼（ruó）丝团金，揉丝成须，束以金线。麗䍡（lù

sù），丝编的剑络。

⑨ 西方白帝：古代神话中主宰西方的最高神灵。《史记·高祖本纪》载：汉高祖刘邦酒醉夜行，遇白蛇挡道，挥剑斩之，后有人至此，见一老妪夜哭，问其因，答曰："人杀吾子，故哭之。"人曰："妪子何为见杀？"妪曰："吾子，白帝子也，化为蛇，当道，今为赤帝子杀之。"白帝惊，谓春坊正字的剑可与刘邦的斩蛇剑相比。

⑩ 鬼母：指上句夜哭的老妪。

【评析】

此诗疑作于元和六至八年在长安官奉礼郎时。对于这篇写剑的佳作，前人赞赏颇多。

一论李贺写剑之传神：

"虽刻画点缀簇密，而纵横用意甚严，剑身、剑室、纹理、刻字、束带，色杂，无一叠犯，仍不妨句意，春容俯仰。'秋郊'语甚奇，不厌再言。"（吴正子、刘辰翁《笺注评点李长吉歌诗》）

"萃精求异，复不堆垛，口吻间觉有一段奇光射人。"（唐汝询《汇编唐诗十集》）

"从来写剑者，只形其利，此并传其神，末暗用汉祖斩白蛇事。"（沈德潜《唐诗别裁集》）

"一结何等神采！"（阙名《李长吉诗集》）

二论寄托于剑之内涵：

评"直是荆轲一片心"句："七字何等气骨！看长吉诗，当于此等处留心。"（钟惺、谭元春《唐诗归》）

"此二句言剑当为侠士之用，而不当置之无用之地也。"（杜诏、杜庭珠《中晚唐诗叩弹集》）

"（'直是'二句是）全诗的灵魂"，"把咏剑的主题升华到了咏人的高度，它十分自然地把宝剑的被弃置、春坊正字的大材小用和诗人的失意不遇绾合在一起”（《唐诗鉴赏辞典补编》陈维国语）。

评“提出西方白帝惊”二句：“末谓剑具众美，第今藏匣中而未试耳。试一提出，则白帝且为之惊，而鬼母且为之哭矣。”（曾益《昌谷集》）

“遥接‘荆轲心’、‘春坊字’二语而扩而大之，重为春坊冷官惜也。”（方世举《李长吉诗集批注》）

“言此剑奇妙，壮士见之，必知宝惜如心肝。若春坊正字，乃典校四库书籍之职，无所藉用，未免为此剑有不遇知己之感。”（王琦《李长吉歌诗汇解》）

以上所论俱在情理中，诗人同情春坊的冷官，而其身为奉礼郎，亦冷官也，被“置之无用之地”，过着日日洒扫祭台的冷寂生活的，不正是诗人自己么？

陈沆对诗旨有不同的理解：“春坊，东宫官属。唐人呼已第者为先辈，此人必已举进士，家蓄此剑，而长吉歌之也。诗则借寓疾邪除佞之志。‘莫教照见春坊字’者，言此乃剑侠肝胆所成，今徒为文士书生所有，则有不遇知己之叹，故末二句欲斩佞臣头以谢天下。”（《诗比兴笺·李贺诗笺》）陈氏所谓“疾邪除佞之志”，在李贺胸中未必没有，但是结合李贺诗中为数不少的“剑”意象，我们会发觉，诗人更多是以剑自喻。剑，同马一样，是李贺笔下的常见意象，带有浓重的自我象征意味。日人森濑寿三认为剑作为道教仪式的常用器物，在长吉诗中暗含着一种宗教情感，在遭到社会排斥的诗人长吉笔下，剑代表着对现实的超越（见《李贺诗歌的道教侧面》）。

此外，诗中一系列的比喻十分出色，如“三尺水”“隙月斜明”“练带平铺”“神光”等。诗人以水称剑，以照射状的月光代指剑，以平面的白练形容剑，或直接以光来代剑，无一不贴切，无一不形象，又无一不奇。仔细想来，这些比喻多为通感的、联觉式的，既体现出李贺天赋异禀的观物眼光，又展现了他善于描摹的文字奇才。陈允吉评此诗道：“全诗围绕宝剑，多角度地加以题咏，从剑身到剑光，再是剑鞘、纹理，并及剑上刻字，最后是宝剑的束带饰物，近乎面面俱到，但并不循规蹈矩，诗篇保持着意识流的连贯与波动，无一叠犯，从容俯仰，因此读来绝不呆板。”（《李贺诗选评》）

关于此诗章法，清代王源说：“予幼读李贺《春坊正字剑子歌》及《梦天》《天上谣》诸诗，轩然起舞，故酷爱长吉诗。或曰：‘误矣，诡诞非正也。’惑焉，弃弗读。久之，读汉魏乐府，乃知长吉章法一本乐府。人不知其章法之奇，唯字句是怪，陋矣。”（《居业堂文集·听雨轩诗序》）

雁门太守行①

黑云压城城欲摧，甲光向日金鳞开②。
角声满天秋色里，塞上燕脂凝夜紫③。
半卷红旗临易水④，霜重鼓寒声不起。
报君黄金台上意⑤，提携玉龙为君死⑥。

【注释】

①雁门：郡名，古雁门郡大约在今山西省西北部，是唐王朝与北方突厥部族的边境地带。

②“甲光”句：甲光，铠甲的反光。金鳞，因反光而呈金黄色的连锁甲。

③“塞上”句：燕脂，即胭脂，这里指暮色中塞上泥土有如胭脂

凝成。

④ 易水：河北省中部的一条河流，在今河北易县与定州市之间。

⑤ 黄金台：战国时期燕昭王修筑的一个专门用以招纳贤才的高台，上置千金，以延天下之士。又名燕台、金台，故址在今河北易县。

⑥ 玉龙：指剑。

【评析】

《雁门太守行》为乐府旧题。此篇为李贺早年的成名作之一，唐人张固《幽闲鼓吹》记载了这则轶事："李贺以歌诗谒韩吏部，吏部时为国子博士分司，送客归，极困。门人呈卷，解带旋读之。首篇《雁门太守行》云：'黑云压城城欲摧，甲光向日金鳞开。'却援带，命邀之。"以韩愈的任职时间算，李贺写此诗时不到二十岁。这首诗无疑是贺诗中最为人称道者之一，超越前人的同题之作。周敬曰："萃精求异，刻画点缀，真好气骨，好才思。"顾璘曰："词奇而俊，前辈所称。"周珽曰："今观其全首，似为中唐另树旗鼓者。至末二句，雄浑尤不减初、盛风格。"（《唐诗选脉会通评林》）

关于此诗的创作背景，陈沆的推论不妨做一参考："长吉乃借古题以寓今事。故'易水''黄金台'语，其为咏幽蓟事无疑矣。宪宗元和四年，成德军节度使王承宗自立，吐突承璀为招讨使讨之，逾年无功，故诗刺诸将不力战，无报国死绥之志也。唐中叶，以天下不能取河北，由诸将观望无成，故长吉愤之。王氏之有恒、冀，正易水雁门之地，若以为拟古空咏，何味之有？"（《诗比兴笺》）

不论诗人是否有讽谏之意，此诗所描绘的战争即发的场景，都是震撼人心的，亦富有长吉特色。全诗先以光色炫耀之笔铺开画面，前四句中用黑、光、金、红（燕脂）、紫设置出华丽浓重的战争背景色，把天和地都涂满了悲壮的色彩，五六句借荆轲曾赴死的易水、低垂的旗帜和僵寒到敲不动的战鼓营造将赴战斗的肃杀凝重氛围。七八句慷慨豪壮，黎简评其末句云：“以死作结势，结得决绝险劲。”（《黎二樵批点黄陶庵评本李长吉集》）整体欲扬先抑，声和色互为映衬，笼罩悲剧性氛围，形成强烈冲击。

因其悲壮，有论者认为诗人所写情境并不是军队将赴战场，刘辰翁云：“起语奇，赋雁门着紫土，本嫩。后三语无甚生气，设为死敌之意，偏欲如此，颇似败后之作。”（《笺注评点李长吉歌诗》）杜诏云：“此诗言城危势亟，擐甲不休，至于哀角横秋，夕阳塞紫，满目悲凉，犹卷旆前征，有进无退。虽士气已竭，鼓声不扬，而一剑尚存，死不负国。皆极写忠诚慷慨。”（《中晚唐诗叩弹集》卷四）

关于此诗前两句，还有一则公案。宋代王得臣记云：“长吉才力奔放，不惊众绝俗不下笔，有《雁门太守》诗曰：‘黑云压城城欲摧，甲光射日金鳞开。’王安石曰：‘是儿言不相副也。方黑云如此，安待向日之甲光乎？’”（《麈史》）王安石因此受到不少嗤笑。杨慎曰：“宋老头巾不知诗，凡兵围城，必有怪云变气，昔人赋鸿门，有‘东龙白日西龙雨’之句，解此意矣。予在滇，值安凤之变，居围城中，见日晕两重，黑云如蛟在其侧，始信贺之诗善状物也。”（《升庵诗话》）薛雪云：“‘黑云压城城欲摧，甲光向日金鳞开’是阵前实事，千古妙语。王荆公訾之，岂疑其黑云、甲光不相属耶？儒者不知兵，乃一大患。”（《一瓢诗话》）沈德潜云：“阴云蔽天，忽露赤日，实有此景。字字锤炼而成，昌谷集中定推老成之作。”（《唐诗别裁集》）

“黑云”二句，委实将诗人的摹写天赋透露出来。黑云不只是铺天盖地俯压城墙的浓云，同时也是浩浩泱泱列阵以待足以摧城的士兵，二者共同形成强烈的压抑之力。《北齐书》记：“周军围晋阳，望之如黑云四合。”而当一道白色的日光冲破浓云，将战士甲胄的鳞片反射出耀眼的金光，整体的压抑氛围仿佛瞬间被击破，天上乍现的日光和地面如鱼鳞铺开的金光，与黑色形成陡然的对冲，这是长吉笔下常见的明与暗的反差式书写。

宋宗元评此二句“沉雄乃尔”（《网师园唐诗笺》），史承豫称此句“闪烁纸上”（《唐贤小三昧集》）。范梈说：“作诗要有惊人句。语险，诗便惊人。如李贺‘黑云压城城欲摧，甲光照日金鳞开’，此等语，任是人道不出。”（《唐诗选脉会通评林》）今人刘学锴谓：“上句（‘黑云’句）的沉重感、压抑感和危急感与这句（‘甲光’句）的严肃感、神秘感和跃动感，实际上都是出征将士在危机重重的背景下背负着庄严赴战使命的复杂心态的表现。”（《唐诗选注评鉴》）袁行霈说：“整首诗就是用奇异的色彩组成的”，“黑云、甲光、金鳞、燕脂、夜紫、红旗、玉龙，一系列变幻莫测的光和色组成了这幅战场的图画。”（《苦闷的诗歌与诗歌的苦闷》）朱世英评赞此诗“不只奇诡，亦且妥帖”，“用秾艳斑驳的色彩描绘悲壮惨烈的战斗场面，可算是奇诡的了；而这种色彩斑斓的奇异画面却准确地表现了特定时间、特定地点的边塞风光和瞬息变幻的战争风云，又显得很妥帖。惟其奇诡，愈觉新颖；惟其妥帖，则倍感真切；奇诡而又妥帖，从而构成浑融蕴藉、富有情思的意境。这是李贺创作诗歌的绝招，他的可贵之处，也是他的难学之处。”（《唐诗鉴赏辞典》）

大堤曲[①]

妾家住横塘[②]，红纱满桂香。
青云教绾头上髻，明月与作耳边珰[③]。
莲风起，江畔春；

大堤上，留北人。
郎食鲤鱼尾，妾食猩猩唇。
莫指襄阳道，绿浦归帆少[4]。
今日菖蒲花[5]，明朝枫树老。

【注释】

① 大堤曲：乐府题名。大堤，在襄阳府城外，此地盛产美酒。

② 横塘：亦在襄阳，靠近大堤。

③ 珰（dāng）：耳珠。

④ 绿浦：长满绿色植物的水边。

⑤ 菖蒲：多年生草本植物，其花难得一见。

【评析】

李贺曾游历东南。此诗或作于东南之行期间或之后，明显体现出诗人所受南朝艳歌的沾溉。《大堤曲》，或云起于梁简文帝，是“雍州十曲”之一；或云源自南朝民歌《襄阳曲》：“朝发襄阳城，暮至大堤宿。大堤诸女儿，花艳惊郎目。”襄阳为长安通往荆湘、岭南的要冲，可上通巴蜀，下达吴越，往来文人商旅不绝，酒楼歌馆，声伎云集。

诗人借江南女子之口，传达留人情意，“莲风”“江畔”“浦”“帆”“菖蒲”等物象细加点染，洋溢着水乡风格，达致“真乐府音节”（黎简《黎二樵批点黄陶庵评本李长吉集》）的妙境。陈贻焮评说此诗：“不仅创造地运用了原辞的题材，揣摩着原辞的风格精神，形象生动地写出了大堤女儿的绰约风姿，写出了她的妩媚多情，还巧妙地有机地将诗人自己深邃的人生感叹，以及他对生活和青春的热爱，溶合在大堤女儿殷勤留客的情意里。”（《论李贺的诗》）

此种题材在古代文人笔下书写颇多，而李贺依然能够出新见巧。“青云”两句，“新颖可爱”（黎简《黎二樵批点黄陶庵评本李长吉集》），乌黑如云的发髻与耳垂上明亮的珍珠形成光色的反差，生动呈现出这位女子的妆饰之美。“郎食”两句，描写女子与情人相处的欢洽，鲤鱼尾与猩猩唇两个物象的使用，亦颇为新颖。有人认为这是指珍贵的食物，如曾益云：“述鱼熊味美而尾与唇为尤美，述相得之欢。”（《昌谷集》）姚文燮云：“鲤尾猩唇，极味之珍美也。”（《昌谷集注》）有人认为意在象征两性交合，持此论者如韩国学者金学主（见《唐诗与巫教试论——以李贺为中心》）。仅从字面上看，猩猩唇所照应的鲜红色彩，亦足够令人浮想称奇，结合诗中所用“红”“青”“明月”“绿”等关于光色的字眼，我们不妨相信诗人是刻意以这猩红之唇的光艳来造成一种视觉上的冲击。

此诗另一堪回味处，是将佳人挽留情郎的主题引申至惜时行乐的人生话题。姚文燮言此诗主旨道：“此怀楚游之友，而寄此以讽之也。”（《昌谷集注》）所说恐不确。细详诗意，应是以稀见的菖蒲花与老丑的枫树做对比，言年岁易逝，用王琦的话说，即“枫树之老者礌砢多节，以喻老丑之状”，“况日月如驰，盛年难驻，朝暮之间，而红颜已更矣。深言当及时行乐之意。”（《李长吉歌诗汇解》）此一作意，论者多有提及。如曾益云：“末四句述留意，言莫指襄阳，往则不易归耳，今日相聚，辟菖蒲之花，最难得见。第人容颜易老，倏忽之间，如枫树之易衰飒，可遽别哉！甚言欲留之意，所以致缱绻之情也。”（《昌谷集》）黎简云：“鲤鱼以下，只是留之之意，故种种媚之、劝之、警之。结二句言景物之速，当及时行乐。”（《黎二樵批点黄陶庵评本李长吉集》）姚文燮云：“楚姬妖丽，其居与饰俱极华美。菡萏风薰，倍加留恋。……故北人南游，每多流连忘返，不觉春秋云迈，日夕暗移。菖蒲生于百草之先，忽忽枫寒叶落，即谓佳人难觑，亦知芳色易凋耶！”（《昌谷集注》）叶葱奇云：“后半纯用少女挽留情人的口吻来表示红颜易老、岁月不留的意思，情趣浓艳，音调铿锵。”（《李贺诗集疏注》）

综合诸家所言，可以感知在缱绻的诗情中，有着对于人世年华的清醒与警觉。《李贺诗选评》说得好：“诗的最后四句，把难得一见的菖蒲花与礌砢多节的老枫树相对待，曰美曰丑殊异，何可以道里计，缱绻爱意与生命的飘逝感打并在一起，颇能取得令人心灵震颤的艺术效果。”

蜀国弦

枫香晚花静，锦水南山影①。
惊石坠猿哀②，竹云愁半岭。
凉月生秋浦，玉沙粼粼光。
谁家红泪客③，不忍过瞿塘④。

【注释】

①锦水：即锦江，又称濯锦江，即今之岷江。长江水过成都曰锦江，盖江水明秀，以之濯锦，锦彩鲜润于他江，由此得名。

②“惊石”句：惊石，石之危险骇人者。坠猿，三峡猿多，常悬长臂挂于树枝之上，看起来好像要掉下来，故云。

③红泪客：指民间传说中的少女薛灵芸。王嘉《拾遗记》载：“魏文帝所爱美人，姓薛名灵芸，常山人也。……年至十五，容貌绝世。……时文帝选良家子女以入六宫，（太守谷）习以千金宝赂聘之。既得，乃以献文帝。灵芸闻别父母，歔欷累日，泪下沾衣。至升车就路之时，以玉唾壶承泪，壶即红色。既发常山，及至京师，壶中泪凝如血。”这里借喻

某位伤心流泪的少女。

④ 瞿塘：峡名，长江三峡之首，在重庆市奉节县东，是出入巴蜀的重要水路门户。

【评析】

《乐府古题要解》："《蜀道难》备言铜梁、玉垒之险，又有《蜀国弦》，与此颇同。"因知《蜀国弦》一题也可以写蜀道之难，此诗中"惊石坠猿哀，竹云愁半岭"二句便以"哀""愁"二字切题。但诗人不止于写蜀道之难和蜀道之景，而是增加了"红泪客"这一人物形象，"不忍"二字更制造了诗意的朦胧。

陈本礼解诗曰："'不忍'字妙。以蜀山之高，瞿塘之深，可谓险矣，然钟情所在，虽逾险涉深，亦所不顾者，不忍也。不忍以所欢之人远隔一水，置之膜外，而不思所以就之乎！《诗》云：'谁谓河广？一苇杭之。'所谓过瞿塘也。"（《协律钩玄》）如此，本诗便具有了爱情诗的意味。

方世举也以相思之意解之："《蜀国弦》题目与后之《神弦》题不同，彼乃降神之曲，此则忆远之词。宋词有'拨尽琵琶，总是相思调'，即此意也。"（《李长吉诗集批注》）王琦以为诗意"似言眷恋乡土，不忍离去"（《李长吉歌诗汇解》）。董伯音云："蜀道虽难，亦非有心人之所畏也。题外另写出一段情至语，洵为诘曲之思。"（陈本礼《协律钩玄》引）今人刘衍则认为："贺作此诗，是南游入鄂，溯江西上，而借旧题即景抒情，言入蜀之难，亦寓仕途之艰，二者当兼而有之。"（《李贺诗校笺证异》）

姚文燮以时事附会诗旨，曰："贞元十一年，裴延龄谮陆贽于帝，因贬贽为忠州别驾。贺盖即蜀弦之哀，想蜀道之难，为迁客伤也。枫香，美丹心也；南山，喻孤高也。忠良被逐，琴声倍觉凄清，而猿竹亦为之愁也。月色沙光，可方皎洁。人各有情，闻之自为心恻，又堪忍过此耶！诸本仅注‘弦’，觉少情味。”（《昌谷集注》）钱仲联评姚说：“疏释诗意虽切，但谓指陆贽则非。此诗是伤王伾、王叔文贬蜀身死之作。”（《李贺年谱会笺》）此类解读，过于坐实，不可取。不如清人所评确当：“此首全写神理”（阙名《李长吉诗集》），其独特魅力便是悄然传达出满满的凄清意绪。

这种凄清意绪，“乍看浑未喻蜀国弦，但觉别是一段情绪。自不必语辞也。弦之悲何以易此？”（吴正子、刘辰翁《笺注评点李长吉歌诗》）黎简云：“既抱别愁，又经畏途也，出语隐约可风。”（《黎二樵批点黄陶庵评本李长吉集》）黄淳耀云：“篇中全不及弦，而字字是弦。”（《黎二樵批点黄陶庵评本李长吉集》）黄氏所道最妙。

此诗意旨并不明确，读者尽可想象：弦声摇曳的夜晚，一枚凉月悬于秋浦之上，清凉的月光降落下来，白沙静静地反着光，山影与山花都静静的，女子的哀愁也静静的。整个诗情便在这幽静、凄清的氛围中缓缓传递开来。

苏小小墓[①]

幽兰露，如啼眼。
无物结同心，烟花不堪剪。
草如茵，松如盖。
风为裳，水为佩。
油壁车[②]，夕相待。
冷翠烛[③]，劳光彩。

西陵下④，风吹雨。

【注释】

① 苏小小：钱塘名妓，南齐时人，与风流文士交，事载《玉台新咏》卷十《钱塘苏小歌》解题引《乐府广题》。

② 油壁车：南北朝时期流行的一种车乘，用青油布蒙住车厢，为华贵女子所乘。

③ 冷翠烛：指磷火，磷光幽冷而色绿，有光无焰，闪烁不定。

④ 西陵：指苏小小的墓，在今浙江省杭州市孤山西泠桥一带。

【评析】

此诗疑作于李贺东南之行期间或稍后。

胡寿芝曾说："东野奇而古，退之奇而肆，长吉奇而艳。"（《东目馆诗见》）此诗可谓长吉诗歌"奇而艳"的典型之作，亦被认为是其"鬼诗"的代表作之一。

清人谓："仙才，鬼语，妙手，灵心。《洛神赋》是神，《孝夫人赋》是仙，此诗是鬼。试于夜阑人静时将此诗吟至日遍，若无风裳水佩之人，徘徊隐见于前，吾不信也。"（阙名《李长吉诗集》）"通首幽奇光怪，只纳入结句三字，冷极，鬼极，诗到此境，亦奇极无奇者矣。"（《黎二樵批点黄陶庵评本李长吉集》）今人张燕瑾评云："全诗由景起兴，通过一派凄迷的景象和丰富的联想，刻画出飘飘忽忽、若隐若现的苏小小鬼魂形象。"（《唐诗鉴赏辞典》）

六朝以来，文人对苏小小的故事兴趣颇浓，梁武帝开始作《小小歌》。《玉台新咏》有《钱塘苏小歌》："妾乘油壁车，郎骑青骢马。何处结同心，西陵松柏下。"至唐代，白居易、刘禹锡等众多诗人歌咏不绝，李绅《真娘墓》诗序称："吴之妓人，歌舞有名者，死葬于吴武丘寺前。吴中少年从其志也，墓多花草，以满其上。嘉兴县前亦有吴妓人苏小小墓，风雨之夕，或闻其上有歌吹之音。”苏小小之墓，是多么冷艳多么契合诗人心理的一个投射对象，前人咏得越多，李贺越想超越前人，吟到冷艳至极，仿佛苏小小的知己一般。

这首名作的意旨，读者们各有体会：

或认为诗人有伤迟暮之意，“兰露啼痕，心伤不偶。风尘牢落，堪此折磨。迄今芳草青松，春风锦水，不足仿佛嫘妍。若当日空悬宝车，烧残翠烛，而良会维艰，则西陵之冷雨凄风，不犹是洒迟暮之泪耶？贺盖慷慨系之矣！”（姚文燮《昌谷集注》）

或以为诗中苏小小身上有李贺影子，“诗人使自己空寂幽冷的心境，通过苏小小的形象得到了充分流露。在绮丽秾艳的背后，有着哀激孤愤之思，透过凄清幽冷的外表，不难感触到诗人炽热如焚的肝肠。鬼魂，只是一种形式，它所反映的，是人世的内容；它所表现的，是人的思想感情。”（《唐诗鉴赏辞典》张燕瑾评）

或认为作者“追述苏小小执着求之的爱情只是一场幻影，实际上是在抒写自己对人生短暂、空虚的感慨”（刘衍《李贺诗校笺证异》）。

事实上，诗人未必有“迟暮”之意，只是借咏史发挥审美意志罢了。诗人于诗中更多的是借契合其冷艳审美观与凄美心境的故事来发挥其异才，以传达微情幽感。

宋人评曰：“‘幽兰露，如啼眼’便是墓中语。‘无物结同心，烟花不堪剪’，妙极自然。（全诗）参差苦涩，无限惨黯，若无‘同心’语，亦不为到。此苏小小墓也，妖丽闪烁间，意固不欲其近《洛神赋》耳。古今鬼语，无此惨淡尽情。本于乐章，而以近体变化之，故奇涩不厌。”（吴正子、刘辰翁《笺注评点李长吉歌诗》）“尽情”二字，深得此诗意涵！诗人不仅摹写了冷艳之境，更是以境写情，全诗笼罩了一股浓浓的悲情。陈允吉所论最为精到：“此诗妖丽楚惋，惨澹尽情，通篇萦绕着浓重的森暮之气。……这里面融合着温馨和凄冷，形象绮丽夭冶，亦颇涉邪恶，还夹杂着一点幽灵的恐怖。苦闷的长吉，尤喜向荒诞谲异中寻找美丽。他的诗歌经常是美感与道德相悖，妍丽与可怖并存。”（《李贺诗选评》）

由此诗，还能看到李贺所受《楚辞》的影响，苏小小风裳水佩的形象令人联想“被薜荔兮带女萝”“既含睇兮又宜笑”的山鬼，苏小小“无物结同心，烟花不堪剪”的幽怨亦类似山鬼的“折芳馨兮遗所思”“思公子兮徒离忧”，西陵下风吹雨的景象也与《山鬼》中“风飒飒兮木萧萧”的氛围相近。陶文鹏评赏道：“诗人通过对苏小小的鬼魅形象刻画，充分表露出他对死亡的忧虑恐惧，创造出一个荒诞迷离的幽灵世界，一种充满阴森冷艳之美的意境。这首诗的色彩丰富而不繁杂，意象瑰丽而不凝滞，意象之间跳跃虽大却意脉贯穿，加上大量节奏短促跳跃的三字句式，把虚荒诞幻的墓地景象和有影无形、飘忽隐现的鬼魅形象描绘得奇诡而妥帖，使此诗妙得《楚辞·九歌·山鬼》的神韵。”（《论李贺诗歌的色彩表现艺术》）

梦　天

老兔寒蟾泣天色①，云楼半开壁斜白②。
玉轮轧露湿团光③，鸾佩相逢桂香陌④。
黄尘清水三山下⑤，更变千年如走马。
遥望齐州九点烟⑥，一泓海水杯中泻。

【注释】

①泣天色：形容月色如水，犹如月亮上的玉兔蟾蜍泣泪而成。

② 云楼：月宫中的楼阁。或曰层叠的云高耸如同楼阁。

③“玉轮”句：玉轮，月亮。轧（yà）露，碾着露水，古人认为露水自天而降，故云。团光，月晕。

④ 鸾佩：雕有鸾凤的玉佩，这里代指月宫中的仙女。

⑤“黄尘”句：黄尘清水，葛洪《神仙传》卷三记载，仙人麻姑与王方平会晤时，自言已三见东海变为桑田，近日见蓬莱水浅，东海又将扬尘。诗人以此寄寓沧海桑田之感。三山，古代神话里的蓬莱、方丈、瀛洲三座仙山。

⑥“遥望”句：齐州，指中国。九点烟，古代中国分为九州，从天上遥望九州，小得像九点烟尘。

【评析】

这首超妙之作，前人多归之为游仙诗。如董懋策云：“分明说游月。”（《唐李长吉诗集》）黄淳耀云：“即游仙诗。”（见《黎二樵批点黄陶庵评本李长吉集》）方世举说：“此变郭景纯《游仙》之格，并变其题，其为游仙则同。”（《李长吉诗集批注》）范大士评曰：“分明一幅游月宫图，持赠张丽华，桂宫应称艳绘。”（《历代诗发》）

游仙题材在古代文人笔下所在多有，而于长吉，又能出新出奇，而其中最奇之处，在于诗人的视角——身处天界，俯视下界的视角。姚文燮云：“滓淄既尽，太虚可游，故托梦以诡世也。蓬莱仙境，尚忧陵陆，何况尘土，不沧桑乎！末二句分明说置身霄汉，俯视天下皆小，宜其目空一世耳！”（《昌谷集注》）所谓“目空一世”，正是梦天诗人的高旷超然姿态。“遥望齐州九点烟，一泓海水杯中泻”的超现实比喻，非长吉原创，郭璞《游仙诗》有“四渎流如泪，五岳罗若垤”，庾阐《游仙诗》有“三山罗如粟，巨壑不容刀”，梁简文帝《仙客》有“高翔五岳小，低望九河微”，韦应物《王母歌》有“上游玄极杳冥中，下看东海一杯水”，不一而足，但李贺“九点烟”“杯中泻”的比喻出色在“它赋予被观照者以动态感，不仅贴切具象，而且给读者以强烈的视觉震撼”（陈允吉、吴海勇《李贺诗选评》）。

古人常将李贺、李白二人的游仙诗作对比，如吴汝纶说：“后半豪纵似太白。”（《李长吉诗评注》）然此诗岂止似太白？应如黎简所说：“论长吉每道是鬼才，而其为仙语，乃李白所不及。‘九州’二句妙有千古。”（《黎二樵批点黄陶庵评本李长吉集》）此诗超越李白游仙诗之处，一在“目空一世”的高维视角：“兔长生曰‘老蟾’，居广寒曰‘寒’。‘鸾佩相逢’，与嫦娥遇也。‘黄尘清水’，即桑田沧海。言三山之下，或积尘而为田，或水啮而为海，‘更变千年’，如走马之无定在。遥望九州如烟点之渺，大海如杯水之微，自天视下，直是如此。”（曾益《昌谷集》）二在其中深情：“此诗编列《苏小小》诗后，是长吉为大千世界说法。日月与天地长久，今兔曰‘老兔’，蟾曰‘寒蟾’，则蟾、兔已非太古之本质矣。日月变迁，再积之久，十二万年后，天地亦如人之一梦耳。不曰‘天梦’，而曰‘梦天’，迨犹屈子不曰‘问天’而曰‘天问’也。泣天色，思之至此，则天亦应为之泣矣。鸾佩相逢，邂逅一遇，顷刻而月轮西矣。岂可定为久长鸳偶而痴情幻想者，遂谓三生有幸，思欲盟订千秋，而不知老兔、寒蟾正为此辈泣也。”（陈本礼《协律钩玄》）

焦竑《李贺诗解序》曾评李贺的诗作“所操者异，而终非食烟火人所能办”。钱锺书《谈艺录》亦谓：“盖长吉振衣千仞，远尘氛而超世网，其心目间离奇俶诡，鲜人间事。”有关李贺诗歌对超离人间现实的追求，历代已不乏评述，刘辰翁评曰：“意近语超，其为仙人口语亦不甚费力。”（《笺注评点李长吉歌诗》）黄周星评曰：“命题奇创。诗中句句是天，亦句句是梦，正不知梦在天中耶，天在梦中耶？是何等胸襟眼界，有如此手笔，《白玉楼记》不得不借重矣。”（《唐诗快》）黄氏由此诗想起《白玉楼记》，实有必然。这“云楼半开壁斜白”一句，真似乎摹画了天上白玉楼的想象。且将故事移录在此：

“长吉将死时，忽昼见一绯衣人，驾赤虬，持一板，书若太古篆或霹雳石文者，云当召长吉。长吉了不能读，欻下榻叩头，言：‘阿㜷老且病，贺不愿去。’绯衣人笑曰：‘帝成白玉楼，立召君为记。天上差乐，不苦也。’长吉独泣，边人尽见之。少之，长吉气绝。常所居窗中，㶿㶿有烟气，闻行车嘒管之声。太夫人急止人哭，待之如炊五斗黍许时，长吉竟死。”（李商隐《李长吉小传》）

与此相关，陈允吉从超越现实和现实弥补的角度来阐说长吉的梦天之辞：“诗人企图从时间和空间两个方面挣脱世界对他的羁绊，藉此在无限的宇宙中追求生命绝对的自由，任凭寰中一切事物变迁生灭层出不穷，他自己处身仙境可以‘更天地而弥固，终逍遥以长生’，并且还能从‘遇合仙姝’一类赏心乐事达成心理上的满足。不过，李贺在臆想神往的同时，也未能彻底忘情现实，故托言于‘梦’，而横亘于现实与梦想之间的无法逾越的鸿沟，则倍增该诗的悲剧情味。”（《李贺诗选评》）刘学锴更从生命意识角度予以论说：“尽管诗的后段气概豪纵，境界开阔，但感情的深层底蕴却是对生命短暂、境遇困厄的深悲。”（《唐诗选注评鉴》）这些评说，无疑可加深读者对此诗的领会。

此外，对诗中“玉轮轧露湿团光”一句，众人解说不一。列举几种，以供参照：

《李贺诗选评》：“圆满的月亮如同玉轮飞转辗轧湿露，映着月晕的团光”，“诗人以此意象表现时间的飞快流驶”。

《唐诗鉴赏辞典》：“下雨以后，水气未散，天空充满了很小的水点子。玉轮似的月亮在水气上面辗过，它所发出的一团光都给打湿了。”

《唐诗选注评鉴》：“一轮皎洁的明月正碾压着露水在缓缓运行，

由于清露的沾泪，那圆月的清光也仿佛被沾湿了。”

《李贺诗集疏注》则认为是月光映射到露水上的样子。

唐儿歌（杜豳公之子）[①]

头玉硗硗眉刷翠[②]，杜郎生得真男子！
骨重神寒天庙器[③]，一双瞳人剪秋水。
竹马梢梢摇绿尾[④]，银鸾睒光踏半臂[⑤]。
东家娇娘求对值[⑥]，浓笑书空作唐字[⑦]。
眼大心雄知所以[⑧]，莫忘作歌人姓李！

【注释】

① 杜豳（bīn）公：唐代杜氏封邠公者有杜黄裳、杜悰二人，然悰于懿宗朝方受封，此时长吉久已故世，故此杜邠公即宪宗朝宰相杜黄裳。据《旧唐书·杜黄裳传》，黄裳，京兆杜陵人，官至宰相，封豳国公。“邠”即“豳”，唐玄宗以“豳”形似“幽”，诏改为“邠”。“唐儿”当指杜黄裳子杜胜，杜黄裳尚唐朝公主，故呼其子为唐儿。

② “头玉”句：头玉，头骨如玉。硗（qiāo）硗，坚硬貌，这里指头骨隆起。

③ “骨重”句：骨重，举止稳重，体态凝重。神寒，神气沉静，神情清朗。天庙器，原指皇家祭祀宗庙时摆设的贵重祭器，这里指可以登大用的人才。

④ “竹马”句：竹马，儿童拿竹竿当马骑，叫竹马。梢梢，形容竹叶披散的样子。

⑤ “银鸾”句：银鸾，项圈下鸾鸟状的坠子。睒（shǎn）光，闪烁。

踏，此处形容坠子随小孩子跳跃而不断摆动的样子。半臂，短袖背心。

⑥ 对值：匹偶，求婚。

⑦ 书空：用手指在空中指画、写字。

⑧ 眼大：眼界阔大。

【评析】

此诗疑作于元和六至八年在长安官奉礼郎时，是长吉写人物的名作。

方世举云："'骨重神寒天庙器'，此句传出清贵之品。凡'寒'字率薄福相，此偏用得厚重，盖对肠肥脑满之庸俗而得其神理，肃雍清庙，自须无一点尘埃气人，'寒'字所以妙绝。"（《李长吉诗集批注》）对"寒"字品评得佳。钟惺谓："'骨重神寒'四字，长吉自评其人其诗。"（《唐诗归》）似已有离题之嫌。

赞赏此诗者以为李贺将人物描写得"骏鹘丰神，湛然可掬"（阙名《李长吉诗集》）。不喜此诗者云："眼大心雄，粗鄙之甚，非鬼也。自附于六七岁儿，而希其后日之不忘，其情鄙，其词俚。"（姚佺《昌谷集句解定本》）诗末"莫忘"一句受到不少诟病，曾益云："意欲自附为知己也。"（《昌谷集》）不过，刘衍认为此诗乃李贺的"游戏之作"（《李贺诗校笺证异》），也不失为看待此诗的一种态度，于是末句便无可厚非。

姚文燮评曰："头骨神明，岐嶷秀发，嬉戏丽饰，自非凡儿。'浓笑'句状唐儿对东家娘含情不语，有许多自负神情，故知其眼大心雄也。然作歌之人心眼本亦如是，且加儆策，宜思早自建立，以报朝廷，莫忘身所自出。贺即唐诸王孙也。"（《昌谷集注》）姚氏对"浓笑"句的评析有误，需要指出：

一则，"浓笑"句所写应为东家娘，这一句曾引得诸多赏赞，如谓其“艳语荡人”（吴正子、刘辰翁《笺注评点李长吉歌诗》），“桑间之音，真纤真媚”（唐汝询《汇编唐诗十集》），“幽情幽语”（钟惺《唐诗归》），“状邻女相怜之，甚奇，艳绝矣”（范大士《历代诗发》）。甚至有关于“浓笑”一句的轶事记载，宋代赵与虤《娱书堂诗话》：“山谷自黔中还荆南，见一女子奇美，因赋《水仙花》以寓意。山谷下世，女子贫不能给，其夫鬻于田氏。一日，召高子勉饮，妾出侑觞。子勉请以诗中‘国香’字名之，因作长篇纪其事。有云：‘却把水仙花说似，猛省西家黄学士。乃能知妾妾当时，悔不书空作黄字。’每诵此句，未达其旨。因阅李贺《唐儿歌》，而有‘东家娇娘求对值，浓笑书空作唐字’之句。”

二则，姚氏所解“宜思早自建立，以报朝廷”之诗旨，亦不符合长吉价值观。姚氏评贺诗多有此类将其禁锢头脑牵强附加于诗人的情况，不知韦宗所谓“《五经》之外，冠冕之表，复自有人”（语见《晋书》）。

绿章封事

为吴道士夜醮作[①]

青霓扣额呼宫神[②]，鸿龙玉狗开天门[③]。
石榴花发满溪津，溪女洗花染白云[④]。
绿章封事咨元父[⑤]，六街马蹄浩无主[⑥]。
虚空风气不清冷，短衣小冠作尘土[⑦]。
金家香衖千轮鸣[⑧]，扬雄秋室无俗声[⑨]。
愿携汉戟招书鬼[⑩]，休令恨骨填蒿里[⑪]。

【注释】

①绿章：旧时道士祈天时用青藤纸写祷词，故云“绿章”，也叫“青词”。李肇《翰林志》载：“凡太清宫道观荐告词文，用青藤纸朱字，谓之青词。”封事：密封的奏章，此指道士上给天帝的表章。夜醮（jiào）：道士于夜晚设坛祭告天帝、列宿，称为“夜醮”，俗称“打醮”。《隋书·经籍志》载：“（道经）有诸消灾度厄之法。……夜中，于星辰之下，陈设酒脯、饼饵、币物，历祀天皇太一，祀五星列宿，为书如上章之仪以奏之，名之为醮。”

②青霓：绘有青色云霓的道袍，此处代指道士。《楚辞·九歌·东君》：“青云衣兮白霓裳。”

③鸿龙玉狗：传说中把守天门的神兽。

④溪女：身为道教徒的年轻女子。杨伦《杜诗镜诠》注杜甫《朝献太清宫赋》“溪女捧盘而盥漱”句云：“溪女，道书有十二溪女，皆阴神。”

⑤“绿章”句：咨，祷告。元父，元气之父，即天帝。

⑥六街：指长安城中左右六条主要街道，唐以金吾街使掌之，昼夜巡逻。

⑦短衣小冠：这里指长安城内平民百姓。

⑧“金家”句：金家，原指汉武帝宠臣金日磾家族，自武帝至平帝七世为内侍，为当时金、张、许、史四大豪门之首，后世遂用以指代达官贵人之家。香衖（xiàng），犹豪华的里巷。衖，即“巷”字。

⑨扬雄：字子云，成都人，因在长安仕宦不得意，闭门著《太玄》。卢照邻《长安古意》有“寂寂寥寥扬子居，年年岁岁一床书”，李贺以扬雄代指寒士。

⑩“愿携”句：按古时传说，凡招魂者，必须用死者生平所亲之物，呼其名而招之，使神灵得有所凭依而归来。扬雄曾为执戟郎，故云携戟

以“招书鬼”。

⑪ 蒿里：墓地。

【评析】

此诗疑作于元和六至八年在长安官奉礼郎时，是《昌谷集》中较难解读的一首。前人对此诗字词的注解纷杂不一，对诗旨和绿章封事内容的阐说亦模棱不清。例如，“虚空风气不清冷，短衣小冠作尘土”两句，或以为“因风气炎蒸，不堪暑热，人多暍死，短衣小冠化为尘土者，不知其几矣”（王琦《李长吉歌诗汇解》），或以为“长安城中马蹄纷来沓至，毫无约束。故接二句云：城中不堪其扰，且又酷暑，空气污浊，困窘小民死者甚众”（刘衍《李贺诗校笺证异》），或径置此二句而不予说解。叶葱奇谓：“这首诗义理既不十分融贯，而辞句又非常晦涩，如用扬雄代表一般书生，下面便直说用汉戟招魂，这是很迂曲费解的。”（《李贺诗集疏注》）说的就是这种情况。

但在迂曲费解当中，诸家所说又有两个共通之处：

一是极赏“石榴花发满溪津，溪女洗花染白云”两句。或云：“不必题事，但一语如此，谁不惊异？神奇，神奇。”（吴正子、刘辰翁《笺注评点李长吉歌诗》）或云：“‘染云’二语形容炎夏，即王建‘秋河织女夜妆红’，形容秋暑之致，亦是好句。”（方世举《李长吉诗集批注》）王琦认为此句“当是建醮之地，有此花木，溪女采之，净洗而以供神”，“染白云即是映白云之意”（《李长吉歌诗汇解》卷一），这一解释似乎最贴合诗人的创作语境。

二是在诗旨不明的情况下，论者一致认为长吉借扬雄自况、自伤。

吴正子云：“谓风气非清平之时，短衣小冠之士，混为尘土，富贵如金、张，贫贱如扬雄，荣枯不等甚矣！故愿招扬子之魂，无使恨

于地下也。长吉因道流奏章而言及此，岂无意哉？以扬雄自况而言己之迍贱可悲也。”（《笺注评点李长吉歌诗》）

黄淳耀云：“结意自伤。”黎简云：“说醮事，大有骚人《天问》之遗。‘石榴’二句，诸解（指徐、董、黄诸说）都不必，只说采芳非以献神可矣。‘元父’意是指主醮者。‘马蹄浩无主’，神灵恍佛也。风气不好，致此人作尘土也。结言其术之神，欲凭之以招扬雄之鬼也。盖以自况之词。”（《黎二樵批点黄陶庵评本李长吉集》）

姚文燮云：“天上浮云如白衣，须臾变化成苍狗。鸿龙玉狗皆云也。宫神如可呼，则天门想可开矣。榴花满溪，仙娥闲适，那知人间死亡之戚？乃因吴道士之妄作青词，上干造化，遂令六街马蹄，于行醮时随班逐队，茫无定准。香烟炬焰，炽炎迷天。黄冠骏奔，自作尘土。金家香衖中仪文甚盛，致观者杂沓，华毂迭至。而扬雄文士，静坐一室，邈若罔闻。因念古今人才，埋没荒丘，谁为之一招魂耶？且雄仅为汉执戟郎，明乎与居奉礼者有同恨耳！”（《昌谷集注》）

方世举云：“‘绿章封事咨元父’，纷纷祈祷元父，何所凭依？‘虚空风气不清冷’，徒令清冷天风，亦复为下土混浊。‘短衣小冠作尘土’，人虽醮而终不免于死亡，即代醮之道士，皆非长生。……‘金家香衖千轮鸣’四句，以下四语，言富贵与孤寒生前不同，而同归于尽，寒士犹足恨也。”（《李长吉诗集批注》）

此诗整体上意旨晦涩，称不上佳作，但因有“染白云”句及末四句，便不可弃之不选。

河南府试十二月乐词并闰月（选六首）

正　月

上楼迎春新春归，暗黄著柳宫漏迟[1]。
薄薄淡霭弄野姿，寒绿幽风生短丝[2]。
锦床晓卧玉肌冷，露脸未开对朝暝[3]。
官街柳带不堪折[4]，早晚菖蒲胜绾结[5]。

【注释】

①宫漏：宫中的漏壶，用铜壶贮水，分层漏滴，中有标尺，以计时刻。

②短丝：初春细草。

③朝暝：朦胧的晓色。

④官街：京城大街，因是官方修筑，故曰官街。唐两京城内大街沿汉魏古制，种植槐、柳等树木。尉迟偓《中朝故事》云："天街两畔槐树，俗号为'槐衙'。曲江池畔多柳，亦号为'柳衙'。意谓其成行列如排衙也。"

⑤菖蒲：多年生草木。绾（wǎn）结：编结。

【评析】

唐宪宗元和五年（810），21 岁的李贺从家乡昌谷来到洛阳应府试，这组《河南府试十二月乐词并闰月》即为当时的应试之作，分别描写一年十二个月各自特有的景色。

对于有着敏锐感受力和超强观察力的诗人李贺来说，描绘四季景色是最适合发挥其天赋的。这组自然题材的乐诗，不仅有细致、灵动的景（如“弄野姿”“生短丝”），更有敏锐的触感和知觉（如“玉肌冷”）。每一首中都有“人”，有了人的景，更添了情味。如这首《正月》中，“露脸未开对朝暝”一句，“似美人望春意”（吴正子、刘辰翁《笺注评点李长吉歌诗》）。

前人多从春色变幻的角度来品味此诗：

吴汝纶云：“言光景迅速。”（《李长吉诗评注》）

黎简云：“一诗之中三句说柳，首曰‘暗黄’，次曰‘短丝’，末曰‘柳带’，具见细心。注言光景之速，非也。言正月春寒，柳未堪折，蒲叶尚短也，曰早晚犹有待也。”（《黎二樵批点黄陶庵评本李长吉集》）

姚文燮云：“阳晖渐暖，甲坼将舒，寒绿短丝，细草初茁。绣幔春寒，朦胧方觉。芳辰宜加珍惜，未可轻言别离。柔条难折，淑景易驰，但看菖蒲此日虽微，早晚即胜绾结矣。”（《昌谷集注》）

王琦解末二句曰：“言春气之透甚速。”（《李长吉歌诗汇解》）

萧琯将结语两句附和民事谓：“储光羲诗云：‘蒲叶日已长，杏花日已滋。农人要看此，贵不违天时。’一结得此，乃知词人正未尝不留心民事也。”（《昌谷集句解定本》引）所说颇为牵强，一则所举储诗与李贺诗意并无类似，不可作比，二则贺诗专注于春景之美，何尝有思索民事之意？

三　月

东方风来满眼春，花城柳暗愁杀人。
复宫深殿竹风起①，新翠舞衿净如水②。
光风转蕙百余里，暖雾驱云扑天地。
军装宫妓扫蛾浅③，摇摇锦旗夹城暖④。

曲水飘香去不归⑤，梨花落尽成秋苑。

【注释】

① 复宫：犹言深宫。

② 新翠舞衿：喻翠竹。

③ 军装宫妓：穿军服的宫女。谓帝王、公主出游时，宫女身着戎服，手持兵器，模拟出征。

④ 夹城：两边筑有高墙的通道。开元二十年（732）筑夹城至曲江芙蓉园，以方便天子游幸。

⑤ 曲水：即唐人经常提及的曲江，多园池林泉之胜，汉武帝所凿，名为宜春苑，其水曲折，故曰曲江。

【评析】

这一首将农历三月天地间绿色的浓密写到极致，先说“满眼春”，把绿色铺衍开，又说柳树因浓密而变“暗”，清风“百余里”，再说暖意“扑天地”，皆是颇具氛围感的大景描绘。这大块的景色又饱含灵气，比如“光风转蕙”一词，语出《楚辞·招魂》：“光风转蕙，泛崇兰些。”王逸注：“光风，谓雨已日出而风，草木有光也。……言天雨霁日明，微风奋发，动摇草木，皆令有光。”贺诗借此语典，写三月的绿意，写出了光亮，写出了流动，写出了万物的关联。这才是李贺写景令常人不可及之处。

前人多赞赏此诗末二句：

宋人云：“‘曲水飘香去不归，梨花落尽成秋苑’，自是好句。”（吴正子、刘辰翁《笺注评点李长吉歌诗》）

清人说：“‘梨花’句，妙绝在‘成秋苑’三字，即此醉残花，便同尝腊酒，同是此妙。”（阙名《李长吉诗集》）

“一结令人凄绝。”（黎简《黎二樵批点黄陶庵评本李长吉集》）

“贞元末，好游畋。此诗言花城柳暗，人各怨别，不知春宫之怨，较春闺更甚耳！复宫竹色如沐，舞衣初试，互照鲜妍，銮舆一出，香薰百里。而深宫少女，未得与游幸之乐，流水落花，心伤春去，闲庭萧寂，情景如秋。”（姚文燮《昌谷集注》）

末句偏将宜春苑写作“秋苑”，李贺之巧思也。宋姜夔《淡黄柳》有“怕梨花落尽成秋色”，吴文英《水龙吟》有“艳阳不到青山，古阴冷翠成秋苑”，或许都学此句。

也有人如此评论：“此咏宫伎军装随贵主修褉，末二句讥其流连忘返也。”（吴汝纶《李长吉诗评注》）无视全篇旨趣，硬与讽喻关联，化灵动为板滞，令人无语。

此外，“新翠”一句，众人解说不一，刘辰翁以为是写竹，王琦以为是写翠色舞衫，吴企明认为是以舞衫来形容风中宫竹流翠的景象。刘衍所道最佳：“‘复宫’一联，写舞女如竹，拟竹如人，两个视觉印象叠加，可谓妙极。”（《李贺诗校笺证异》）

四　月

晓凉暮凉树如盖，千山浓绿生云外。
依微香雨青氛氲①，腻叶蟠花照曲门②。
金塘闲水摇碧漪③，老景沉重无惊飞，
堕红残萼暗参差。

【注释】

① 青氛氲（yūn）：草木青葱，生长茂盛。氛氲，气盛貌。

② “腻叶”句：腻叶，肥大的叶子。蟠（pán）花，重叠的花瓣。曲门，深曲的门户。

③ 金塘：以石做底的池塘。

【评析】

“千山浓绿”，“腻叶蟠花”，“老景沉重”，多么浓重的初夏！浓重的绿阴，已凉如伞盖；浓重的绿色，溢出了云外；浓重的绿叶，在雨水的浸润下，形成了氛氲的香气和光色；浓重的夏绿，仿佛都显老了，都沉重了。相比于铺天盖地的绿叶，曾在春天辉煌的花朵，此刻不过是些“堕红残萼”。这时节，正是“绿肥红瘦”啊。

前人评此诗：“题面如画，无如此章。”（阙名《李长吉诗集》）李贺写景诗的如画，不同于王维山水诗的如画，王维写景注重点、线、面的再现，注重绘画般的色块呈现，而李贺写景尤重氛围。

曾益评曰：“初夏绿阴正秾，‘如盖’，秾也，‘千山’，秾甚；‘生云外’，无处不秾也。‘青氛氲’，‘腻’，‘蟠’，只言其秾；唯绿秾，故塘水摇碧。……‘堕红残萼’，花落尽也；‘暗参差’，足绿阴之秾。全首是形容草木条畅意，上首言暖，下言热，故此言‘晓凉暮凉’。”（《昌谷集》）

姚文燮评曰：“浓阴朱实，无复娇妍。春去不归，芳姿难再。末句‘老’字、‘堕’字、‘残’‘暗’等字，不尽愁怨。”（《昌谷集注》）

方世举评曰：“《律历志》精语。元和人造语，如孟郊、卢仝，往往有不出书卷而实得书卷者，昌黎且未有此‘老景沉重’句下。”（《李长吉诗集批注》）

此诗中值得特别留意的还有“香雨”这一意象。据唐文、尤振中等编《李贺诗索引》统计，在李贺诗中，“香”出现了 82 处，尤其爱写通感复合型的芳香。例如此诗中，他写翠夏的雨，带着草木香，妙处如 S. 欧文所说：“雨珠轻微、柔美几乎不能察觉，它们渗透于花香之中，似乎又可以嗅到。”（《透明度：解读唐代抒情诗》，载《美国学者论唐代文学》）古人也关注到此类气味意象，如明杨慎云：“雨未尝有香也，而李贺诗‘依微香雨青氛氲’，元微之诗‘雨香云淡觉微和’；云未尝有香，而卢象诗云‘云气香流水’。”（《升庵诗话》）

除了这“香雨”，李贺笔下的通感复合型香气还有许多，如：暖香——“熟杏暖香梨叶老，草梢竹栅锁池痕”（《南园》）；寒香——“细露湿团红，寒香解夜醉”（《石城晓》）；涩香——“松柏愁香涩，南原几夜风”（《王濬墓下作》）。又如：香露——“一夕绕山秋，香露溘蒙菉”（《七月一日晓入太行山》）；香泥——“水灌香泥却月盆，一夜绿房迎白晓”（《牡丹种曲》）；香桃胶——“桃胶迎夏香琥珀，自课越佣能种瓜”（《南园十三首》其三）。再如：枯香——“晓木千笼真蜡彩，落蒂枯香数分在”（《新夏歌》）；古香——“山头老桂吹古香，雌龙怨吟寒水光”（《帝子歌》）……不必一一数来，便能嗅到长吉笔下那个蓊郁磅礴的香气世界。

七　月

星依云渚冷①，露滴盘中圆②。
好花生木末，衰蕙愁空园。
夜天如玉砌，池叶极青钱③。
仅厌舞衫薄，稍知花簟寒④。
晓风何拂拂，北斗光阑干⑤。

【注释】

①云渚：天河。

②盘：指承露盘，汉武帝作仙掌擎盘承露。此句谓秋凉露降。

③青钱：指七月的荷叶。

④花簟（diàn）：织着花纹的竹簟。

⑤ 阑干：斜横貌。曹操《善哉行》："月没参横，北斗阑干。"

【评析】

写秋凉，对于李贺来说，是可信手拈来的。历来对此诗的评论，多集中于用字。

黄淳耀云："'极'字无人能下。言荷叶初小，至七月则小到极矣。"（《黎二樵批点黄陶庵评本李长吉集》引）

黎简评曰："云渚、银湾、银浦，皆说河汉也，字特新艳。"（《黎二樵批点黄陶庵评本李长吉集》）

刘衍说："'厌'和'稍知'，从人的感觉写新秋微凉，均是诗人精细体察，用语巧妙处。"（《李贺诗校笺证异》）叶葱奇评此诗"用字极细"（《李贺诗集疏注》）。

此诗写秋景而饶有闲雅宁静之趣。方世举云："竹垞翁尝八分大书此诗于巨幅，余得之于京师，不知偶然书耶？抑深赏之耶？此在昌谷，未为绝诣，然而安雅老成，亦可取。"（《李长吉诗集批注》）

"安雅老成"四字，真真从遍布的冷意象中读出了诗人的适意。与此类似，有论者说："此章神闲气静。"（阙名《李长吉诗集》）这"闲"与"静"既是热闹夏日消歇之后的闲静之气，亦是诗中遍布的凉意（"冷""衰""玉""薄""寒"等）所烘托之静。秋的凉意，到来得如此自然而然，"天高气清，白云如玉。池叶初似青钱，至此已极。凉飔初发，渐觉衣单簟冷。是月也，日月会于鹑尾，而斗建申矣。"（姚文燮《昌谷集注》）

九　月

离宫散萤天似水①，竹黄池冷芙蓉死。
月缀金铺光脉脉②，凉苑虚庭空澹白。

露花飞飞风草草③，翠锦斓斑满层道④。
鸡人罢唱晓珑璁⑤，鸦啼金井下疏桐。

【注释】

① 离宫：皇帝出游时居住的别宫。

② 金铺：古代大门上的金属环纽，一般为兽形。

③ 露花：露水凝结成的霜花。

④“翠锦”句：秋天草木斑斓如同翠锦。层道，道旁高低不一，望之若有层级。

⑤“鸡人”句：鸡人，皇宫中负责计时报晓的人。汉代制度，宫中不得畜鸡，卫士候于朱雀门外，专传鸡鸣。这一制度传至唐代，在唐诗中随处可见，李商隐《马嵬》：“空闻虎旅传宵柝，无复鸡人报晓筹。”珑璁（cōng），晓色朦胧貌。

【评析】

诗人紧扣着秋的两个特点来写：一是秋凉，连用“水”、“冷”、“凉”以及“竹黄”、“芙蓉死”这些带着寒意的字眼，凸显入秋后之凉爽清冷；一是秋光，光是此诗的核心，“散萤”是光，门上冰凉的金铺反射着的是月光，“虚庭空澹白”是在写光，以下的“斑斓”与“珑璁”，也无不是光的样态。

清人说：“‘光似水’三字谁人写得出？又加‘芙蓉死’三字更绝，‘光脉脉’三字尤绝。”（阙名《李长吉诗集》）这是读到了此诗的关键。李贺是一位独独钟情幽暗的诗人么？并非如此，他对于“光”的大量书写，也是显而易见的，他写光的独特才能及他对光明意象的追寻，更需读者的关注和体会。

黎简评曰：“妙绝九月语”，并认为“‘花’一作‘光’，玩下句

言‘光脉脉’也，‘露花’应是‘露华’。”（《黎二樵批点黄陶庵评本李长吉集》）

姚文燮细品诗意与诗人心境道：“隋炀帝于景华宫求萤火数斛，夜游出放，光满岩谷。天清竹落，水冷蓉凋，情致不胜萧寂。月皎庭空，露寒风瑟，木叶丹黄，盈盈官路。更残柝罢，梧落鸦啼，盖彻夜不寐矣。”（《昌谷集注》）

十二月

日脚淡光红洒洒[①]，薄霜不销桂枝下。
依稀和气排冬严，已就长日辞长夜。

【注释】

① 日脚：穿过云层下射的日光。杜甫《羌村三首》其一：“峥嵘赤云西，日脚下平地。”

【评析】

诗虽只有四句，前人的评解仍有差异。如针对第二句，曾益云：“冬日寒气下凝，故色淡，而‘霜不销’。不销故‘桂枝下’。然寒极回和，深冬严凝之气，若排而去。‘就长日’，日渐长；‘辞长夜’，夜渐短也。”（《昌谷集》）姚文燮云：“乌足光微，故薄霜之在树叶者亦不销也。玉历将回，沍寒渐解，黄赤进退，日道南来，故昼刻增而夜刻减矣。”（《昌谷集注》）

对于全诗的评价，黄淳耀道：“情理俱深，一语胜人千百，非苦吟何能臻此（末句下）？”（《黎二樵批点黄陶庵评本李长吉集》）方世举云：“刻划冬至以后之阳气，意是而词气不工（‘依稀和气排冬严’句下）。”（《李长吉诗集批注》）刘衍说：“首句尤见精彩。”（《李贺

诗校笺证异》)

文字方面，诗中“红洒洒”一词，联想冬日阳光，委实形象。“洒洒”究竟何意？《黄帝素问·诊要经终论》有言：“秋刺冬分，病不已，令人洒洒时寒。”“洒洒”，原本形容人寒栗的样子，但李贺诗中的“洒洒”，应为冬阳之光不明亮也不灼热的状态。

董伯音曾说：“咏春皆于昼，咏秋皆于夜，咏夏皆言寒凉霜雪，咏冬皆言灯火日色，亦是作法。”（陈本礼《协律钩玄》引）李贺虽然往往有意违背常规做法，但就咏冬而言，确是以日色写之而简妙者。

【总评】

十二月辞，由来已久。先流传于民间，文人踵其事而增华。吴正子曰：“汉章帝作《灵台十二月诗》，各以其月祀奏之。古乐府《月节折杨柳歌》自正月及十二月及闰月，每月一首，今长吉所作仿此。”（《笺注评点李长吉歌诗》）丘象随道：“十二月歌，非府试始也。《四时》、《白纻》、沈约五章，武帝造后两句，已具此意矣。但《白纻》盛称舞者之美，宜及芳时为乐，皆有‘舜日尧年欢无极’句。此诗哀苦处多，本非一体可赅。”（《昌谷集句解定本》引）

李贺这组《十二月乐词》，既受民间歌辞影响，整体上又新颖独特，字词斟酌，力避尘俗。

元人孟昉说：“读李长吉《十二月乐词》，其意新而不蹈袭，句丽而不慆淫，长短不一，音节亦异。”（王琦《李长吉歌诗汇解》引）

明余光曰：“二月送别，不言折柳，八月不赋明月，九月不咏登高，皆避俗法。”（王琦《李长吉歌诗汇解》引）

清朱潮远曰：“诸诗大多闺情多于宫景，妇人静贞，钟情最深，《三百篇》夏日冬夜，有不自妇人口出者乎？以此阅诗，可以怨矣！”（《昌谷集句解定本》）张恂云：“十二月皆《风》也。而‘光风转蕙’、

‘雕玉押帘’，不可不谓之《雅》；‘挝钟高饮’、‘羲和迂辔’不可不谓之《颂》。一诗而《风》《雅》《颂》备。”（《昌谷集句解定本》引）

陈允吉评论长吉此组诗对民间歌辞所进行的“由质而文的主体风格转换”，观点尤为精当：“他将诗境移用到幽深宫廷，在不同于原型歌辞的富贵氛围中追求避熟趋新的艺术效果，诗语凝练精拔，状景工巧透剔，写怀含蓄细腻，涉笔辄寓韵致。尤其令人称道的是诗人通过色彩浓淡的明显对比，光线明暗的便宜处置，以精妙灵巧的笔触，展示出大自然层出不穷的景观迁徙。这十三首诗仿佛晚近欧洲印象派的绘画，在唐诗园地中呈现出崭新特异的面貌。”（《李贺诗选评》）

关于此组乐诗是否为李贺临场应考的篇章，古人已有怀疑，如方世举曾说《正月》一首“诗亦深思，但非试帖所宜。有唐人试帖行世，可鉴也”（《李长吉诗集批注》）。近年来学者们亦多持类似意见，如林同济道：“各诗格律，无一相同。或五言，或七言，或换韵，或不换韵，句数亦篇篇异。盖贺着意的尝试。题旨多出于闺情，尤其是宫怨。自此角度读之，便知不是纯试帖之作。”（《李长吉歌诗研究》）

天上谣

天河夜转漂回星，银浦流云学水声①。
玉宫桂树花未落②，仙妾采香垂佩缨③。
秦妃卷帘北窗晓④，窗前植桐青凤小⑤。
王子吹笙鹅管长⑥，呼龙耕烟种瑶草⑦。
粉霞红绶藕丝裙⑧，青洲步拾兰苕春⑨。
东指羲和能走马⑩，海尘新生石山下。

【注释】

①银浦：银河。

②玉宫：月宫。

③佩缨：玉佩的丝带。

④秦妃：指秦穆公之女弄玉，古人常用以指代天上的女仙。《列仙传》："萧史者，秦穆公时人也，善吹箫，能致孔雀、白鹤于庭。穆公有女字弄玉，好之。公遂以女妻焉，日教弄玉作凤鸣……一旦，皆随凤凰飞去。"

⑤青凤：仙鸟，又名桐花凤，五色毕具，有冠似凤，桐有花则至，花落则去。

⑥"王子"句：王子吹笙，《列仙传》载，周灵王太子晋（王子乔）好吹笙，作凤凰鸣，后成仙，这里用来指代男仙。鹅管，笙上玉管，其状如鹅毛管。

⑦瑶草：灵芝。旧题东方朔《十洲记》"方丈洲"载：方丈洲在东海中，上聚群龙，群仙不欲升天者，皆往此洲，耕田种芝草。

⑧藕丝裙：纯白色的裙子。

⑨"青洲"句：青洲，又名长洲、青邱，据说去海岸二十五万里，地方五千里，其上林木青葱，苍松古柏，仙草灵药，甘液玉英，无奇不有。兰苕（tiáo），兰花。

⑩羲和：传说中日之御者。

【评析】

仰望夜空的银河，诗人拈笔遐想，神游天上，中有桂树、采花的仙女、桐树、青鸟，还有飞龙耕烟的奇绝场景。诗中这些景象太逼真了，有颜色、有乐声，有灵动的仙子，历历如在眼前。末了，从天上俯瞰人间，沧海干涸成尘，化为山石，展示了人世间的迅急变化。

如此奇思妙想和绝美诗境，引得古今共赞。或赞其丽辞：“此篇纯为幻想，而铺写有序，丽辞壮语，气象自宏，全诗充溢着恢诡华丽之美。”（陈允吉、吴海勇《李贺诗选评》）或美其佳构：“全诗十二句，句句都有物象可见，诗人用精心选择的动词把某些物象联系起来，使之构成情节，并且分别组合为六个不同的画面。它们虽无明显的连缀迹象，但彼此色调谐和，气韵相通。这种‘合而若离，离而实合’的结构方式显得异常奇妙。”（《唐诗鉴赏辞典》朱世英评）

尤其开篇二句，直击读者心灵。陆时雍说：“‘银浦’句缥缈得趣。”（《唐诗镜》）黎简说：“言天河无水，以云为水，故云作水声也。似此不经之谈，偏是绝妙千古。通首皆仙语，太白放纵，转逊其遒险。”（《黎二樵批点黄陶庵评本李长吉集》）宋人评道：“（‘银浦’句）浑浑语奇。既言‘天河’，又言‘银浦’，似重复，长吉此类亦多，要为疏俊，不问此耳。《选》诗中多有此例。”（吴正子、刘辰翁《笺注评点李长吉歌诗》）“银浦流云学水声”妙在比喻之上又加比喻，或谓之“曲喻”。钱锺书认为：“其比喻之法，尚有曲折。……长吉乃往往以一端相似，推而及之于初不相似之他端。……云可比水，皆流动故，此外无似处；而一入长吉笔下，则云如水流，亦如水之流而有声矣。”（《谈艺录》）云本无声，但在李贺笔下，云的流转也被艺术化地赋予水流的声响。同时，“银浦流云学水声”又联通了视觉与听觉，是长吉喜用的通感之法。事实上，杜甫先有“河汉声西流”（《同诸公登慈恩寺塔》）之句，但李贺此句更灵动一层。

如此绝美的对于天界的想象之作，前人常从两个角度理解其创作动机。

一则认为，越美好的超世的想象，便越表现出作者对现实世界的不满。如陈本礼所言：“此长吉寓言，大有感于身世之寥落，而思天上乐也。犹屈子《远游》‘悲时俗之迫厄兮，愿轻举而远游。质菲薄而无因兮，焉托乘而上浮’之意。”（《协律钩玄》）这也是古人理解游仙诗题材的常用理路。

刘衍道：“贺厌人世，常作天上想。”（《李贺诗校笺证异》）陈允吉评《天上谣》和《梦天》二诗道：“这两首诗都是写诗人超尘陟天，逍遥于神仙境界，挣脱厄塞环境与自然规律的束缚，不啻在生命问题上掌握绝对的自由，而且还有遇合仙姝等一类倾炫心魄的乐事，他俨然已进入一个圆满地体现着其人生憧憬的理想家园。诗人在实际生活里碰到的种种矛盾和苦恼，至此似乎亦得到了片刻的调和。”（《李贺诗选评》）

二则认为，书写无忧无惧的天上世界，是在反衬时光短暂、人寿有尽的人间世界。如方世举以“粉霞红绶藕丝裙”句为界，谓“以上言天上乐事，以下言人生流光之促”（《李长吉诗集批注》）。钱锺书谓：“细玩《昌谷集》，舍侘傺牢骚，时一抒泄而外，尚有一作意，屡见不鲜。其于光阴之速，年命之短，世变无涯，人生有尽，每感怆低徊，长言永叹。”（《谈艺录》）叶葱奇谓：“这首诗拿天上的悠闲愉适和人间岁月的迅速相对照。”（《李贺诗集疏注》）

除此之外，罗宗强由诗中的仙女描写来阐说李贺心态：“他似乎不是在追求仙境的逸乐，而是在追求一种受到抑郁的、变态的热烈情爱。”（《隋唐五代文学思想史》）

也有人认为此诗主旨是讽刺求仙：“元和朝，上慕神仙，命方士四出采药，冀得一遇仙侣，贺作此讽之。谓银浦玉宫，珍禽琪树，秦妃仙姬，瑶圃青洲，天上之乐如是。故能睹日驭甚驶，桑田屡变。然人亦何得而见之也？如以天上之谣而欲亲至其境，误矣。”（姚文燮《昌谷集注》）在如此这般奇思妙景面前，只知固守教条，实有亵渎贺诗之嫌。何况从史实看，唐宪宗命柳泌求不死之药事在元和末，其时李贺已不在人世，如何讽谏？

浩　歌[1]

南风吹山作平地，帝遣天吴移海水[2]。
王母桃花千遍红[3]，彭祖巫咸几回死[4]。
青毛骢马参差钱[5]，娇春杨柳含细烟。
筝人劝我金屈卮[6]，神血未凝身问谁[7]？
不须浪饮丁都护[8]，世上英雄本无主。
买丝绣作平原君[9]，有酒唯浇赵州土[10]。
漏催水咽玉蟾蜍[11]，卫娘发薄不胜梳[12]。
羞见秋眉换新绿，二十男儿那刺促[13]？

【注释】

① 浩歌：放声高歌。《楚辞·九歌·少司命》："望美人兮未来，临风怳兮浩歌。"

②"帝遣"句：帝，天帝。天吴，水神名。《山海经·海外东经》曰："朝阳之谷，神口天吴，是为水伯。……其为兽也，八首人面，八足八尾，皆青黄。"

③ 王母：即西王母。据《汉武帝内传》记，西王母的仙桃树三千年一开花，三千年一结果。

④"彭祖"句：彭祖，传说中上古时代最长寿者，达八百余岁，事见刘向《列仙传》。巫咸，传说中的古神巫，以长寿著称。

⑤ 参差钱：指骢马身上斑驳的花色，有如连钱。

⑥"筝人"句：筝人，弹筝的人，此指歌伎。金屈卮（zhī），有把手的弯柄酒杯。

⑦“神血”句：指未得长生之术。王琦《李长吉歌诗汇解》云：“谓精神血脉不能凝聚长生于世上。”身问谁，有身非汝有之意。

⑧丁都护：一说指乐府曲名，即《丁督护歌》，属清商曲辞中的吴声歌曲。《宋书·乐志》：“《督护歌》者，彭城内史徐逵之为鲁轨所杀，宋高祖使府内直督护丁旿收敛殡埋之。逵之妻，高祖长女也，呼旿至阁下，自问敛送之事，每问，辄叹息曰：‘丁督护！’其声哀切，后人因其声，广其曲焉。”一说当是与李贺同会的丁姓而曾为都护之官属或某带都护衔的武官，在宴会上纵酒陈词，表达失意之慨。

⑨平原君：战国时赵国贵族赵胜，以能招贤纳士而著名，诗人十分怀念他，故云欲买丝绣像，以示敬慕。

⑩赵州：今河北省赵县一带。此指平原君所在的赵国。

⑪“漏催”句：漏壶里的水滴到蟾蜍形状的盛水器中。

⑫卫娘：汉武帝皇后卫子夫，传说她肤发很美。

⑬刺促：局促不安。

【评析】

此诗当为李贺举进士受挫，东归昌谷后作。

开篇大气磅礴：南风吹山，山为平地，大海转移！这巨大的空间动荡之后，紧接着的是惊人的时间延展，以神仙世界的时间为单位，真乃浩荡之歌！

震动人心的首先是此诗的造语之妙。刘辰翁云：“‘世上英雄本无主’，跌荡愁人，杰特名言。‘绣作’、‘酒浇’，肝肺激烈。‘卫娘发薄不胜梳’，亦不知何从至此。从‘南风’起一句，便不可及，迭荡宛转，沉着起伏，真侠少年之度。忽顾美人，情境俱至。妙处不必可解。”（《笺注评点李长吉歌诗》）吴震方云：“读《昌谷集》，去其苦涩怪诞，割锦斗草之句，自有长吉真面目。如此数章（按：指《浩歌》

《高轩过》《苦昼短》《将进酒》)，可以撷其菁华，佩其膏馥矣。”(《放胆诗》)周珽云：“一粒慧珠，参破琉璃法界。真腹有笥、腕有鬼、舌有兵，乃有此诗。珽意此篇总叹生世无几，倏疾变易，戚戚风尘，何徒自苦也。”(《唐诗选脉会通评林》)史承豫云：“变徵之声，读罢辄欲起舞。”(《唐贤小三昧集》)

对于全诗所传达的心境，前人则有悲伤牢骚和积极自勉两种不同的解读。

或认为全诗的意旨是“英雄无主”之悲凉。黄周星云：“诗意只在‘世上英雄’、‘二十男儿’两句耳。前后无非沧桑驹隙之感，此之谓‘浩歌’。”(《唐诗快》)顾元庆云：“李贺诗‘买丝绣作平原君，有酒唯浇赵州土。’得非黄金铸范蠡之意邪？”(《夷白斋诗话》)薛雪云：“‘买丝绣作平原君，有酒唯浇赵州土’，读之令人下泪。但李王孙何致作此语？金雷琯《送李汾》诗云：‘明日春风一杯酒，与君同酹信陵坟。’虽共此机轴，亦自可悲。”(《一瓢诗话》)方世举云：“此篇又与《天上谣》不同，彼谓人事无常，不如遗世求仙；此则言仙亦无存，又不如及时行乐。但得一人而已，死复何恨？时不可待，人不相逢，亦姑且自遣耳。”(《李长吉诗集批注》)陆时雍云：“‘买丝’二语，苦而脱。”(《唐诗选脉会通评林》)

姚文燮云：“此伤年命不久待而身不遇也。山海变更，彭、咸安在？宝马娇春，及时行乐。他生再来，不自知为谁矣！世上英雄，一盛一衰，真朝暮间事耳。丁都护勇何足恃？虽好士如平原，声名满世，至今只存抔土。时日迅速，卫娘发薄，谁复相怜？秋眉换绿，能得几回新耶？如何年已二十，犹刺促不休哉！在下者之妄求荣达，与在上者之妄求长生，均无用耳。”(《昌谷集注》)

以上诸家皆有感于长吉之悲。

或认为此诗虽有感叹，但整体情调是慷慨硬朗的。黎简否定黄周星之说："黄谓起二句沧桑之意，非也。意谓山水险阻，行路艰难，促人之寿，安得山水俱平，人皆长命，见千遍桃花开，几回彭祖死，于是长生安乐，得美遨游也。'不须浪饮'以下，乃转言人生未有不死，如平原之豪，卫娘之美，皆不可留，况我身乎！结句自伤也。篇中奇奇怪怪，而大意只是三段，若从沧桑上说，未得作者之意。长吉沉顿之作，命之修短岂在长吉意中？"（《黎二樵批点黄陶庵评本李长吉集》）

董伯音说："诗须有感动关切处，否则亦不必作。长吉《浩歌》与《金铜仙人辞汉歌》，读之使人气青血热，百端俱集，非止泛泛作悲世语。"（陈本礼《协律钩玄》引）

叶葱奇说："这是同朋友饮宴。酒后自行宽解、奋勉的诗。山变成海，神仙也死而又死。着想奇辟，气势雄伟。接着借此身行勉励。然后转到时无爱惜人材的人，不免感叹。后四句含意虽很牢骚，而语气却很奋发，和一般的及时行乐的颓废作品截然不同。"（《李贺诗集疏注》）

刘衍根据"二十""娇春"判断此诗作于元和四年（809）春，创作的情境是诗人"骑马冶游，进而感叹大自然的变化与青春的易逝"，"其时，李贺往返于昌谷和洛阳，写诗投卷，正为应举而奔波。诗中感叹则有之，而迟暮、牢骚之情似难窥见。"（《李贺诗校笺证异》）

朱世英亦认为这是诗人同朋友在郊外骑马踏春时，面对大好春光而畅叙胸臆的诗篇，并评道："此诗在结构上完全摆脱了由物起兴、以事牵情的程式"，"从虚处落笔"，"造语奇，造境也奇"，"全诗活而不乱，粘而不滞，行文的回环曲折与感情的起落变化相适应，迷离浑化，达到了艺术上完美的统一"（《唐诗鉴赏辞典》）。

曾益对此诗细作品读，揣度诗人心境，可做参照：

"题云《浩歌》，故篇首为大言夸得意。然贺不遇，借以自解，而后转促矣。若曰世界本自坦夷，自有山海而险阻，因之吾令山平海移，则险阻者去，而坦夷自若矣。世人所难期者，寿也，吾见蟠桃开谢，彭巫偕殂，则寿为无算而莫与齐矣。世人所难得者，遇与时也，吾且乘青毛之骢马，则娇春之良辰，美人弹筝于前而劝我以金屈之卮，是所聆者新声，而所饮者美酒也。饮是酒，聆是声，睹是美人，好景、善骑、年寿、灵长而又值坦夷之世界，此时此际，乐不可言，即身血未凝乎！而吾试自问,不知此身之为谁也？夫世所称壮猛曰丁都护矣，以吾视之，亦何浪饮为哉？盖英雄本自无主，无论都护，即好客如平原君，固一世之雄也，而今安在耶？吾直买丝绣之而已。有酒饮之，不可得也，唯浇之坟土而已。故人当乐即乐，不可虚此光阴，不然而蟾蜍滴漏，转眼其易竭也；卫娘华发，转眼其易衰也。末复自谓曰：吾见尔眉方绿，未若卫娘之萧飒，年仅二十，其视彭咸为无涯，正宜及时行乐，又何局促踯躅而令自苦若是。”（《昌谷集》）

一句“何局促踯躅而令自苦若是”，应为诗人放声浩歌自令疏解的歌旨所在。

秋　来

桐风惊心壮士苦，衰灯络纬啼寒素[①]。
谁看青简一编书[②]，不遣花虫粉空蠹[③]。
思牵今夜肠应直，雨冷香魂吊书客。
秋坟鬼唱鲍家诗[④]，恨血千年土中碧[⑤]。

【注释】

①络纬：即通常所说的蟋蟀，俗称“纺织娘”，其鸣声似纺纱声，似

乎催促人们备办冬衣，故曰“啼寒素”。

②“谁看”句：青简，竹简。古人杀青简以书写。联简牍为书，故曰编。

③“不遣”句：花虫，蛀书的蠹虫，体小，背有银白色细鳞与花纹，故称花虫。粉，指虫蛀竹简落下的粉末。空蠹（dù），竹简久置，则虫生其中。蠹，蛀蚀。

④鲍家诗：南朝宋人鲍照的诗歌。鲍照曾作《代蒿里行》《松柏篇》等死亡主题的诗。

⑤恨血：化用周代苌弘的故事，王嘉《拾遗记》载，苌弘为周灵王时人，后为周人所杀，死后其血成碧。《庄子·外物》也有苌弘血化碧之说，后人多用此典指正直人士怨死。此谓含恨而死者，其血三年化为碧色。

【评析】

反复感受此诗，可知诗人是将生命的价值寄托在文学作品上，故谓：“谁看青简一编书，不遣花虫粉空蠹。”“谁看”二字是一恨，恨无知音；“花虫粉空蠹”又是一恨，恨作品不得永恒。末句“恨血千年土中碧”，那恨血不只是苌弘的，不只是寒士鲍照的，更是李贺胸中凝结的憾恨。

李贺以此诗传达的情绪是激烈的、强硬的，以至于语言中总有一股凝结的力量，比如“惊”“苦”“衰”“寒”“直”“冷”“恨”，这一连串具有强烈触感的字眼，传达的都是诗人心中化解不开的郁结，排遣不了的悲感。为何李贺总是突破陈言，力求出新？这不仅源于他对固定传统的反叛，更是因前人熟语已难以言传李贺胸中更为强烈的情绪。例如“肠应直”一句，他刻意不用古人“九转回肠”“肠断”等通用语，偏偏用“直”，只因此情此景中，“直”字更具力度，更贴合其秋风苦雨下的心绪。用杜国清的话说，“李贺没有重复‘愁肠百结’的陈词滥调，相反倒是开拓了诗歌用语的新局面。”（《李贺》）

因胸中情绪强烈，诗语自然撞击人心。前人多以“险语”“愤词”“激烈”称此诗：

刘辰翁云：“非长吉自挽耶？只秋夜读书，自吊其苦，何其险语至此！然无一字不合。”（《笺注评点李长吉歌诗》）

黎简云：“言谁能守此残编，如防蠹然？愤词也。恐老死似此也，至此诗佳亦何济耶？”（《黎二樵批点黄陶庵评本李长吉集》）

姚文燮云：“衰梧飒飒，促织鸣空。壮士感时，能无激烈？乃世之浮华干禄者滥致青紫。即缃帙满架，仅能饱蠹。安知苦吟之士，文思精细，肠为之直？凄风苦雨，感吊悲歌。因思古来才人怀才不遇，抱恨泉壤，土中碧血，千载难消，此悲秋所由来也。”（《昌谷集注》）

黄周星道：“唱诗之鬼，岂即客之魂耶？‘鲍家诗’，何其听之历历不爽！”（《唐诗快》）

末句的“碧”字，其实也可体现出诗人情绪的强烈，可谓点睛之笔。陶文鹏谓：“这一个‘碧’字，真是奇诡至极，把古今诗魂互吊、幽明同悲的情思表现得有声有色，令人触目惊心又感慨无穷。”（《论李贺诗歌的色彩表现艺术》）

此诗的用典方式也独具风格，如纪昀所言：“（贺）所用典故，率多点化其意，藻饰其文，宛转关生，不名一格。如‘羲和敲日玻璃声’句，因羲和驭日而生‘敲日’，因‘敲日’而生‘玻璃声’，非真有‘敲日’事也。又如‘秋魂鬼唱鲍家诗’，因鲍照有《蒿里行》而生‘鬼唱’，因‘鬼唱’而生‘秋魂’，非真有‘唱诗’事也。循文衍义，讵得其真？”（《四库全书总目提要》）事实上，鲍照不止有《代蒿里行》，其书写死亡或丧葬主题的作品很多，其中最有名的当属《松柏篇》，其诗有云：“鬼神来依我，生人永辞诀。大暮杳悠悠，长夜无时节”“长寐无觉期，谁知逝者穷”“人生浮且脆，鴥若晨风悲。”长吉此诗所谓“鲍家诗”，或许特指鲍照此类诗语。

陈允吉分析道：“长吉所以连及鲍照，可能是鲍明远‘才秀人微’的命运与他自己多一份对应，而他本人的诗作又有鲍参军诗‘发唱惊挺’的特点。无论如何，赍恨入土的志士身上附着了李贺太多的悲愤，‘恨血千年土中碧’与现世的将蠹之书凄然相对，这既是对自我的肯定，也是对自我的伤悼。”（《李贺诗选评》）所言在理。罗宗强谓此诗：“写才华不被赏识的悲哀，而幻想知音之来，竟为‘香魂’；然而虽有‘香魂’给以同情与慰藉，终于无法排解不被赏识的悲哀，而想到生命之短促，终将遗恨千载，如秋坟之鬼，寂寞凄苦，唱人生之无常而已。在这首诗里，鬼成为寂寞人生的知音。”（《唐诗小史》）陈志明则说：“诗人在人世间找不到知音，只能在阴冥世界寻求同调，不亦悲乎！”（《唐诗鉴赏辞典》）

刘衍对此诗的创作背景进行探源分析，得出对解读此诗十分重要的观点——“元和十一年，潞州长史郗士美因朝廷掣肘，讨叛无功，六月愤而告病回洛阳，李贺友人张彻亦将抽身回长安。贺此时病已沉重，故力疾整理平生诗作，自编为四卷交沈子明，不久亦回昌谷，当年即死于故居。《秋来》当是该年秋作于潞州。诗中云秋夜编书，孤愁凄寂。想到苦吟而成的一编诗书，不得流传，故夜梦鲍照，而有不遇于时之叹。”（《李贺诗校笺证异》）这段话，或有助于了解《秋来》的创作背景，斯时再读此诗，倍觉情境凄然。

帝子歌[①]

洞庭帝子一千里，凉风雁啼天在水。
九节菖蒲石上死[②]，湘神弹琴迎帝子[③]。
山头老桂吹古香，雌龙怨吟寒水光。
沙浦走鱼白石郎[④]，闲取真珠掷龙堂[⑤]。

【注释】

① 帝子：帝尧之二女娥皇、女英，死为湘水女神。

② 九节菖蒲：传说中的仙草，据说食之能使人面色红润。菖蒲，草本植物，生长于水边，有香气，根可入药。

③ 湘神：湘水之神，《楚辞·九歌·湘夫人》中侍从帝子的水神。

④ 白石郎：传说中的小水神，《乐府诗集》卷第四十七《神弦歌·白石郎曲》："白石郎，临江居，前导江伯后从鱼。"

⑤"闲取"句：掷龙堂，以自己珍爱之宝投水，以表对帝子的思恋。龙堂，传说中河伯的居住地。

【评析】

此诗造境美则美矣，却难窥意旨。前人或云"（末句）诡而无情"（吴正子、刘辰翁《笺注评点李长吉歌诗》），或做出各种牵强的揣测，如方世举说："似为公子之为女道士者，玩末二语，亵狎见之。……'湘神弹琴迎帝子'，以上四句咏上古二妃之幽贞，以下四句咏后世帝女之宕逸。上是客，下是主。"（《李长吉诗集批注》）

姚文燮更是以其一贯的评点思路将贺诗与时事相附会，说："元和十一年秋，葬庄宪皇太后。时大水，饶州奏漂失四千七百户。贺作此讥之。云宪宗采仙药求长生，而不能使太后少延。九节菖蒲石上死，则知药不效矣。‘帝子’指后也。后会葬之岁，复值鄱阳秋水为灾，岂是湘妃来迎？桂香水寒，雌龙怀恨，相与送奏哀丝耶？古乐府云：‘白石郎，临江居，前导河伯后从鱼。’此时当为后指引而掷珠于龙堂之中矣。”（《昌谷集注》）如此附会，无助于对此诗艺术之美的阐发。故刘衍明确批评道：“援史证诗，一句一字必予坐实，则易悖谬。”（《李贺诗校笺证异》）

联系《楚辞》诸篇，可以更真切地领会此诗意境及美感。黎简解之：“其始望帝子不见，但见天水清光耳。菖蒲不长生，见仙迹无凭也。‘弹琴’句始有见帝子之意。‘老桂’句言幽灵既来，桂吹香以媚之。雌龙比帝子，帝子即二妃也。《楚辞》‘帝子降兮北渚’是也。末二句言神去不见也。”（《黎二樵批点黄陶庵评本李长吉集》）

王琦道：“此篇旨趣全仿《楚辞·九歌》，会其意者，绝无怪处可觅”，并详析之曰：“‘一千里’，言其所治之地甚广。‘凉风雁啼’，深秋之候。‘天在水’，天光下映水中，风平浪静，佳景可想。……‘湘神弹琴’，即《楚辞》使湘灵鼓瑟之意。盖帝子贵神也，下人不敢渎请，转祈湘神弹琴以迎，以冀望其神之来格。以下言帝子不肯来格。桂老，故其香称为‘古香’。帝子为女神，故龙言‘雌龙’。二句写帝子不来、景象寂寥之意。……‘白石郎’亦水神也。尊贵之神不来，纷纷奔走者，唯小水之神而已。‘闲取真珠掷龙堂’，犹《楚辞》‘捐余玦兮江中，遗余佩兮澧浦’之意，明己之珍宝不敢爱惜，以求神之昭鉴，庶几其陟降于庭也。”（《李长吉歌诗汇解》）由此读来，看似断续的诗语便联通顺畅，貌似碎裂的诗境便混融一体了，读者也可借以窥见李贺对楚辞艺术的汲取与幻化。

杜牧云：“盖《骚》之苗裔，理虽不及，辞或过之。”（《李长吉歌诗叙》）

李重华云：“李长吉从楚辞发源，天才独出，后人何得效颦。”（《贞一斋诗说》）

王琦云：“长吉下笔，务为劲拔，不屑作经人道过语，然其源实出自楚骚，步趋于汉魏古乐府。”（《李长吉歌诗汇解》序）楚骚是李贺诗歌的两大渊源之一，所不同者在于，“骚诣绝穷微，极命庶物，人力夺天功，浑成无迹。长吉锋颖太露，蹊径易见，调高而不能下，气峻而不能平”（李维桢《李贺诗解序》），所论或可以此诗为证。

秦王饮酒

秦王骑虎游八极①，剑光照空天自碧。
羲和敲日玻璃声②，劫灰飞尽古今平③。
龙头泻酒邀酒星④，金槽琵琶夜枨枨⑤。
洞庭雨脚来吹笙⑥，酒酣喝月使倒行。
银云栉栉瑶殿明⑦，宫门掌事报一更。
花楼玉凤声娇狞⑧，海绡红文香浅清⑨，
黄鹅跌舞千年觥⑩。
仙人烛树蜡烟轻⑪，青琴醉眼泪泓泓⑫。

【注释】

①“秦王”句：八极，八方极远之处。《淮南子·地形训》：“天地之间，九州八极。”骑虎游八极，言其以威武治天下。

②羲和：传说中日车的御者。

③“劫灰”句：劫灰，佛教所谓远古巨劫之后的余灰。佛典称宇宙世界处于周期性的成住坏空之中，天地被毁后到重新建立的过程曰一劫。

‘劫灰飞尽’指祸乱尽平，寰区大定，参见《高僧传》卷一《竺法兰传》。

④“龙头”句：龙头，柄上雕有龙头的盛酒水的饮器。酒星，据《晋书·天文志》，轩辕右角三星曰酒旗，是为酒官之旗，主飨宴饮食。

⑤“金槽”句：金槽，琵琶上端架弦的嵌金的槽。枨（chéng）枨，弦鸣声。

⑥ 雨脚：雨点，形容笙吹。

⑦ 栉（zhì）栉：排比紧密之状。

⑧ 玉凤：王琦以为指歌女。

⑨ 海绡（xiāo）红文：绣有红色花纹的绡纱舞衣。《述异记》：“南海出鲛绡纱，泉室潜织，一名龙纱，其价百余金，以为服，入水不濡。”

⑩“黄鹅”句：黄鹅，吴正子认为“鹅”当作“娥”，黄衫舞女。跌舞，舞姿或舞蹈名。千年觥（gōng），献寿祝酒。

⑪ 仙人烛树：制成仙人之形的烛台，仙人手举烛多枝，如树。

⑫ 青琴：古代神女名。此指宫女。司马相如《上林赋》：“若夫青琴、宓妃之徒，绝殊离俗。”

【评析】

此诗疑作于元和六至八年在长安官奉礼郎时。《李贺诗选评》道：“作为显现李贺内心世界矛盾冲突的杰构之一，这首诗在读者面前展示出一幅神秘而色彩斑斓的古代宫闱行乐图。”

“秦王”所指为谁，众说纷纭，姚文燮、王琦谓指唐德宗，陈沆《诗比兴笺》谓为唐宪宗，陈允吉、叶葱奇认为指秦始皇，郭石山《李贺诗三议》认为指秦王李世民，陈本礼《协律钩玄》以为指雄勇好杀的秦王苻生。刘衍则道：“‘秦王’是李贺塑造的一个具有概括性的艺术形象，而旨意则在讽咏当时现实，抨击帝王骄奢与纵情声色。又，诗之主观色彩甚浓，宫廷气象如见，殆长吉在奉礼郎任中，因目击宫廷宴饮有感而发。”（《李贺诗校笺证异》）如此理解，似乎亦无可非议。王琦说得好：“长吉极意抒写，聊以纪一时之事，未必有意讥诮。……若句模字拟，深文曲解，以为诽议之词，不惟失诗人之意，而附会穿凿，章法段落俱无脉络贯注于中，不免以文害辞，以辞害意矣。”（《李长吉歌诗汇解》）据此而言，即便诗意有所影射，也不应过于坐实。

这是长吉的杰作之一，迸发出独一无二的想象力，彰显出狂放离奇的语言美。

全诗先是展开一个阔大至极的时空，接着描写饮酒的场景，诗人对场景的营造是虚实结合的，实处是细节，如“浅清”的香气、轻轻的蜡烟、层叠的夜云、泛着光的泓泓的泪眼，无不生动可触，如在眼前；虚处则是“喝月使倒行”这离奇的想象。宋人说此句“狂言无当而有其理”（吴正子、刘辰翁《笺注评点李长吉歌诗》）。以“狂言”称此诗没错，非狂人写不出此狂句，尤其诗的前四句与“喝月”一句，读来顿生豪情。有此想象力，有此言语，谁道长吉孱弱？

诗的前四句，诗人极尽形象化之能事，句句鲜明生动。朱世英评论“骑虎”二字道：“它把抽象的、难于捉摸的‘威’变成具体的浮雕般的形象。”又评以“剑光”显示秦王勇武威严的写法：“十分传神，却又如羚羊挂角，香象渡河，无形迹可求。”（《唐诗鉴赏辞典》）

此诗被论道最多的是“羲和敲日”一句。黎简说：“想到日之声如玻璃，亦地老天荒，无人有此奇思。荒淫暴虐，以不可必有之事写出。‘仙人’以比宫女。歌舞各归，生幽怨而坐视清琴垂泪也。‘醉’字不必泥，只作斜视似醉。”（《黎二樵批点黄陶庵评本李长吉集》）纪昀道：“（贺）所用典故，率多点化其意，藻饰其文，宛转关生，不名一格。如‘羲和敲日玻璃声’句，因羲和驭日而生‘敲日’，因‘敲日’而生‘玻璃声’，非真有‘敲日’事也。”（《四库全书总目提要》）

黄周星云："日可敲乎？敲可有声乎？雨脚能吹笙乎？月可喝使倒行乎？（徐）文长云：'言天将明而报一更以劝酒也，最奇。'"（《唐诗快》）陶元藻说："好奇之诗，其落想亦有所本。昌谷云：'买丝绣作平原君'，固从'黄金铸范蠡'而来；即'酒酣喝月使倒行'、'羲和敲日玻璃声'等句，未必不从女娲补天悟出也。盖天即可补，安知月不可喝，日不可敲？"（《凫亭诗话》）马位云："《秦王饮酒》诗：'羲和敲日玻璃声。'不知有出不？抑自铸伟辞？"（《秋窗随笔》）没错，李贺正是自铸伟辞，用的则是贺诗中常见的曲喻和联觉之法。太阳的光亮有着玻璃般晶莹的质地，玻璃可敲响，太阳亦可敲响。

除了"敲日"一句，《李贺诗选评》认为"酒酣喝月使倒行"一句是全篇的关节所在，它与"劫灰飞尽古今平"互相呼应，"意在凸显秦王为求长生，试图凭其威力阻挡时光的行驶"。李贺诗中此类阻挡时间流逝的想象，前人也有书写，如傅玄《九曲歌》："岁暮景迈群光绝，安得长绳系白日。"郭璞《游仙诗》："愧无鲁阳德，回日向三舍。"不过把愿望表达得像李贺这么强烈凶猛的，没有第二人。

这不仅是一首狂放离奇之诗，也是一首悲壮之诗。

"劫灰"一句，既是豪壮之语，如钱锺书所阐释："夫劫乃时间中事，平乃空间中事；然劫既有灰，则时间亦如空间之可扫平矣。"（《谈艺录》）同时，又有悲壮在其中，"劫灰"一词带给人寂灭之感。《李贺诗选评》亦提到此诗的悲剧意："结末两句，'蜡烟'当为烛光熄灭之象，一宵已过，清晓来临，时不我待，长命难期，秦王的痛苦倍增，连陪宴的仙姝也为之悲泪盈眶，使全诗的意境染上了浓重的悲剧情味。"朱世英评"青琴醉眼泪泓泓"句道："诗歌以冷语作结，气氛为之一变，显得跌宕生姿，含蓄地表达了惋惜、哀怨、讥诮等等复杂的思想感情。"（《唐诗鉴赏辞典》）

此外，论者从多种角度解读着此诗的异美。

黄周星戏言："一篇中日月云雨，供其颠倒，驱遣簸弄，直是无可奈何，只得借玉楼一记，请归天上，且图大家安静。"（《唐诗快》）

陈允吉赞赏"娇狞"一词道："狞"字反映出李贺对"确荦怖厉之美"的追求，"在遣词造句方面有意营造奇险和拗戾的效果"，将"娇"和"狞"两个意义刚好相反的字放在一道来形容女子的歌唱，是将异乎寻常的"美"和十分怪诞的"丑"并置，来表现一种特殊的感官享受。（见《李贺诗选评》）

罗秉恕认为以《秦王饮酒》为代表的李贺宴乐诗之特色在于一种"差错感"：将宴饮的欢乐和生命恐惧这一对矛盾在诗中并置，"一方面对宴会本身的奢华豪放景象进行不厌其繁的铺叙，同时，诗人对岁月不永、人生如寄等的深刻体验又带来了恐惧和荒诞的感觉"；另一特质在于："宴饮的场面本身只存在于作者的想象中，引起他执著兴趣的，是冷森森的神界在这一场面背后的闪现"（《楚辞的启示——略述李贺诗歌创作的"巫"心态》）。这些解说，对了解诗人幽微深邃的精神世界无疑是有助益的。

走马引①

我有辞乡剑，玉锋堪截云②。
襄阳走马客③，意气自生春。
朝嫌剑花净④，暮嫌剑光冷⑤。
能持剑向人，不解持照身。

【注释】

①走马引：一作"天马引"，古乐府琴曲名，《乐府诗集》引崔豹

《古今注》："《走马引》，樗里牧恭所作也。为父报怨，杀人而亡，匿于山之下。有天马夜降，围其室而鸣。觉闻其声，以为追吏，奔而亡去。明旦视之，乃天马迹也。……援琴而鼓之，为天马之声，故曰《走马引》也。"

② 玉锋：谓剑锋白净如玉。

③ 襄阳走马客：游侠一类人物。

④ 剑花净：指剑未能染血。

⑤ 剑光冷：剑未沾到热气。

【评析】

此诗写剑与剑客，一句"玉锋堪截云"便写出剑的锋利，并将一股豪迈凌云之气灌注诗中。

理解此诗的歧义点，主要在末句。"持照身"所表何意？论者至少有这几种看法：

一为"自蔽"。曾益说："杀人匿山中，故剑云'辞乡'。'玉锋'言白，'截云'言利。剑白且利，故走马之客虽匿山中，而意气生春也。'朝''暮'言淬励，'向人'、'照身'，言既能持之以杀人报怨，而不解持之以自蔽乎？言必能也。"（《昌谷集》）陈沆曰："刺修恩怨之徒也。但快报复于睚眦，曾无保身之明哲。孰谓长吉诗少理者？"（《诗比兴笺·李贺诗笺》）

二为"自责"。王琦曰："宝剑者，君子卫身之器，不得已而后用之。乃豪侠之子，专以报怨杀人为事。……若但能持剑向人而杀之，不解持之以照顾自身，误矣！语意深切，特为襄阳走马客痛下一针。"（《李长吉歌诗汇解》）王友胜、李德辉《李贺集》道："李贺此诗撇开原来本事，另写新的题材，说侠客恃强，专做报仇杀人的事，讥讽明于责人暗于自责者，别出新意。"

三为“自嫌”。徐渭云：“但知嫌剑而不知自嫌，讥襄阳客。”黎简从其说：“诗当从徐（渭）说为是。‘我’字不必泥定长吉自说，襄阳客，自我也。”（《黎二樵批点黄陶庵评本李长吉集》）

四为“自照”，即显现自身才能。黄淳耀说：“言己能持剑向人，而不能自照，所以不免于见嫌，感己不遇，故云尔耳。”（《黎二樵批点黄陶庵评本李长吉集》）

“自嫌”与“自照”之说，似皆可通。但联系李贺其他诗中的“剑”意象常含“士不遇”之意，黄氏之说似更可取。刘衍考证道：“宜阳县东南十五里之牵羊坡，为‘唐时故道’，二十里处则有‘走马岭’。李贺南游，首入襄阳。此为必经之道。……当为贺客于襄阳时，以诗自喻。”（《李贺诗校笺证异》）

另有姚文燮以时事穿凿，列之于此：“元和十年，盗杀武元衡，击裴度伤首，诏中外收捕。有恒州张晏八人，行止无状，神策将军王士则告王承宗遣晏等所为，鞫服斩之。贺盖惜客之不明大义，徒信叛逆，妄刺朝贵，卒至首悬大桁，昧昧捐躯何益耶？两‘嫌’字状客以有事为乐，朝净暮冷，对之不无郁郁。”（《昌谷集注》）元和十年（815），李贺已在潞州，且次年病逝于昌谷。而武元衡被刺死在长安，与襄阳无干，此说不足为凭。

“剑”为贺诗中常见的意象，暗含着诗人对其唐宗室后裔身份的看重。在《金铜仙人辞汉歌》诗序中他自称“唐诸王孙李长吉”，并常以“古剑”来比喻自己的宗室血脉，以“剑飞”“剑吼”等有力的意象，暗示其对宗室血脉的自豪，如：“天眼何时开，古剑庸一吼”（《赠陈商》），“自言汉剑当飞去”（《出城寄权璩杨敬之》），“临岐击剑生铜吼”（《开愁歌》），“忧眠枕剑匣，客帐梦封侯”（《崇义里滞雨》）……由于时隔久远，家世没落，唐宗室后裔的身份已然不能为诗人带来现实的荣耀和福利。这令向来以身世为傲的李贺备感失落，于是他诗中的“剑”意象虽奇光闪烁，却也总带有一抹“不遇”的暗色。

湘 妃

筠竹千年老不死①，长伴神娥盖湘水②。
蛮娘吟弄满寒空③，九山静绿泪花红④。
离鸾别凤烟梧中⑤，巫云蜀雨遥相通。
幽愁秋气上青枫，凉夜波间吟古龙。

【注释】

① 筠（yún）竹：竹之青皮曰筠，此特指斑竹。

② 神娥：此指湘妃，为湘水之神。

③“蛮娘”句：蛮娘，南方女子，此指湘中村女。舜葬之地属蛮境，故云。吟弄，这里指吹奏由斑竹制成的乐器。

④ 九山：即今湖南省永州市境内的九疑（一作嶷）山，舜葬于此，其山九峰，皆相似，故曰九疑。《史记·五帝本纪》：“（舜）崩于苍梧之野，葬于江南九疑，是为零陵。”

⑤ 离鸾别凤：喻二妃与舜生离死别。

【评析】

诸家猜测此诗的创作背景，姚文燮云：“德宗贞元三年，幽部国大长公主。主适萧升，女为太子妃，恩礼甚厚。主素不谨，有李昇出入其第。或告主淫乱，且为厌祷。上大怒，幽之禁中，流昇于岭南。贺追丑主之萦情寄怨于东南也，假湘妃以写其哀思尔。”（《昌谷集注》）

实乃牵强之言。钱仲联《李贺年谱会笺》云："写湘妃而及巫蜀，明是关涉到贬死于蜀之王伾、王叔文。"认为诗人作歌是对其时窜逐南荒的"二王八司马"寄予深婉同情。王友胜、李德辉亦认为诗末二句哀怨之词系为二王招魂，以示悼念。（见《李贺集》）这些解说，多有猜谜之嫌，不如揭去所有附会，专注于对诗语和诗境的审美。

全诗弥漫着一股幽怨缥缈的基调。

黄淳耀说："题是'湘妃'，而诗止言湘竹。"九山"五句言吟弄之苦，而湘妃之哀怨不必言矣。"（《黎二樵批点黄陶庵评本李长吉集》）

曾益云："全篇咏竹，全篇是咏湘妃。"（《昌谷集》）

蒋文运说："拈湘妃，盖有怨而不见意，故曰'烟梧'，曰'云'，曰'雨'，极得隐天蔽日、凄凄迷迷之状，此深于《骚》者。"（《昌谷集句解定本》引）

陈允吉解道："昌谷摹述湘妃、贝宫夫人等一类神女形象，主要目的在于抒泄自身的人生忧思和渴爱祈愿，并非着力还原古代神话人物的传统神性，其间隐恨迭起，愁绪百结，从而赋予了诗作一种特定的迷惘感伤气氛。"（《李贺诗选评》）

由此诗，我们也可以明显看到李贺对楚辞题材与造境艺术的继承。王琦于末二句下云："妃思舜而不得常见，故当秋气至而草木变衰，凉夜永而蛟龙吟啸，所见所闻，皆足以增隐忧而动深思。此诗措辞用意，咸本楚骚。"（《李长吉歌诗汇解》）刘衍道："贺拟楚辞，借湘妃而寄离情别绪也。"（《李贺诗校笺证异》）美国学者薛爱华《神女》（The DiÁine Woman）一书认为：李贺写的诗歌如《湘妃》、《贝宫夫人》等，"都延续着楚辞的传统"，"这些诗成了他奇特的、超自然主题诗中的一部分"，"他喜欢楚地那些古老的诗歌和居住在那里的女性水神"，但同时，"她们是李贺自己的创造"。

语言方面，“九山静绿”一句尤为出色，“‘蛮娘吟弄满寒空，九山静绿泪花红’，拈出自别。”（吴正子、刘辰翁《笺注评点李长吉歌诗》）“《湘妃》云：‘蛮娘吟弄满寒空，九山静绿泪花红。’《浩歌》云：‘青毛骢马参差钱，娇春杨柳含细烟。’真如出太白手。若只学其‘提携玉龙为君死’、‘筠竹千年老不死’、‘元气茫茫收不得’、‘练带平铺吹不起’等句，则永堕习气矣。”（清延君寿《老生常谈》）

“九山”虽被注解为九疑山，但同时具有大片山脉的意味。如果将九山看作是群山，那“九山静绿”典型地呈现出李贺“印象画”式的写景方式，诗人用大块色彩来书写其整体而细腻的感受。陶文鹏以此句作例，说道：“李贺不仅善于描绘眼前实见的特定时空中的色彩，而且擅长表现其灵视中、梦幻里感受到的广阔无际的虚玄渺远的色彩”，与此句相似的还有“桃花满陌千里红”（《送沈亚之歌》）、“千里一时绿”（《长歌续短歌》）、“千山浓绿生云外”（《河南府试十二月乐词》）、“洞庭帝子一千里”（《帝子歌》）等等，“诗人铺染的红绿色彩从九山、千山、千里一直延伸到超越视觉空间的无垠天地”（《论李贺诗歌的色彩表现艺术》）。

南园十三首（选五首）

其　五

男儿何不带吴钩[①]，收取关山五十州[②]。
请君暂上凌烟阁[③]，若个书生万户侯。

【注释】

① 吴钩：吴地出产的一种弯刀，极为锋利。据《吴越春秋》卷四《阖闾内传》，此钩春秋时期吴地就能生产，且“作钩者甚众”。《文选》卷二八鲍照《结客少年场行》：“骢马金络头，锦带佩吴钩。”李周翰注：“吴钩，钩类，头少曲。”沈括《梦溪笔谈》卷十九“器用”：“唐人诗多有言吴钩者。吴钩，刀名也，刃弯，今南蛮用之，谓之葛党刀。”

② “收取”句：关山，指城池及其属地。五十州，安史乱后，国力不济，在藩镇问题上措置不当，诸帝软弱，优容藩镇，形成割据局面，两河数十州不为唐有，此句乃实写。

③ 凌烟阁：原是长安宫城内一高阁。贞观十七年（643），太宗为了表彰旧臣勋德，诏于凌烟阁上图画太原举义及秦府功臣二十四人像，太宗亲撰赞语，褚遂良题阁，阎立本画像，事载《大唐新语》卷十一“褒锡”。从此凌烟阁功臣成为建立奇功者的代名词。

【评析】

这组诗作于李贺应进士试受挫闲居故乡昌谷期间，时贺“三十未有二十余”（据朱自清《李贺年谱》）。南园泛指诗人昌谷故居以南一大片田畴平地。据杨其群《李贺咏昌谷诸诗中专名考》所言，“原”与“园”二字义可相通，凡李贺宅南“可种谷给食”的大片平地，均可称为“南原”，亦称“南园”。

至于南园组诗的意旨，则如陈允吉所概括的，“或对景兴发容华易谢的嗟叹，或直言宣泄恃才不遇之愤闷，或展示自己闲居家园的慵懒心情，末篇则以五言律诗作结，以更广的视野展示当地一天自朝至暮物候景色的变化——那就是诗人可爱的故乡。组诗语言幽闲畅净又不乏赡丽之美，构成了一个具备相同写诗风格和抒情特质的有机整体，其中萦绕着摆脱不开的落拓情思。”（《李贺诗选评》）

此诗明白如话，直言欲投笔从戎的壮志豪情。“言欲立功异域。试看凌烟，曾未有书生而封万户者。是志虽存，如时命何？”（曾益《昌谷集》）“如文潞公之破贝州，王文成之擒宸濠，平八寨，何不可万户侯耶？”（清沈德潜《唐诗别裁集》）方世举总评李贺这组七绝说：“七绝最易柔美之格调，此人亦复挺拔。虽不如开元之深婉，亦不落元和之疲茶。学杜实发，却用风标。”（《李长吉诗集批注》）

姚文燮联系时事解道：“裴度伐吴元济，蔡、郓、淮西数十州至是尽归朝廷。贺盖美诸将之功，而复羡其荣宠，故不觉壮志勃生。‘若个’者，犹言几许也。曾有几许书生能致万户侯者乎？”（《昌谷集注》）朱世英评此诗道：“凭空寄慨，于豪情中见愤然之意。”（《唐诗鉴赏辞典》）

然而，这陡然表达出的豪情，对于体弱多病的李贺来说，显然无法实现，只能是徒然感慨。如黎简所说，“欲弃毛锥，亦自愤也”（《黎二樵批点黄陶庵评本李长吉集》）。陈允吉更是不无残酷地说道，对于“体质羸弱，素无经略之才”的李贺来说，发出“男儿何不带吴钩，收取关山五十州”这种高调言辞，“委实显得不着边际，充其量不过是为他萎缩的心灵注入一针兴奋剂罢了，没有任何实践意义”（《李贺诗选评》）。

其　六

寻章摘句老雕虫①，晓月当帘挂玉弓。
不见年年辽海上②，文章何处哭秋风？

【注释】

①“寻章”句：寻章摘句，撰作诗文时从古书中寻觅典故，摘取词藻。《三国志·吴书·吴主传》裴松之注引韦曜《吴书》：“（孙权）志存

经略，虽有余闲，博览书传历史，藉采奇异，不效诸生寻章摘句而已。”雕虫，指雕琢辞章的技艺。扬雄《法言》：“或问：‘吾子少而好赋？’曰：‘然。童子雕虫篆刻。’俄而曰：‘壮夫不为也。’”

② 辽海：辽东渤海一带，这里泛指边陲胡汉民族争战的核心地带。

【评析】

此诗的命意同样是“若个书生万户侯”，而语言风格较前诗更为蕴藉。朱世英赏析其语言：“句中的‘老’字用作动词，有终老纸笔之间的意思，包含着无限的辛酸”，“满腹牢骚通过一个‘老’字倾吐出来，炼字的功夫极深”；在造境方面，“诗人惨淡苦吟的精神和他那只有残月作伴的落寞悲凉的处境形成鲜明的比照，暗示性很强”（《唐诗鉴赏辞典》）。

“哭秋风”可有两种理解：一为悲秋。黎简云：“与上首同意，凌烟无封侯书生，辽海无悲秋诗客。辽海用兵之地，用不着苦吟悲秋之士也。”（《黎二樵批点黄陶庵评本李长吉集》）姚文燮云：“章句误人，倏忽衰暮。仰视天头牙月，动我挽强之思矣。丈夫当立勋紫塞，何用悲秋摇落耶？”（《昌谷集注》）

二为创作吟风弄月、伤春悲秋的诗文，泛指文学创作，暗用宋玉《九辩》中的“悲哉秋之为气也”。曾益道：“此言老于章句，达曙不寐，而辽海之上，战伐年年，奚用是文章为也？”（《昌谷集》）王琦道：“书生之辈，寻章摘句，无间朝暮。当晓月入帘之候，犹用力不歇，可谓勤矣。无奈边场之上，不尚文词，即有才如宋玉，亦何处用之？念及此，能无动投笔之思而驰逐于鞍马之间耶？”（《李长吉歌诗汇解》）陈允吉解末句道：“意谓纵使写出宋玉那样的悲秋名篇，亦徒劳无用，不如带刀从军，力战疆场之易于建立功业。”（《李贺诗选评》）朱世英道：“‘哭秋风’不是一般的悲秋，而是感伤时事、哀悼

穷途的文士之悲。”(《唐诗鉴赏辞典》)

若作文学创作解，那么此诗中似乎有李贺对诗歌创作（“寻章摘句”）价值的怀疑。诗歌创作乃是其呕心沥血所投入之事业，怀疑其价值就是怀疑其生命价值，岂非深痛也？于此，“千古才人，一齐下泪”（阙名《李长吉诗集》）。

黄周星说其曾见长吉所评《楚辞》云“时居南园，读《天问》数过，忽得‘文章何处哭秋风’之句”，于是说“则此一句之中，有全卷《天问》在”(《唐诗快》)。果真如其所说，李贺末句的灵感来自《天问》，这便要思索李贺对《天问》的理解。屈原在《天问》中记录的对于天地宇宙的伟大思索，与现实生活中的建功立业相比，莫非也成为无益于社会现实的“寻章摘句”之事？诗人的内心仿佛陷入对于人生价值的迷惘中。

其　七

长卿牢落悲空舍，曼倩诙谐取自容①。
见买若耶溪水剑②，明朝归去事猿公③。

【注释】

①“曼倩”句：曼倩，西汉东方朔的字。他认识到正谏不能久安，于是凭着机智幽默，得以全身远害，《汉书》卷一〇〇《叙传下》：“东方赡辞，诙谐倡优。”取自容，曲意屈从，取悦于人，以求取得自身立足之地。

②“见买”句：见买，拟买，将买。若耶溪，在浙江绍兴若耶山下，相传为春秋时欧冶子铸剑之地，他在此铸成湛庐、胜邪、龙渊、太阿等名剑，事见《吴越春秋·阖闾内传》《越绝书·外传·记宝剑》。

③猿公：传说中精于剑术者，曾于越地试剑，后飞上树端化为白猿

而去，事见《吴越春秋·越王勾践外传》。

【评析】

论者多以愤世解会此诗意旨。如曾益说：“言抱才而穷，不若诙谐者见容也。托言学剑，有愤世意。”（《昌谷集》）近代俞陛云说：“此长吉自伤身世也。首二句言汉时才俊如相如者，尚以‘牢落’兴嗟；如曼倩者，姑以‘诙谐’自隐。文章既不为世用，不若归买若耶宝剑，求猿公击刺之术，把臂荆高，一吐其抑塞之气。诗因愤世而作，故前首有‘文章何处哭秋风’句，乃其本怀也。”（《诗境浅说续编》）

李贺发此愤语，所借用的人物典故，是相当贴切的。宋人评曰：“耿耿可念，其词其事，兴托皆妙。”（吴正子、刘辰翁《笺注评点李长吉歌诗》）姚文燮评曰：“宵小盈朝，正人敛迹。文园难免穷愁，东方且忧忌讳。冠裳倒置，笔墨无功，唯有学剑术以自匿矣。”（《昌谷集注》）王琦云：“言能文之士如司马长卿、东方曼倩，犹不能得志于时，况其次者乎？学书何益，不如去而学剑也。”（《李长吉歌诗汇解》）今人评曰：“此两首（指《南园十三首》其六及本篇）皆借古人以抒写文人不为时重之情。前首言学虽勤而不能效用于边疆。后首言才如相如而空有四壁，辩如方朔而只以自容，何如去而学剑？”（刘永济《唐人绝句精华》）

鲁迅《豪语的折扣》一文带着戏谑说：“仙才李太白的善作豪语，可以不必说了；连留了长指甲、骨瘦如柴的鬼才李长吉，也说‘见买若耶溪水剑，明朝归去事猿公’起来，简直是毫不自量，想学刺客了。这应该折成零，证据是他到底并没有去。”

说到底，这类豪语，不过是长吉的文人牢骚罢了。如何在外部世界“自容”，如何在精神世界中自洽，这是自古及今“怀才见弃”的文人们始终难解的心事。

其 十

边让今朝忆蔡邕①，无心裁曲卧春风②。
舍南有竹堪书字，老去溪头作钓翁。

【注释】

①“边让”句：边让，东汉人，辩博能文，蔡邕赏识他并荐之于大将军何进，事见《后汉书·边让传》。这里李贺取边让自喻。蔡邕，东汉末年名臣。

②裁曲：制曲，此指作诗。

【评析】

如果说第七首“明朝归去事猿公”是李贺的牢骚之语，那么这首“老去溪头作钓翁”更添了寂寞的伤感，源于对远去的知己的忆念。“蔡邕”在这里喻指赏识李贺的诸公。

吴正子以为此句乃“长吉感忆韩公、皇甫之相知，假边、蔡以为况也”（《笺注评点李长吉歌诗》），前人多从此论。曾益解曰：“边让，贺自喻；蔡邕喻见知诸公。‘今朝忆’，谓诸公皆逝，则知音者稀，故无心裁衣曲。……甚言知己寥寥，无心于世，老于南园而不出也。”（《昌谷集》）方世举云：“伯喈荐边让者，此言不复望其识柯亭竹以为笛材矣。”（《李长吉诗集批注》）李贺曾得韩愈、皇甫湜知遇，疑是时贺与诸人空间相隔，于是生出浓重的思念。

也有不同意见者，如王琦道：“长吉盖以边让自喻，而私忆当有如蔡邕之人敬而荐之者。奈未有其人，虽呕心苦思作乐府诸曲，亦有何人赏识？是以无心裁作，而卧于春风之中。舍南有竹，斫取作简，尽堪书写以耗壮心。即至年老，垂钓溪边以消永日。盖有不遇知己，

诗文俱可不作之想。此必在未逢昌黎诸公以前所作。”(《李长吉歌诗汇解》)

叶葱奇云：“细看这十三首里，一再说苦心著述的无益，屡发不如习武的感慨，很可能是韩愈劝他考进士失意而回后，郁闷家居时所作。”(《李贺诗集疏注》)其说可资参考。

在有人赏识的情况下，长吉依然未能建功立业，则怀才不遇的幽愤便更深一层。一句“老去溪头作钓翁”，乍看，抛出的是淡然的出世之思，实则暗示着一位失意的年轻诗人对人生前途的虚空渺茫的期待。诚如刘衍所说，“字里行间，实多怨愤”(《李贺诗校笺证异》)。

其十三

小树开朝径，长茸湿夜烟[①]。
柳花惊雪浦，麦雨涨溪田[②]。
古刹疏钟度，遥岚破月悬[③]。
沙头敲石火，烧竹照渔船。

【注释】

①长茸：蓊郁的草丛。

②麦雨：麦收季节的雨。

③“遥岚”句：岚，山头云气。破月，犹残月。

【评析】

这首五言律诗记录南园一带的物候景色。诗里有故乡的朝暮变换，有诗人熟悉的草木，有特定季节的物象（柳花、麦雨），也有黄昏的寺院钟声与悠远的山岚，有静夜的月亮和水边的火光。尾联两句尤为静谧安详，描绘了一幅明暗相交的画面：在幽暗的夜色里，渔夫敲石生火，一刹那明亮的火花冲破了暗的背景，照显了水边的渔船，也照显了渔夫自然安宁的生活。如此将光亮和黑夜相互衬托的写法，在长吉诗中并不罕见。

先来看姚文燮如何解读的吧：“小园草木，日夕可栖。柳花，伤春暮也。雨涨，恶浊流也。疏钟，欲依禅也。破月，无明鉴也。时世若此，尚安往哉？石火虽微，竹光可烛。用以自照，唯效渔父以藏身矣。”（《昌谷集注》）将每一景物都予以生硬的附会强解，真是一个死板教条的姚氏。这样的读者真不适合读李贺诗，他们读不出李贺诗中的灵动，看不见李贺观物的眼光。千古之下，为诗人长吉一叹。

姚佺云：“‘古刹疏钟度’，作宁馨语，‘烧竹照渔船’，差强，然鬼复为人，即不佳。”（《昌谷集句解定本》）此评有故作否定之嫌。

朱世英一方面说：“诗人以诗作画，采用移步换形的方法，就像绘制动画片那样，描绘出南园一带从早到晚的水色山光，旖旎动人”，一方面认为虽然诗中的一草一木都显得寥萧淡泊，有世外之意和归隐之情，但“不过是他仕进绝望的痛苦的另一种表现罢了”（《唐诗鉴赏辞典》）。

其他论者多从组诗体例或律诗成就方面来评此诗。如方世举说：“上六句语岑寂之境，下二句语岑寂之事。此一首本不在前十二首之内，同为《南园诗》，因汇录之为十三首。老杜集多如此编。结言无所事事，聊复尔尔。”（《李长吉诗集批注》）“岑寂”一词倒是可以概括此诗的境味。

黎简说：“十三首杂咏也。故无章法前后布置处，末首忽以五律，亦古人不拘时眼也。”又说：“二首绝句，皆长吉停整之作，七绝之正格也。但末章五律似未老成。”（《黎二樵批点黄陶庵评本李长吉集》）

《李贺诗选评》说此诗“虽格调尚欠老成，但全篇四联注意对仗，修辞设色复极工细，原其造物赋形的突出征状，似与杜甫某些写景五律殊为接近。昌谷不以创拟律诗见称，然偶而为之辄觉精美可诵，盖亦得少陵遗法之神髓者欤”。刘衍亦道：“此诗写南园晓景，格调颇似杜甫《春夜喜雨》。”（《李贺诗校笺证异》）这些评说，或有拔高之嫌。李贺作律诗远不如其古诗，虽诗意岑寂荒远，然物象略嫌杂乱，技法上亦单调而少变化，无论如何谈不上“精美”，也是难以与杜甫《春夜喜雨》相提并论的。

卷　二

金铜仙人辞汉歌并序[①]

魏明帝青龙元年八月，诏宫官牵车西取汉孝武捧露盘仙人，欲立置前殿。宫官既拆盘，仙人临载，乃潸然泪下。唐诸王孙李长吉遂作《金铜仙人辞汉歌》。

茂陵刘郎秋风客[②]，夜闻马嘶晓无迹。
画栏桂树悬秋香，三十六宫土花碧[③]。
魏官牵车指千里[④]，东关酸风射眸子[⑤]。
空将汉月出宫门，忆君清泪如铅水。
衰兰送客咸阳道[⑥]，天若有情天亦老。
携盘独出月荒凉，渭城已远波声小。

【注释】

①金铜仙人：汉武帝于建章宫前造神明台，上铸金铜仙人，铜人“高二十丈，大十围”（《三辅故事》），擎铜盘玉杯，以承云露。

②“茂陵”句：茂陵，汉武帝陵寝。刘郎，这里指汉武帝刘彻。秋风客，刘彻曾作《秋风辞》，故称。

③“三十”句：三十六宫，西汉京城长安宫殿总数。土花，苔藓。

④“魏官”句：魏官，魏明帝派来主持搬运的官员。千里，自魏文

帝起，迁都洛阳，故此“千里”指长安、洛阳两京之间的距离。

⑤东关：此指潼关。出入两京的唐代官员、举子多称潼关为东关。

⑥“衰兰”句：客，指铜仙人。咸阳道，此指自长安东去的道路。汉改秦咸阳为渭城县，咸阳城在渭水以北。

【评析】

据朱自清推测，此诗大约作于元和八年（813）诗人因病辞去奉礼郎职务由京赴洛途中，其时诗人“百感交并，故作非非想，寄其悲于金铜仙人耳”（《李贺年谱》）。

整首诗着眼于一个“情”字，有铜仙人对“君”（“刘郎”）的情，有古道边的衰兰对“客”（铜仙人）的情，有并未言明却深沉可感的诗人对于人世的悲情。情至极处，诗人说“天若有情天亦老”，这句被认为是“词家妙语”（钟惺、谭元春《唐诗归》），“奇绝无对”（司马光《温公续诗话》）。而天地终究是无情的，所以月亮才显得“荒凉”。

历代论者都盛赞此诗的深情浓致，感染力强大。

刘辰翁云：“盖铜仙，武帝所立，今为异代所取，虽以金石无情，犹不能不动，而况于有情者乎？此意非长吉不能赋，古今无此神妙。神凝意黯，不觉铜仙能言。奇事奇语，不在言，读至‘三十六宫土花碧’，铜人泪堕已信。末后三句，可为断肠。”（《笺注评点李长吉歌诗》）郭濬称其“深刻奇幻，可泣鬼神”（《增定评注唐诗正声》），余光说自己诵至“天若有情”一句则“不觉涕泗沾襟，废书而叹者累日”（《余光辑解昌谷集》）。黄周星说：“徽号甚妙，使汉武闻之，亦当哑然失笑。老天有情，亦当潸然泪下，何但仙人。”（《唐诗快》）王琦分析道：“本是铜人离却汉宫花木而去，却以衰兰送客为词，盖反言之。又铜人本无知觉，因迁徙而潸然泪下，是无情者变为有情，况本有情者乎？长吉以‘天若有情天亦老’反衬出之，则有情之物见铜仙下泪，其情更何如耶？”（《李长吉歌诗汇解》）近代高步瀛评之：“悲凉深婉。”（《唐宋诗举要》）

此篇正是杜牧所谓“求取情状，绝去笔墨畦径”之作，绝佳地表现出长吉诗歌所擅长的虚实相生之妙。许学夷把“茂陵”二句归为严沧浪所说的“鬼仙之词”（《诗源辩体》），王夫之评之：“寄意好，不无稚子气，而神骏已千里矣。”（《唐诗评选》）胡廷佐道：“唯人钟情最深，今置人不言，而曰‘天若有情’。又铅花铜盘，画栏桂树，指种种无情之物，悉皆震动欲泣，此诗中所谓离题断者也。非长吉不能赋，古今无此神妙。”（《昌谷集句解定本》弁语）唐汝询云：“创意极奥，摛词却质，乃长吉真妙处。今人拟其艳冶，反入魔境，殊不知此君呕心处，正不在此。”吴敬夫云：“缀事属言，多求其称，似此幽奇事，有长吉以绘之，仙人可以拭泪矣。”（清刘邦彦《唐诗归折衷》引）周珽曰：“长吉诗大抵创意奥而生想深，萃精求异，有不自知为古古怪怪者。他如《剑子》、《铜仙》等歌什，辄多呕心语，宜为昌黎公所知重也。”（《唐诗选脉会通评林》）

结尾亦妙。“渭城已远波声小”，用声音的逐渐减弱来表示空间的拉远，把仙人辞汉的离别过程再现出来。“小”字用得好，因远而小，以波声呈现出时空的变换。史承豫云：“结得渺然无际，令人神会于笔墨之外。”（《唐贤小三昧集》）张文荪评之：“泪如铅水，切铜人精妙。大放厥词，忽然收住，余音袅袅尚飘空。”（《唐贤清雅集》）王琦云：“因情绪之荒凉，而月色亦觉为之荒凉。及乎离渭城渐远，则渭水波声亦渐不闻。一路情景，更不堪言矣！”（《李长吉歌诗汇解》）

林同济论此诗道：“全篇是仙人作语。称汉武为茂陵刘郎，亦出自仙人之口。”（《李长吉歌诗研究》）道出了此诗的巧思所在。陈允吉亦称妙这种以金铜仙人为主体的抒写角度，“一路上的景物描绘，都被作者系为铜人在当时获致的感觉而给以着力的渲染”，“诗歌探寻前事别著手眼若是，信为前人的咏史篇章中所未尝有”（《李贺诗选评》）。

刘学锴由此诗赞叹长吉为“天真的诗人”，诗中奇思妙想迭出，如“忆君清泪如铅水”一句“既写出了铜人的‘人性’，又写出了铜人的‘物性’，而在宛若童话的天真想象中透露的却是铜人辞别故园、故土时的沉重的悲凉”；“天若有情天亦老”这一警动千古的奇句，则用天之衰老的惊人想象来“反托人世的易代巨变对生活在人间的人们的心灵巨创和无限伤痛”（《唐诗选注评鉴》）。

周诚真道：“我们时常企图从古代文化的物质残余寻探它的盛衰因素和背景，但是只有诗人的想象才能从物质残余捕捉到它的精神。济慈的《希腊坛颂》是如此，李贺的《金铜仙人辞汉歌》也是如此。”（《李贺论》）

此诗与其说是借汉王朝的消亡史来影射安史乱后的唐王朝社会状况，不如说诗人是被铜仙人流泪辞长安的传说所深深触动而兴发成诗。传说如东晋习凿齿《汉晋春秋》所记：“帝徙盘，盘拆，声闻数十里，金狄（即铜人）或泣，因留霸城。”诗人在仕进无望、贫病交加中离开长安，内心亦充满悲情。“渭城”句以回望的姿态从对面落笔，借“波声”意象传达铜仙人与故土渐行渐远的伤感，伤感的自然是诗人自己。长吉写铜仙人深情，其内心的悲感亦得以传达。陈沆有言：“长吉志在用世，又恶进不以道，故述此二篇（指此篇和《还自会稽歌》）以寄其悲，特以寄托遥深，遂尔解人莫索。”（《诗比兴笺》）就此而言，此诗无异于诗人个体富于悲剧意味的情感抒发。

古悠悠行

白景归西山，碧华上迢迢①。
今古何处尽，千岁随风飘。
海沙变成石，鱼沫吹秦桥②。
空光远流浪③，铜柱从年消④。

【注释】

①“碧华”句：碧华，月亮。迢迢，高远貌。

②秦桥：秦始皇所筑的桥，用晋伏琛《三齐略记》秦始皇于海中作石桥，入海三十里射鱼，水变色如血者数里之典。

③“空光”句：空光，阳光。流浪，流逝。

④铜柱：汉武帝所作柏梁铜柱，在建章宫中，柱高二十丈，大七围，柱上有铜仙人舒掌捧盘，盘中置玉杯，以承云表之露。此句言日月消磨，即使铜柱那样的神物也不能长久，将被销蚀破坏。

【评析】

此诗作于元和六至八年为奉礼郎期间，为李贺自拟的乐府新题。

吴正子将“碧华”解为碧云，说“日落时有碧云上腾”（《笺注评点李长吉歌诗》），不妥。首联的“白景”与“碧华”应为对衬关系，指昼夜更替，“碧华”则为月。王琦言：“昼夜循环，无有穷尽。以千岁之久，而达人观之，一如风飘之疾速。海沙之细，经历多年长大成石。秦王造桥之处，又见群鱼吹沫其间。桑田沧海，洵有之矣。汉武所立铜柱，原以为长生之计，今年远代更，铜柱亦销灭不存。”并认为此诗旨在讽喻：“夫以武帝之雄才大略，欲求长生于世间尚不可得，况他人乎？此诗盖以讽也。”（《李长吉歌诗汇解》）姚文燮亦认为诗人在讽谏宪宗：“宪宗之妄求长生，由不明始终昼夜之理也。日月递更，流风不异，古今岂有尽期耶？陵谷之变，是即消长之常。莫高如秦桥，而鱼沫可吹；莫坚如铜柱，而流浪可消。足知世间未有久而不化之事。谁谓长生真可致乎？”（《昌谷集注》）

黄淳耀谓之“感逝惜时之作”（《黎二樵批点黄陶庵评本李长吉集》）。如此理解长吉笔下的时间书写，也稍嫌浮泛。长吉动辄沧海桑田的非凡时间感，需要读者更深层的体会认知。

钱锺书对李贺用心书写的时间主题有着深刻思索，整段移录如下：

“细玩昌谷集，舍侘傺牢骚，时一抒泄而外，尚有一作意，屡见不鲜。其于光阴之速，年命之短，世变无涯，人生有尽，每感怆低徊，长言永叹。《天上谣》则曰：‘东指羲和能走马，海尘新生石山下。’《浩歌》则曰：‘南风吹山作平地，帝遣天吴移海水。王母桃花千遍红，彭祖巫咸几回死。’《秦王饮酒》则曰：‘劫灰飞尽古今平。’《古悠悠行》则曰：‘白景归西山，碧华上迢迢。今古何处尽，千岁随风飘。’《过行宫》则曰：‘垂帘几度青春老，堪锁千年白日长。’《凿井》则曰：‘一日作千年，不须流下去。’《日出行》则曰：‘白日下昆仑，发光如舒丝。奈尔铄石，胡为销人。羿弯弓属矢，那不中足，令久不得奔，讵教晨光夕昏。’《拂舞歌辞》则曰：‘东方日不破，天光无老时。’《相劝酒》则曰：‘羲和骋六辔，昼夕不曾闲。弹乌崦嵫竹，抶马蟠桃鞭。’《梦天》则曰：‘黄尘清水三山下，更变千年如走马。’皆深有感于日月逾迈，沧桑改换，而人事之代谢不与焉。他人或以吊古兴怀，遂尔及时行乐，长吉独纯从天运着眼，亦其出世法、远人情之一端也。”（《谈艺录·李长吉诗》）

余光中也说道：“长吉患的是‘长怀千岁忧’的时间过敏症。他不但为今人担忧，为古人担忧，且为宇宙和神担忧。从‘月寒日暖，来煎人寿’到‘劫灰飞尽古今平’到‘王母桃花千遍红，彭祖巫咸几回死’；从‘天若有情天亦老’到‘七星贯断姮娥死’，这种超历史的时间过敏症愈益强烈。而这种宇宙性的幻灭感和中国古典诗中的历史兴亡感甚不相同。”（《象牙塔到白玉楼》）

对于李贺诗歌及其思想，我们是需要启用一些现代思维去理解的，尤其要跳出古代诗论中的条框与陈言，对李贺笔下的时间主题的解会便是一例。

马诗二十三首（选四首）

其　一

龙脊贴连钱[①]，银蹄白踏烟[②]。
无人织锦韂[③]，谁为铸金鞭？

【注释】

①“龙脊”句：龙脊，龙马的背脊。《尔雅·释畜》：“马八尺为龙。”贴连钱，马背上的连钱状的斑纹。

② 白踏烟：四肢毛呈白色，奔驰起来如踏白烟而行。

③ 韂（chàn）：马之鞍韂，即垂覆于马腹两侧用以遮挡泥土的布，也叫障泥。

【评析】

这一组马诗写作年代前后不一，语言艺术方面，“无一首不好，且无俗料”（吴正子、刘辰翁《笺注评点李长吉歌诗》）；方世举赞曰：“此二十三首，乃聚精会神，伐毛洗髓而出之。造意撰辞，犹有老杜诸作之未至者。率处皆是炼处，有一字手滑耶？”主题方面，诗人以马自喻，寄托不遇之意，是显然的，“人人所知，次第用意，略与《南园诗》同”（《李长吉诗集批注》）。方拱乾道：马诗二十三首“所命止一绪，而百灵奔赴，直欲穷人以所不能言，并欲穷人以所不能解”（《昌谷集注》序）。

钱锺书以贺之《马诗》为例，说道：“盖长吉振衣千仞，远尘氛而超世网，其心目间离奇俶诡，鲜人间事。所谓千里绝迹，百尺无枝，古人以与太白并举，良为有以。若偶然讽谕，则又明白晓畅，如《马诗》二十三绝，借题抒意，寄托显明。”（《谈艺录》）

至于此首，曾益道：“‘龙脊’‘银蹄’言马良。‘无人’‘谁为’，惜无知者。”（《昌谷集》）又道：“贺诸马诗，大都感慨不遇以自喻也。”（《诗解》）黄淳耀道：“亦不遇意。”（《黎二樵批点黄陶庵评本李长吉集》）姚文燮道：“贵质奇才，未荣朱绂，与骏马之不逢时，同一慨矣。故虽龙脊银蹄，而织锦鞯无人，铸金鞭无人，与凡马何异！”（《昌谷集注》）方世举道：“先言好马须好饰，犹杜诗‘骢马新斫蹄，银鞍被来好’，以喻有才须称。此二十三首之开章引子也。以下便如《庄子》重言、寓言、卮言，曲尽其义。”（《李长吉诗集批注》）王琦道：“沈炯诗：‘长安美少年，骢马铁连钱。陈王装脑勒，晋后铸金鞭。’此首言良马而未为人所识者也。”（《李长吉歌诗汇解》）

刘衍谓此首“当作于未谒见韩愈，盼望名人引荐以步入仕途之元和初年”，读贺诗似不宜如此坐实，但诗中确乎可见“殷殷进取之心”（《李贺诗校笺证异》）。

其　四

此马非凡马，房星本是星①。
向前敲瘦骨，犹自带铜声。

【注释】

①“房星”句：房星，又名天驷、房驷。《尔雅·释天》：“天驷，房也。”郭璞注曰：“龙为天马，故房四星谓之天驷。”《瑞应图》谓“马为房星之精”。是星，此星。

【评析】

《晋书·天文志》有言：“房四星，为明堂，天子布政之宫也”，“房星明，则王者明”。由此可认为，长吉自喻房星属其本星，是对其唐室宗孙身份的自诩，尽管这一身份带给他更多的是失落。方世举道：“自喻王孙本天潢也。下二句言《相马经》但言隅目高匡等相，犹是皮毛。支遁之畜马，以为爱其神骏，亦属外观。毕竟当得其内美，骨作铜声，即‘牝马之贞’之理。”（《李长吉诗集批注》卷二）

“瘦骨”带铜声一句，非李贺不能拈出，又奇又硬。曾益解云：“言此马非凡，当是天马矣。天马房星，本星而非马也，是何骨法之合度也，向前敲之，而犹疑其带铜声，意者其铜马耶！慨世不用，意寓言外。”（《昌谷集》）姚文燮云：“上应天驷，则骨气自尔不凡。瘦骨寒峭，敲之犹带铜声，总以自形其刚坚耳。”（《昌谷集注》）王琦解曰：“铜声，谓马骨坚劲，有如铜铁，故其声亦带铜声也。”（《李长吉歌诗汇解》）董伯音解曰：“言与金马门所铸之天马骨格相同，故虽瘦而犹带铜声也。上应天象，下表国门，总写‘非凡’二字。”（陈本礼《协律钩玄》引）董氏的解说有一些绕弯，不符合长吉直觉式的强调感官的构思习惯。

刘衍道：“贺意或在于：我本王孙，才质不凡，虽处逆境，但瘦劲可驭，为王朝之车驾，必有大用。”（《李贺诗校笺证异》）富寿荪曰：“长吉为唐室宗枝，此诗殆自况。以‘铜声’状骏骨之坚劲，妙于想象，奇警无匹。”（《千首唐人绝句》）

刘学锴对“瘦骨”二句解会最深入，联系杜甫《瘦马行》“东郊瘦马使我伤，骨骼硉兀如堵墙”二句分析道，真正的骏马皆为瘦骨而非痴肥，而瘦马往往被误认为是凡马甚至病马，于是，此诗中的“瘦骨”兼具两层含义，一是此马因瘦而不被赏识，二是此马骨骼坚挺，实为骏马，这样便揭示了骏马不被赏识的悲剧。同时，“其自负、自傲、自赏、自强之情，充溢于字里行间。”（见《唐诗选注评鉴》）

诸家对铜声的理解不一，但无异议的是，全诗都在强调“非凡”。

吴正子认为“星”字应当作“精”字（《笺注评点李长吉歌诗》）。古人认为，地上的动植物在天上都有对应的星座，皆由日月星辰的精气凝成。马为房星之精，即房星是二十八宿中代表马的星宿。此说似亦可通。但作为“是星”则可与第一句的句式结构呼应，或更稳妥些。

其　五

大漠沙如雪，燕山月似钩[①]。
何当金络脑[②]，快走踏清秋。

【注释】

① 燕山：在此泛指塞北“戎马地”。

② 金络脑：黄金装饰的马笼头。鲍照诗云：“骢马金络头。”

【评析】

这一首语言俊爽，方世举尤赏第一句，认为“‘大漠沙如雪’，此言苟能世用，致远不难”（《李长吉诗集批注》）。刘辰翁云：“来得便是赋意，结束亦俊。”（《笺注评点李长吉歌诗》）至末句“快走踏清秋”，亦骏快爽利，令人联想到杜甫笔下同样俊气十足的“所向无空阔，真堪托死生。骁腾有如此，万里可横行”（《房兵曹胡马》）。

曾益解此诗道：“如雪，言白；似钩，新月；大漠，燕山，皆塞上地。言何当见用于时，以立功异域乎？”（《昌谷集》）姚文燮道：“边氛未靖，奇才未伸。壮士于此，不禁雄心跃跃。”（《昌谷集注》）叶葱奇道：“这首是说若能获得知遇，情愿驰骤漠北，有跂盼知遇，俾一展所长的意思。”（《李贺诗集疏注》）

李贺借马来抒写雄心的诗篇，语言往往俊逸直白，且数目实多。有学者统计，李贺以马为主题或提到马的作品共有八十三首，占其诗作总数的三分之一。在这个现象背后，叶庆炳考证出一个不容忽视的原因，即李贺“生逢马年，肖属为马”（《说李贺马诗二十三首》）。诗人的生肖何以影响其创作心理呢?《李贺诗选评》的解释可备一说:“盖长吉云恨海愁，思绪百结，精神世界封闭厄塞，社会生活中众多问题未必引起他的兴趣，而对附属于其一己生命的某些事象，却经常萦绕心际殊难去怀。就像他十分关念自我长相一样，自己的肖属亦每牵动他的情思，故于撰述诗歌时动辄行诸篇什，径以马的穷达哀乐来传递自身情感。”（陈允吉、吴海勇《李贺诗选评》）

其　十

催榜渡乌江①，神骓泣向风②。
君王今解剑③，何处逐英雄④？

【注释】

①“催榜”句：催榜，加紧划船。榜，船桨。船工曰榜人。乌江，在今安徽和县东北，项羽战败垓下，至此自刎而亡。

②神骓（zhuī）：西楚霸王项羽所乘的马，名曰乌骓。骓，毛色黑白相杂的马。据《史记·项羽本纪》载：项羽兵败行至乌江畔，乌江亭长泊船等待，劝他渡江，俟机再起。项羽以无颜见江东父老而不愿渡江，以坐骑相托。

③解剑：指项羽拔剑自刎。

④逐：追随。

【评析】

对这样一首“居今思古”（方世举《李长吉诗集批注》）之作，读者有着不同的感受。

有人读出“神骏”。“项羽虽以马赠亭长，然羽既刎死，神骓必不受人骑也。二十余首中，此首写得神骏。”（沈德潜《唐诗别裁集》）

有人读出“不遇”。“何处逐英雄”一句与“买丝绣作平原君，有酒惟浇赵州土”（《浩歌》）实为异曲同心，皆抒发无可追随的悲慨。“言主不易遇。羽既逝矣，谁可佐以霸者？”（曾益《昌谷集》）刘衍道：“此诗写项羽之马，追恋故主，寄寓痛失知己、生不逢时之叹。诗旨在稽古叹今。”（《李贺诗校笺证异》）叶葱奇认为“有一失知己、无可依托之慨”（《李贺诗集疏注》）。

更多的人读出“悲”感。“悲甚。此语不可复读，元不苦涩。”（吴正子、刘辰翁《笺注评点李长吉歌诗》）“代马作泣词，无限悲啜，士之所以乐为知己用也。”（《昌谷集句解定本》引胡廷佐语）“诗意言当日亭长既得项王之马，催榜渡江而去。马思故主，临风垂泣，理所必有。末二句代马作悲酸之语，无限深情。英雄失主，托足无门，闻此清吟，应当泪下。”（王琦《李长吉歌诗汇解》）“此即《垓下歌》意。‘时不利兮’之句，千古英雄闻之泪落。骓之得遇项羽，可谓伸于知己矣。乃羽以伯业不终，致骓又为知己者死，逢时之难如是乎！”（姚文燮《昌谷集注》）

王琦总评《马诗》谓：“马诗二十三首，俱是借题抒意。或美，或讥，或悲，或惜，大抵于当时所闻见之中各有所比。言马也，而意初不在马矣！又每首之中皆有不经人道语。”（《李长吉歌诗汇解》）

李贺马诗所写终究是在中国古代社会延续了千年的文人“不遇”主题，但又富有长吉独有的语言艺术之美，也是因其笔下这些意蕴丰盛的“马”意象，长吉被后世追随者定格为“白骑少年”的形象。

申胡子觱篥歌并序[①]

申胡子，朔客之苍头也[②]。朔客李氏，本亦世家子，得祀江夏王庙[③]，当年践履失序[④]，遂奉官北部。自称学长调短调，久未知名。今年四月，吾与对舍于长安崇义里，遂将衣质酒，命予合饮。气热杯阑，因谓吾曰：“李长吉，尔徒能长调，不能作五字歌诗，直强回笔端[⑤]，与陶、谢诗势相远几里！”吾对后，请撰《申胡子觱篥歌》[⑥]，以五字断句。歌成，左右人合噪相唱。朔客大喜，擎觞起立，命花娘出幕[⑦]，徘徊拜客。吾问所宜，称善平弄[⑧]，于是以弊辞配声，与予为寿。

颜热感君酒[⑨]，含嚼芦中声。
花娘篸绥妥[⑩]，休睡芙蓉屏。
谁截太平管[⑪]，列点排空星。

直贯开花风，天上驱云行[12]。
今夕岁华落，令人惜平生。
心事如波涛，中坐时时惊[13]。
朔客骑白马，剑弝悬兰缨[14]。
俊健如生猱[15]，肯拾蓬中萤[16]。

【注释】

① 觱篥（bì lì）：西北少数民族的一种吹奏乐器，以芦茎为簧，短竹为管，形如竖笛。

② 朔客：北方客人，王琦释云："盖为北方边地之将者。"（《李长吉歌诗汇解》）苍头：奴仆。

③ 得祀江夏王庙：意为朔客是江夏王李道宗的后代。古代宗庙中，宗子主祭，支属从祭，朔客为支属，故称"得祀"。

④ 践履失序：行为失检。

⑤ 直：只。强回笔端：勉强调转笔头。

⑥ 请撰：请对方同意自己作诗。

⑦ 花娘：朔客家的歌妓。

⑧ 平弄：平声慢歌。

⑨ 颜热：酒酣面热。

⑩ "花娘"句：篸（zān），同"簪"。绥妥，妥帖。一谓悬垂貌。

⑪ 太平管：一种九孔吹奏乐器，头的形状如觱篥，此处借指觱篥。

⑫ "直贯"句：意谓觱篥的声音如春风吹开百花，能高扬入天驱赶行云。

⑬ 中坐：坐中，在座的人。

⑭ 剑弝（bà）：剑柄。

⑮ 生猱（náo）：野性未驯的猿猴。

⑯ 蓬中萤：晋代书生车胤夏天捉萤火虫借光夜读。此二句意谓朔客虽为武夫侠客，竟也像车胤那样爱好书籍和文艺。

【评析】

两《唐书》本传载李贺“手笔敏捷，尤长于歌篇”，“辞尚奇诡，所得皆惊迈，绝去翰墨畦径”。唐人称七言歌诗为“长调”，长吉所作长调如《高轩过》得韩愈赏识，所作《雁门太守行》令其名扬天下。从本诗小序所述看，朔客的语言激将，如点穴一样正触动了长吉的创作欲。五言歌诗因句式短，更难操控，但长吉怎会错过这样一个证明能力和逞发诗才的机会？

此诗乃长吉精心构思写就，以酒酣起笔，引出申胡子所吹奏的觱篥之声，由觱篥之声引出花娘的歌唱。接着象喻觱篥的形态、声响，而后以“今夕”一句自然将场景转笔到情绪，末四句集中写朔客，使其形象活跃诗中，也呼应了序言中的对话。整体读来，“起承转合，一气呵成”（刘衍《李贺诗校笺证异》），“层次非常清整、完密”（叶葱奇《李贺诗集疏注》）。“全篇四句一节，诗意流转，散发着词华清越、神理骏发之美”，“细绎该诗肌理，从中不难感触到跳荡起伏的气脉，体会到周遭涌动着一股很强劲的张力。”（陈允吉、吴海勇《李贺诗选评》）

“今夕”二句颇受赞赏。曾益笺释曰：“谓已当今夕，聆是声，感岁华之徂落，惜年生之虚迈，心为之沸跃而时惊，声之入人深也。”（《昌谷集》）陈允吉说：“在索语造境方面明显追攀陶、谢佳构，尤其是‘今夕’两句由喜入悲，向被论者认为饶有晋、宋古人气貌。”（《李贺诗选评》）

末四句亦得佳评。吴敬夫云：“言朔客之豪，不以声色，为意正与觱篥凄壮遥相激射。”（清刘邦彦《唐诗归折衷》引）姚佺云：“以

猱誉之，而又不著其名，观其呼‘李长吉，尔徒能长调’，似轻侻恢啁者流，故拟之其伦，此长吉细密处。”（《昌谷集句解定本》）

此外，贺裳认为“俊健如生猱，肯拾蓬中萤”二句“可以评贺诗”（《载酒园诗话》），应是指贺诗有极俊健有力者，如马诗系列和《雁门太守行》《秦王饮酒》等作，亦有极温艳细腻者，如仿南朝乐府等作。亦可借杜甫诗句评之为“或看翡翠兰苕上，未掣鲸鱼碧海中”（《戏为六绝句》）。

或许由于李贺留下文章极少，所以这篇小序得到众评家的颇多关注。董懋策云：“序亦古。”（《唐李长吉诗集》）吴敬夫云：“序亦豪举。”（清刘邦彦《唐诗归折衷》引）方世举云：“《序》亦胜人。”（《李长吉诗集批注》）《李贺诗选评》道：“题于诗前的小序写得相当认真，全用韩愈提倡的古文体式，不仅叙述事件生动具体，刻画人物形神毕肖，而且对本篇创撰的背景也有明确交代，可肯定它是作于元和六年（811）四月诗人初为奉礼郎时。”

老夫采玉歌

采玉采玉须水碧[①]，琢作步摇徒好色[②]。
老夫饥寒龙为愁，蓝溪水气无清白[③]。
夜雨冈头食蓁子，杜鹃口血老夫泪[④]。
蓝溪之水厌生人[⑤]，身死千年恨溪水。
斜山柏风雨如啸，泉脚挂绳青袅袅[⑥]。
村寒白屋念娇婴[⑦]，古台石磴悬肠草[⑧]。

【注释】

① 水碧：碧玉。《山海经·东山经》："又南三百里，曰耿山，无草木，多水碧。"郭璞注："亦水玉类。"

② 步摇：古代妇女插在髻后的一种首饰，玉制，上有垂珠，戴上后随步摇摆。

③"蓝溪"句：蓝溪，即蓝水，是灞水上源，出陕西省蓝田县蓝田谷，辛氏《三秦记》：蓝田"有川方三十里，其水北流，出玉、铜、铁、石"。《元和郡县志·京兆府上·蓝田》："按《周礼》：'玉之美者曰球，其次为蓝。'盖以县出美玉，故曰蓝田。"无清白，指溪水因采玉而浑浊。

④ 杜鹃口血：因杜鹃鸟口腔为红色，古有杜鹃（子规）啼血之说。《尔雅翼》载："（杜鹃）其大如鸠，以春分先鸣，至夏尤甚，日夜号深林中，口为流血，至章陆子熟乃止，农家候之。……亦曰望帝，亦曰杜宇。"

⑤ 厌生人：因采玉而溺死于溪水者甚多，故溪水好像已经饱食。厌，饱食。

⑥"泉脚"句：泉脚，泉水下落处。袅袅，摇曳不定的样子。

⑦ 白屋：穷苦人家住的简陋房屋。

⑧"古台"句：磴（dèng），山路上的台阶。悬肠草，蔓生植物，一名思子蔓，一名离别草。曾益《昌谷集》注："惟怀家念妻孥，故视古台石磴之草，皆牵愁如肠之悬然也。"

【评析】

此诗应为元和六至八年在长安为奉礼郎时作。

古人多以诗中所传达的"苦"和"怨"来解读此诗的现实讽刺意义。

吴正子云："此篇乃老夫不堪采玉之劳，受役于上而不得免，故辞多怨苦。"（《笺注评点李长吉歌诗》）

刘辰翁云：“不必草名断肠之类，以其念子，视此悬磴之草如断肠然，苦甚。”（《笺注评点李长吉歌诗》）

姚佺评“厌生人”三字云：“正用《檀弓》泰山妇人文法。昔者吾舅死于虎，吾夫又死焉，今吾子又死焉，以十八字作丹头，而减作三字，工练劲挺，可谓至矣。”（《昌谷集句解定本》）

贺裳道：“此诗极言采玉之苦，以绳悬身下溪而采，人多溺而不起，至水亦厌之。采时又饥寒无食，惟摘蓁子为粮。”（《载酒园诗话又编》）

王琦道：“夫己之生死正未可必，乃睹悬肠之草，又动思子之情，触物兴怀，俱成苦境，深可哀矣！”（《李长吉歌诗汇解》）

黎简道：“讽民役之苦。‘水碧’，玉之至佳者。‘须’者，官吏须也。采玉而食蓁子，苦可知也。死人多恨溪水，反言之耳，所云民怨其上也。系绳而入水，入水恐死，念其爱子。”（《黎二樵批点黄陶庵评本李长吉集》）

或道：“不言恨时政而言恨溪水，与其死于苛政，不若死于虎也。征求无已，不念民生者戒之哉！”（阙名《李长吉诗集》）

或讽刺采玉“无益”，如董伯音云：“此为劳民而作无益者讽。”（陈本礼《协律钩玄》引）贺裳道：“及得玉，仅供步摇之用，充玩好而已。伤心惨目之悲，及劳民以求无用之意，隐隐形于言外。此真乐天所云‘下以泄导人情，上可以补察时政’者，而曰贺诗全无理，岂其然！”（《载酒园诗话又编》）

姚文燮道：“唐时贵玉，尤尚水碧。德宗朝，遣内给事朱如玉之安西、于阗求玉。及还，乃诈言为回纥夺去。后事泄，流死。复遣使四出采取。蓝田有川三十里，其水北流，产玉。山峡险隘，水窟深杳。此诗言玉不过充后宫之饰，致驱苍黎于不测之地，少壮殆尽，耄耋不免，死亡相继，犹眷妻孥。而无益之征求，竟不知民命之可轸念也，

可胜浩叹！”（《昌谷集注》）

早在中唐前期，韦应物就有《采玉行》：“官府征白丁，言采蓝溪玉。绝岭夜无家，深榛雨中宿。独妇饷粮还，哀哀舍南哭。”李贺此诗可与韦诗对读，不同的是，贺诗细致描绘采玉场景，“仿佛就同诗中人物在一起体历着这种惊心动魄的场景，用他的诗笔传递出摹述对象濒临深渊的生命忧惧感，从而赋予《老夫采玉歌》以‘古今未尝经道’的独特内容”（陈允吉、吴海勇《李贺诗选评》）。这也是贺诗在描摹人物心理方面的过人之处。

在此诗对社会现实的讽刺价值之外，今日我们应更加关注其艺术感染力，探究其措语造境的艺术。

诗人为了摹写人物心境，着意刻画采玉之“险”，“夜”、风雨、“挂绳”无不集中突显着采玉者的处境之险，“龙为愁”和“厌生人”侧面写“险”，“念娇婴”与“悬肠草”则用浓重的忧惧烘托“险”，而这极度的危险与“琢作步摇徒好色”形成了强烈反差。

罗宗强细致分析了全诗包含的所有意象，说“《老夫采玉歌》全诗都是这一类意象（指意象的密集，直接衔接甚至叠合）的高密度压缩”，“全诗的情思，就在一个一个画面的叠合中抒发出来，浓烈而且层次丰富”（《唐诗小史》）。

刘学锴认为在中唐时期哀悯民生疾苦的文学题材中，李贺此诗是罕见的“注重氛围渲染、深刻揭示人物心理活动”的成功范例。（见《唐诗选注评鉴》下册）

陈贻焮对“念娇婴”两句的品味尤为细密：“至于‘斜山’句以下最末一段关于采玉老夫内心活动的细致描写就更是出色。采玉老人一生深受压迫，饱尝辛苦，对人生疲苶已极，因而置身险境亦不自觉。但是，当他于无意之中因瞥见‘悬肠草’——即‘思子蔓’而念及寒村白屋中他的娇婴时，却又百感交集，惟恐失事身亡了。这诗之所以真切感人，就在于诗人能如此准确地把握住并描写出采玉老人处于生死关头的刹那间、可能产生的最复杂感人的心理变化，以显示其内心的深刻苦痛。”（《论李贺的诗》）

伤心行

咽咽学楚吟，病骨伤幽素①。
秋姿白发生，木叶啼风雨。
灯青兰膏歇②，落照飞蛾舞③。
古壁生凝尘，羁魂梦中语。

【注释】

① 幽素：即幽愫，指忧郁的心情。

② 兰膏：燃灯的油膏。

③ 落照：灯花谢落。

【评析】

乐府有《伤歌行》（见《乐府诗集·杂曲歌辞》），唐张籍、孟郊、庄南杰均有拟作。李贺仿乐府体格作此《伤心行》。

诗应作于元和六至八年在长安为奉礼郎时。“羁魂”一词透露了此诗内容为长安羁旅，“略尽旅况”（吴正子、刘辰翁《笺注评点李长吉歌诗》），“被放尚在长安也”（陈本礼《协律钩玄》引董伯音语）。

曾益解曰：“‘幽素’含二意，以穷愁不通之怀，逢摇落之景。……客邸久无人居，有此羁旅之魂，不能自持，故梦中私语，羁愁穷病，满目凄然，无一不伤心者。”（《昌谷集》）

姚文燮解曰："高才不偶，羁绁京华。吞声拟骚，茕茕在疚，时凋鬓改，闻落叶亦成啼声。灯青膏歇，槁灭将及也。落照蛾飞，光辉难再也。嘘拂无人，则微尘陈结，欲诉何由？梦中独语，心之云伤，良已极矣。"（《昌谷集注》）

王琦说："通首皆言羁旅无聊之况。"（《李长吉歌诗汇解》）与其说诗人书写的是无聊赖的心境，不如说在极写"孤寂"。全诗都弥漫着长吉的孤寂之感，惟有孤寂之人才会如此细致地关注并书写暗淡的灯、飞舞的蛾、新添的白发和墙上的凝尘。或谓"结句心魂颠倒，凄其欲绝"（范大士《历代诗发》），堪为中的。诗人此刻的孤寂是低沉的、消极的，由"咽咽""伤""啼""病骨"这些字眼便可读出。叶葱奇评道："题用《伤心》，而诗里完全不叙说心情，纯用病体、环境和四周的琐碎来烘托，只结尾透出一丝愁闷的意趣，却仍不直说，仅用梦语喃喃来点出，用笔非常空灵，意味却极凄苦。"（《李贺诗集疏注》）全诗意境凄迷，诗人"深夜独处，空虚无聊，自伤身世，哀吟若梦"（刘衍《李贺诗校笺证异》）。而"幽素"一词，"其实恰好道中了诗人精神上的一种特有症候"，"是一种久受压抑而致幽郁伤感的心态"，这种心态"决定了他诗歌的忧郁基调"（陈允吉、吴海勇《李贺诗选评》）。而从本质上说，"李贺是一个苦闷的诗人，他的诗歌主题，一言以蔽之就是抒写内心的苦闷"（袁行霈《苦闷的诗歌与诗歌的苦闷》）。

白发是长吉剥落在很多诗中的忧虑之丝（思），长吉创作于不同时期的众多篇章，都涉及这一早衰迹象。如"我待纡双绶，遗我星星发"（《感讽五首》之二）；"壮年抱羁恨，梦泣生白头"（《崇义里滞雨》）；"秋姿白发生，木叶啼风雨"（《伤心行》）；"长歌破衣襟，短歌断白发"（《长歌续短歌》）；"终军未乘传，颜子鬓先老"（《春归昌谷》）；"别剑无玉花，海风断鬓发"（《平城下》）；"鲍焦一世披草眠，颜回廿九鬓毛斑”（《公无出门》）；“归来骨薄面无膏，疫气冲头鬓茎少”（《仁和里杂叙皇甫湜》）；“从君翠发芦花色，独共南山守中国”（《官街鼓》）。诸如此类对落发、白发的摹写层见迭出，表明李贺对自己身体的沉重忧虑。“像这种在身心交瘁中发出的微弱吟唱，于李贺沉沦世途、凄惶徘徊的青春时代从没有消歇过。”（《李贺诗选评》）

这类带有病弱气息的忧虑之诗，评者也有不同意见。王闿运谓：“李自命苦吟，五言诗殊未见才思。”（《王闿运手批唐诗选》）黎简似乎也由此怀疑起这类无聊赖之诗作的意义，说“诗是无益，知其不可为而为之，如灯蛾之赴火，灯熄而犹飞舞也”（《黎二樵批点黄陶庵评本李长吉集》）。此评妙用“飞蛾”比喻长吉的诗歌创作，联系《古今注》所言“飞蛾善拂火，一名火花，一名慕光”，再联系长吉幽短的生命，此“飞蛾”之喻竟是异常贴切。

黄家洞①

雀步蹙沙声促促②，四尺角弓青石镞③。
黑幡三点铜鼓鸣④，高作猿啼摇箭箙⑤。
彩巾缠踍幅半斜⑥，溪头簇队映葛花。
山潭晚雾吟白鼍⑦，竹蛇飞蠹射金沙⑧。
闲驱竹马缓归家⑨，官军自杀容州槎⑩。

【注释】

①黄家洞：史称“黄洞”或“黄家”，属于唐代少数民族西原蛮中的黄姓一支，居住在今广西左右江一带。《新唐书·南蛮传》载：西原蛮

居广、容之南，邕、桂之西，有黄氏居黄橙洞，叛乱无常。

② 雀步蹙（cù）沙：像雀子一样跳跃着越过沙地。

③“四尺”句：角弓，用兽角装饰的长弓，《后汉书 · 东夷列传》：“（挹娄国）种众虽少，而多勇力，处山险，又善射，发能入人目。弓长四尺，力如弩。矢用楛，长一尺八寸，青石为镞，镞皆施毒，中人即死。”青石镞（zú），青石磨制的箭头。

④“黑幡（fān）”句：黑旗三挥，击鼓集众，准备开战。此乃古代南蛮风习。

⑤ 箭箙（fú）：箭袋。

⑥“彩巾”句：骹（qiāo），胫。幅半斜，彩布斜裹在小腿上。

⑦ 白鼍（tuó）：鳄鱼的一种，俗称猪婆龙，活跃于内陆江湖，长一二丈，背尾俱有鳞甲，夜则鸣吼，舟人畏之。

⑧“竹蛇”句：竹蛇，竹根蛇，一名竹叶青，一种毒蛇，喜缘竹，绿色，两侧有黄白色条纹，尾端红褐色。飞蠹（dù），毒虫名。射金沙，指蜮，古代传说中的一种短狐，据说能含沙射人，使人发病。或称射工，晋唐载籍中常见，柳宗元《岭南江行》：“射工巧伺游人影，飓母偏惊旅客船。”这里指毒沙射人等潜伏的攻击。

⑨ 竹马：当地常用的运载工具。

⑩“官军”句：槎（chá），指当地百姓。此句谓官军出战，屡战屡败，或无功而返，于是只好滥杀无辜的地方百姓以塞其责。

【评析】

此诗疑写元和二年（807）至元和三年（808）间唐军破黄洞蛮事，充分描写了蛮军的强悍踔厉、不畏官军，而官军仅在诗末提及，且作为反面陪衬。全诗旨意在于“愤官军不能制贼，而杀良以冒功也”（吴汝纶《李长吉诗评注》）。

诗的结构前重后轻。“此篇前五句写蛮人悍勇之状，‘雀步蹙沙’，状其行也；角弓石镞，黑幡铜鼓，言其弧矢及军中号令；猿啼状其声；跣胫骨斜缠彩巾，言其服饰。葛花当是野葛，《博物志》称‘曹瞒习啖野葛’，即此葛，非消酒之葛花也。葛，毒草。白鼍、竹蛇，皆毒物：总言蛮地风物之恶，官军不能深入久屯。末言军中杀戮无罪以冒功。”（贺裳《载酒园诗话又编》）

“起句言洞人善走。打铜鼓，射嚆矢，为号令也。‘彩巾’二句言装束；‘山潭’二句言恶境。至今牂牁江中尚有横槎滩、横槎汛，意是官军不能进剿，而阴杀渡江之槎以退兵。”（黎简《黎二樵批点黄陶庵评本李长吉集》）

语言艺术方面，如叶葱奇所言：“前八句极力形容洞蛮，只末尾两句点出正意，有画龙点睛之妙。‘闲’字、‘缓’字、‘自’字用得犀利而尖刻。”（《李贺诗集疏注》）

在创作技法方面，古今读者皆赞赏此诗描摹之活现，或谓之“读一过，万里之外，如在目前”（贺裳《载酒园诗话又编》），“情词特妙”（姚文燮《昌谷集注》）。或评云：“善于摹神也。如此险绝恶毒之境，何敢正视，得以叫噪一番，悠然而归。出则如雀步促止，入则如竹马嘻嘻，曰无官军，可知矣。在官军，既不敢犯之，则束手何以为功，不得不借重自家百姓也。”（阙名《李长吉诗集》）除此之外，此诗还突出体现了长吉“凭空结撰的技巧”，“将未曾亲历之事写得如此活灵活现”，“高明之处在于他能单凭传闻绘声绘色，通过描绘一系列想象性的形象来咏叹上述历史事件”（陈允吉、吴海勇《李贺诗选评》）。

关于此诗作时，有评家将其与元和十一年（816）桂管经略使裴行立平黄洞蛮事联在一起，谓：“安南黄洞蛮黄少卿作乱，元和十一年，容管以兵却之。……乃将士畏险莫上，致杀良报功，容州槎且不免。贺故为谑告黄洞蛮之语曰：尔试闲驱竹马缓缓归家，官军之来自为杀容州槎，而不为尔也。”（姚文燮《昌谷集注》）事或有合，然李贺卒于本年，而据《资治通鉴》载，元和十一年（816）“十一月壬戌朔，容管奏黄洞蛮为寇。乙丑，邕管奏击黄洞蛮，却之，复宾、蛮等州”，因知击黄洞蛮事已在年底，其时李贺或已不在人世了。

南山田中行[①]

秋野明，秋风白[②]，塘水漻漻虫啧啧[③]。
云根苔藓山上石[④]，冷红泣露娇啼色。
荒畦九月稻叉牙[⑤]，蛰萤低飞陇径斜[⑥]。
石脉水流泉滴沙[⑦]，鬼灯如漆点松花[⑧]。

【注释】

① 南山：指昌谷以南的女几、银屏诸山。

② 秋风白：古人以白配秋，故秋天又称素秋，秋风又称素风。“秋风白”是说秋风吹过，野外淡白虚明的样子。梁元帝《纂要》：“秋曰‘白藏’，气白而收藏万物；亦曰三秋、九秋、素秋。……风曰商风、素风。”

③ 漻（liáo）漻：水清而深。

④ 云根：唐人多以“云根”称山石，云触石而生，故曰云根。然据王琦注，此处“云根”宜指云起浓郁处，贾岛诗“过桥分野色，移石动云根”亦同此意。

⑤ 叉牙：收割后的稻子根部长短不齐的样子。

⑥“蛰萤”句：蛰萤，深秋时节将要静藏的萤，光焰黯淡。陇径，田间小径。

⑦ 石脉：石缝。

⑧ “鬼灯”句：鬼灯，磷火。点松花，磷火黑亮如漆，像点燃的松花。

【评析】

诗人举进士不第，归居昌谷。此诗写秋日黄昏漫步在故乡的南山之中，观照记录此中风物。

远远看去，山间弥漫的是素淡明亮的秋意，仰望高高的山石，石上覆盖着沉静的苔藓，秋花沾上黄昏的露水，路过农历九月刚收割过的稻田，枯黄的稻根参差不齐。走着走着，天色渐暗，萤火虫的光在田间隐约闪现，耳边除了池塘的水声和秋虫的唧唧，还有石缝间的细泉在流淌。黑夜降临了，远远的坟茔间有磷火明灭，被松林掩映着，仿佛是松花在燃烧。全诗只是写景状物，但其中有时间的递进，有视线和行迹的转移，有色，也有声。

清人评云：“作二解读，便得秋暮于南山田中夜行神理。”（阙名《李长吉诗集》）

“此秋田月夜时也。桂魄皎然，野风爽朗，水静蛩吟，苔深花湿，芳蕙低垂，流萤历乱，石泉声细，磷火光微。陇上行吟，情思清绝。”（姚文燮《昌谷集注》）

“东坡有语：‘岁云暮矣，灯火青荧，时于此间，得少佳趣。’刘贡父戏之，以为夜行失路，误入田螺精家。此诗亦似陆机入王弼墓然而妙。”（方世举《李长吉诗集批注》）

今人评云：“这首把深秋时分原野上的情景描画得鲜明、细致，而收处意趣幽冷，正是贺独具的一种意境。”（叶葱奇《李贺诗集疏注》）

“鬼灯如漆点松花”一句给全诗笼上了阴森的寒气，历来被读者强调。宋吴正子云：“每造语不觉其苦（“蛰萤”句下）。翻漆灯又别

（末句下）。”（《笺注评点李长吉歌诗》）也应了清代叶燮所云：“李贺鬼才，其造语入险，正如仓颉造字，可使鬼夜哭。”（《原诗》）朱世英谓末两句道得好：“‘鬼灯如漆’，阴森森地令人毛骨悚然；‘点松花’三字，又多少带有生命的光彩，使读者在承受‘鬼气’重压的同时，又获得某种特殊的美感，有一种幽冷清绝的意趣。”（《唐诗鉴赏辞典》）

许学夷云：“贺乐府七言，如‘茂陵刘郎秋风客，夜闻马嘶晓无迹’、‘大江翻澜神曳烟，楚魂寻梦风飔然’、‘秋坟鬼唱鲍家诗，恨血千年土中碧’、‘西山日没东山昏，旋风吹马马踏云’、‘百年老鸮成木魅，笑声碧火巢中起’、‘石脉水流泉滴沙，鬼灯如漆照松花’、‘呼星召鬼歆杯盘，山魅食时人森寒’、‘虫栖雁病芦笋红，回风送客吹阴火’等句，皆鬼仙之词也。”（《诗源辩体》）

此外，对于“秋风白”这一新奇写法，读者也常有不同的理解。虽然古有以白配秋的说法，足以作为阐释的依据，但长吉笔下的一个“白”字，依然新鲜耐人寻味。荒井健在《李贺》一文中说：“这里的‘白’不是指白色，而是表示无色彩的存在。”联想秋日的空明，此说似也可通。刘学锴认为“秋风白”写的是李贺对秋风的独特感受与体验，“在他的感受中，萧瑟的秋风涤荡了原野上的一切枯枝败草，扫去了天宇中的浮云迷雾，整个天地之间，显现出一片玉宇澄清、大地洁白的面貌，故说‘秋风白’。这两句节奏轻快，意境明洁，透露出诗人一开始游赏时的感受是比较轻松愉悦的。”（《唐诗选注评鉴》）如此解会，应是契合长吉心意的。

事实上，李贺以“白”写秋，与他以“冷红”写花，以“细青”写草，以“玉青”写竹，是类似的修辞设色的写法，诗人是将对自然事物的强烈主观感觉直接呈现在对事物的命名或描绘上，由此形成了其特有的直觉式的写物艺术。

除了一句“秋风白”，李贺笔下的“白”还有很多，清代马位概括说：“长吉善用‘白’字，如‘雄鸡一声天下白’、‘吟诗一夜东方白’、‘蓟门白于水’、‘一夜绿房迎白晓’、‘一山惟白晓’，皆奇句。”（《秋窗随笔》）这也应了钱锺书的判断：“长吉穿幽入仄，惨淡经营，都在修辞设色，举凡谋篇命意，均落第二义。”（《谈艺录》）

酒罢张大彻索赠诗，时张初效潞幕①

长鬣张郎三十八②，天遣裁诗花作骨③。
往还谁是龙头人④，公主遣秉鱼须笏⑤。
太行青草上白衫⑥，匣中章奏密如蚕。
金门石阁知卿有⑦，豸角鸡香早晚含⑧。
陇西长吉摧颓客⑨，酒阑感觉中区窄⑩。
葛衣断碎赵城秋⑪，吟诗一夜东方白。

【注释】

① 张彻：韩愈门人、侄婿，累佐使府，长庆元年（821）张弘靖镇幽州时，以节度判官佐幕，不久因幽州军乱被杀。李贺作此诗时张正在潞州幕。大：张彻在同族兄弟中排行老大。

② 长鬣（liè）：形容张彻美髯长须。

③ 花作骨：诗笔华美，似有锦心秀骨。

④ 龙头人：谓最杰出的人。《三国志·魏书·华歆传》“议论持平，终不毁伤人”条裴松之注引鱼豢《魏略》：“歆与北海邴原、管宁俱游学，三人相善，时人号三人为‘一龙’，歆为龙头，原为龙腹，宁为龙尾。”

⑤“公主”句：意谓以公主的推荐才得以入仕持笏。鱼须笏（hù），

以鱼须和文竹制作的笏板。

⑥ 青草上白衫：指其初入仕途，原来作为一介布衣只能身着白衣，现在脱白着青。唐制，官员按身份等级给服饰车马，以服饰颜色区分官位高低，八品、九品着青，则张入潞幕时为八、九品官衔。

⑦ 金门石阁：原指金马门、石渠阁，这里指文学侍从官。在汉代，金马门本为宦者所居，后演为容纳文学待诏之所，石渠阁藏秘书。两府官员或以文学言语被顾问，或掌图籍，甚至由此而进位宰相，致身青云。

⑧ 豸（zhì）角鸡香：汉魏以来皆御史郎官用品。早晚含，谓这些幕府文人梦寐以求的美官迟早会得到。

⑨ 陇西：李唐皇室自谓系出陇西李氏，李贺自视为皇室后裔，故称皇室郡望。

⑩ 中区窄：心情压抑，不舒畅。

⑪ 葛衣：葛布做成的粗糙衣服。赵城：赵地之城，潞州旧属赵国。王琦注谓："县名，在河东道，属平阳郡。贺与彻相会饮酒，盖在其地。"（《李长吉歌诗汇解》）

【评析】

朱自清《李贺年谱》推定此诗作于元和九年（814）秋诗人初至潞州时。

"太行"一词，有版本作"水行"。姚文燮说："'水行'二句，言作幕掾舟行野服时。"（《昌谷集注》）黎简说："'水行'一句费解，通首不见效潞幕之意。"（《黎二樵批点黄陶庵评本李长吉集》）若易"水行"为"太行"，则通。

全诗截然分为两个部分，"陇西长吉摧颓客"一句之前，皆是对张彻的夸赞，赞其容貌、才华，赞其仕途有贵人公主提携，赞其年轻有为，且有似锦前程。李贺用几乎俗套的语言极尽其赞美之情。而紧接着写自己的摧颓、醉酒、拘挛（“中区窄”）、葛衣，似乎此前那淋漓的夸赞只为映衬自身的暗淡和落魄，似乎断碎的不仅是葛衣，断碎的更是他的心志、他的抱负。从中不难读出诗人在诗中未言明的极度的失落。满腹的苦闷失意，此时无从排解，唯有作诗是他唯一的抒泄口，除了诗，他一无所有。于是，“吟诗一夜东方白”。文学创作此刻是诗人的价值感的唯一寄托，“是以永夜长吟，即东方之既白不知也”（曾益《昌谷集》）。

诗人似乎有意将自己与张做对比，“上八句誉彻遇，下四句伤己不遇”（曾益《昌谷集》）。“张垍尚玄宗宁亲公主，彻，其裔也。贺谓彻髭美年壮，才冠时流，仅以外戚起家，得列大夫。……时掌章奏甚多。然以彻之博雅，当居馆阁，丰采当居台郎，自是分内之事，从此引汲，旦暮可致。乃贺自顾落落，大非彻比，郁抑穷愁，唯藉长吟以遣中夜。”（姚文燮《昌谷集注》）

“摧颓”一词，当是此诗的诗眼。联系到张彻与李贺曾为同门（皆受韩愈赏识），则二人间的对比反差就更强烈了。“对于急切想改变自己困境的诗人而言，他的人生悲剧缘于求而不得，那么像张彻这样的贵胄子弟，只需顺流进取即可平步青云，又如何不让李贺歆羡不已呢？……细细咀嚼此联中的‘知卿有’‘早晚含’，真是字字沉痛。”（陈允吉、吴海勇《李贺诗选评》）然而，这首诗内含的似又不只是“沉痛”，沉痛之中，或许还有某种不肯和光同尘的傲兀之意。“这首诗虽然很称赞张，可是细味结四句，却隐然有张还能与世随和，自己却不能谐俗，以致摧颓贫困，意味是很傲兀的。”（叶葱奇《李贺诗集疏注》）

罗浮山人与葛篇[①]

依依宜织江雨空，雨中六月兰台风[②]。
博罗老仙时出洞[③]，千岁石床啼鬼工[④]。
蛇毒浓凝洞堂湿[⑤]，江鱼不食衔沙立[⑥]。
欲剪湘中一尺天[⑦]，吴娥莫道吴刀涩[⑧]。

【注释】

①诗题四部丛刊本作“罗敷交与葛篇”。罗浮山，岭南名山，多溪洞，在今广东增城、博罗县境。山人，道士的别称。葛，葛布，用麻的纤维织成。

②兰台风：兰台的飒爽之风。典出宋玉《风赋》：“楚襄王游于兰台之宫，宋玉、景差侍。有风飒然而至，王乃披襟而当之，曰：‘快哉此风！寡人所与庶人共者邪？’”

③博罗老仙：即罗浮山人。博罗为县名，县与罗山、浮山相接，故罗浮山又称博罗山。

④“千岁”句：千岁石床，千年大麻石板，平展如床。鬼工，谓鬼斧神工。

⑤洞堂：洞中。

⑥“江鱼”句：江鱼因热而不食，衔沙直立，仿佛要跳出江面似的。

⑦湘中一尺天：指葛布白净，犹如湘水。

⑧“吴娥”句：吴娥，吴越一带女子。吴刀，吴地出产的剪刀。

【评析】

诗的首二句皆是对葛布的描绘赞美，以雨丝喻葛布的细密，以风喻葛布带来的清凉。若简单地理解为“风吹雨霁，在舒适的气候里织成此葛”（叶葱奇《李贺诗集疏注》），则错过了长吉的奇思妙语。

王琦云：“二句略言时景，‘织’状密雨空蒙之意。”（《李长吉歌诗汇解》）姚文燮云：“状葛之纤细如江雨蒙蒙，经纬莫辨。暑中服此，得新雨之凉，即六月亦似游兰台之宫，有风飒然也。”（《昌谷集注》）方世举云：“‘依依宜织江雨空，雨中六月兰台风。’起二句先言越葛之妙。‘江雨空’言细状，下句言葛凉。‘江雨空’谓葛工之细，如素洁方空之类，疏爽来风也。下文所以云‘鬼工’。”（《李长吉诗集批注》）《李贺诗选评》说：“诗歌分明是写葛布，却以江雨、兰台风起始，不落俗套。诗人可能是因为葛布的错纵细纹而起联想，也有可能是触景生情、妙手偶得。……江雨之喻不仅使雨空与葛布在读者的印象中互为交织，而且还自然地引出次句的六月雨中兰台风，令人精神为之一爽，真切地写出了服此葛衣的清凉感觉。”

这两句所使用的“联觉”手法，令人想起张爱玲的类似比喻：“柔滑的软缎，像《蓝色的多瑙河》，凉阴阴地匝着人，流遍了全身。”（《第一炉香》）这联通了触觉与视觉的敏锐感受力和描摹能力，应是天才作者的共性。

杜甫亦有诗云：“细葛含风软，香罗叠雪轻。”（《端午日赐衣》）长吉似乎有所借鉴，或许是偶然同妙。“欲剪湘中一尺天”句亦奇，不过杜甫《戏题王宰画山水图歌》已有“焉得并州快剪刀，剪取吴淞半江水”，堪为贺诗之先导。

对于诗中“千岁石床啼鬼工”一句，前人理解有歧义。姚文燮说：“千岁石床，言非寻常机杼，不惟人力难致，即奇巧如鬼工，亦为之惊啼不及也。”（《昌谷集注》）王琦云：“此言葛者乃鬼工所为，今山人持之出洞，鬼工知其将以与人，故惜而啼也。”（《李长吉歌诗汇解》）理解为巧如鬼工，似乎更妥帖。为了赞美葛布，诗人把“仙”

和“鬼”这两个最爱的字眼都用上了。紧接着“蛇毒浓凝洞堂湿，江鱼不食衔沙立”二句亦为奇语，诗人以此极言闷热，感激赠葛及时。也唯有李贺笔下能出现如此奇异之想象。陈允吉评得好：“三、四两句一‘仙’一‘鬼’，为诗篇平添了诡异色彩。……五、六句以世间蛇、鱼畏热苦暑进一步完足诗歌的鬼怪之气”，“元和时代诗文创作风气发生剧变，亲近诡异怪险成为许多文士的好尚，像李贺那样把鬼魅、蛇毒一类‘不美之美’的事物罗织到自己的作品里头，恰恰反映出了韩孟一派中人‘尚怪’的共同特征。”（《李贺诗选评》）

方世举解此诗云：“‘蛇毒浓凝洞堂湿，江鱼不食衔沙立’，此二句言葛之难得，申上出洞之致。‘欲剪湘中一尺天’，结二句乃受之将付缝人也。‘一尺天’犹然‘江雨空’义，但前为织作语，此为材料语。‘吴娥莫道吴刀涩’，言易剪裁，以尽（葛）之轻妙。”（《李长吉诗集批注》）黎简云：“玩诗意，言山人与我葛，我想其出处毒热，故习织。工妙如此，亦思裁为己衣，然物妙如是，非吴娥不称相烦，故嘱其莫辞刀涩也。”（《黎二樵批点黄陶庵评本李长吉集》）

总之，全诗的奇语，不过是为了赞美葛布，赞得花样百出。“诗篇纯以一方葛布起兴，驰骋神思，将长者赠馈美意写得委曲动人，一唱三叹，充分展示了长吉应事虚构的创作才力。”（陈允吉、吴海勇《李贺诗选评》）“原本是一首寻常酬谢之作，但在李贺笔下却显得这样奇异可喜。……他无意中创造出了一个虚荒诞幻却又十分有趣的童话世界。”（陈贻焮《论李贺的诗》）

仁和里杂叙皇甫湜①

大人乞马癯乃寒②，宗人贷宅荒厥垣③。
横庭鼠径空土涩，出篱大枣垂珠残。
安定美人截黄绶④，脱落缨裾瞑朝酒⑤。
还家白笔未上头⑥，使我清声落人后。
枉辱称知犯君眼⑦，排引才升强絙断⑧。
洛风送马入长关，阖扇未开逢猰犬⑨。
那知坚都相草草⑩，客枕幽单看春老。
归来骨薄面无膏，疫气冲头鬓茎少。
欲雕小说干天官⑪，宗孙不调为谁怜？
明朝下元复西道⑫，崆峒叙别长如天⑬。

【注释】

① 皇甫湜（shí）：字持正，睦州新安人，进士及第后仕至工部郎中，与韩愈、裴度等众多中唐名流交往，生平事迹见《新唐书·皇甫湜传》。

② “大人”句：大人，父辈尊长。癯（qú）乃寒，谓借到的马既瘦且劣。

③ 宗人：同族亲属。

④ “安定”句：安定，在今甘肃省泾川县北。自东汉以来，安定就是皇甫氏的郡望，这里以郡望指代皇甫湜。美人，指有才德的男子。截黄绶，依照唐代官制，五品以上方有绶，只有绿紫青黑四色，并无黄绶，县尉九品，根本无绶。黄绶其实是汉代县丞、县尉所佩，这里借以暗喻皇甫湜做县尉，官卑。

⑤ 缨裾：官服。

⑥ 白笔：代簪之物，是官阶的象征。《新唐书·车服志》："七品以上以白笔代簪，八品、九品去白笔。"当时皇甫湜为县尉，九品，故曰"白笔未上头"。

⑦ "枉辱"句：枉辱称知，承蒙你称引我，引为知己。犯君眼，蒙您青眼相待。

⑧ "排引"句：排引，引荐，援引。才升，刚刚得到升迁。强緪（gēng），有力的绳索，喻皇甫湜的荐拔。强緪断，无人推引延誉。

⑨ "阖扇"句：阖（hé）扇，此指皇城大门。猰（yà）犬，狂犬，喻应举时诋毁李贺的人。

⑩ "那知"句：坚都，指我国古代两个善于相马的人刁坚、丁君都，此处借称皇甫湜等称引自己的人。相，相马，喻选拔人才。草草，草率。

⑪ 天官：吏部官员的别称，主官员选授之事。

⑫ 西道：洛阳以西通长安的两京驿道，为两河、山东、淮南、东南诸道应试的读书人西游秦中求取功名的必由之路。

⑬ 崆峒（kōng tóng）：古所谓崆峒有三，一在临洮，一在安定，一在汝州，王琦认为此指靠近陆浑的汝州崆峒，吴企明以为指洛阳。

【评析】

此诗当作于元和五年（810）李贺科举受挫之后，仁和里系东都洛阳一个坊里，当时诗人赁居于此。刘衍认为"诗中所叙甚杂，当是病归昌谷，重返长安前居洛阳南仁和里所作"（《李贺诗校笺证异》）。

诗人先用四句自叙困厄处境，再用四句道皇甫湜的失意。赏识李贺的皇甫湜自身的仕途不顺直接破灭了李贺仕进的大部分期望，于是二人的失意交织在一起，诗的后半篇多为自伤之辞。正如叶葱奇所言："诗里既伤叹自己的贫困，又慨惜皇甫的作尉，既愤恨小人的排挤，又怅惘知己的远去，情绪牢骚而复杂，所以题中用‘杂叙’两字。”（《李贺诗集疏注》）这首诗所述人事与所抒情感，为探究李贺生平提供了重要依据。

科考当前，有争名之人议论攻击李贺，说李贺父名“晋肃”，“晋”与“进士”之“进”同音，“肃”与“士”音近，李贺应讳父名不得参加进士考试。诗中“阊扇未开逢猰犬”一句暗喻此事。宋玉《九辩》有句：“岂不郁陶而思君兮？君之门以九重。猛犬狺狺而迎吠兮，关梁闭而不通。”此用其义。王琦云：“长吉为皇甫诸君推挽，又为他人沮毁，故有逢犬之语。”（《李长吉歌诗汇解》）

“宗孙”，作者自指。长吉对其唐宗室后裔身份很是看重，在《金铜仙人辞汉歌》诗序中自称“唐诸王孙李长吉”，并常以“古剑”来象喻自己的宗室血脉，以“剑飞”“剑吼”等有力的意象出现，暗含其对宗室血脉的自豪。但由于时隔久远，家世没落，宗室血脉不但未能给李贺带来优越的境遇，也丝毫挽回不了他被隔离在科举之外的命运。向来以身世为傲的李贺，备感失落，于是诗中不乏悲怨之气：“欲雕小说干天官，宗孙不调为谁怜”。李贺向来视皇甫湜为知己，此时知己将去，临别之际，诗人心境几近颓靡，抒泄成诗，读来情意尤为真切。

姚文燮解诗曰：“王孙穷困，竟无庐舍。僦居废室，多穴鼪鼯，果树寂寥，荒凉篱落。……我方望君辈推毂，顷虽以新声见长，亦不得彰誉人前。辱两君垂顾，正将引汲，而一贬一去，如绠之断绝。今我自洛入关，未觐阊阖，即遇谗噬。本拟效孟坚作《两都》之赋，那知草草不能如愿。客枕幽单，徒看好景之逝。归来颜色枯槁，毛发凋谢。虽欲镂文饰词，冀邀铨衡，谁为哀王孙而手援者？又当来晨远别，分袂于崆峒之阳，殊杳不可追已。”（《昌谷集注》）姚氏对“那知坚都相草草”的解读不妥，曾益也认为“坚都”为班固（字孟坚）《两都赋》，“草草”作徒然为文之意，亦觉牵强。方世举谓“坚都相草草”当为“贤相都草草”之误，更不可取。董伯音的理解是可通的：“刀坚、丁君都，古善相马者。今弃良马不御，则相法草草，跟上‘送马’来。”（陈本礼《协律钩玄》引）这样读来，“那知坚都相草草”与“春卿拾材白日下，掷置黄金解龙马”（《送沈亚之歌》）两句表达的同样是对选才者的不满。

在艺术风格方面，吴企明认为此诗“不论叙事、抒情、造语，均极奇崛，绝去畦径，有韩愈的风调”，是“昌谷诗上继杜韩”的一例，并道：“全诗想象奇特，峭拔警迈，诗笔纵横腾跃，运用古体诗用韵比较自由的特点，多变的韵脚与多变的诗意相配合，造成韵脚密集，韵律谐和，读来朗朗上口。皇甫湜是韩孟诗派中人，李贺用韩愈的诗风写出吐露真情的诗篇，赠给他，十分得体。”（《李贺集》）

宫娃歌

蜡光高悬照纱空，花房夜捣红守宫[①]。
象口吹香毾㲪暖[②]，七星挂城闻漏板[③]。
寒入罘罳殿影昏[④]，彩鸾帘额著霜痕。
啼蛄吊月钩阑下[⑤]，屈膝铜铺锁阿甄[⑥]。
梦入家门上沙渚，天河落处长洲路[⑦]。
愿君光明如太阳，放妾骑鱼撇波去。

【注释】

①红守宫：红色蜥蜴制成的守宫朱砂。传说汉武帝以丹砂喂蜥蜴，食后体尽赤。食满七斤，然后捣碎以点妇女肢体，终身不灭，惟独经房

事则灭，故名守宫。这里借喻宫禁的森严。

②“象口”句：象口吹香，描摹象形香炉，香烟从象鼻喷出。毾㲪（tà dēng），毛质地毯。

③“七星”句：七星，北斗星。漏板，铜制的报时辰的板，随更鼓而击，以明每更深浅之节。

④罘罳（fú sī）：这里指用来挡鸟雀的一种拦网，或以木格为之，或以线为之，类似渔网。

⑤啼蛄：即蝼蛄，一种短翅四足的小昆虫，一称土狗子，昼伏夜飞，夏季至夜则鸣。

⑥“屈膝”句：屈膝，门的铰链。王琦注：“屈膝是门与柱相交处之拳钉，其形折曲若人膝之屈者然，故曰屈膝。”（《李长吉歌诗汇解》）铜铺，大门上的兽面环钮。阿甄（zhēn），原指被魏文帝打入冷宫的甄夫人，这里喻失宠的宫女。

⑦长洲：唐苏州长洲县，即今江苏吴县。这里借指宫女的家园。

【评析】

关于此诗的主题，前人主要有三种解说：

一为从字面意思理解为宫女欲出，如吴正子云：“此篇大抵述宫女怨旷欲去之意。两语极是憔悴。（八句下）意到语尽，无复余怨矣。哀怨竭尽。丽语犹可及，深情难自道也。（末句下）”（《笺注评点李长吉歌诗》）

姚佺云：“宠不可专，乐不可极。姑胥之台，春宵之宫，长夜之饮，不闻他人，只与西子为嬉。……若之何不思去也？”（《昌谷集句解定本》）

高棅云：“此篇述宫女怨旷欲去之意。”（《唐诗品汇》）

王琦云：“思归家而不得，惟有梦魂一往。所愿君之明如太阳，无不遍照，知宫人之幽怨而放出之，如骑鱼撇波而去，幸矣！……夫宫娃未易得放，河鱼岂可骑乘？以必不然之事，而设为痴绝之想，摹拟怨情，语意双极。”（《李长吉歌诗汇解》）

姚文燮联系时事说：“元和八年夏大水，上以为阴盈之象，出后宫人三百车。此托有未出之宫人，当秋夜思遣之意。幽闭寂寞，未得临幸，犹如甄氏之失宠也。既因大水将遣，则梦魂中无之非水。家门宛在沙渚，天河疑是长洲。亦止愿君王皜如秋日，使妾得再因大水放归，犹之乎‘骑鱼撇波去’已。”（《昌谷集注》）姚氏为末句的奇特想象提供了可能的灵感来源，可备一说。

二为李贺欲辞奉礼郎之职，故以宫女欲出作暗喻。董伯音云：“此吴娃非指夫差事。首四待君王之至。‘寒人’四句，待之不至，使之空锁深宫。末四愿放遣归家也。此长吉追有感于仕奉礼日而赋此。然美女怀春，志士悲秋，不得承恩宠，惟求放遣，实有同情。风雨斋坛，箕帚供役，其不堪此已非一日矣。”（陈本礼《协律钩玄》引）这“风雨斋坛，箕帚供役”八字确实道出了长吉三年所司奉礼郎一职的冷清无望。如此理解诗旨亦无可厚非。

三为借想象咏吴宫事。丘象随云：“吴宫初无是事，然以人事度之，王高高下下，以疲民于姑苏，吴民离矣。子胥云：譬如禽兽，一个负矢，百群皆奔，王其无方收也。况宫人乎？”（《昌谷集句解定本》）这种理解似乎牵强，列此聊备一说。

从诗歌艺术的角度来看，此诗体现出长吉对南朝诗歌的明显继承。《广雅》：“吴俗谓好女为娃。”诗人在诗题上便拟定了南朝诗歌的风调。在造语设色和刻画女性方面，“语言色彩瑰丽，渲染环境的富丽，反衬宫娃的怨诽，倍增哀思”（吴企明《李贺集》）。

虽然此诗有浓郁的南朝诗歌的气息，却不乏个性。“梦人”以下四句是典型的长吉特色——用语奇崛、想象灵动，尤其“骑鱼”“撇波”而去的情景，真令读者浮想不已，过目不忘。刘辰翁评“啼蛄吊月钩阑下，屈膝铜铺锁阿甄”二句曰：“两语极是憔悴。”（《笺注评点李长吉歌诗》）吴企明道：“全诗摅写宫娃苦寂、怨旷之余，运用传说故事，极度夸张地写出宫娃的反对幽闭生活、追求自由的强烈愿望，突破了普通宫怨诗的樊篱。”（《李贺集》）

李贺好友沈亚之曾说：“余故友李贺，善择南北朝乐府故词，其所赋不多，怨郁凄艳之功，诚以盖古排今，使为词者，莫得偶矣。”（《送李胶秀才诗序》）此诗便是其“怨郁凄艳”风格的代表作。

勉爱行二首送小季之庐山[①]

其　一

洛郊无俎豆[②]，弊厩惭老马。
小雁过炉峰，影落楚水下。
长船倚云泊，石镜秋凉夜[③]。
岂解有乡情，弄月聊呜哑[④]。

【注释】

① 小季：小弟。

② 俎（zǔ）豆：本指祭祀时盛牺牲的礼器，这里指饯行的酒食。

③ 石镜：庐山的著名景观，《水经注·庐江水》：“山东有石镜，照水之所出，有一圆石，悬崖明净，照见人形，晨光初散，则延曜入石，毫细必察，故名石镜焉。”

④ 呜哑：船橹声。

【评析】

据诗意判断，两首诗应作于诗人辞奉礼郎回到昌谷家居的元和八年（813）。勉爱，即勉其自爱，犹向弟弟道珍重。

此诗以情发端，首二句直言对弟弟的愧意。三至六句写景，为想象中景象。诗人以雁喻人，想象着弟弟“影落他乡”，想象着旅船到达遥远的庐山时，停泊在明净的水上，水面倒映着雪白的云朵，船儿仿佛倚靠着云朵，那时应是秋凉时节了。对这番静美景象的想象和书写，似乎流露着诗人对弟弟的温情。

末了那句“弄月聊呜哑”，读者有不同理解。刘辰翁认为“只是一只雁”（《笺注评点李长吉歌诗》）；曾益认为是诗人遥想别后小弟因孤寂而悲啼，“良以此时此景，友于适违，亦聊以写尔踽踽之怀已耳。”（《昌谷集》）王琦云：“此预言别后情景。长船倚云而泊，四顾凄其，又当石镜秋凉之夜，益增寂寞。即不解有乡情者，对月不能不兴呜哑之悲，而况有乡情者哉！”（《李长吉歌诗汇解》）方世举则认为呜哑是船橹声，承接上文的“船”（见《李长吉诗集批注》）。相较之下，方氏之说似更可取，弟弟所乘行舟在秋夜中摇荡着水面的月影，橹声幽咽，既幽咽在弟弟耳边，也牵挂在哥哥心里。由是，则诗的后六句写景，前两句抒情，并借这一声“呜哑”使得情与景更绵密地融合起来。

“洛郊无俎豆”句，方世举解为：“起句当是为东都之奉礼郎耳，但有官而无祀事”（《李长吉诗集批注》）。非也，此句当指因贫困无法为小弟设宴饯别。“既无尊酒相饯，又无骊驹相送，一任小季远之，影落他乡，长吉贫困，和盘托出矣。非王孙手笔，谁辨得此神妙？”（阙名《李长吉诗集》）“相送洛郊，愧未设俎豆以饯小季。”（姚文燮《昌谷集注》）大抵得其情实。

“小雁过炉峰”句，历来受人推赏。黎简云：“以此（指‘小雁’两句）贴切小弟，真是冰雪聪明。”（《黎二樵批点黄陶庵评本李长吉集》）陈允吉道：“以雁拟人，将兄长的嘱咐化作形象之语，遽使这首送行诗别开生面。”这还是“一只初涉江湖的”小雁，“‘小雁’的飞过，更是为此平添了一份动态的美”（《李贺诗选评》）。

其　二

别柳当马头，官槐如兔目①。
欲将千里别，持此易斗粟。
南云北云空脉断②，灵台经络悬春线③。
青轩树转月满床，下国饥儿梦中见④。
维尔之昆二十余⑤，年来持镜颇有须。
辞家三载今如此，索米王门一事无。
荒沟古水光如刀⑥，庭南拱柳生蛴螬⑦。
江干幼客真可念⑧，郊原晚吹悲号号。

【注释】

①“官槐”句：官槐，官街所植之槐。兔目，形容槐叶初生嫩芽细长之状，《本草纲目》：“槐之生也，入季春五日而兔目，十日而鼠目。”

② 南云北云：以云脉两绝喻兄弟南北分隔。

③“灵台”句：灵台，心脏。《庄子·庚桑楚》：“不可内于灵台。”郭象注：“灵台，心也。”悬春线，喻慈母的怜念。

④ 下国：唐人（特别是北方人）称地理位置偏僻的地区为“下国”，这里指季弟往游的江西。

⑤ 昆：兄长。

⑥ 古水：积久之水。

⑦“庭南”句：拱柳，可以合抱的老柳。蛴螬（qí cáo），形状如蚕而稍大，生树木中，蠹木作孔，即蛀虫。

⑧江干：江边。

【评析】

这一首的主题仍为感愧与思念。

读者对“下国饥儿”的理解有差别。钱仲联《李贺年谱会笺》谓此“乃李贺指其母所思念之小季而言”，“青轩”便为老母的居室。而清代黎简认为“饥儿”指李贺的儿子，并由此牵扯到李贺家室问题，说“‘下国饥儿梦中见’，正牵心处也。昌谷诗数言夫妇之情，如‘卿卿忍相问’及‘长卿怀茂陵’之句皆是。至此又言梦其儿，则长吉亦有妻子矣。后来杜牧之序云：‘无家室子弟，得以给养存问。’则亦相继沦亡矣。词人之厄穷，往往可泣。”（《黎二樵批点黄陶庵评本李长吉集》）根据此诗诗意判断，“饥儿”显然与“江干幼客”同，皆指李贺之弟。诗人将老母亲对小儿子的思念拈出来，加之其自身对弟弟的歉疚和思念，使得整首诗的情感浓度倍增。

诗人写老母夜思幼子的另一作用是传达自身深沉的歉疚感，他始终将此悲伤归咎于自己这位兄长的失职，对于家道的衰败，他似乎感到无能为力，三年来只是“索米王门一事无”！在送别弟弟远行的时刻，他的愧意达到顶点，以至于面前荒沟中水面的反光都像锋利的刀子一样刺痛他的心，旷野上的风都变作了悲号。

论者有言：“非深爱不能道此兄弟情，此语甚悲，别其弟（“持我易斗粟”句下）。语自不同，读亦心呕（末句下）。”（吴正子、刘辰翁《笺注评点李长吉歌诗》）

“折柳相送，槐叶尚小。千里饥驱，仅藉我而易薄糈，致令兄弟暌隔。目断心牵，孤轩月夜，魂梦相怜。愧我为兄，年已及壮，不惟

不能为弟谋，方自羁愁穷困。沟水月明，柔枝虫蚀。言念小季，临风依依。”（姚文燮《昌谷集注》）

“‘灵台’句揣想慈母胸怀，那条心中经络相悬的‘春线’，牵出了一个青轩月夜的梦，所谓‘下国饥儿’云云，尤其逼真地传递出了天下慈母忧饥念寒的怜子心情。”“在这里我们触摸到了幼弟出行对长吉的震撼，向来自负的李贺竟称自己‘一事无’，其内心的挫折感已到了何种地步。……仕途遭际的落寞，加上家道的衰败艰危，终使长吉心际无法安定下来。”（陈允吉、吴海勇《李贺诗选评》）

除了震动人心的至情，此诗在结构和写境方面也可圈可点。其结构，四次转韵，层次分明，使得表情充沛。其写境，体察细微，用语精准。一句“青轩树转月满床”，通过描写树影在床上移动这个安静的细节，既写出了时间在不眠人眼中的流动，又描摹了月光在夜间的流转，而所有这些皆借“树转”传神写实，体现出诗人对日常生活的细致观察与高超的写物才能。

致酒行 至日长安里中作[1]

零落栖迟一杯酒[2]，主人奉觞客长寿。
主父西游困不归[3]，家人折断门前柳。
吾闻马周昔作新丰客[4]，天荒地老无人识。
空将笺上两行书，直犯龙颜请恩泽。
我有迷魂招不得，雄鸡一声天下白。
少年心事当拿云[5]，谁念幽寒坐呜呃。

【注释】

①“至日”七字：原本无，据《文苑英华》补。至日，指冬至日。杜甫《冬至》：“年年至日长为客，忽忽穷愁泥杀人。”如为夏至，唐人每云“南至”或“长至”。

②栖迟：漂泊失意。

③“主父”句：主父，汉武帝时大臣主父偃。《史记·平津侯主父列传》载：“主父偃者，齐临菑人也。学长短纵横之术，……为客甚困。孝武元光元年中，以为诸侯莫足游者，乃西入关见卫将军。卫将军数言上，上不召。资用乏，留久，诸公宾客多厌之。”后来，主父偃的上书终于被采纳，当上了郎中。

④“吾闻”句：马周，字宾王，清河茌平人。《旧唐书·马周传》记其数为地方长官所辱，“遂感激西游长安。宿于新丰逆旅，主人唯供诸商贩而不顾待周，遂命酒一斗八升，悠然独酌，主人深异之。至京师，舍于中郎将常何之家。贞观三年，太宗令百僚上书言得失，何以武吏不涉经学，周乃为何陈便宜二十余事，令奏之，事皆合旨。太宗怪其能，问何，何答曰：‘此非臣所能，家客马周具草也。……’太宗即日召之，未至间，遣使催促者数四。及谒见，与语甚悦，令直门下省。六年，授监察御史”。

⑤拿云：凌云。

【评析】

据“至日长安里中作”七字，推测此诗作于元和五年（810）的冬至日。这一年秋天，李贺顺利通过了河南府试的选拔，初冬自洛阳至长安应进士试，满怀信心的他却意外遭遇“名讳”事件而被取消了应试资格，尽管赏识他的韩愈极力为之辩护，但终究于事无补。李贺就这样被阻隔在科举的高门之外。这一年成为他人生的转折点。这首诗便是体现李贺受挫状态的较早的作品。

全诗读来，可谓困顿中仍有振奋，如刘辰翁所言："起得浩荡感激，言外不可知，真不得不迁之酒者。末转慷慨，令人起舞。"（《笺注评点李长吉歌诗》）刘学锴评云："总体情调激昂慷慨，风格雄放明快，体现出初涉仕途，虽受挫折，而锐气信心犹存的少年意气。"（《唐诗选注评鉴》）

此诗的情感表达是较为明了的，黄淳耀云："绝无雕刻，真率之至者也。贺之不可及乃在此等。"黎简说："长吉少有此沉顿之作。"（《黎二樵批点黄陶庵评本李长吉集》）范大士云："在此公集中，是平易近人之作。"（《历代诗发》）史承豫云："淋漓落墨，不作浓艳语尤妙。此亦长爪生别调诗。感遇合也，结得显甚。"（《唐贤小三昧集》）今人陈允吉云："如是清醒激励之作在《昌谷集》中犹若凤毛麟角。"（《李贺诗选评》）

尽管抒情真率，读者仍有分歧之处。例如，诗人与主人之交谈，一种理解为：三四句为诗人自话，"吾闻"四句为主人的话，先是诗人自道困顿，之后主人宽慰之。

另一种理解为：三至八句皆为主人劝勉的话。这两种理解似乎皆可取，如此整体读来，诗的结构则为对话式，富有场景感："主父、宾王（马周字宾王）作两层叙，本俱引证，更作宾主详略，谁谓长吉不深于长篇之法耶！"（毛先舒《诗辩坻》）"主人劝勉的话分作两层：主父上书得到通显，先不说出，只说家人如何殷切盼望，而在第二层马周上才说了出来，这是很有剪裁的。大概主人劝他干谒请托，不必一味孤高愁苦，而他却绝不愿干求。既不便明加驳斥，只好说'我有迷魂招不得'。这一句里含有无限深意，用语隐微而深刻。结两句强作达词，而意味却更愤慨。"（叶葱奇《李贺诗集疏注》）"这六句诗（三至八句）中选用主父偃、马周两人典实，却因诗人精心剪裁，让前者引类譬况付以同情，后者则征诸事实复加理喻，务令前后贯穿，主次分明，读来愈觉顿挫有致。”（陈允吉、吴海勇《李贺诗选评》）

第三种理解认为全篇皆为诗人自道，如姚文燮云：“自谓坎坷正似偃之久困关西，周之受辱浚仪。然皆以书奏时事，逆龙鳞以邀知遇。”（《昌谷集注》）刘学锴亦认为“吾闻”并不能表明其后的四句是店主人的劝慰之词，诗人是用其贯连“主父”二句与“马周”二句的，以使诗的节奏稍作顿挫，避免这四句过于直遂。并举《苦昼短》为例说明李贺不止在此诗中用“吾”作提顿语。（见《唐诗选注评鉴》）所说不无道理，但如此理解，或许会使诗作失去了一些生动情节与场景感。

此外，对“雄鸡”一句也有不同的解会，或以为是诗人反话，如黄周星曰：“惟其天荒地老，所以有招不得之迷魂也。似此零落幽寒，则雄鸡可以无声，天下可以不白。”（《唐诗快》）或如姚文燮所说：“乃我则羁魂迷漫，中夜闻鸡，不寐达旦。虽少年有凌云之志，而岑寂沉滞，谁为悯恻耶？”（《昌谷集注》）何焯云：“‘迷魂’句言从来做尽痴梦也。”（《诗辩坻》）或认为是诗人感谢主人的劝慰如雄鸡之鸣使其豁然开朗，如今人陈弘治注云：“我有迷魂，而招之不得，直待雄鸡一声，天下自然悉白耳。”（《李长吉歌诗校释》）陈氏所说，或更能“迎合”读者对向上精神的期许。如此，“雄鸡”二句的意蕴则类似李白之“长风破浪会有时，直挂云帆济沧海”。用周啸天的话说：“末二句音情激越，颇具兴发感动的力量。”（《唐诗鉴赏辞典》）

长歌续短歌[1]

长歌破衣襟，短歌断白发。
秦王不可见，旦夕成内热。
渴饮壶中酒，饥拔陇头粟[2]。
凄凉四月阑[3]，千里一时绿。
夜峰何离离[4]，明月落石底。
徘徊沿石寻，照出高峰外。
不得与之游，歌成鬓先改。

【注释】

①诗题由古乐府《长歌行》《短歌行》化出。

②陇头：田头。

③阑：尽。

④离离：罗列分明的样子。

【评析】

此诗似作于元和六至八年为奉礼郎时。《长歌行》《短歌行》皆汉魏古乐府。《长歌行》，言寿命定分，不可妄求。《短歌行》，曹操父子始有作品，言人命不久，当及时自勉。然据《文选·长歌行》李善题解，所谓长短指声音之长短，非言寿命之长短。李贺此诗融合古意，自抒情怀。首二句化用傅玄《怨歌行》："咄来长歌续短歌。"

诗旨意难求，令古今读者颇费思量。陈允吉说："李贺终生命运坎坷，穷愁潦倒常与为伴，碰到矛盾冲突，内心每郁结不舒，复好幽眇奇谲之思。缘此，其诗集内诸多抒泄牢骚侘傺的篇什，恒为缤纷复沓的想象所笼罩，作品的真实寄旨反而隐晦不显。”（《李贺诗选评》）这段评价即适用于此诗。且看那冷不丁的“凄凉四月阑”一句，以“凄凉”一词来搭配秾艳温热的“四月”，这逆向思维的反差和刻意为奇的造语，是诗人主观感受的强烈投射，本身便透露出长吉矛盾且深沉的幽思。李德辉说：“隐藏在长吉体奇峭语言背后的，是诗歌艺术构思的奇谲，这突出体现为一种怪异的逆向思维”，即“有意对司空见惯、已成定论的事物或说法作反向的表达”（《李贺诗歌渊源及影响研究》）。比起孟郊笔下语意类似的“春物与愁客，遇时各有违”（《春愁》），李贺的“四月凄凉”更能拨动读者的心弦。

于是，诸家多方猜测着诗中景象背后隐藏的现实意味。

刘辰翁云：“非世间人、世间语。起六句皆有古意，春去之感，岁月之悲，皆极言秦王不可见之恨。题曰《长歌续短歌》，复以歌意终之。”（吴正子、刘辰翁《笺注评点李长吉歌诗》）

黄淳耀认为是“干禄不得之作”（《黎二樵批点黄陶庵评本李长吉集》）。

方世举道：“‘明明如月，何时可掇？’此魏武歌行也。此诗亦仿其意。‘与之游’，言与月也，犹太白‘举杯邀月’之流，承上文‘夜峰’‘明月’四句耳。”（《李长吉诗集批注》）

王琦道：“上已言‘秦王不可见’，此复借明月而喻言之。‘落石底’谓其光明未尝不照临下土，及俯仰求索其光，忽又在高峰之外。月为山峰所隔，则不得常近其光；君为左右所蔽，则不得亲沐其泽。引喻微婉，深得《楚骚》遗意。”（《李长吉歌诗汇解》）

董伯音说：“石底峰外，即以见不得与之游，与《蒹葭》‘溯洄’之诗正相似。上以求士，则为相须之殷；下以干进，则为相遇之难。每一念之，使人慨然。”（陈本礼《协律钩玄》引）

姚文燮认为秦王即指唐宪宗，“紫绶未邀，玄丝将变。秦王指宪宗，言骋雄武，好神仙，大率相类也。觐光无从，忧心如沸，饥渴莫慰，荣茂惊心。仰看夜峰，明月自低渐高，遐迩照临，犹之明王当宁。乃遇合维艰，故不禁浩歌白首耳。（《昌谷集注》）”

陈沆说：“长吉诗中多以秦王喻天子。此篇则君门九重，远于万里之思也。‘明月’喻君，‘落石底’，谓其光明何尝不照临下土，然欲寻其光所由来而从之，则孤轮九霄，远出高峰之外矣。可望而不可即，何日得与之亲哉？孤远小臣，望堂廉如天上也。诗云：‘明明上天，照临下土；念彼共人，涕零如雨。’”（《诗比兴笺》）

今人刘衍则道：“长安古为秦地，秦王自可泛指古都中有作为、堪追慕之君，故以‘秦王’为前代创业君主为妥，诗则表达了诗人忧时之怀，求知遇之心。明君不见，人命太短，故长歌续短歌，徒见白发。”（《李贺诗校笺证异》）

总而言之，此诗传达出的是一种难以指实的“奇愤幽思”（吴汝纶《李长吉诗评注》），较难坐实其准确旨意。

或许，读者可以跳脱对探寻诗旨的执着，直赏其风神韵味。首二句一出，全诗的风神已然彰显了。“起二句掣清题旨，下文顺手也，故无一联纵出题外者。”（阙名《李长吉诗集》）“诗的本意可能只是说自己衣襟破损、白发萧骚，唱着长歌短歌来抒发苦闷。像《开愁歌》中所写的那样，‘衣如飞鹑马如狗’，或像《野歌》中所写的那样，‘麻衣黑肥冲北风，带酒日晚歌田中’。但‘长歌’下紧接‘断白发’的句子结构，却使人感到‘长歌’所含的强烈悲愤足以‘破衣襟’，‘短歌’所含的深沉忧伤足以‘断白发’，则‘长歌’‘短歌’所具有的感情喷发力、投射力便给人一种强烈的惊奇感。而这种一开头就喷溢而出、毫无前奏酝酿的感情喷发，又给人以奇峭突兀、平地拔起的感受。”（刘学锴《唐诗选注评鉴》）

公莫舞歌并序[1]

公莫舞歌者，咏项伯翼蔽刘沛公也[2]。会中壮士[3]，灼灼于人，故无复书，且南北乐府率有歌引，贺陋诸家，今重作《公莫舞歌》云。

方花古础排九楹[4]，刺豹淋血盛银罂[5]。
华筵鼓吹无桐竹，长刀直立割鸣筝[6]。
横楣粗锦生红纬[7]，日炙锦嫣王未醉[8]。
腰下三看宝玦光[9]，项庄掉箾拦前起[10]。
材官小臣公莫舞[11]，座上真人赤龙子[12]。
芒砀云瑞抱天回[13]，咸阳王气清如水[14]。
铁枢铁楗重束关[15]，大旗五丈撞双镮。
汉王今日须秦印[16]，绝膑刳肠臣不论[17]。

【注释】

① 公莫舞歌：《宋书·乐志一》："《公莫舞》，今之巾舞也。相传云项庄剑舞，项伯以袖隔之，使不得害汉高祖，且语庄云：'公莫。'古人相呼曰'公'，云莫害汉王也。今之用巾，盖像项伯衣袖之遗式。"

② 项伯：项羽的叔父。刘沛公：即汉高祖刘邦，因其为沛丰邑人，故称沛公。

③ 会：指鸿门宴。壮士：指樊哙。

④ "方花"句：方花古础，刻有花纹的四方柱的石础。楹，柱。

⑤ 罂（yīng）：小口大肚的酒器。

⑥ 割：此处指舍弃。

⑦“横楣”句：横楣，门框上的横木。粗锦，裹在横木上的粗糙织物。

⑧嫣：色彩艳美。

⑨玦（jué）：半环形的佩玉。

⑩掉箾（qiào）：指拔剑出鞘。

⑪“材官”句：材官，骑射之官，指项庄。公，对项庄的称呼。

⑫赤龙子：赤帝子。《史记·高祖本纪》载，刘邦酒醉夜行，遇一大蛇挡路，遂拔剑斩蛇而行。有老妇在路旁哭道：“我儿是白帝子，化蛇挡道，现在被赤帝子所杀。”

⑬“芒砀”句：芒砀，芒山和砀山。云瑞，祥云瑞气。据《史记·高祖本纪》载，刘邦起兵前，曾隐匿于芒、砀两山之间，吕后每次总能找到他。刘邦问其原委，吕后说，凡是刘邦停留的地方，其上空都出现云气，寻之必能找到。

⑭咸阳王气：指秦政权。

⑮“铁枢”句：枢，门的转轴。楗，门闩。重束关，指秦军坚闭城关。

⑯须秦印：指接管秦朝的政权。

⑰“绝膑”句：绝膑，挖去膝盖骨。刳（kū），剖。

【评析】

写咏史诗，李贺亦能别出心裁。此诗前四句营造和铺展鸿门宴杀机四伏的紧张气氛，然后写范增示玦、项庄舞剑的场景。清吴汝纶认为：“末四句咏樊哙也，言项王军门交戟，哙撞卫士而入者，以汉王欲得秦玺，故不避死而入，与之同命也。言今日者，所以深讥汉高后日之负功臣也。长吉盖有感于时事而借汉事言之，意者为裴相发与！”（《李长吉诗评注》）与其认为有感于时事，不如说诗人是有感于历史上一些有血有肉的人物或故事片断而抒发自我的独特感受，亦即“借赋咏史事来感受那种出生入死的临危体验，才是他撰作此诗的根本动因所在”，“诗人歌咏项伯挺身救护汉王的历史题材，主要目的还是想体会一下作品人物在濒临死亡危局下所呈现的心理状态”（陈允吉、吴海勇《李贺诗选评》）。

此诗中，诗人将其情境描绘之才能发挥到极致，历来为人称道。

刘辰翁曰：“不必有其事，幽与鬼谋。才子赋古，但如目前，至三看宝玦，始喻本末，自不待言。‘抱天’语奇俊，俯仰甚称事情，复作项伯口语，尤壮。”又评“日炙”句云：“从容模仿，有情最妙。”（《笺注评点李长吉歌诗》）

宋长白云：“李长吉《公莫舞》诗，摹写楚汉当日情景，著纸如生，鬼才而运以雄风，真杰构也。”（《柳亭诗话》）

方世举评曰：“起四语狰狞，高会如见，是从《史记》‘与之一生彘肩’一语着想得来”，“形容鸿门之宴，奇壮”（《李长吉诗集批注》）。

《李长吉诗集》评曰：“自‘横楣粗’句至‘座上真人’句，何等笔力，声调又足。‘芒砀’二句，使神理充溢无遗，然后迟迟收束，悠悠扬抑，其音真珍，玲珑妙响，人自不能读耳。”（阙名《李长吉诗集》）

诗中还有两点不易察觉的用心之处：

一是诗人在营造剑拔弩张、惊心动魄的情境之前，不忘写光和色彩，巧借门框横木上的粗锦来“观察”日光，以日光的炙热来写时间的积累和逐渐紧张的气氛，以粗锦在强光照耀下显得艳丽的静谧细节描绘，来反衬现场千钧一发的紧张氛围。正如林同济所言：“此用一‘嫣’字，衬出堂中其他一切都狰狞也。”（《李长吉歌诗研究》）

二是诗人着力于揣摩项伯当时的心思，诗后八句皆为项伯口吻，

"材官小臣公莫舞"一语真活现，末句"绝膑刳肠臣不论"乃全诗心眼，与《雁门太守行》"提携玉龙为君死"同。（见《李贺诗选评》）

综观全诗，可以领略长吉咏史的妙思和功力："本是旧题材，但诗人仍然能从中看出新意，写出这样一篇新鲜活跳的文字来。这主要还在于他善于遐想，善于运用他的生活体验和他丰满的想象力，根据故事、史料的梗概，像亲历其境那样地去想象并通过艺术的概括去再现已经过往的历史陈迹。"（陈贻焮《论李贺的诗》）

昌谷北园新笋四首（选二首）

其　一

箨落长竿削玉开①，君看母笋是龙材②。
更容一夜抽千尺，别却池园数寸苔③。

【注释】

①箨（tuò）：笋壳。

②"君看"句：母笋，民间认为竹也分为公竹与母竹，母竹能发新笋。龙材，奇伟珍稀之材。唐卢仝《寄男抱孙》云："万箨苞龙儿。"《笋谱》："俗间呼笋为龙孙。"

③苔：各本多作"泥"，然不协韵。王琦《李长吉歌诗汇解》注曰："'泥'，一作'埃'。"又，宋陈景沂编、祝穆订正《全芳备祖》卷二三后集《蔬部·笋·赋咏祖·七言散句》引李贺此诗后二句作"更容一夜抽千尺，别却池园数寸苔"，于义较胜。因其时代较早，可以据信，今从改。

【评析】

这一组诗应作于昌谷家居期间。昌谷在今河南省宜阳县，北园是李贺读书之地。

竹与笋在李贺笔下不再是清新简单的植物，而像他常咏的骏马和宝剑一样，被赋予其自身的象征性。此诗称笋为“龙材”，显然是在强调出身“血统”，令读者自然地想到诗人一直引以为傲的唐宗室后裔的身份。诗中“一夜抽千尺”的夸张语言是诗人胸中无法缩减的梦想，不愿与高仅数寸之“苔”为伍，想要回到云朵所属的高空，这是诗人的自负。

丘象随解云：“此奉礼自负之意。奉礼天潢之派，若曰肯容其展布，则龙变不可测也。”（《昌谷集句解定本》）姚文燮云：“此贺借竹以自负也。玉质削立，本是龙种。倘一宵变化，自出尘滓于青冥之上矣。”（《昌谷集注》）

宋人评此诗“高甚”（吴正子、刘辰翁《笺注评点李长吉歌诗》）。

曾益说：“言箨落笋出，如削玉然。然必种美而材斯美也。材美者一夜千尺，别池园而起，而已迥出于层霄上矣。”（《昌谷集》）

可以想见，在深潜故乡默默无闻的时光里，诗人想象着自己是尚未现身显才的龙，这一刻，他似乎仍然相信未来还充满了显达的可能性，期待着其天赋奇才的彰显终将惊艳世人。

其　二

斫取青光写楚辞①，腻香春粉黑离离②。
无情有恨何人见，露压烟啼千万枝。

【注释】

①青光：竹皮色青而有光亮，代指竹。

②“腻香”句：春粉，刮竹时竹皮上的细碎粉末。黑离离，形容诗简上的墨迹一行行清楚地排列。

【评析】

一拈出“楚辞”，文人的幽怨气息便出来了。屈原的身世经历与发愤抒情使得“楚辞”一词早已自带“士不遇”的悲怨意味。对于常常“楚辞系肘后”的诗人来说，笔下提到楚辞定非无意，这首咏竹诗的情调从首句即定下了。前人对此多有议论：

“若不写《楚辞》，任其露压烟啼而已，可不悲也。斫取青光，不写别文而写《楚辞》，与堆金买骏骨，将送楚襄，同一可怜。”（阙名《李长吉诗集》）

“良材未逢，将杀青以写怨。芳姿点染，外无眷爱之情，内多沉郁之恨。然人亦何得而见之也？深林幽寂，对此愈难为情。”（姚文燮《昌谷集注》）

“咏竹而言啼，正用湘妃染泪之事，而隐约见之。不写他书，而写《楚辞》，其意益显。”（贺裳《载酒园诗话》引黄生语）

“《楚辞》：‘余处幽篁兮终不见，天路险难兮独后来。’斫取青光，欲写此耶？”（郑诗言《李长吉诗总评》）

“亦文人不得志于时之作也。……诗多抑塞之词，愤慨之语与讥世疾俗之言，而情辞尤极其瑰诡，诗家竟至以鬼才目之，或且诋为险怪，为牛鬼蛇神，亦诗人中最不幸者矣。”（刘永济《唐人绝句精华》）

李贺咏物往往是细腻的，此诗中便写到竹的香气、竹的颜色、竹林带露的样子。除由“楚辞”一语领会诗的怨旨外，前人也赞赏此诗咏竹之功。或谓用“腻香春粉”形容竹光尤妙（《唐诗选脉会通评林》引焦竑语），或引杜甫《严郑公宅同咏竹》诗“雨洗娟娟静，风吹细细香”谓：“竹亦有香，细嗅之乃知。”（杨慎《升庵诗话》）或直言：

"好语，昌谷新笋写得如此渺茫。"（吴正子、刘辰翁《笺注评点李长吉歌诗》此诗末句下评）

"无情有恨"句，亦广为后世文人喜爱并借鉴，如唐陆龟蒙《白莲》即一无改易地加以袭用："素葩多蒙别艳欺，此花端合在瑶池。无情有恨何人见？月晓风清欲堕时。"

杨慎说："或疑'无情有恨'不可咏竹，非也。竹亦自妩媚。孟东野诗云：'竹婵娟，笼晓烟。'左太冲《吴都赋》咏竹云：'婵娟檀栾，玉润碧鲜。'合而观之，始知长吉之工也。"（《升庵诗话》）

周珽说："'乃知露压烟啼'为斫写楚辞，则恨从情生，谁谓竹终物也，花草竹木，终无情物也？但不比有情者，能使人可得见耳。此咏物入化境者。'黑离离'含斑意，盖竹亦自妩媚；'情恨'之语，善于描景。"（《唐诗选脉会通评林》）

董伯音说："首句是有恨，次句是无情，末于无情中又写出有恨来。"（陈本礼《协律钩玄》引）

贺裳所说也许最合诗意："愚意'无情有恨'，正就'露压烟啼'处见。盖因竹枝欹邪厌浥于烟露中，有似于啼，故曰'无情有恨'，此可以形象会，不当以义理求者也。悬想此竹必非琅玕巨干，或是弱茎纤柯，不胜风露者。长吉立言自妙，不得便谓之拙。"（《载酒园诗话》）富寿荪亦道："'无情'二句，谓竹本无情，而所书之诗却有感慨，却无人见赏，一任其在千枝万叶中露滴烟笼而已。措语微婉，饶有情韵。"（《千首唐人绝句》）

刘学锴解得情理俱佳："由于题诗竹上，这诗又是蕴含怀才不遇的怨愤苦闷的'楚辞'式诗篇，因此在不知不觉当中，这'写楚辞'之竹也就成了自己的化身。它看似无情之物，却满怀怨愤苦闷。它那千枝万枝为露水所压，为烟雾所笼，那沾露笼烟的身影正像在含愁而啼泣。诗人移情于物，遂使眼前的竹含愁怀恨，凄悲啼泣，成为自己感

情的载体，亦竹亦人，人竹一体，浑融莫辨。”（《唐诗选注评鉴》）

感讽五首（选四首）

其　一

合浦无明珠[①]，龙洲无木奴[②]。
足知造化力，不给使君须。
越妇未织作，吴蚕始蠕蠕。
县官骑马来，狞色虬紫须[③]。
怀中一方板[④]，板上数行书。
不因使君怒，焉得诣尔庐？
越妇拜县官，桑牙今尚小。
会待春日晏，丝车方掷掉[⑤]。
越妇通言语[⑥]，小姑具黄粱。
县官踏飧去[⑦]，簿吏复登堂[⑧]。

【注释】

①合浦：在今广西壮族自治区合浦县，据《后汉书·孟尝传》，此地以盛产珠宝而闻名于世，这里借以讽刺“使君”的贪秽。

②“龙洲”句：龙洲，龙阳洲，在今湖南省汉寿县。木奴，指柑橘。三国吴丹阳太守李衡在其宅边种橘千株，临死，谓其子曰：“汝母恶吾治家，故穷如是。然吾州里有千头木奴，不责汝衣食，岁上一匹绢，亦可足用耳。”事载《三国志·吴书·三嗣主传》。

③虬紫须：紫色的蜷曲胡须。

④ 方板：古代书写要事用的方形木板，这里指收税通知。《昌谷集句解定本》卷二附陈开先评："板，即纸也，如今之牌票，古所谓符檄是也。"

⑤ 掷掉：指丝车转动。

⑥ 通言语：指向县官陈情。

⑦ 踏飧（sūn）：饱食一顿。

⑧ 簿吏：主管钱谷簿书的官吏。

【评析】

此诗应作于在长安为奉礼郎的三年中。刺政的诗旨相当明确，且讽刺辛辣。清人评云："此苦征赋之扰也。狞色紫髯，写得贼形可畏，再加使君在上，为之声援，虎而翼也；簿吏在下，为之犄角，民有遗类乎？悲哉！"（阙名《李长吉诗集》）"此章讽催科之不时也。蚕事方起，而县官已亲自催租，何其火迫乃尔！狞色虬须，画出武健之状，彼却又能推卸以为使君符牒致然，似乎不得已而来者。果尔，言语既毕，即当策马而去，乃必饱飧，不顾两妇子之拮据，为民父母者固如是乎？县官方去，簿吏又复登堂。民力几何，能叠供此辈之口腹耶？夫于女丁犹不恤乃尔，男丁在家者，其诛求又可想矣！"（王琦《李长吉歌诗汇解》）

姚文燮联系时政云："此言珠本出于合浦，橘多生于龙洲，天产地产，总不足以供诛求。且追呼不时，方春蚕桑未出之日，即索女丝。吏胥迭至，饔飧亦觉难具，况机轴乎？应对炊作仅两妇子，则丁男又苦于力役远去可知矣。"（《昌谷集注》）陈沆云："唐自中叶为节度使者，多赂宦官得之，数至亿万，皆倍称取息以求节钺。及至镇，则重聚敛以偿负，当时谓之'债帅'。此诗所谓使君，谓刺史也，县官则迫于檄而督赋者也。陈民困以刺吏贪，陈吏贪以讽朝廷举措之失也。"

（《诗比兴笺》）

前人对此诗风格的体会亦较为一致，或云：“前辈谓长吉诗失之险怪，如此篇朴雅婉至，已有逼真汉魏”（郭濬、周明辅《增定评注唐诗正声》），或云“不敢斥言尊者，故但以‘使君’为辞，剧有古意”（陈本礼《协律钩玄》引何焯语）。邢昉认为本诗与“星尽四方高”一诗皆“入神境”（《唐风定》）。钱锺书评此诗道：“写县吏诛求，朴老生动，真少陵‘三吏’之遗。”（《谈艺录》）作为一位极重主观感情抒发的诗人，此诗风格确为《昌谷集》所不多见，“诗人的主观感情完全融化在客观的叙述描绘中。这种表面上不动声色的叙述描写，是一种更纯熟的艺术手段”（刘学锴《唐诗选注评鉴》），诚哉斯言。

古意之外，诗亦有自身特色。叶葱奇说：“首四句先推进一步说，天生一切都不是咄嗟可办，以反振下面的提前征收。这是贺独具的深拗的笔法。”（《李贺诗集疏注》）刘学锴评“足知造化力”二句最深入：“大自然化育生长万物的力量，无论如何也满足不了官对财物的无尽贪欲。这实际上是对古往今来一切贪婪无厌的剥削者的行为与后果的高度概括。诗人用它来作为全篇的开头，正是为了给后面所描绘的官吏催租的场景提供一个广阔的时代背景，它高屋建瓴，笼盖全篇，使官吏催租的场景成为这典型时代环境中具有典型意义的一幕。”（《唐诗选注评鉴》）

但对于李贺直刺苛政的诗歌创作，前人亦有不同看法。方世举说：“元和间，正以人人新格擅场。若此之学乐府，有何可取？况以感怀为言，而为此田家苦，不切身世。岂王孙亦苦征输耶？”（《李长吉诗集批注》）此话无理。贺诗虽不以此类题材为主，却不妨长吉同情民生疾苦并为之发言。对此，黎简所说最为公允——“此五首何减拾遗、曲江诸公。刺政。‘越妇’以下，极似《秦中吟》。长吉可以为元、白，元、白决不能为长吉也。”（《黎二樵批点黄陶庵评本李长吉集》）一句“长吉可以为元、白，元、白决不能为长吉”，堪称妙评！

其　三

南山何其悲[①]，鬼雨洒空草。
长安夜半秋，风前几人老。
低迷黄昏径，裊裊青栎道[②]。
月午树无影，一山唯白晓。
漆炬迎新人[③]，幽圹萤扰扰。

【注释】

① 南山：此指终南山。

② 裊裊：风摇树木的样子。谢灵运《拟魏太子邺中集》第八首：“平衢修且直，白杨信裊裊。”

③“漆炬”句：漆炬，磷火，又称鬼灯。新人，新死之人。

【评析】

此诗应作于诗人居长安为奉礼郎期间。

全诗营造出幽怖森寒的意境，起语一个“悲”字定下了全诗阴郁的基调，凭空“鬼雨”一词，洒下一片阴森的气息。接下来，写山中的秋风，黑色的夜，低迷的小路，风中的高木，高悬的白月，坟茔间的墓灯与磷火，可谓极尽“诗鬼”之能事。方世举谓之“本色”（《李长吉诗集批注》），史承豫谓之“鬼境鬼语”（“月午”句下）（《唐贤小三昧集》）。杜牧评长吉诗所言“荒国陊殿，梗莽邱垄，不足为其怨恨悲愁也；鲸呿鳌掷，牛鬼蛇神，不足为其虚荒诞幻也”（《李长吉歌诗序》），于此诗可见一斑。

刘辰翁评云："不犯俗尘，人情鬼语殆不自觉。"（《笺注评点李长吉歌诗》）谢榛论贺诗曰："险怪如夜壑风生，暝岩月堕，时时山精鬼火出焉。"（《四溟诗话》）皆指出诗人对幽渺鬼境的用力营造。

营造这方鬼境的意旨，或云："叹逝。"（黎简《黎二樵批点黄陶庵评本李长吉集》）或云："此述死葬之悲也。幽冷之气，逼人肌骨。"（阙名《李长吉诗集》）总言之，诗人书写的主题是死亡。

叶葱奇说："这是失意后懊闷之极的颓丧作品。因为蹭蹬失意，所以逢到秋风秋雨的时候，便感到忧能伤人，促人衰老。从衰老更进一层想到死亡，意趣幽冷、悲怆，而过消极，此正长吉短处。"（《李贺诗集疏注》）

刘衍说："南山距长安百里之遥，贺何以夜中至此？意其为奉礼郎，时有王公巨卿之葬礼，而至此地。姚文燮云写陆贽、阳城遭贬，永贞时奉诏回京而未闻诏之冤。然贺于永贞时何以赴此地？史事无考。诗既是'感讽'，读者自可以意会之。"（《李贺诗校笺证异》）

李贺对死亡的关注和忧虑是遍布《昌谷集》的。但此诗的迎葬场景未必是当时实写，应是诗人曾有的南山葬礼经验与内心森寒感受，此刻化成了诗中题材与画面，用以传达内心阴郁和对死亡的忧虑。更需注意者，"'鬼''雨'二字如此搭配为长吉所独创，这个新造词意在表明由于死者之夥多，其腐恶气味不断弥漫，竟至形成'鬼雨'到处飘洒，如是则愈能显出作者对死亡的厌患"，"南山在诗中俨然便是一处亘古坟场，是众生最终归宿的象征，那儿到处浮动着森然鬼气。"（陈允吉、吴海勇《李贺诗选评》）牟愿相评贺诗"如雨洗秋坟，鬼灯如月"（《小澥草堂杂论诗》），灵感即应由此诗而来。

其　四

星尽四方高，万物知天曙。

己生须已养，荷担出门去。
君平久不返①，康伯遁国路②。
晓思何譊譊③，阛阓千人语④。

【注释】

①君平：西汉严君平，蜀郡人，名遵，卜于成都市，日得百钱，足以自养，即闭肆下帘以读《老子》，一生不为官，被视为知足常乐的典型。

②康伯：东汉韩康，字伯休，京兆人。常采药名山，卖药长安市，不与人争利，以谦让著称，公车连征不至，桓帝遣人以厚礼迎至京，又设法逃遁。

③譊（náo）譊：喧嚷争吵貌。

④“阛阓”句：阛（huán），市墙。阓（huì），市门。二字合用，指市井商业闹市区。

【评析】

关于此诗主题，曾益云：“此言有生之劳。言星没天曙，万物沄沄，已生为人，须已养此生，荷担出门，无息肩也。……直为生养之计，有不期然而然者，此有生之所以为劳也。”（《昌谷集》）王琦云：“诗意贫人以治生为务，不能不荷担入市。乃古之贤而隐于市者，若严君平、韩伯休，今既不可复作，阛阓之中，喧嚣杂沓，殊难复问。甚言市井浊气之不可耐也。”（《李长吉歌诗汇解》）黎简说诗意在“慨世”（《黎二樵批点黄陶庵评本李长吉集》）。叶葱奇说：“这是凌晨偶见荷担的人忽有感而作。……贺借古人的清高，来慨叹当时的奔竞，语极简练。”（《李贺诗集疏注》）刘衍亦道：“此诗当是凌晨偶见荷担者上市谋生，进而想及市场争利忘义之状，感而作之。”（《李贺诗校笺证异》）诸家所言大体一致，即“劳劳此生，流浪可涕”（阙名

《李长吉诗集》)，此八字真真道出了诗中深涵的凄凉意味，若非深尝生存之苦者，是不易写出的。

另有姚文燮强附时事，解云："德宗立宫市，置白望，宦者为使，白夺民物。沽浆卖饼之家，亦不免其骚骚。五方小儿张捕鸟雀，肆为暴害。此言卖卜市药之人如严、韩辈，亦且不能安业。东方既白，阛阓哓哓，流弊大抵然矣。"(《昌谷集注》)如此解读长吉之诗，恐怕有些用意过深了。

论及此诗，刘辰翁道："托之君平、康伯而举世可见，安能免此？其妙在言外。末语不可收拾之，收拾更佳。"(《笺注评点李长吉歌诗》)邢昉道："此作之妙，在第三、四句。竟陵极赞首句，买椟而还珠矣。"(《唐风定》)

邢氏所言差矣，首两句实在妙，只是未得到应有的体会和理解。"星尽""高""曙"写出了天亮的动态，星星隐退，天空仿佛逐渐升高了，身为万物中的一元，诗人同万物一起在天地间醒来。"星尽四方高，万物知天曙"，寥寥十字，不仅仅是点出时间，同时铺开了一个场景：人与万物生存在天底下，为了这天地间的生存，人才要"荷担出门去"。钟惺评首句说："空回奇语，似非长吉本色，然无此又不能为长吉。"(《唐诗归》)其实，首两句正是长吉本色，长吉最擅长书写这样深涵意味的景句。

诗人为何失眠呢？因为"晓思"。思的又是什么呢？即后六句的内容。诗人思考人的生存之艰辛，像严君平和韩康那般的淡然不争，已经不合时宜，已经距今遥远了。而今诗人连这样的怀古与思考都无法进行，很快就被街市上嘈杂的哓哓人声所扰乱。而自己似乎也应像街市上逐渐拥挤的人群一样，出门谋生存去了。用"哓哓"形容"千人语"十分形象，扰乱自己的其实是"千人语"。如此看来，末两句的布排也是巧妙的。

其　五

石根秋水明，石畔秋草瘦。
侵衣野竹香，蛰蛰垂叶厚[1]。
岑中月归来[2]，蟾光挂空秀[3]。
桂露对仙娥[4]，星星下云逗[5]。
凄凉栀子落，山璺泣清漏[6]。
下有张仲蔚[7]，披书案将朽[8]。

【注释】

①蛰蛰：此指竹叶攒簇。

②岑：小而尖的山。

③蟾光：月光。

④“桂露”句：桂露，月中桂树夜深坠露。仙娥，即嫦娥。

⑤云逗：犹言聚集的云气。

⑥“山璺”句：山璺（wèn），山石缝隙。璺，破裂。泣清漏，石缝清泉，声如滴漏。

⑦张仲蔚：汉代扶风人，隐居不仕，通天文，好诗赋，举世无知音。见皇甫谧《高士传》卷中“张仲蔚”条。

⑧披：摊开阅读。

【评析】

此诗结构特别，前十句写景，末二句写人。

观其取景择象，有光色，有声音，有气味，它们共同构成了诗人长期所处的自然环境，为这位读书人营造出一方静谧的私人空间。末尾的“张仲蔚”则显然是诗人自喻，“旧说以仲蔚自寓也”（吴汝纶

《李长吉诗评注》)。

这汪明亮的秋水，这些细瘦的秋草，这片繁茂的竹林，远如云间的那几颗星星，近至草木间的露珠，皆为诗人最熟谙的风景。野竹的香气近距离地包裹着他，以至于他用了一个“侵”字。石缝间的清泉持续不断的滴答声，如同他耳边永不停歇的滴漏，诗人用了一个“泣”字，带有对时光的怜惜。栀子坠落的声音，则道出了栀子花的衰败和诗人居所的清寂。这些景物和声息，陪伴诗人太久了，以至于山顶的月亮每日都如同邻人一样“归来”；在此栖停太久了，这寂寞的读书生活仿佛要到天荒地老，以至于身下的书案都仿佛要腐朽了。

“星星下云逗”一句，不易注解。另有其他版本作“下云透”，亦难意会。前人或谓星星在云下闪烁，或谓露珠在月光下如星星般晶莹闪亮，或直接避而不注。仔细想来，不如取同时代韩愈诗中的“云逗”一词来比照理解。韩愈《南山》诗云：“或罗若星离，或蓊若云逗。”钱仲联集释引张相曰：“逗，犹驻也，言如云之驻也。”则贺诗此句可理解为星星在聚集的云气之下闪现。

对此诗的创作缘由，历来也解说不一：

曾益云：“此叙隐居之得。”(《昌谷集》) 庶几近之。

姚文燮云：“此追思李泌也。泌辞上，为有五不可留。上不得已，听之归。言山中水清草瘦，无复轻肥，野服筠光，自知积厚。峰月归来，即指泌也。明哲保身，清光难及。月露交明，天高下逮。栀子落，谓虽山野散人，亦因同心陨丧，深为泪零。唯拥邺架以终老蓬蒿之径，不复身入风波矣。”(《昌谷集注》) 过于曲求了。

今人叶葱奇道：“这是秋日家居，自叹穷愁读书、久久无成的诗。末句‘案将朽’三字极沉痛、愤闷。”(《李贺诗集疏注》) 其说近是。

刘衍认为：“当是贺在长安亲到张仲蔚居处，感张氏有才不遇而作。”(《李贺诗校笺证异》) 非也，此诗若不是自叙，是营造不出这种熟悉和亲近的整体氛围的。

至于此诗语言艺术，论者多有赞赏。刘辰翁评曰："'山璺'二字亦奇。"（吴正子、刘辰翁《笺注评点李长吉歌诗》）清人曰："'蟾光'句非烟火人能行。'凄凉''山璺'一联，真鬼仙才笔。"（阙名《李长吉诗集》）

三月过行宫

渠水红繁拥御墙①，风娇小叶学娥妆②。
垂帘几度青春老，堪锁千年白日长。

【注释】

① 红繁：依王琦注，"红"通"葒"，"繁"通"蘩"，红即水葒，繁是蘩蒿。

② "风娇"句：取曾益注，风娇指柳叶为春风摇动，姿态可爱。学娥妆，将初生叶子嫩绿的颜色喻为女子画眉之色。

【评析】

唐代长安至洛阳道上行宫众多，如昌谷之连昌宫、洛阳之上阳宫、临潼之华清宫等。天宝以后，行宫先后荒废，但仍以宫女守宫。文人们往来京洛，睹其破败荒凉，自然生出不胜今昔之感，赋咏颇多，本诗便属于此类题材。诗意如曾益所言："行宫临渠，红繁拥蒿生也。风娇小叶，柳因风而作态。'学娥妆'，宫嫔不存也。'几度'谓以往，'千年'谓将来，'青春'徒老，'白日'空长，言君王已逝，不复如昔日之经过也。"（《昌谷集》）

方世举云：“东都洛阳行宫也。明皇以前，年年巡幸，安史乱后不行。唐人多有此诗。‘堪锁千年白日长’，君亦作此痴语耶？”（《李长吉诗集批注》）

姚文燮则在字面意思之外，加以盛世“陆沉”的寓意：“水草逼墙，无人芟薙；柔姿妩媚，仿佛宫娃。御帘低垂，久无跸驻。千年永日，何时得再邀驾幸也！意又谓帝京多士，恒苦陆沉。虽欲竞效浮华，终亦无用。幽郁穷年，芳时不遇，又安能得觐龙光乎？”（《昌谷集注》）如此解读，亦有助于诗意的理解。

此诗虽短小，却堪称佳构。首句先写景物，再由“学娥妆”引出人物，由人物生发对时光的感慨。“几度”，回首以往，对“青春”之“老去”充满惋惜；“千年”，极度夸言未来“白日”之久长，而一个“锁”字，则将人生永久地定格于渺无希望的生命空耗之中。可以说，这一句幽怨的“堪锁千年白日长”，使得此诗与同题材的诗作区分开来。似乎只有李贺，这位曾做过三年寂寂奉礼郎的诗人，这位对无望的时光异常深痛的诗人，才能写出如此漫长的时间感受，才能深刻共情于如此无望的等待吧。

卷　三

追和何谢铜雀妓①

佳人一壶酒，秋容满千里。
石马卧新烟②，忧来何所似。
歌声且潜弄③，陵树风自起。
长裾压高台④，泪眼看花机⑤。

【注释】

① 追和：非当时唱和而系事后追补的和作。

② 石马：《封氏闻见记》载，汉魏隋唐以来，帝王陵墓前都流行雕刻石麒麟、石象、石马等。

③ 潜弄：暗唱无声。

④ 裾（jū）：裙，代指伎妾。

⑤ 花机：指台上的供桌。

【评析】

此诗沿袭何逊、谢朓的铜雀妓题材而作，疑作于元和元年（806）顺宗死葬之后。

关于铜雀妓题材诗歌的创作背景，《邺都故事》载：“魏武帝遗命诸子曰：‘吾死之后，葬于邺中西岗上，与西门豹祠相近，无藏金玉珠宝。余香可分诸夫人，不命祭吾。妾与伎人，皆著铜雀台，台上施六尺床，下穗帐，朝晡上酒脯粻糒之属。每月朝十五，辄向帐前作伎。汝等时登台，望吾西陵墓田。’故陆机《吊魏武帝文》曰：‘挥清弦而独奏，荐脯糒而谁尝？悼穗帐之冥漠，怨西陵之茫茫。登雀台而群悲，伫美目其何望。’”《资治通鉴》记载，唐时“凡诸帝升遐，宫人无子者悉遣诣山陵，供奉朝夕，具盥栉，治衾枕，事死如事生”。

关于李贺此诗的创作动机，姚文燮认为是借魏事以讥元和年间魏博节度使田季安，“元和朝，魏博节度使田季安卒。季安淫虐，夫人元氏立其子怀谏为副大使。按魏博即魏郡。贺即借魏事以讥之也。佳人洒洒，千里悲风。陇上新烟，石马初卧。哀声低唱，陵树凄凄。舞衣虽长，几空人逝。当日雄姿谋略，今安用乎？”（《昌谷集注》）此说过于坐实，有强附之嫌。刘衍即谓姚说非是，认为诗题及诗句均写陵马、陵树，非藩镇可知。且拟古诗，魏武事即类，故以帝王拟之也。（见《李贺诗校笺证异》）

钱仲联《李贺年谱会笺》云：“此诗借铜雀台以写顺宗死葬丰陵，借怀念魏武帝以怀念顺宗，又借随丰陵葬礼而幽闭山宫、长不令出之嫔妾，比喻顺宗退位后窜逐远方之司马。”并认为贺此篇与白居易《新乐府·园陵妾》“实同一命意”。此番猜测有其依据，顺宗李诵葬于元和元年（806）七月，贺诗有“秋容”“新烟”，意其亲见顺宗葬时情景，故诗当作于是年。韩愈《丰陵行》：“设官置卫锁嫔妓，供养朝夕象平居。”丰陵为宪宗之父顺宗李诵的陵墓。叶葱奇亦认为“这首显然是看见顺宗葬时，驱去锁闭在陵园的宫人而作”（《李贺诗集疏注》）。

有论者由史料背景着眼，谓：“使奸雄无死，则铜雀之台，曹台也，后人何吊焉？清河时，台上诸奇变无方，常欲问曹公，使贼得上台，而公但以变谲周旋避之，若焚台当云何？此公似亦不能止。后人又有尽发疑冢七十二者，然予谓总不如何、谢、李三诗也。”（《昌谷集句解定本》引张星语）或评贺诗道：“‘且’字知非本怀，妙。‘自’字于我何事，妙。末二句伤瞒乎？自伤乎？有上‘且’字、‘自’字，一证便明。”（阙名《李长吉诗集》）

既然是追和前人诗作，那么何谢所作何如？

何逊《铜雀妓》诗云：“秋风木叶落，萧瑟管弦清。望陵歌对酒，向帐舞空城。寂寂檐宇旷，飘飘帷幔轻。曲终相顾起，日暮松柏声。”

谢朓《铜雀悲》诗云：“落日高城上，余光入穗帷。寂寂深松晚，宁知琴瑟悲。”

谢朓另有《同谢谘议咏铜爵台》诗亦为题咏魏武帝与铜雀妓故事。何、谢之作情辞兼胜，以至于相沿成为乐府诗题，齐梁至唐，皆有文人追和题咏。

相比之下，李贺此诗自具风格和意蕴，前人于此多有指陈：

“何得景，谢得情，李又于情景外写出伎女一段无情之景，令孟德羞惋于地下不已。此正墓中欲言而不能言者。”（《协律钩玄》引董伯音语）

“不必苦心，居然自近选语。以长吉赋《铜雀妓》，宜有墓中不能言者。却止如此，亦近《大雅》。”（吴正子、刘辰翁《笺注评点李长吉歌诗》）

“尖刻之至，渐近《大雅》耳，此贺得讽刺体而卒归温厚者也。”（《昌谷集句解定本》引杨妍语）

昌谷读书示巴童

虫响灯光薄，宵寒药气浓。
君怜垂翅客①，辛苦尚相从。

【注释】

①垂翅客：诗人应举受挫，以斗败而垂翅的禽鸟自比。《后汉书·冯异传》："玺书劳异曰：'赤眉破平，士吏劳苦，始虽垂翅回溪，终能奋翼黾池。可谓失之东隅，收之桑榆。'"

【评析】

此诗应为李贺举进士受挫后东归昌谷所作。李贺的父亲曾入蜀为官，杜甫有《公安送李二十九弟晋肃入蜀，余下沔鄂》诗，言晋肃入蜀之事。此巴童应是其父从巴蜀之地买来的少年家奴，亦为李贺书童，即李商隐《李长吉小传》中所谓"小奚奴"。

王维有"他乡绝俦侣，孤客亲童仆"（《宿郑州》），崔涂又有"渐与骨肉远，转于童仆亲"（《巴山道中除夜书怀》），李贺此诗便是对此最贴切的印证。在失意的孤独时光里，巴童在某种意义上成为诗人最亲近的人，他最近距离地感受着诗人的日常生活，知晓其最真实的生存状态甚至情绪。

在这寒意渐深的夜晚，油灯的光是萧索的，四壁的虫鸣增添着诗人内心的孤寂，此时陪伴他的只有巴童。这不离不弃的家奴正为他熬药，他们都已习惯了屋里这浓浓的药气，而他长期寒弱的病体，也不知何时能康健起来。这"病"常出现在他的创作中，可见为痼疾，《南园十三首》其九云："泻酒木栏椒叶盖，病容扶起种菱丝。"《伤心行》

云："咽咽学楚吟，病骨伤幽素。"《出城寄权璩杨敬之》云："自言汉剑当飞去，何事还车载病身。"《示弟》云："病骨犹能在，人间底事无。"《潞州张大宅病酒遇江使寄上十四兄》云："病客眠清晓，疏桐坠绿鲜。"诗人望向守着药罐的巴童，对他生出一些歉意，难为他跟随如此落魄的主人啊。

这是一首真挚无华的小诗，诗人触景生情，由心而发，但其中的温情与真实，令人动容。

论者多嘉赏巴童的衷心，曾益云："虫响灯薄，宵寒药浓，其愁病可知。愁病从失意来，故曰'垂翅'。此时而相从，出人情外矣，矧辛苦乎！曰'君怜'，志感也。"（《昌谷集》）杨妍说："或萧颖士之仆爱主之才，或巴童锐气无桀黠奴态耳。不然，恐张存善针，不能缩奴脚也。"（《昌谷集句解定本》引）姚文燮说："长夜抱疴，遭时蹭蹬。而巴童犹然恋恋，深足嘉已。"（《昌谷集注》）陈允吉认为诗人是将他的自怜情结外射到巴童的身上，"以巴童的关照来对应诗人的孤弱悲愤"（《李贺诗选评》）。

此外，诗人以"君"称巴童的做法，令读者有些许困惑。如黄周星云："巴童可以称君乎？使此童曾读《论语》，则必如夫人自称曰'小童'矣。"（《唐诗快》）事实上，"君"字的使用范围相当宽泛，再联系朱熹《论语集注》释"人不知而不愠，不亦君子乎"云"君子，成德之名"，便可以理解诗人之意了。

巴童答

巨鼻宜山褐①，庞眉入苦吟②。

非君唱乐府[3]，谁识怨秋深。

【注释】

① 山褐：山里人穿的粗布衣服。

② 庞眉：粗长的眉毛，李贺的面貌特征之一。

③ 唱乐府：此指作诗。

【评析】

诗人写《昌谷读书示巴童》后，意犹未尽，又代巴童答言。

一个“入”字，用得新奇生动，引得读者们各费思量，或认为“入”字是摹画苦吟之状，或认为是形容诗人愁怨之深。《李贺诗选评》的评析最为深刻：“一‘入’字将其低眉苦吟的形状点染得活灵活现。末两句承此而来，诗人借巴童之口张扬自己擅写乐府诗歌、动人愁情的特长，不啻为对不公命运的一声控诉。自卑与自尊、自怜与自负，于此纠结在一起，意味深长。”

叶葱奇评曰：“这是遭受排挤，自行宽解的诗，借巴童对答来自作排遣，意绪很无聊，也很自负。”（《李贺诗集疏注》）

刘衍道：“‘非君’‘谁识’，是贺自矜语，借巴童之口言之。怨苦之深，自应于辞外求之。”（《李贺诗校笺证异》）

此诗言说的核心是诗人的歌诗创作，即“苦吟”“唱乐府”。诗人似乎将巴童辛苦相从的动力归为对其诗才的欣赏，即姚文燮所言：“童亦陋质，不慕荣华，知君深于吟咏，致感无知之人亦娴秋怨。高才如此，忍不相从？”（《昌谷集注》）如此，其实诗人是将巴童假想为自己的知音，借此代答之语，道出其精神寄托与生命价值所在。

陈允吉对诗人在此传达的深沉的心意颇有解会：“他把诗视为全部性命所系，也唯有诗歌才显示出其生命之价值。他终生呕心沥血地

构筑诗国华丽的宫殿，并以脆弱的身心支撑着其巨大的艺术创造力。”（陈允吉、吴海勇《李贺诗选评》）

此外，有一歧义处，即首句是写诗人还是巴童。曾益认为：“‘巨鼻’，巴童自谓。‘山褐’，野服，贱者衣，言巴所宜。‘庞眉’，谓贺。‘苦吟’，谓吟所苦。‘唱乐府’，以诗相示。‘怨秋深’，即前所云虫响宵寒。”（《昌谷集》）以“巨鼻”指巴童，似不妥，若把前两句都看作对诗人此时形象的描绘，诗意或更通畅些。关于李贺的外貌，其诗中常有自绘，如《高轩过》云：“庞眉书客感秋蓬，谁知死草生华风。”《河南府试十二月乐词·十月》云：“长眉对月斗弯环。”李商隐《李长吉小传》亦记李贺体貌，为“细瘦，通眉，长指爪”。再加上一个“巨鼻”，也符合李贺古奇非凡的外表。

出　城

雪下桂花稀，啼乌被弹归[①]。
关水乘驴影，秦风帽带垂[②]。
入乡诚可重，无印自堪悲[③]。
卿卿忍相问，镜中双泪姿。

【注释】

①“啼乌”句：喻指入京应举，被毁而归之事。

② 关水、秦风：关中古属秦地，此以关水、秦风比喻从关中下第东归的归程及行旅的艰辛。

③ 印：官印。无印即无官。

【评析】

此诗应为元和五年（810）李贺入京应举遭遇“名讳”事件后，东归昌谷途中所作。“桂花稀”既是实景，又是象征，唐以来以登科及第为折桂，桂花稀表明未能如愿折桂。《唐音癸签·诂笺》：“登科之为折桂。”唐诗中多见此典，例如温庭筠诗云：“犹喜故人先折桂，自怜羁客尚飘蓬。”（《春日将欲东归寄新及第苗绅先辈》）

一个“悲”字使悲伤弥漫了全诗，“弹”字与“垂”字将诗人极度颓丧的神情与心境活现出来，设想中的镜中之“泪”此刻已然溢满了心间。

同为应举受挫后的抒情之作，此诗可与《致酒行》并读。陈允吉即指出：“与《致酒行》相比，《出城》显然少了些愤激不平之气，却平添了几分黯然神伤。这两首作品呈现的情感取向上的差异，符合一般人遇到重大挫折后渐次变化的心理过程。”（《李贺诗选评》）

“名讳”事件给诗人带来的强烈的不平心绪已逐渐平静，此时诗人必须面对的是坚硬得无法改变的现实以及前路的打算，他首先想到的是如何向家人交代，“才下第出都，便拟到家人相问，可见点额人心中百般轮转，无限苦恼”（阙名《李长吉诗集》）。

全诗由景到情，字字都在着力呈现诗人的沮丧，读来其形象如在眼前。读者唯对“卿卿”一词有着不同的理解：

一种常见看法认为“卿卿”是指妻子，并以之作为李贺有家室的证据。如曾益释“卿卿”为闺人，“无印，犹言不得第。自堪悲，与下相形，言已自堪悲。下二句是预拟其闺人怜己意。言始忍泪相慰问，而终不能忍其泪，见悲甚也”（《昌谷集》）。姚文燮云：“帝京寒雪，铩羽空回。策蹇斓缕，凄凉跋涉。感愧交集，恐无颜以对妻孥，当亦见怜于妇人女子矣。”（《昌谷集注》）

另一看法则倾向于李贺并无妻室。如《李贺诗选评》说“此‘闺人’不过是诗人悬想中的意象”，并认为要弄清诗人平生究竟有无配偶问题，必须充分尊重一个基本事实，即在现存李贺生平传记资料中，并无一点支撑“贺尝有妇”说的蛛丝马迹。

莫种树

园中莫种树，种树四时愁。
独睡南床月[①]，今秋似去秋。

【注释】

① 南床：宋蜀本、姚佺本、姚文燮本作“南窗”。

【评析】

元和五年（810），长吉举进士受挫，归昌谷，此诗或作于居家期间。

本诗是长吉所有诗中最平淡、最短小的一首，丝毫不奇崛、不哀艳、不幽怖。诗人以树写愁，在这秋夜，他望着窗间的月，听着园中的落叶声，如此场景与去年秋天没有不同。四季又轮回了一圈，科举的失意却使他的人生停留在原地，从此时的处境看，在故乡的“滞留”还不知要多久。而时光从不会等待谁，诗人生出幽怨，怨起了树。他要躲避树，因为看到树，便看到春华、夏荫、秋落、冬枯，和永不停止的循环重复，便看到直击心神的时光流逝。

树，是时间的肖像，而秋天夜月下的树，尤易将时光的轮转化为可视的形象。姚文燮评论说：“卧月南窗，犹似旧秋；零落此景，自难为怀矣。”（《昌谷集注》）可谓中的。

也有人评此诗：“怨而不怒，风人之旨也。”（阙名《李长吉诗集》）虽不“怒”，却也愁到颓唐，轻描淡写的四句，道出了被现实挫败的心气。长吉以“莫种树”为题，对时光的无情流逝做出一种幽怨无力的抵抗。

元明两代有若干同题之作，如明代袁宗的《莫种树》：“莫种树，种树枝叶稠。春雨枝枝泣，秋风叶叶愁。”又重申了一个“愁”字。现代诗人顾城也有一首小诗《避免》，诗云：“你不愿意种花 / 你说：/‘我不愿看见它 / 一点点凋落。’/ 是的 / 为了避免结束 / 您避免了一切开始。”以花代树，说出了相似的逃避心理。

潞州张大宅病酒遇江使寄上十四兄①

秋至昭关后②，当知赵国寒③。
系书随短羽，写恨破长笺。
病客眠清晓，疏桐坠绿鲜。
城鸦啼粉堞④，军吹压芦烟⑤。
岸帻褰纱幌⑥，枯塘卧折莲。
木窗银迹画，石磴水痕钱⑦。
旅酒侵愁肺，离歌绕懦弦⑧。
诗封两条泪，露折一枝兰。
莎老沙鸡泣⑨，松干瓦兽残⑩。
觉骑燕地马，梦载楚溪船。
椒桂倾长席⑪，鲈鲂斫玳筵⑫。

岂能忘旧路，江岛滞佳年[13]。

【注释】

①张大：张彻。江使：来往于赵地与吴楚江干的信使。

②昭关：楚关名，诗中十四兄所在地。

③赵国：李贺所寓之地。

④粉堞（dié）：城墙上凸起的涂白粉的雉堞，亦称“女墙”。

⑤军吹：军中号角。

⑥“岸帻”句：岸帻（zé），将覆盖发髻的头巾向后推露出额头。褰，用手提起。纱幌（huǎng），纱质帷幔。

⑦“石磴”句：石磴（dèng），庭院中的石阶。水痕钱，石上的水渍年深月久形成的钱状苔藓。

⑧懦弦：弱弦。懦，声音低缓。

⑨沙鸡：即“莎鸡”，俗称纺织娘。

⑩松：此处指瓦松，常生于瓦屋上或石缝间，远望如松苗。

⑪椒桂：指楚地调有椒桂粉末的酒。

⑫“鲈魴”句：鲈魴（fáng），江南所产的两种鲜美的鱼。斫（zhuó），切，割。玳筵，玳瑁之筵，极言筵席的豪奢。

⑬江岛：指十四兄在江南所居之地。

【评析】

此诗是李贺客居潞州期间，备感失意困顿，在一次酒后思念友人，寄情而作。十四兄的身份无可确证，但与诗人交情不浅。刘衍道：“今据诗意，知贺确曾南游，且与十四兄相处时日不短；联系贺有咏江南风物诗，则‘旧路’当指贺南游之路。”（《李贺诗校笺证异》）

姚文燮云：“兄客昭关，弟羁赵国。秋至，兄应念弟寒矣。寄书写恨，情绪缕缕。客病零落，大似秋桐。鸦啼晓吹，旅寓军幕，秋景岑寂，病肺不胜杯斝，兼值使临去，洒泪封诗，芳馨贻赠。严霜洊至，莎老松干。身虽在此，梦已南游。兄处椒桂鲂鲈，江南之风景自乐。岂得竟忘旧路，而久滞江岛耶？”（《昌谷集注》）

何焯联系李商隐诗指出：“玉溪诗大抵因此，而复讨源于齐梁尔”（陈本礼《协律钩玄》引），认为由此诗可见义山受长吉诗的影响。其着眼点主要指义山诗与此诗都在整体上具有一种迷离的情境。

此诗全篇笼罩在悲愁病弱的意绪中，诗人病酒而卧的形象跃然纸上。“寄书写恨，零落悲凄，洒泪封诗，乃因久客不仕，旅愁更兼离情故也。”（刘衍《李贺诗校笺证异》）

陈允吉解道：“‘岸帻褰纱幌’四句写诗人的卧起，不羁的装束体现的未必都是六朝名士的潇洒散澹，而是颓废处世，一副病容。‘枯塘卧折莲’正是诗人举帘所见，同时又是枯槁意绪的外射。那银画漶灭的木窗是对上句的补叙，长吉此时可能正凭窗倚望，忽而又注意上了那雨水浸渍下生苔的石磴，游移不定的目光透露出诗人的无聊与烦躁。”（《李贺诗选评》）陈允吉对此诗的体会十分细腻，不过，与其说诗人的心态是无聊烦躁，不如说是悲凄无力。

陈允吉又依据钱锺书《谈艺录》的说法道：“‘军吹压芦烟’之‘压’字是李贺惯用的‘化流易为凝重’的字法，其客居异乡的沉重心情在此悄然流露。”（《李贺诗选评》）

其实，岂止一个“压”字呢？诗人的字里行间无不是“悲凄”和“沉重”，满眼是“破”“坠”“侵”“封”“折”“滞”这些带有破坏力的动词，以及“残”“啼”“泪”“泣”“卧”这些弱能量动词，称自身是“病客”与“愁肺”，连弦音都被冠以“懦”字，诗人赋予全诗语言的生命力可以说弱到了最低点。

方世举评曰：“‘秋至昭关后，当知赵国寒。’起笔陡忽。措语一一清脆。”(《李长吉诗集批注》)这“清脆”一词，实非客观。全诗读来弥漫着一种深重的无力感，这无力感既来自诗人对仕途的无望，也直接来自其“病酒”的身体状态，一股“病酒”之气几乎灌满了全诗。

细品末二句，既是问友人，实则也是暗暗自问，潞州还有久留的意义么?

客　游

悲满千里心，日暖南山石。
不谒承明庐①，老作平原客②。
四时别家庙，三年去乡国。
旅歌屡弹铗③，归问时裂帛④。

【注释】

① 承明庐:《汉书·严助传》:“君厌承明之庐，劳侍从之事。”张晏注曰:“承明庐在石渠阁外，直宿所止曰庐。”从此承明庐成为天子居处的象征，谒承明庐即被天子召见。此喻指其入京城求进达。

② 平原客:平原君赵胜所养的门客。赵胜系赵武灵王之子，战国四公子之一，养门客三千人，事见《史记·平原君虞卿列传》。长吉时游赵地，自称平原客。

③ 弹铗(jiá):弹击剑柄。战国时期的齐人冯谖，寄食孟尝君家，乃弹铗作歌曰:“长铗归来乎!食无鱼。”又曰:“长铗归来乎!出无车。”事见《战国策·齐策四》。诗人以冯谖自比，表达对幕主有所希求而总是失意无成，转而思归的心情。

④ 裂帛：即裁笺作书信。《乌夜啼》有："裂帛作还书。"

【评析】

诗系元和十一年（816）诗人离开潞州之前所作。

开篇一个"悲"字铺开了全诗强烈的思乡情绪，故乡则由第二句的"南山"点出。当诗人思念故乡，回想家乡的岁月与风光之时，最抚慰他的，是明亮温暖的日光照着山上的石头的画面。在古人笔下海量的思乡之作中，由这样的一个画面来承载传达乡情，实属特别，不愧是不落俗套的长吉手笔。

《李贺诗选评》解释说，与诗人的悲苦心灵相对，"故乡愈益散发出它永恒的魅力，在诗人的记忆里它是煦暖的，仿佛一直沐浴在阳光之下。'日暖'二字犹见真情，'南山石'以山指代家乡，足见女几等山在其心目中的重要位置。"如此想来，便可约莫体会诗人心意了。不过，或如林同济所说："日暖南山石，却不暖此心也。"（《李长吉歌诗研究》）

全诗写诗人客游他乡，思念故里，这是读者所共感的。曾益云："作客忆家，故心衔悲。'满千里'，无地不悲。'南山'，昌谷南山。'日暖'，言闲忆之也。'不谒承明'，未得近侍。'平原客'，徒老于公卿门。'四时别庙'，谓失祀。'三年'，离家久。'弹铗'，缘歌，亦缘作客，屡无食无舆也。'裂帛'，作书归询家人而已。"（《昌谷集》）姚文燮云："失意浪游，离家久客，时裂帛系书以寄乡信也。"（《昌谷集注》）

在思乡之外，诗中流露出的同样浓重的情绪，是仕途上的失意落魄之感，"四时"与"三年"二句，既是强调"客游"，更是以时间与空间的拖延来抒发自身的"一事无成"之叹。若联系诗人在此时的病体以及前程无望的寓居状况，便更能体会诗人思乡意绪的内里，是更为难耐的生命价值感缺失的沮丧。

崇义里滞雨[①]

落莫谁家子，来感长安秋。
壮年抱羁恨，梦泣生白头。
瘦马秣败草，雨沫飘寒沟。
南宫古帘暗[②]，湿景传签筹[③]。
家山远千里，云脚天东头。
忧眠枕剑匣，客帐梦封侯[④]。

【注释】

① 崇义里：据宋敏求《长安志》、徐松《唐两京城坊考》，长安城内朱雀大街东第二街有九坊，崇义里乃其一。

② 南宫：此指唐人通称的尚书省。唐尚书省在朱雀门北正街之东，礼部附尚书省，内有南院即礼部贡院，故也得南宫之称。卢纶诗云："南宫树色晓森森。"（《酬金部王郎中省中春日见寄》）

③"湿景"句：湿景，雨天。签筹，指古代漏壶中供报时用的铜筹或竹筹，上标明刻度，筹随漏水上浮，以此计时、报时。

④ 客帐：他乡的居处，这里指崇义里。

【评析】

此诗是李贺为奉礼郎期间所作。

连绵多日的雨，使诗人沉浸在长安浓重的秋意里。诗人凝视着周边的环境，遥望着远处的南宫，回味着长出白发的梦，联想身世与日益暗淡的未来，胸中满是忧郁。整首诗都弥漫着低沉的压抑感，遍布“恨”“泣”“瘦”“败”“寒”“暗”“湿”“忧”等给人带来低沉感受的字眼，而这些字眼全都呼应着诗题中的一个“滞”字，仿佛滞住的不只是连日的秋雨，还有诗人停滞不前的、将要无望的人生。

语言方面，诗中每一句都不可或缺地为诗人幽暗的心绪加上更浓重的一笔。一句“壮年抱羁恨”点明抒发的主题，“瘦马”“雨沫”两句极尽破败萧寒之意，漂浮寒沟的雨沫仿佛成为社会“零余人”的象征，让人怀疑是否为诗人的自我投射。“家山远千里，云脚天东头”两句进一步渲染飘零无依之感，而末句的封侯之梦，没有丝毫的振奋之意，只令人读到无望的悲伤。

又有论者谓诗中有喻意。王琦曰：“疑所谓‘南宫古帘暗’，是隐喻有司之不明；‘湿景传签筹’，是隐喻有司之去取不能无误。盖签筹者，报时辰之筹，雨中无日景可验，所报之筹安得无差误耶？”（《李长吉歌诗汇解》）吴企明评道：“笔触细致的景物描写，紧紧扣住‘滞雨’的题意行笔，既能表现诗人贫困、飘零的景况，又能暗喻吏部官员的昏庸，着墨不多，而意境融沏。”（《李贺集》）隐喻、暗喻之说，逻辑上无可厚非，但细味此诗，实属触景兴发、情景熔融之作，不必多虑其“喻”意。

论者多感诗中之落寞意绪，姚文燮云：“客馆悲凉，雨声滴沥。幽愁壮志，旅魂时惊。云蔽宫帘，更筹声细。家山遥隔天涯，毋亦求遂封侯之愿耶？究之忧眠枕剑匣，客帐徒作封侯之梦耳！”（《昌谷集注》）董伯音云：“长吉但知梦里封侯，尚未知封侯是梦。”（陈本礼《协律钩玄》引）曾益解曰：“‘落莫’，贺自诧。‘感长安秋’，即崇义里滞雨；‘抱羁恨’，即感长安秋。感秋故‘梦泣’，而头白瘦败，正落莫处。雨沫飘沟，滞雨也。……滞雨怀忧，枕剑而眠。而封侯之事，见之梦中，感可知已。”（《昌谷集》）叶葱奇评曰：“结处‘忧

眠枕剑’‘客梦封侯’是从上面的‘壮年抱羁恨’‘南宫古帘暗’而来，是牢骚至极的愤语。”（《李贺诗集疏注》）

诗的语言运用和艺术表现力也颇为人赞赏。诗的前两句，貌似平白，其实颇值得含味。陈二如云：“一‘来’字妙极，本是自悔其来。”（姚文燮《昌谷集注》引）叶葱奇道：“首句用‘谁家子’，仿佛自问，极愤郁之致。”（《李贺诗集疏注》）《李长吉诗集》说：“通首抑扬，首二句是‘狮子滚珠法’。不感别处秋，来感长安秋，真令人心死。”

至如“雨沫飘寒沟”一句，“系写诗人寓址近旁的滞雨景象，即在一个极有限的狭小空间内，生动地展现出雨点叩击沟水而引发的一连串细微变化，其笔触之精致绵密直可谓纤毫无遗。”（陈允吉等《李贺诗选评》）若将“雨沫”一句联系“荒沟古水光如刀，庭南拱柳生蛴螬”（《勉爱行二首送小季之庐山》其二）的描写，读者便足以想象李贺在长安居住环境的厄塞了。

赠陈商[①]

长安有男儿，二十心已朽。
楞伽堆案前[②]，楚辞系肘后。
人生有穷拙，日暮聊饮酒。
只今道已塞，何必须白首？
凄凄陈述圣，披褐鉏俎豆[③]。
学为尧舜文[④]，时人责衰偶[⑤]。
柴门车辙冻，日下榆影瘦。

黄昏访我来，苦节青阳皱[6]。
太华五千仞[7]，劈地抽森秀。
旁苦无寸寻，一上戛牛斗[8]。
公卿纵不怜，宁能锁吾口？
李生师太华，大坐看白昼。
逢霜作朴樕[9]，得气为春柳。
礼节乃相去，憔悴如刍狗[10]。
风雪直斋坛，墨组贯铜绶[11]。
臣妾气态间，唯欲承箕帚。
天眼何时开，古剑庸一吼[12]。

【注释】

①陈商：字述圣，安徽当涂人，陈皇室后裔，元和九年（814）登进士第。李贺好友。

②楞伽（léng qié）：指《楞伽经》，为中土很流行的一部晚出大乘经典，前后经过四译。

③“披褐”句：披褐，身着粗布衣。俎（zū）俎豆，行祭祀之礼。俎豆，两种置放祭品的器皿。

④尧舜文：以《尚书》中的《尧典》《舜典》为代表的高深古奥的文体，即上古时期语言简朴、奇句单行的古文，与唐代流行的骈俪之文相对。

⑤“时人”句：时人责，时人崇尚骈文，陈商所重之古文恰是时之所轻。衰偶，衰于偶合、不合时宜之意。

⑥“苦节”句：苦节，固守节操。青阳，借指春季。《尔雅·释天》：“春为青阳。”郭璞注：“气青而温阳。”皱，春气郁而不畅。

⑦太华：指华山。

⑧“一上”句：戛（jiá），拂，凌。牛斗，指二十八星宿中的牛宿和斗宿。

⑨朴樕（sù）：丛木，小树。

⑩刍狗：用草扎成的狗，供祭祀时使用。《庄子·天运》：“夫刍狗之未陈也，盛以箧衍，巾以文绣，尸祝斋戒以将之。及其已陈也，行者践其首脊，苏者取而爨之而已。”

⑪“墨组”句：墨组，黑色的丝带。铜绶，铜制的印绶。汉代官制：秩比六百石以上，皆铜印黑绶。唐制：奉礼郎官从九品，官卑，无印绶可佩。墨组铜绶，乃借古制而言。

⑫“古剑”句：据《殷芸小说》，王子乔墓在京陵，战国时人有盗发之者，睹无所见，唯有一剑停在室中，欲进取之，剑作龙鸣虎吼，遂不敢近，俄而径飞上天。《神仙经》云：“真人去世，而多以剑代其形。”

【评析】

此诗疑于元和六年（811）作，时李贺初官奉礼郎。

题为赠友，而起八句与“李生”句以下皆作者自道，“此诗连己起，连己结，与述圣相发挥，赠同气人如此体，极省力得法。”（阙名《李长吉诗集》）

陈弘治道：“诗意一以赞陈商之孤高，一以叙己身之不遇。”（《李长吉歌诗校释》）罗秉恕则认为“李贺在这首诗中称道陈商为一个儒者品格的模范，从而更加突出了自己颓靡的形象”（《楚辞的启示——略述李贺诗歌创作的“巫”心态》）。

李贺之所以视陈商为“同气人”，并借为好友发言而自抒其愤，是因为二人有着“不得于时”的共同遭遇。韩愈《答陈商书》有云：“辱惠书，语高而旨深，三四读尚不能通晓。”可见陈商作文高古，不易为时人所认可。仔细梳理文字，会发现，满篇皆是不得时之叹，“穷拙”与“道已塞”是暗喻不得时，“时人责”是直言不得时，憔悴的“刍狗”更是诗人在奉礼郎的职任上感触颇深的“为时所弃”的典型象征物。“逢霜作朴樕，得气为春柳”二句又何尝不是在说人生的穷达与得失？类似于孟郊诗所言：“天地唯一气，用之自偏颇。忧人成苦吟，达士为高歌。”（《送别崔寅亮下第》）

简言之，李贺因好友不为时人所重而为之抱不平，事实上亦为自己的“不遇”而发愤。姚文燮对此诗的诠解十分中肯：“贺现奉礼官卑不迁。因自叙年少沮废，皆以不效时趋，为世所摈。即今道塞，白首可知。乃商学成不仕，孤处寡谐，惟故人如李生在所不弃。苦节自矢，虽春姿亦为之枯槁也。以商岩岩屹立，骨气干宵，如太华高峙，故致朝贵不为奖掖，然亦安能禁我之不言？我窃师其为人，是以静坐观空，不事营逐。究竟逢霜为朴樕之凋，得气仅春柳之茂。而又礼节不到，憔悴无异刍狗。当此风雪斋坛，墨组铜绶，身奉箕帚，盖已极俯仰之苦矣。然则天眼何时为李生而开，古剑亦孰肯为李生而吼哉？贺盖欲师陈商，并奉礼而去之也。”（《昌谷集注》）

对于不为时所重的遭遇，李贺所感受到的挫败的强度是异常之高的，以至于道出“心已朽”的颓废之言，“人生二十如朝日初升，岂诸凡冰炭之时耶！着‘心已朽’三字，岂不可叹？”（阙名《李长吉诗集》）而这样的年少颓丧之感，在李贺科举受挫之后便屡屡书写在诗中，如“我当二十不得意，一心愁谢如枯兰。衣如飞鹑马如狗，临岐击剑生铜吼。”（《开愁歌》）与《开愁歌》一样，在此诗中，颓朽的心也与一个“吼”字相联结。《李贺诗选评》说：“诗歌于此抑郁已极，情感积势既久，遂尔逼出‘天眼何时开，古剑庸一吼’两句。穷极呼天，乃人之常情；古剑自喻，透露了诗人的自信。二者并列凸显的是理想与现实之间的巨大反差。如是，两句十字就只剩下一个‘吼’字来宣泄内心的郁积，这好比是地下翻滚的岩浆仅以狭小的罅隙喷吐，其势汹涌难以言表，读此精神为之感奋。”由李贺反复使用的“吼”字，可读出他胸中长久淤积的压抑至深的能量。诚如林同济所言：“长吉呕心处，往往在结句。”（《李长吉歌诗研究》）

关于此诗的整体语言风格，论家所持不一。方世举认为是“集中最平易调达者，然犹是昌黎之平易调达”（《李长吉诗集批注》）。贺裳则云：“李贺骨劲而神秀，在中唐最高浑有气格，奇不入诞，丽不入纤。……《赠陈商》曰：‘太华五千仞，劈地抽森秀。’此即可以评贺诗。”（《载酒园诗话又编》）陈允吉认为：“此诗笔意朴直古拙，语调遒劲清刚，在平易的外观下隐藏着作者的愤激之情，如用李肇《国史补》提出的观点来透视，正是中唐时代‘学矫激于孟郊’的一首典型诗作。”（《李贺诗选评》）

在具体语句的理解上存在歧义的，主要在“责衰偶”和“李生师太华，大坐看白昼”二处：

徐渭理解“衰偶”为“时人责其衰与偶，犹言论长短利钝也。下文‘逢霜’句是衰，‘得气’句是偶，太华之山乃物之殊，赋则然耳，有何定准，而时人苦责之耶？此是贺‘师太华’意。”（《唐李长吉诗集》卷三）曾益则曰：“责其文衰，无对偶也。”（《昌谷集》）后一种解释更贴合作者意。

“师太华”二句应作何理解？曾益云：“看白昼，随时也。穷达随时，故逢霜则为朴樕，而得气则为春柳。”（《昌谷集》）王琦云：“师太华者，以陈商为师法，亦欲立品如太华之高，不肯奔走于富贵之门，长坐而过白日，了无一事。”（《李长吉歌诗汇解》）姚文燮则将“大坐看白昼”理解为“静坐观空，不事营逐”（《昌谷集注》）。

长吉诗中如此不可确解之句多矣，读者自可涵味。

题赵生壁

大妇燃竹根，中妇舂玉屑[①]。
冬暖拾松枝，日烟坐蒙灭[②]。
木藓青桐老[③]，石井水声发。
曝背卧东亭，桃花满肌骨。

【注释】

① 玉屑：此指细白的米粉。

② 蒙灭：犹朦胧，若有若无的样子。

③ 木藓：树皮上生的苔藓。

【评析】

这是长吉笔下难得的一首布满温暖意象的小诗。点燃的干燥竹根、取暖的松枝、冬日的暖阳、蒙灭的烟火、晒热的脊背，所有这些热度聚集起来，仿佛驱走了诗人身心中所有的寒意。

为何会有此诗呢？董伯音云："赵生出外，长吉访之，见其妻妾之勤，故戏题其壁，然亦见山居林栖之乐矣。"（陈本礼《协律钩玄》引）姚文燮云："妻妾偕隐，笑傲林泉，赵生乐复不减，自足动才人之艳慕也。"（《昌谷集注》）刘衍道："赵生于家人劳作繁忙时，能忙中偷闲，并在古木流水之境，'曝背'而卧，实为善颐养者。贺戏作诗而题其壁，盖苦中作乐也。"（《李贺诗校笺证异》）

关于此诗意旨，或云："然竹根以供炊，舂玉屑为饫，此家人之可乐。拾松枝以续薪之不足，冬暖时寒而气和，故日与烟互蒙而互灭，此天时之可乐。木有桐而藓生则老，溪有泉而石击则声发，此林泉之可乐。……总之，题赵生家居之乐也。”（曾益《昌谷集》）或云：“语有清福。题壁如此，必皆实景，变化得不俗。此是长吉语意，托之赵生耳。”（吴正子、刘辰翁《笺注评点李长吉歌诗》）不论是真实记录赵生的生活，还是书写诗人自身的想象，总之是“写山人幽致”（阙名《李长吉诗集》）。可对比王安石的《书湖阴先生壁》二首：

茅檐长扫净无苔，花木成畦手自栽。
一水护田将绿绕，两山排闼送青来。

桑条索漠楝花繁，风敛余香暗度垣。
黄鸟数声残午梦，尚疑身属半山园。

王诗亦是书写田园景致，暗含一种自在安宁的生活。相比之下，贺诗则更有人间烟火气，更突出景中之“人”。

措语方面，最后一句“桃花满肌骨”绝妙，形象地写出被太阳暖透脸颊、暖遍周身的感受和样态，仿佛暖春里艳丽的桃花绽放在身体里，一张容光焕发、笑眼迷离的面庞如在眼前。

方世举将这句与邵康节的“三十六宫都是春”之句作比较，说“与此结语义同，而词人与道学措语各别，一阔大，一风韵”（《李长吉诗集批注》），甚是。

关于诗的前两句，朱潮远云：“古诗《相逢行》《长安有狭邪》必先述三子，次述三妇，今截作两句，颇矫矫笃实，文之贵剥换也。”（《昌谷集句解定本》引）王琦提出不同意见说：“赵生盖隐居自乐者也。所谓大妇中妇，实指其家人而言。与乐府（即《相逢行》，见《乐府诗集》）所称‘大妇织罗绮，中妇织流黄。小妇无所作，携琴上高堂’云云，迥然不同。旧注引以作证，而或且美其能截作两句，为诗家剥换法，皆非是。”（《李长吉歌诗汇解》）这个问题并不重要，读者最应去体会的，是诗人一反常态的对“暖”的大力书写，及其中所暗含的某种理想。

后园凿井歌

井上辘轳床上转①，
水声繁，弦声浅②。
情若何，荀奉倩③。
城头日，长向城头住。
一日作千年，不须流下去。

【注释】

① 床：此处指井上安装辘轳的木架。

② 弦：指汲水的长绳。

③ 荀奉倩：荀粲，三国魏人，娶骠骑将军曹洪女为妻，妻极美，专房欢宴。后妇病亡，不胜悲痛，岁余亦亡，年仅二十九。事见《三国志·魏书·荀彧传》及《世说新语·惑溺》。

【评析】

此诗本于《晋书·乐志下》所载《拂舞歌诗·淮南王篇》：“淮南王，自言尊，百尺高楼与天连。后园凿井银作床，金瓶素绠汲寒浆。汲寒浆，饮少年。少年窈窕何能贤，扬声悲歌音绝天。我欲渡河河无梁，愿作双黄鹄，还故乡。还故乡，入故里，徘徊故乡，苦身不已。繁舞奇歌无不泰，徘徊桑梓游天外。”原诗述游子思乡之情，情辞悲

苦，李贺此诗变其调与意，诗旨如王琦所言：“盖为夫妇之相爱好者，思得长相依也。”（《李长吉歌诗汇解》）

其中“一日作千年，不须流下去”，是长吉笔下大量书写时间的惊人语中，令人印象深刻者，不过此诗的核心不单是时间，而是情与时间。“一日作千年”是喻恩爱的人可以长守不散。

这“情与时间”的主题打动了不少论者，曾益云：“此为情深者作。辘轳藉以汲水，转无已也。声繁则不竭，弦浅则水深。水深不竭，犹人情深无已。深情若何？若荀氏奉倩。‘城头日’，初日。唯其下而不已，故人老而情尽，言焉得长住城头，俾一日为千年之计，不少下乎！独奈何情无已而日易尽也。”（《昌谷集》）黎简云：“汲井以起兴，情如绠与水耳。以下只言情便好。”（《黎二樵批点黄陶庵评本李长吉集》）王夫之甚至猜测此诗为悼亡之作，“悼亡诗，托词不觉。乃于意隐者，于言必显，如此方不入魔。悲婉能下石人之泪，但一情径去，无待记忆商量，斯以非俗眼之滂沱。”（《唐诗评选》）王氏推测虽少根据，却可资参考。

也有不同意见者，如吴正子云：“此篇叹流光迅速，愿日景长住，使寿命延，此情相与终始也。”（《笺注评点李长吉歌诗》）此说亦可通。姚文燮云：“此叹士人沉沦，必赖在上者有以引汲之也。”（《昌谷集注》）执迷于索隐求义，离题已远。刘衍说：“贺诗云，昌谷北园有‘家泉石井’，此诗当为见物生情，于新婚之后，入京应试之前作。”（《李贺诗校笺证异》）判断似欠准确。

关于此诗的创作风格，或云：“此首真将乐府作法和盘托出。”（阙名《李长吉诗集》）其所谓“乐府作法”，应类似刘辰翁所云：“极似古意。凿井浅事，独因辘轳涉及情事，颇欲系日，如此往来，既托之谣体，长吉短语，自不必一一可晓。”（《笺注评点李长吉歌诗》）叶葱奇亦谓此诗：“含义浓缛，而句法、音响却是拟古歌谣的，很饶古

朴之致。”（《李贺诗集疏注》）

开愁歌华下作①

秋风吹地百草干，华容碧影生晚寒②。
我当二十不得意，一心愁谢如枯兰。
衣如飞鹑马如狗③，临岐击剑生铜吼。
旗亭下马解秋衣④，请贳宜阳一壶酒⑤。
壶中唤天云不开，白昼万里闲凄迷。
主人劝我养心骨，莫受俗物相填豗⑥。

【注释】

① 开愁：消解愁闷。华下：华山脚下。唐人习称华山脚下、华阴县附近地区为“华下”。

② 碧影：山岩之影。

③“衣如”句：飞鹑（chún），形容衣衫褴褛。马如狗，形容马极瘦小。

④ 旗亭：此指酒肆。

⑤“请贳”句：贳（shì），赊。宜阳，诗人以故乡自称。

⑥ 填豗（huī）：指俗物填塞，扰乱冲击于胸。

【评析】

由“我当二十不得意”一句，可知此诗创作于元和五年（810）李贺在长安应试遭挫之后。诗人从长安回昌谷，必经华山。于是在华山之下的酒肆解衣赊酒之时，写下这“壶中唤天”之作。

"壶中"是中国古代文学中一个蕴涵丰富的典故。关于"壶中"的故事主要有二：其一,《后汉书·方术列传·费长房》云："市中有老翁卖药，悬一壶于肆头，及市罢，辄跳入壶中。市人莫之见，唯长房于楼上睹之，异焉，因往再拜奉酒脯。"其二,《云笈七签》引《云台治中录》："施存，鲁人，夫子弟子，学大丹之道三百年，十炼不成，唯得变化之术。……常悬一壶，如五升器大，变化为天地，中有日月如世间。夜宿其内，自号壶天，人谓曰'壶公'。"两则故事虽主人公不同，但内容近似。后人便以"壶中天地"喻指道家所谓的仙境，唐代诗人多取其隐逸、幽栖的意味，李白有"蹉跎人间世，寥落壶中天"（《赠饶阳张司户燧》），李端有"壶中开白日，雾里卷朱旗"（《游终南山因寄苏奉礼士尊师苗员外》），元稹有"壶中天地乾坤外，梦里身名旦暮间"（《幽栖》），王起有"壶中世界青天近，洞里烟霞白日闲"（《赠毛仙翁》）。如此等等，不一而足。

李贺诗中的"壶中"，却似与仙境和隐逸无关。王琦以为此处"壶中"是醉中之意，云："醉后叫天，天亦不知。浮云蔽塞，白昼凄迷。当此不堪为怀之际，赖有主人相劝，养此心骨，待时而行，莫为俗物填塞其中，先自失其本体也。'壶中'即醉中之意。"（《李长吉歌诗汇解》）如此理解，"壶中"一句便与前句的"一壶酒"形成"蝉联"结构。

事实上，"壶中"除了点出诗人醉酒的状态，同时也传达出诗人内心局促、愁闷之感，诗人感到天地虽阔，而自身仿佛囚于一壶之中，头顶的愁云不开，以至于万里白昼都是迷茫不清的。近似李白"大道如青天，我独不得出"的慨叹。

姚文燮解诗意云："当秋凋折，芳色易摧。年少羁迟，不禁慷慨悲壮。究竟天高难问，惟逆旅主人来相慰勉耳。"（《昌谷集注》）曾益云："'秋风'以下言秋至物衰，容华易老。'我当'以下，言当年少穷愁，而剑为之不平。‘旗亭’以下，言解衣贳酒，而天日为之溟漠。‘主人’以下，主唯藉酒开愁以养我心骨，毋令俗物相凌。”（《昌谷集》）

语言架构方面，刘衍说此诗“用典巧妙，眉疏目爽，堪称佳构。惟‘填猃’一词，少嫌晦涩”（《李贺诗校笺证异》）。“佳构”不错，但“眉疏目爽”一词似乎不合全诗所呈现的神态。

全诗紧扣一个“愁”字展开，首二句写秋风与晚寒的时景，中间六句（“我当”至“一壶酒”）是诗人的自我形象，可以“少年穷愁”四字概括，即便有“击剑”“铜吼”的力量呈现，也只是精神郁闷的一种语言发泄。接着“壶中”“白昼”两句是人凄迷情绪的具象化描述。而全诗唯一能与“愁”绪的消极力量对抗的就是最后主人的两句劝慰之言了。且不说主人的话能否真正开解诗人愁闷，此诗的结构布排确乎是清晰顺朗的。

秦宫诗并序[①]

汉秦宫，将军梁冀之嬖奴也。秦宫得宠内舍，故以骄名大噪于人。予抚旧而作长辞[②]，辞以冯子都之事相为对望[③]，又云昔有之诗[④]。

越罗衫袂迎春风，玉刻麒麟腰带红。
楼头曲宴仙人语[⑤]，帐底吹笙香雾浓。
人间酒暖春茫茫，花枝入帘白日长。
飞窗复道传筹饮[⑥]，十夜铜盘腻烛黄[⑦]。
秃衿小袖调鹦鹉[⑧]，紫绣麻鞮踏哮虎[⑨]。

斫桂烧金待晓筵[10]，白鹿清酥夜半煮[11]。
桐英永巷骑新马[12]，内屋深屏生色画[13]。
开门烂用水衡钱[14]，卷起黄河向身泻[15]。
皇天厄运犹曾裂[16]，秦宫一生花底活。
鸾篦夺得不还人[17]，醉睡氍毹满堂月[18]。

【注释】

①秦宫：《后汉书·梁冀传》："冀爱监奴秦宫，官至太仓令，得出入（冀妻孙）寿所。寿见宫，辄屏御者，托以言事，因与私焉。宫内外兼宠，威权大震，刺史、二千石皆谒辞之。"贺诗本此。

②抚旧：感旧，怀旧。

③冯子都之事：《汉书·霍光传》："初，光爱幸监奴冯子都，常与计事。及（光妻）显寡居，与子都乱。"对望，对比。

④昔有之诗：指辛延年乐府《羽林郎》咏冯子都之事。

⑤"楼头"句：曲宴，指宫中私宴。仙人语，谓宫中妃嫔云集，盈盈笑语，远远望之，疑以为仙。

⑥"飞窗"句：飞窗，高楼的窗户。复道，楼阁间的上下两重通道而有架空者，《史记·秦始皇本纪》："殿屋复道，周阁相属。"传筹，筹为计数之物，此指传递酒筹。

⑦十夜：指日夜相继，沉湎其中。

⑧"秃衿"句：秃衿，没有交衽的衣服。小袖，紧袖衣服，都是宫监的穿着。调，训练。

⑨"紫绣"句：麻鞋（xiá），一种麻制便鞋。踏哮虎，穿着饰有虎头图案的麻鞋。

⑩斫桂烧金：斫桂为薪，以金作釜。

⑪"白鹿"句：白鹿，指不易得之物。任昉《述异记》："鹿千年化

为苍，又五百年化为白。”清酥，牛羊乳制品。

⑫ 永巷：宫中长巷。《汉书·霍光传》：“辇阁通属永巷，而幽良人婢妾守之。”

⑬ 生色画：栩栩如生的彩色画。

⑭ “开门”句：烂用，即滥用。水衡钱，汉宫内水衡府所藏钱币，乃天子私钱。《汉书·宣帝纪》：“以水衡钱为平陵徙民起第宅。”应劭注：“水衡，天子私藏也。”

⑮ 卷起黄河：喻用之无度。

⑯ 皇天厄运：谓天交厄运。

⑰ 鸾篦（bì）：刻有鸾凤图案的篦子。

⑱ 氍毹（qú shū）：毛纺或毛麻混纺的毡毯。

【评析】

此诗讽意卓然，形容精彩，可与《荣华乐》参看。至于讽刺的具体指向，论者意见不一。

董伯音云：“宫官至太仓令，出入（梁）冀妻孙寿所，宫因私焉。内外兼宠，威权大振。长吉盖借以刺安禄山出入贵妃宫中事，观其自序，云‘汉人’，云‘抚旧’，云‘昔有’，讳愈深而指益见矣。其曰‘玉麟腰带’，曰‘复道’‘永巷’‘水衡’，皆隐指宫闱也。”（陈本礼《协律钩玄》引）

姚文燮云：“此借以丑武、韦及杨氏辈也。贺谓汉世子都、秦宫之事，相为对望。不知唐世如梁、霍事，所在接踵，况更有上焉者乎？以监奴而冶妆丽服，更窃朝廷名器。玉麟红鞓，诸王所服，竟尔侈僭若此。‘楼头’‘帐底’，肆行淫荡。‘春茫茫’，沉湎至浓极也。‘花枝’喻宫也。‘白日长’，不待卜夜也。别馆传觞，夜以继日；亵衣妖服，倚翠偎红；巧语柔声，互相调笑；奇珍异馔，不辨昏朝。‘新马’，乃所赐之马也。‘内屋深屏’，冶容相映也。‘水衡钱’本人主之私帑，而为冀所擅，兹冀又为宫擅矣。妄行权势，惊涛骇浪，总由己意。夫以皇天犹有厄运，何宫见怜于美女而恣行一生乎？骄淫嬉戏，凡寿之左右无不狂纵，故常夺篦不还也。酣极高眠，清辉皎洁，而宫与寿总无所忌，异哉！”（《昌谷集注》）

至于此诗的遣词措语，前人大加评赏。

刘辰翁曰：“钩深索隐，如梦如画。极言梁氏连夜盛宴，而秦宫得志可见。至‘调鹦鹉’‘夜半煮’，无不可道。故知作者妙于形容，末更奴态，人所不能尽喻。赋秦宫似秦宫，何多才也。”（吴正子、刘辰翁《笺注评点李长吉歌诗》）

姚佺云：“秦宫之事，乌天黑地之事，其诗亦做得乌天黑地。”（《昌谷集句解定本》）

王夫之谓：“亦刺当时之事，如少陵之《丽人行》，主名必立。‘开门烂用’四句，只自夹带出来，又以二艳细语结，如此生者乃可与微言。‘铜盘腻烛黄’，写烛泪，好。”（《唐诗评选》）

董懋策云：“写秦宫之丑，隐而不俗，所以为绝构。”（《唐李长吉诗集》）

也有不同意见者，如方世举道：“此诗人推绝构，非也。长吉高处，往往有得之于天而非人事之所有者。佛家所谓‘教外别传’，又所谓‘别峰相见’者也。虽不及李、杜大宗，而大宗亦或不得而及之，此天也。玉楼之召虽幻，而作记者自只此人。杜牧之极赞杜诗韩笔，然满胸人事，即近嗜欲。嗜欲深者天机浅，上清能不选此人耶？此诗虽工，却皆言人事之所可揣，语虽工，弗善也。若只以善写人事为工，则杜公《丽人行》尚矣，此工不及。”（《李长吉诗集批注》）另有胡应麟道：“长吉《浩歌》《秦宫》，仿太白而过于深。”（《诗薮·内编》）

诗的末二句，李贺极尽形象化之能事。刘辰翁评之为“妙思”（《笺注评点李长吉歌诗》）。方世举评曰：“以上已极写其宠，然犹泛泛。二句又足其娇，夺至于篦，睡至于堂，可想见矣。末二语乃略略点明，而终不入于秽恶。”（《李长吉诗集批注》）

杨生青花紫石砚歌①

端州石工巧如神②，踏天磨刀割紫云。
佣刓抱水含满唇③，暗洒苌弘冷血痕④。
纱帷昼暖墨花春，轻沤漂沫松麝薰⑤。
干腻薄重立脚匀，数寸光秋无日昏⑥。
圆毫促点声静新⑦，孔砚宽硕何足云⑧！

【注释】

①紫石砚：唐岭南道端州（今广东肇庆）出产的石砚，天下闻名。端砚以紫色者尤为世所重，唐李肇《国史补》云：“端溪紫石砚，天下无贵贱通用之。”青花，即砚上的“鸲鹆眼”。

②“端州”句：《端溪砚谱》载，端州高要郡（今广东高要）东有砚岩，分上中下三岩，另山顶有龙岩，石质最适宜做砚，即唐取砚之所。山顶所出石青紫光润，如猪肝色，做砚尤佳。

③“佣刓”句：佣，截齐。刓（wán），磨去棱角。“佣刓”合指刻削琢磨。含满唇，在砚台上雕凿出浅池，注水其中。唇，砚唇，盛水处。

④苌弘冷血痕：《庄子·外物》：“苌弘死于蜀，藏其血三年而化为碧。”这里指砚中泛出青碧的花。

⑤“轻沤”句：沤（ōu）、沫，细小的水泡。松麝薰，以松烟麝香

熏过的古墨。

⑥“数寸”句：数寸，言砚体不大。李之彦《砚谱》云“惟斧柯出山者，大不过三四指”，正合“数寸”。光秋，别本作“秋光”。王琦注谓：“数寸中光色皎洁如秋阳之镜，白无纤毫昏翳，言其发墨也。”（《李长吉歌诗汇解》）

⑦“圆毫”句：圆毫，毛笔。声静新，以笔蘸试，声音细静，不伤毫颖，这是赞美石质细致。

⑧“孔砚”句：孔砚，孔子生前用过的砚，事见《太平御览》：“夫子床前有石砚一枚，作甚古朴，盖孔子平生时物也。”宽硕，宽大，与前“数寸”相对。

【评析】

李贺长于咏物，这首摹写石砚的长诗创作得虚实相生，贴切入微而又不乏夸张，写尽人工与造化之相得，委实是难以超越的咏物佳作。

创作与品评此诗皆需对砚有所了解，正如陈迩冬所言：“若非谙熟砚中三昧，绝难有此酣畅淋漓、妥切中肯之歌。”（《唐诗鉴赏辞典》）

洪亭玉云：“纸，麻楮藤竹，随地产可制。墨得一，可以了一岁，惟砚得一，遂可以了一生，此诗最为识古。”（《昌谷集句解定本》卷首）

丘象随云：“唐林夫丹石砚，粲然如芙蓉出水，杀墨宜笔，天下砚不如兹石。长吉一诗，止状得杀墨宜笔四字，而此砚遂传千古。”（《昌谷集句解定本》）

前人常将此诗与杜甫《平石砚歌》相比较，方世举云：“前四句曲尽石之开坑，中四句曲尽石之发墨，后二句又曲尽其不退笔，品砚至矣。端石之青花，唐时已重之，较老杜《平侍御石砚》诗，此中曲细为杜所不屑，亦杜所不能。李长吉之长，真能状难写之景如在目前。”（《李长吉诗集批注》）董伯音云：“读此歌，知长吉体物精深，非奚囊中所可拾得者。诸砚谱皆不及，即少陵《平石砚歌》亦但得其肤革，未臻神理，以方此作，犹尹之视邢矣。”（陈本礼《协律钩玄》引）众论者皆将此诗奉为砚诗中不可超越者。

由此诗可知，李贺是一位爱砚和知砚者，并为眼前这一台心爱之砚，精心地遣词设喻，曲尽形容之能事。“通篇写砚：砚质，砚色，砚型，砚体，砚品，砚德。……全诗一句接一句，一路不停，络绎而下，如垂缨络，字句精练，语言跳跃，无一费辞，无一涩笔。”（《唐诗鉴赏辞典》陈迩冬评）据《端溪砚史》云，上品端砚“体重而轻，质刚而柔，摩之寂寂无纤响，按之若小儿肌肤温软，嫩而多滑，秀而多姿。握之稍久，掌中水滋，盖《笔阵图》所谓‘浮津耀墨，无价之奇材’者也”。李贺此诗可谓将端砚的傲人品质写到了极致。

诗人先着眼石砚的整体，加入想象言其制作过程的宏奇。接下来全为写细处，入于精微。曾益云：“干、腻、薄、重，以石贵润坚，犹云不干、不腻、不薄、不重，以四者之病考之，皆无，即下云‘立脚匀’。”（《昌谷集》）末句使用侧面烘托法，以孔砚做对比。“上九句皆咏端溪取石制石之妙，及石色之艳，石质之润，置之书帷中，笔墨无不相宜。孔砚，孔方平歙砚也。《歙砚铭》云：‘非端溪温润而漪纹，非铜雀摧残而色新。’贺谓不足以当此耳。”（姚文燮《昌谷集注》）王琦认为：“因杨生一砚，而以孔砚为不足云，太无忌惮。”（《李长吉歌诗汇解》）其实，诗人不过是借此“惊人”语，来充分抒发对此砚的爱赞之情罢了。

陈迩冬对此诗的鉴赏兼备专业性与文史涵养，其对“暗洒”一句的解读，移录如下：

“暗洒苌弘冷血痕”，写紫石砚上的青花。唐人吴淑《砚赋》

说："有青点如筋头大，其点如碧玉晶莹。"人们所重，即此紫石中隐含有聚散的青花。《庄子·外物》："苌弘死于蜀，藏其血，三年而化为碧。"这里以"苌弘冷血痕"形容砚上青花。清代朱彝尊云："沉水观之，若有萍藻浮动其中者，是曰青花。"（《曝书亭集》）青花在水中才显出它的美，故前句用"抱水"，此用"暗洒"二字，言"苌弘冷血痕"般的青花。（《唐诗鉴赏辞典》）

陈迩冬还经考证认为，唐代开采青花砚石是在下岩的泉水中，采石工人是在岩穴之下、浸淋之中操作采挖，所以"踏天磨刀割紫云"一句中的"踏天"，不是登高山，而是下洞底，踏的是水中天。此说可通。那么，"踏天"一句既可理解为飞上天际采割紫云，为诗人的一种夸张想象；亦可理解为踏着水面上天空的倒影，为生动的实写。不论哪一种理解，皆包含着浪漫灵动的比喻，皆不失长吉风格。

苦昼短

飞光，飞光，劝尔一杯酒。
吾不识青天高，黄地厚。
惟见月寒日暖，来煎人寿。
食熊则肥，食蛙则瘦。
神君何在①？太一安有②？
天东有若木③，下置衔烛龙④。
吾将斩龙足，嚼龙肉，
使之朝不得回，夜不得伏。

自然老者不死，少者不哭。
何为服黄金、吞白玉？
谁似任公子[⑤]，云中骑碧驴？
刘彻茂陵多滞骨[⑥]，嬴政梓棺费鲍鱼[⑦]。

【注释】

① 神君：上古时人对神灵的一种敬称。

② 太一：神灵中最尊贵者，乃天帝的别名。《史记·孝武本纪》：“（寿宫）神君最贵者太一，其佐曰大禁、司命之属，皆从之。非可得见。”

③ 若木：神话传说中的大木。《山海经·大荒北经》：“大荒之中，有衡石山、九阴山、灰野之山，上有赤树，青叶，赤华，名曰若木。”此处指太阳升起的地方。

④ 烛龙：神话中的龙，口中衔烛，能照亮幽冥无日之国。《楚辞·天问》：“日安不到，烛龙何照？”

⑤ 任公子：《庄子·外物》有任公子钓巨鱼事，然贺诗谓其云中骑驴，显系升仙者，然其事无考。

⑥“刘彻”句：汉武帝姓刘名彻，死葬茂陵。多滞骨，意为刘彻生前痴迷道教求仙之术，但仍留下一堆冢中枯骨。

⑦“嬴政”句：嬴政，秦始皇姓名。梓棺，梓木棺材。《史记·秦始皇本纪》载，秦始皇东巡猝死，随驾群臣恐天下有变，秘不发丧，运灵车至京，百官奏事如故。正逢暑天，尸臭不可闻，乃诏车载鲍鱼一石以乱其臭。意为秦始皇与刘彻一样醉心于方术，妄想长生不老，结果同样老死，无法摆脱自然规律的约束。

【评析】

此诗应作于元和六年至八年任职奉礼郎期间。长吉科举失利返乡后，于第二年赴长安任奉礼郎，两年后因病回昌谷，同年又回到长安复职。其间苦闷且病弱，常常生出对时光飘忽、生命不永的焦虑。诗题应化自《古诗十九首》之十四："生年不满百，常怀千岁忧。昼短苦夜长，何不秉烛游。""苦"有恨意。

诗通篇皆奇。刘辰翁评曰："犹多神俊。"(《笺注评点李长吉歌诗》)周珽评之："错综变化，想奇笔奇，无一字不可夺鬼工。诗意总言光阴易过，人寿难延，世无回天之能，即学仙事属虚无，秦汉之君可征也，人何徒忧生之足云耶！"(《唐诗选脉会通评林》)徐渭云："字字奇。"(《唐李长吉诗集》)钟惺云："放言无理，胸中却有故。'自然'二字，谑得妙甚。"(《唐诗归》)何焯云："奇不减玉川，而峭乃过之。"(陈本礼《协律钩玄》引)

方世举则比较其与前人差异说："学曹操而浅近逊之，学太白而粗直逊之，然亦是一杰作。"(《李长吉诗集批注》)

细细辨来，就中尤以斩龙之语最为奇崛，为了留住光阴，他竟然要斩龙足、嚼龙肉，使太阳朝不得回，夜不得伏，这想象，这笔力，真是奇绝到骇人听闻的地步！所谓"感流年而欲驻急景"(钱锺书《谈艺录》)，正说明长吉对时光久驻的殷切渴望。

曾益云："人之老以日月，故吾令有昼无夜，则无老无少，天地之高厚亦忘，又何服食求仙为？汉武、秦皇亦徒劳耳。"(《昌谷集》)刘学锴评此诗"是在生命无常的强烈苦闷中迸发出不甘受自然摆布，企图掌握自身命运的积极精神和大胆幻想，并进而对服药求仙的愚妄行为进行尖锐的嘲讽，使诗境呈现出《天问》式的异彩。"(《唐诗选注评鉴》)陈允吉说："这首诗里没有狂歌痛饮，没有声色伎乐，有的是白昼永驻的奇思幻想，字里行间透露着理性的绝望。"(《李贺诗选评》)杜国清说，此诗的结语透露出诗人"被时间那显而易见的无情深深触痛"(《李贺》)。

前人多以此诗有讽刺求仙意，如王琦认为“此诗大旨虽以《苦昼短》为名，其意则言仙道渺茫，求之无益而已”（《李长吉歌诗汇解》）。陈沆曰：“指同上篇，皆辟求仙之无益，方术之不足信。谓长吉鬼才无理，太白酒仙无用者，皆仅据其游戏之末，为英雄所欺耳。”（《诗比兴笺》）董伯音则说：“此讽宪宗作。……言日月不驻，长生难期也。”（陈本礼《协律钩玄》引）姚文燮亦谓：“宪宗好神仙，贺作此以讽之。日月递更，老少代谢。即神君太乙，亦未见常存人间。云中仙侣，果丹药可致乎？英武雄伟如汉武、秦皇，犹且不免，而更妄思上升。则君王方求长年，我更忧昼短矣！”（《昌谷集注》）

说它讽刺求仙，容或有之；但若说它讽刺唐宪宗“好神仙”，便发生了与史实的错位。据文献记载，唐宪宗命方士赴台州求长生不老药事发生在元和十三年（818）底（参见《资治通鉴》），而长吉卒于元和十一年（816），也就是说，在长吉死后两年才有了宪宗求药之举，长吉纵使聪慧，也不会料及身后两年的事吧！更何况此诗的创作时间又还要早出很多。

春归昌谷

束发方读书，谋身苦不早。
终军未乘传[①]，颜子鬓先老[②]。
天网信崇大[③]，矫士常慅慅[④]。
逸目骈甘华[⑤]，羁心如荼蓼[⑥]。
旱云二三月，岑岫相颠倒[⑦]。
谁揭赪玉盘[⑧]，东方发红照。

春热张鹤盖[9]，兔目官槐小。
思焦面如病，尝胆肠似绞。
京国心烂漫，夜梦归家少。
发轫东门外，天地皆浩浩。
青树骊山头，花风满秦道。
宫台光错落，装画遍峰峤。
细绿及团红，当路杂啼笑。
香气下高广[10]，鞍马正华耀。
独乘鸡栖车[11]，自觉少风调。
心曲语形影，只身焉足乐。
岂能脱负担，刻鹄曾无兆[12]。
幽幽太华侧，老柏如建纛[13]。
龙皮相排戛，翠羽更荡掉。
驱趋委憔悴，眺览强笑貌。
花蔓阂行辀[14]，縠烟暝深徼[15]。
少健无所就，入门愧家老。
听讲依大树，观书临曲沼。
知非出柙虎，甘作藏雾豹[16]。
韩鸟处矰缴[17]，湘鲦在笼罩[18]。
狭行无廓路，壮士徒轻躁。

【注释】

①“终军”句：据《汉书·终军传》，终军，西汉人，十八入京城求官，拜为谒者给事中，使行郡国。乘传，乘坐传车。传，驿站或驿站的车马。传车即以传马拉的车。先秦汉魏时“传”“驿”差别不明显，都是指驿站、驿马。到了唐代，“传”指以传马拉的车，“驿”则既指驿馆，

又指驿马。这里诗人以终军自比，言未能像他那样得官荣亲。

② 颜子：颜回，《孔子家语》卷九“七十二弟子解”：“颜回，鲁人，字子渊。年二十九而发白，三十一而早死。”

③ 天网：收罗人才的网。崔寔《政论》：“举弥天之网，以罗海内之雄。”

④“矫士”句：矫士，强直之士。慅慅（cǎo），终日劳劳之貌。意谓搜取贤才之网非不高大，但强直之士竟不能为之收用。

⑤“逸目”句：逸目，纵目。骈甘华，陈列甘美华丽之物。

⑥“羁心”句：荼，苦菜。蓼，水蓼。其味都辛苦。

⑦“岑岫”句：岑，小而尖的山。岫，山洞。在此都是比喻云彩的形状。

⑧ 赪（chēng）：红色。

⑨ 鹤盖：车盖。

⑩“香气”句：香气，与下文的“鞍马”皆指游人。高广，地势高远开阔的郊野。

⑪ 鸡栖车：鸡笼似的简陋小车。《后汉书·陈蕃传》：“车如鸡栖马如狗。”

⑫“刻鹄”句：刻鹄（hú），马援《诫兄子书》云：“龙伯高敦厚周慎，口无择言，谦约节俭，廉公有威。吾爱之重之，愿汝曹效之。……效伯高不得，犹为谨敕之士，所谓‘刻鹄不成尚类鹜’者也。”兆，吉。诗人意谓学为谨饬之士而未能。

⑬ 建纛（dào）：竖立的军中大旗。

⑭“花蔓”句：阂，阻碍。行辀，车辕。

⑮“縠烟”句：縠（hú）烟，薄纱一样的雾。徼（jiào），小路。

⑯ 藏雾豹：刘向《列女传》：“南山有玄豹，雾雨七日而不下食者，何也？欲以泽其毛而成文章也，故藏而远害。”

⑰“韩鸟”句：韩鸟，韩地的鸟。矰缴（zēng zhuó），系着丝绳的箭。

⑱ 湘鲦（tiáo）：湘水中的小白鱼。

【评析】

此诗为元和八年（813）春李贺辞官东归昌谷时所作。

前人有李贺易得佳句而不善章法的评说，如马星翼谓长吉诗“篇幅稍长，则词意重复，不可贯注”（《东泉诗话》）。这首长诗却是长吉诗中颇具章法者，论者就此多有评议：

黎简云：“此篇章法甚老。”（《黎二樵批点黄陶庵评本李长吉集》）

方世举云：“此篇章法，似窃法于杜之《北征》大端。‘青树骊山头，花风满秦道。’望华清宫一段作波。‘幽幽太华侧，老柏如建纛。’又望华山柏树一段作波。”（《李长吉诗集批注》）

刘衍道：“此五古，既为李贺二十四年生活经历之总结，亦是诗人思想和创作趋向成熟之标志。处长安三年，贺虽壮志未酬，但见闻日广，思虑渐深，诗的现实内容增强。此诗叙事与抒情结合，章法开合变化，风格沉郁，颇得杜甫《自京赴奉先县咏怀五百字》精髓。”“全诗共三章。先咏怀，次述自京归昌谷所见、所感；后将记叙、议论与抒情结合，回肠荡气，笔圆技熟。”（《李贺诗校笺证异》）

叶葱奇则道：“通篇句法、章法、格调都和韩愈的诗很相近。”（《李贺诗集疏注》）

章法之外，此诗的写景亦可圈点。《雪浪斋日记》云：“《春归昌谷》云：‘旱云二三月，岑岫相颠倒。谁揭赪玉盘，东方发红照。春热张鹤盖，兔目官槐小。’甚奇丽。如少陵未必喜，而昌黎必嗜之也。”（胡仔《苕溪渔隐丛话》引）

尤可品味的还如“青树骊山头，花风满秦道”，“花风”一词糅合了视觉、嗅觉和肌肤的触觉，一个“青”字和一个“满”字写出了诗人在行旅当中感受到的所有“春”意。再如“细绿及团红，当路杂啼笑”两句，以色块与形状来呈现景物的感官形象，又加以肆意的主观移情，令人过目不忘，为印象式的物象描绘。

但是如此挑选篇中写景的佳句来赏读其语言艺术，似乎正应了钱锺书曾说的：“长吉铺陈追琢，景象虽幽，怀抱不深；纷华散藻，易供挦撦。若陶、杜、韩、苏大家，化腐为奇，尽俗能雅，奚奴古锦囊中，固无此等语。蹊径之偏者必狭，斯所以为奇才，亦所以非大才欤？”（《谈艺录》）赏爱长吉之“奇才”者，听此“非大才”之贬，不免微愠，但又不得不承认钱锺书言切其实。

昌谷诗五月二十七日作

昌谷五月稻，细青满平水。
遥峦相压叠，颓绿愁堕地。
光洁无秋思，凉旷吹浮媚[①]。
竹香满凄寂，粉节涂生翠[②]。
草发垂恨鬓，光露泣幽泪。
层围烂洞曲[③]，芳径老红醉。
攒虫锼古柳，蝉子鸣高邃[④]。
大带委黄葛，紫蒲交狭涘[⑤]。
石钱差复藉，厚叶皆蟠腻[⑥]。
汰沙好平白，立马印青字。
晚鳞自遨游，瘦鹄暝单跱。

嘹嘹湿蛄声，咽源惊溅起。
纡缓玉真路，神娥蕙花里[7]。
苔絮萦涧砾，山实垂赪紫[8]。
小柏俨重扇，肥松突丹髓。
鸣流走响韵，垄秋拖光毯[9]。
莺唱闵女歌，瀑悬楚练帔。
风露满笑眼，骈岩杂舒坠。
乱篠迸石岭，细颈喧岛毖[10]。
日脚扫昏翳，新云启华闷[11]。
谧谧厌夏光，商风道清气。
高眠复玉容，烧桂祀天几[12]。
雾衣夜披拂，眠坛梦真粹[13]。
待驾栖鸾老，故宫椒壁圮。
鸿珑数铃响，羁臣发凉思。
阴藤束朱键，龙帐著魈魅[14]。
碧锦帖花柽，香衾事残贵[15]。
歌尘蠹木在，舞彩长云似。
珍壤割绣段，里俗祖风义。
邻凶不相杵，疫病无邪祀。
鲐皮识仁惠，丱角知腼耻[16]。
县省司刑官，户乏诟租吏。
竹薮添堕简，石矶引钩饵。
溪湾转水带，芭蕉倾蜀纸。
岑光晃縠襟，孤景拂繁事。
泉樽陶宰酒，月眉谢郎妓[17]。
丁丁幽钟远，矫矫单飞至。

霞巘殷嵯峨，危溜声争次。
淡蛾流平碧，薄月眇阴悴。
凉光入涧岸，廓尽山中意。
渔童下宵网，霜禽竦烟翅[18]。
潭镜滑蛟涎，浮珠噞鱼戏[19]。
风桐瑶匣瑟，萤星锦城使[20]。
柳缀长缥带，篁掉短笛吹。
石根缘绿藓，芦笋抽丹渍。
漂旋弄天影，古桧拿云臂。
愁月薇帐红，罥云香蔓刺。
芒麦平百井[21]，闲乘列千肆。
刺促成纪人，好学鸱夷子[22]。

【注释】

①浮媚：妩媚。王琦注云："风气凉旷，百物遇其吹动，皆浮媚可观。浮媚，犹妩媚也。"（《李长吉歌诗汇解》）

②"粉节"句：粉节，带白色粉末的竹节。生翠，翠色鲜明。

③"层围"句：层围，层层叠叠的花草。烂，烂漫。

④"攒（cuán）虫"二句：锼（sōu），雕刻。高邃，树木高深之处。

⑤"大带"二句：大带，长而下垂的葛藤。涘（sì），水边。

⑥"石钱"二句：石钱，石上苔藓圆如钱者。蟠（pán）腻，盘结肥大。

⑦"纡缓"二句：玉真路，指通往兰香女神庙之路。神娥，指兰香女神。

⑧"苔絮"二句：苔絮，水中的绿苔。赪（chēng），红色。

⑨"垄秋"句：垄秋，秋稻。穟，同"穗"。

⑩“乱篠”二句：乱篠（xiǎo），杂乱的小竹丛。细颈，代指鸟。毖（bì），泉水流出的样子。意谓山岛之中，有泉水流出，鸟群饮水喧闹其中。

⑪ 华闷：发光的厚云。闷（bì），深。

⑫ 天几：传说兰香神女上天遗几案在此，称天几。

⑬ 梦真粹：梦见神灵降临。

⑭“阴藤”二句：朱键，涂成红色的门键。龙帐，画着龙的御帐。魈（xiāo），山鬼。魅，老精物。

⑮“碧锦”二句：柽（chēng），一种柳，小干弱枝，叶色嫩绿，状如新柏，鲜翠可爱。意谓花木与碧锦相贴。残贵，宫中所遗的尊贵者的灵位。

⑯“鲐皮”二句：鲐（tái）皮，代指老人。丱（guàn）角，代指儿童。靦（miǎn），面惭。

⑰ 谢郎妓：谢安所携之妓。

⑱“霜禽”句：霜禽，鸥鹭等白羽的鸟。烟翅，轻薄的翅膀。

⑲ 噞（yǎn）：鱼口动的样子。

⑳“萤星”句：萤星，流星般的萤火。锦城使，用《华阳国志》所载使客急使蜀中事，形容速度之快。锦城，今成都。

㉑ 平百井：形容面积广阔。井为古代田亩的计量单位。

㉒“刺促”二句：刺促，劳碌匆迫。成纪人，李贺自谓系出陇西成纪。成纪，为西汉所置成纪县治，唐时迁今甘肃省天水市秦安县。鸱（chī）夷子，指范蠡。范蠡是越国的上卿，辅佐越王勾践灭了吴国，后见越王义薄，便乘扁舟遨游五湖，自号“鸱夷子皮”，简称鸱夷子，成为后世文人仰慕的全身远害的典范。

【评析】

此诗为《昌谷集》中少见的长篇，写尽了长吉故乡的历历风物，可与李贺其他昌谷题材诗歌并读。

陈本礼云："此从上章（指《春归昌谷》）'谋身苦不早'句发脉，又撰出此一篇大文字来。"（《协律钩玄》）杨妍道："祀兰香神女一段，说得隐寒可畏，亦绝似皮、陆松陵一派。"（《昌谷集句解定本》引）姚文燮云："此归昌谷山居即事而作也。昌谷与神女山相近。兰香神女上天处，其祠宇在焉。水漾禾青，山稌林绿。淑景和风，中怀容与。翠竿细草，古干落花，柳葛蒲苔，芳菲盈目。"（《昌谷集》）

全篇架构方面，叶葱奇评道："这首随所见景物分加描绘，神女祠、福昌宫、昌谷村野，虽一一划分段落，而所叙景物属杂重复，很欠清整。……和集中其他精心结意的作品相比，确实是较差的一首。"（《李贺诗集疏注》）刘衍道："此诗长达九十八句，一气呵成，其喜悦之情，随处可见。正因诗人展纸挥笔，如行云流水，不及细酌，确有'语义稚拙'处，然因此谓非一时之作，或指责'不应出自才人笔底'，或云所叙景物杂而不整，则似太过。"（《李贺诗校笺证异》）可见，诸家对此诗有着多样的诵读感受。

许学夷从李贺锦囊集诗式的写作方式来分析其诗风的成因，曾说："贺未尝先立题而为诗，每旦出，骑款段马，从小奚奴，背古锦囊，遇有所得，书投囊中，及暮归，足成之，盖出于凑合而非出于自得也。故其诗虽有佳句而气多不贯。"（《诗源辩体》）江弱水则称李贺此种作诗方式为"漫步式的写作"，最后的"足成之"，便是"在凌乱的片段之间设置一定的联系，使散乱的锦囊妙语稍能统一为整体。这种不连贯的观念跳动，经常性的字句空白，正是现代诗人极具跳跃性与多义性的'蒙太奇'的手法。他让时间空间，颠之倒之，而任凭心理逻辑将意象加以剪辑和组合，最后要求读者加以智性的观照，以重建整饬的秩序。"（《李贺：颓废的混乱》）

语言风格方面，方世举道："四十九韵，此篇与韩、孟《城南联句》，不知孰为后先？何造车之合辙也？”（《李长吉诗集批注》卷三）认为此诗有着韩孟联句一样的雕琢生涩的风格。陈本礼云：“凡作长篇铺排叙述，易于平板，难得险峻波峭，此诗句句奥，字字练，总不使人易读，较之元、白等，此种自是《太元》（即《太玄》）语。”（《协律钩玄》）没错，此篇长诗的所有字词显然是经过细致打磨、慢慢斟酌的。如多处使用借代，以“细青”称水稻，以“鸣流”称溪水，以“细颈”代鸟等；动词的选用也十分考究，如“攒虫锼古柳”之“锼”、“罥云香蔓刺”之“罥”等。令人想到唐代诗人张碧曾说：“尝读李长吉集，谓春拆红翠，霹开蛰户，其奇峭不可攻也。”（《唐诗纪事》引）

如此精心雕琢之下，篇中写物摹景时有佳句，颇堪细品。例如“潭镜滑蛟涎，浮珠噞鱼戏”，再如“漂旋弄天影，古桧拿云臂”。整体读来，此诗可看作长吉这位“雕虫童子”的长篇练笔。所谓“贺诗祖《骚》宗谢，反万物而覆取之”（胡震亨《唐音癸签》引《吟谱》），说的就是这种情况。

此诗虽雕缋满眼，易引人诟病，但还是很能体现长吉的语言艺术，读者也能从中窥探长吉写景的一些规律。姚佺道：“光露、光洁、光毯、凉光、岑光，重五‘光’字，景陵极喜此等字。平水、平白、平碧、平百，重四平字。”（《昌谷集句解定本》）其实还漏数一处“夏光”。

长吉确乎喜欢观察和书写“光”。读多了长吉的诗，我们会发现，他笔下幽暗固多，但始终充满了动荡的光、流溢的光、生长变化的光。比起描绘颜色，长吉写光的精确，更令人叹服。在他的笔下，万物与光的关系，千姿百态。他不只写光，也写万物在光里呈现出的冷暖色调、粗细质感，写不同质地的事物所具有的不同的反光度。写万物在不同时刻所独有的光，他从不重复前人，也不喜欢重复自己。对于同样的事物，他也会用精准的多变的描绘引起读者新鲜的欣赏。长吉不仅善于书写光的不同类别和万物在光中的不同质感，他更擅长捕捉流转的光线、稍纵即逝的光影和变幻不居的明暗关系。曹雪芹说得精辟："明暗成于光，彩色别于光，远近浓淡，莫不因光而辨其殊异"，"敷彩之要，光居其首"（《废艺斋集稿·岫里湖中琐艺》），长吉若听闻此言，一定击节赞同。

铜驼悲

落魄三月罢，寻花去东家。
谁作送春曲，洛岸悲铜驼[①]。
桥南多马客，北山饶古人[②]。
客饮杯中酒，驼悲千万春。
生世莫徒劳，风吹盘上烛。
厌见桃株笑，铜驼夜来哭。

【注释】

① 铜驼：汉代在洛阳宫城以南四会道头，置铜铸骆驼两座，各高九尺，夹路相对，后因名其街道为铜驼街。

② "北山"句：北山，北邙山，洛阳附近著名的殡葬之地，坟墓累累。古人，已死之人。

【评析】

此诗为元和五年（810）李贺举进士受挫东归昌谷后作。

关于此诗意旨，曾益解云："因春去，睹铜驼而兴悲。"（《昌谷集》）铜驼街曾展现洛阳盛况，王琦引陆机《洛阳记》谓：“铜驼街有汉铸铜驼二枚，在宫之南四会道。头高九尺，头似羊，颈似马，有肉鞍，夹路相对。俗语云：‘金马门外聚群贤，铜驼陌上集少年。’言人物之盛也。”（《李长吉歌诗汇解》）

姚文燮解诗云：“落魄寻花，无聊情绪，作曲送春，时去不复，致来铜驼之悲也。桥南紫陌，正骅骝骄骋之地；及夫举首北邙，悉皆前贤陵墓。乃贵客行乐，饮酒高会，而铜驼阅历已多，不胜变迁之感。日月几何，当风炬焰，夭桃虽艳，行将委质泥涂。驼见之数，故厌其笑，而夜来反为之哭也。”（《昌谷集注》）

叶葱奇则道：“这首也是考进士失意后，自作宽解的诗。《通典》：‘唐人选举以秋初就路，春末乃归。’看第一句，意义显然，拿千古一瞬来宽解失意所感到的愁苦。”（《李贺诗集疏注》）

亦有论者将诗旨联系中唐时局。陈本礼云：“此借铜驼之哭以哭当时也。唐自安史乱后，社稷丘墟，肃宗克复西京，正君臣修省之时，乃并不以前车为鉴，君昏于上，臣叛于下，纪纲不正，代、宪二宗，继之服金丹，昵群小，以至宦寺弄兵，强藩窃据，岌岌乎有不终日之势。而当时秉国者，犹然醉生梦死，不知悚惧，此铜驼之所以夜来哭也。末归到铜驼自悲，恍似金铜仙人辞汉，以两‘悲’字逼出一‘哭’字，盖哭已尤甚于悲人也。”（《协律钩玄》）吴汝纶亦认为：“此首忧乱之旨。”（《李长吉诗评注》）

仅从字面读来，这是一首充满悲感的诗，饱含对历史变迁的悲感，对时光的悲感，对个人的悲感。“送春”送走的是时间，永不停滞的时间。

“杯中酒”是转瞬即逝的当下，“千万春”是无尽的永恒的自然时间，不为人世所掌有的时间，诗人将这“杯中酒”与“千万春”相对言，令人想到汉乐府中那惊人的几句——“日出入安穷？时世不与人同。故春非我春，夏非我夏，秋非我秋，冬非我冬。”（《乐府诗集·汉郊祀歌二十首·日出入》）春夏秋冬的轮回是无尽的，日月的升升落落是无尽的，宇宙广大无边，而人世是如此局限，人作为个体更是渺小至极。所以，铜驼所悲的，终究还是时间的逝去，悲的还是一切不可驻留的事物。这是人世间的大无奈，大悲悯。

林同济说得好：“桥南与北邙作个反衬，一繁华，一寂寞，一生一死。客与驼亦是对照，一暂乐，一长悲。”又说：“本是人悲铜驼，却转而写铜驼悲人。结处警策。”（《李长吉歌诗研究》）刘学锴解会“客饮杯中酒，驼悲千万春”两句亦独到：“有知的‘客’，只顾寻春醉饮熙熙而乐，对生命的无常之悲惘然无知；而本来无知的铜驼，却因为经受了千年人世的更迭默然兴悲。生命的无常本已可悲，对生命无常的无知则更可悲。”（《唐诗选注评鉴》）

长吉在诗中多用反衬，除了“桥南”与“北邙”，“杯中酒”与“千万春”，还有“厌见”二句之以“笑”衬“哭”。唐刘知幾《史通·杂说上》有言：“今俗文士，谓鸟鸣为啼，花发为笑。”曾益云：“铜驼夜来哭，因春去之易，生死不免，花自年年，铜驼长在，故对之而夜哭也。”（《昌谷集》）进一步看，诗人用“风吹盘上烛”形容个体的不堪一击的生命，这根“烛”身上提取了集聚了汉代诗歌中开始反反复复抒发的所有的生命悲感——“人生天地间，忽如远行客”“人生寄一世，奄忽若飙尘”“人生非金石，岂能长寿考”“露晞明朝更复落，人死一去何时归”“生年不满百，常怀千岁忧”……接着又用“桃株笑”这鲜妍的三个字概括代表了人世间一切美好、光鲜却脆弱易逝的人事，用“夜来哭”表现对这“笑”的反动，读来句句堪悲。诗人借铜驼所悲的种种，最深重的还是人如“薤露”般的生命吧。

自昌谷到洛后门

九月大野白[①]，苍岑竦秋门[②]。
寒凉十月末，雪霰蒙晓昏[③]。
澹色结昼天，心事填空云。
道上千里风，野竹蛇涎痕[④]。
石涧冻波声，鸡叫清寒晨。
强行到东舍[⑤]，解马投旧邻。
东家名廖者[⑥]，乡曲传姓辛。
杖头非饮酒[⑦]，吾请造其人。
始欲南去楚，又将西适秦。
襄王与武帝[⑧]，各自留青春。
闻道兰台上[⑨]，宋玉无归魂。
缃缥两行字[⑩]，蛰虫蠹秋芸[⑪]。
为探秦台意[⑫]，岂命余负薪[⑬]。

【注释】

①“九月”句：大野，旷野。白，秋天的光亮。

②“苍岑”句：苍岑，苍然多树的山峰。秋门，山峰竦峙如同门阙，因在秋日，所以称“秋门”。

③霰（xiàn）：雪珠，雪子，又名米雪、粒雪。

④蛇涎（xián）痕：竹叶被雨雪冻过的痕迹，犹如蛇涎。

⑤东舍：李贺在洛阳的旧居。

⑥名廖者：用春秋辛廖占卜故事，指其为卖卜人。

⑦ 杖头：《世说新语·任诞》："阮宣子（修）常步行，以百钱挂杖头，至酒店，便独酌酣畅，虽当世贵盛，不肯诣也。"此用其事，谓所带钱不为饮酒，而是用于占卜。

⑧ 襄王：楚襄王。

⑨ 兰台：战国时期楚国宫殿的一部分。宋玉《风赋》："楚襄王游于兰台之宫，宋玉、景差侍。"

⑩ 缃缥：指书。缃，缃帙，以浅黄色之帛制成的书衣。缥（piǎo），缥囊，以青白色之帛制作的书囊。《文选序》："词人才子，则名溢于缥囊；飞文染翰，则卷盈于缃帙。"

⑪ "蛰虫"句：蛰虫，蛰伏书中的蠹虫。芸，一种香草，极为芳香，采置席下，能去蚤虱。古时秘阁藏书，往往置芸以辟蠹。今秋芸亦为书虫所蠹，言旧书废弃之久。

⑫ 探秦台：进京去再作尝试。秦台，京城。

⑬ "岂命"句：用孙叔敖贫而负薪之典。《史记·滑稽列传》："优孟者，故楚之乐人也。……楚相孙叔敖知其贤人也，善待之。病且死，属其子曰：'我死，汝必贫困。若往见优孟，言我孙叔敖之子也。'居数年，其子穷困负薪。"此句谓适秦必将有所遇合。

【评析】

此诗似作于元和二年（807）秋。诗的前五联摹写时景，以下写足以填空的庞大"心事"。这"心事"其实是人生的不知所从。

孙枝蔚说此诗"其源出于《卜居》，而跌宕平夷，大有陶家风味"（《昌谷集句解定本》引）。楚辞《卜居》一篇，王逸认为屈原所作，篇中写屈原被放逐，"三年不得复见"，为此心烦意乱，不知所从，就前去见太卜郑詹尹，请他决疑。长吉诗中流露的是相似的迷茫情绪，不过此时已作出决定。

姚文燮云：“此贺深秋赴秦作也。贺时入洛，故云‘投旧邻’。”（《昌谷集注》）方世举说：“‘始欲南去楚，又将西适秦。’直用老杜两句（即《奉赠韦左丞丈二十二韵》‘今欲东入海，即将西去秦’），非杜诗意语也。”（《李长吉诗集批注》）刘衍说：“永贞革新失败，贺对宪宗不满。本年秋顺宗死，葬于丰陵。贺之入长安，一则对顺宗之死有追悼之意（见《追和何谢铜雀妓》），一则欲窥探朝政，以求进取。读诗可知，贺此时心绪复杂，对前途尚存疑虑。然忧思之中，求达、求显之志未减。”（《李贺诗校笺证异》）

诗中景语颇耐寻味，句句可品。曾益云：“九月木落，故野白而山出；十月寒至，故雪霰不解。澹色即雪霰，雪霰昼结，故心事填空。”（《昌谷集》）细品之，如“澹色结昼天，心事填空云”二句，注情于景，混融一片，实乃情景佳构。再如“道上千里风，野竹蛇涎痕”二句，一句宏观衔接一句微观，展示着诗人游移的视线，尤其后一句写不见影踪的蛇在竹子上留下的涎痕（或曰野竹被雨雪冻过的斑驳痕迹像凝结的蛇涎），体现出长吉非同寻常的敏锐观察力。

余光中由“石涧冻波声”句的“冻”字赞长吉，道：“在意象的构成上面，他也很注意贯通不同的感官经验，使用 analogy（大异而小同之两物，其部分相似之点谓之 analogy）的桥梁，融和两种物态。例如在‘石涧冻波声’一句中，液体的水波凝结成固体的冰，这原是视觉与触觉的变化，可是连带听觉的‘波声’也给冻住了。用一个‘冻’字，代替了结冰和寂静的两态，说浓缩真是浓缩极了。”（《从象牙塔到白玉楼》）

此外，值得注意的还有“九月”和“十月末”。清人谓：“一起四句极尽题，眼下便好放手做将出来。看‘九月’二句，是‘自’字，‘十月’二句是‘到’字，不是泛写时序，读书先要记定题字，觑出题神，方是作家。”（阙名《李长吉诗集》）所言可谓中的。

七月一日晓入太行山

一夕绕山秋，香露溘蒙菉[①]。
新桥倚云阪[②]，候虫嘶露朴[③]。
洛南今已远[④]，越衾谁为熟。
石气何凄凄，老莎如短镞[⑤]。

【注释】

①“香露”句：溘（kè），依。蒙，别名女罗，一种地衣类植物。菉，即王刍，一种野生植物，细茎贴地，茎叶煮汁可制黄色染料。

② 云阪：山深处云气升腾的坡阪。

③ 露朴：露水凝聚的茂密树丛。朴，木之丛生者。

④ 洛南：指昌谷老家。

⑤“老莎”句：莎（suō），莎草，地下有纺锤形的细长块根，可入药，俗称“香附子”。镞（zú），箭头。

【评析】

此诗或为元和九年（814）秋赴潞州幕途中作。

太行山在山西高原与河北平原间，由东北向西南伸展，北起拒马河谷，南至晋、豫边境黄河沿岸，绵延四百余里。王琦《李长吉歌诗汇解》引《山西志》：“太行山跨山西、河南、直隶三省，形大而原远，延袤千余里不绝。地界中外，省画东西，耸为恒岳，融为霍镇，秀如中条，奇如五台，险如三关，灵境名迹，随地异称，皆其支脉云。”诗人在清晨行经太行山间，记录下初秋的清寒景象。

全诗以景语为主，惟“洛南”二句流露了些许离乡情绪。其中

“越衾”一词存在不同的解释，多数注者理解为越地布衾，如王琦注：“志在早起而行，不能熟寐也。”姚文燮则解曰：“‘越禽’即来禽，果也。诸本即作‘布禽’解亦宜。第梅圣俞有诗云：‘右军好佳果，墨客求来禽。’以右军为会稽，故名‘越禽’。当是南国有此，而身方在客，不知为谁熟也。”（《昌谷集注》）由全诗写山景的语境来看，似乎后者释为“来禽果”更为适合，诗人行于山道，目之所及皆为草木云石，由秋天的野果自然联想到故乡的风物，便是自然而然的事了。

首句被评“起得陡”（徐渭、董懋策《唐李长吉诗集》），王琦云：“六月为夏，七月为秋。晦朔之间，仅隔一夕，而绕山已作秋色，谓时景之不同也。”（《李长吉歌诗汇解》）姚文燮云：“七月一日为孟秋之朔，仅隔一夕，而绕山觉有秋色。是月也，白露降而草虫皆濡新露。……石冷莎残，俨然为秋意之渐至矣。”（《昌谷集注》）叶葱奇认为末句写莎草“内里还含有刺心、愁苦的意思”（《李贺诗集疏注》），所言亦是。

诗中所列举的物象中，“香露”最为特别，王琦云：“露本无香，草木得其润泽，而香气发越，故曰‘香露’。”（《李长吉歌诗汇解》）黎简则云：“‘嘶露’，‘露’字复上‘香露’，何便相近乃尔！必有一误。”（《黎二樵批点黄陶庵评本李长吉集》卷三）或许诗人实在不忍改动其中一“露”。露水本是清晨的深秋野外最鲜明的物象，“朴”是丛生的树木，“阪际生云，朴间凝露，皆是晓景”（《李长吉歌诗汇解》），再没有比“露朴”一词更凝练而形象地概括眼前沾覆着露水的草木了。

长吉最钟爱此类通感式的书写，亦钟爱对香气的记录。“香”是《昌谷集》中的一个高频字眼，长吉笔下的香气大体包括植物芳香、物品芳香和美人芳香三大类。植物芳香中，使用联觉手法的例子不胜枚举。诗人行走在这个深秋的清晨，刹那之间，露水的香气沁人肺腑，清润无比，抚慰其行旅的疲惫。作诗纪行，为这“香露”犯一次重字的罪过，又何妨呢？

秋凉诗寄正字十二兄[①]

闭门感秋风，幽姿任契阔[②]。
大野生素空[③]，天地旷肃杀。
露光泣残蕙，虫响连夜发。
房寒寸辉薄[④]，迎风绛纱折[⑤]。
披书古芸馥[⑥]，恨唱华容歇。
百日不相知，花光变凉节。
弟兄谁念虑，笺翰既通达。
青袍度白马[⑦]，草简奏东阙[⑧]。
梦中相聚笑，觉见半床月。
长思剧循环[⑨]，乱忧抵覃葛[⑩]。

【注释】

①正字：官名，起于南北朝，唐沿之，于秘书省、东宫置员若干，掌校雠典籍，刊正文章。

②“幽姿”句：幽姿，指十二兄。契阔，久别。

③素空：明净的秋空。

④寸辉：油灯的光。

⑤绛纱：帷帐。

⑥馥（fù）：清香浓郁。

⑦“青袍”句：青袍，正字从九品，其服青色。度，骑行而过。

⑧“草简”句：草简，草拟章奏。东阙，指朝廷。

⑨“长思”句：长思，对兄弟的思念。循环，往复。

⑩覃葛：谓思念如葛一样蔓延。《诗经·周南·葛覃》：“葛之覃兮，施于中谷。”

【评析】

诗题中的“正字十二兄”，历来注家未加说明。钱仲联《李贺年谱会笺》云：“《新唐书·世系表》郑王亮后裔有‘正字偑’，如贺果出大郑王后，则此正字偑，未知即十二兄否？”李贺本出大郑王李亮后，那么可从钱氏之说，姑定十二兄正字为李偑。诗云“百日不相知，花光变凉节”。李贺于元和八年（813）春自长安归昌谷，正当“花光”时，隔三月余（即“百日”），正当“凉节”时，已是秋季，与“秋凉诗”题意正合，足见本诗写于元和八年（813）七月。

诗的主题是秋与思念。姚文燮解诗云：“此贺家居寄兄正字之诗也。时序倏迁，百日睽违。冷落何似？犹幸兄弟书邮，互相问存。至于己遭沦落，绝迹京华。白马青袍，草简东阙，仅能见之于梦。虽梦中暂得欢集，而觉来则徒有寒光之逼人矣。心焉惄如，正回转延蔓，惟环与葛之相类耳。”（《昌谷集注》）

关于秋的诗作，长吉笔下不少。方世举对此诗写秋的水准评价不高：“‘天地旷肃杀’，陋儒常谈，远之且不遑，而用之耶？义山‘四海秋风阔’与此同陋。”（《李长吉诗集批注》）方氏苛刻了，以“肃杀”论秋，是贴切的，所以长吉取而用之。

若总体上看长吉写秋的诗作，最突出的特点是以光线写秋。如此诗中“大野生素空”一句，乍看似写秋日天空，其实理解为秋天白而净的天光，更符合长吉的习惯。诗人不止一次在诗中用“白”字形容秋天，如：“寥落野篁秋漫白”（《梁台古愁》），“九月大野白，苍岑竦秋门”（《自昌谷到洛后门》），“秋白遥遥空”（《将发》）等等，“白”写的是秋的明净，这“素”也是纯净的、透光的，是诗人对秋天的独特感受。

“露光泣残蕙”一句重在一个“泣”字。陈允吉总结道，长吉写草木好用“啼”“泣”，如《苏小小墓》之“幽兰露，如啼眼”，《昌谷诗》之“草发垂恨鬓，光露泣幽泪”，《春归昌谷》之“细绿及团红，当路杂啼笑”，《黄头郎》之“竹啼山露月”，《伤心行》之“木叶啼风雨”，《李凭箜篌引》之“芙蓉泣露香兰笑”，《梁台古意》之“兰脸别春啼脉脉”，《南山田中行》之“冷红泣露啼娇色”，《湘妃》之“九山静绿泪花红”，《五粒小松歌》之“明月白露秋泪滴”等，皆是类似用法。“负荷着沉重痛苦而别无排遣途径的李长吉，需要借助这些叫人酸楚怜悯的艺术形象，来淋漓尽致地发泄幽闭在他内心中的能量。”（《李贺诗选评》）

至于此诗所抒发的思念之情，朱自清云，贺与其二兄、十二兄、十四兄“人迹甚疏，诗语亦不亲切”（《李贺年谱》）。叶葱奇道：“末四句叙述思念之苦，截然便住，更不繁赘，极耐人咀嚼。”（《李贺诗集疏注》）似乎对此诗后半部分所抒发的思念的真挚程度有所怀疑。这或许因所用五言体的风格所致。陈允吉谓：“较之七言歌行多主观抒情之语，李贺的五言诗相对要含蓄一些，这突出地体现在将情绪融于景语之中，此诗便是例证，可谓颇得风人蕴藉之致。”（《李贺诗选评》）所说不无道理。

卷　四

艾如张[1]

锦襜褕[2]，绣裆襦[3]。
强饮啄，哺尔雏。
陇东卧穟满风雨[4]，莫信笼媒陇西去[5]。
齐人织网如素空，张在野田平碧中。
网丝漠漠无形影，误尔触之伤首红[6]。
艾叶绿花谁剪刻[7]？中藏祸机不可测！

【注释】

① 艾如张：一说“艾”通“刈”，谓铲除草木，张网捕鸟。然史载苏子卿同题古辞云：“谁在闲门外，罗家诸少年。张机蓬艾侧，结网槿篱边。”是以“艾”作蓬艾解。细详诗意，当从后说。

② 襜褕（chān yú）：对襟的短衣。

③ 绣裆襦：比喻野鸟羽毛的美丽。裆，裤裆。襦（rú），短衣。

④ 卧穟：因风雨而偃仆的稻穗。穟，音义均通“穗”。

⑤“莫信”句：笼媒，以笼驯养鸟雀，置之旷野，以招集同类，乘机掩取。《文选·潘岳〈射雉赋〉》：“盼箱笼以揭骄，睨骁媒之变态。”徐爰注：“媒者，少养雉子，至长狎人，能招引野雉，因名曰媒。”陇，

通“垄”。

⑥ 伤首红：碰得头破血流。

⑦“艾叶”句：把艾叶剪成绿花，缀在网上作伪装以诱捕鸟雀。

【评析】

此诗疑作于元和五年（810）应举后。

据《宋书·乐志四》及《乐府诗集·鼓吹曲辞·汉铙歌》解题，《艾如张》为铙歌十八曲之一。诗人为何写此主题？萧琯说：“《鼓吹》《铙歌》并不言获雉，言罗黄雀耳。即如《雉子班》，古词亦不咏雉。自梁吴均、陈后主，始即物而赋。然如均所云：‘文章始陆离，意气已惊狷。’毛处约：‘涧响连朝雊，花光带锦衣。窜迹时移影，惊媒或乱飞。’其文明耿介，岂不甚可爱而可惜，所以戒之示警，此长吉意也。”（《昌谷集句解定本》引）钱良择说：“此诗直曰‘艾叶绿花’，失古题本意，陈苏子卿已然。”（《唐音审体》）方世举说：“一味本意，无足动人。后半语亦太浅。”（《李长吉诗集批注》）姚文燮则附会时事云：“元和朝，李吉甫、于頔皆劝上峻刑。后李逢吉拜平章，性木猜刻，势倾朝野。贺谓羽仪文采，宜自韬晦，勉安粗粝，以给幼稺。若所处稍堪自赡，勿轻为羶地所饵。宵小罗炽，杳无形影；偶中其机，必罹大害。深文峻法，崄巇难窥，良可惧欤！”（《昌谷集注》）

也有人从李贺一己的角度来解读诗意。叶葱奇道：“通首阐发爱惜羽毛、全身远害、勿轻信诱惑之意。”（《李贺诗集疏注》）刘衍道：“贺诗乃借古题，写时事，寓意世情险恶，奸诈，当全身远害，不能为机巧诱惑，触网受伤。全诗借鸟雀立意，既是揭露当时世情，又是抒发自己科场被毁的愤懑。正如《出城》‘啼乌被弹归’一样，诗人以鸟被陷受伤自比，显为元和五年应举后所作。”（《李贺诗校笺证异》）此说似可取。

不论长吉诗中有何寓意，从文辞看，全诗成功地营造了一种紧张危险的氛围，“人知‘无形影’三字为可骇不可测，不知‘素空’‘平碧’‘漠漠’六字，更怵然伤心。饮食兵也，笑谈兵也，可畏哉！”（《昌谷集句解定本》引孙枝蔚语）或云：“文明耿介之士，易解世网，贪禄苟进之徒，难免祸机。三复此章，能不凛然？极平澹处，极宜留心，况随行逐队，钻入花团锦促（簇）处耶？”（阙名《李长吉诗集》）

也许《李贺诗选评》所言较能揭示诗人的隐约心境：“是诗虽系承袭乐府旧题而作，但同样寓含着诗人从现实生活中得来的感受。李贺一生仕途不谐，屡遭挫跌，心际忧郁寡欢，因此总将外部世界当作自身的一种否定力量，在他笔下描述的生存大环境，时而让人感到阴森可怖、沉闷窒息。诚如‘天网信崇大，矫士常慅慅’（《春归昌谷》），‘天迷迷，地迷迷，熊虺食人魂，雪霜断人骨’（《公无出门》）等词句所示，均透露出了其压抑、焦灼的不安情绪。诗人怀有此等心态，就难怪他会对本诗表现的题材显得如此敏感了。”

上云乐[1]

飞香走红满天春，花龙盘盘上紫云。
三千宫女列金屋[2]，五十弦瑟海上闻[3]。
天江碎碎银沙路[4]，嬴女机中断烟素[5]。
断烟素，缝舞衣，八月一日君前舞。

【注释】

①上云乐：南朝梁代所制宫商乐曲。

②金屋：据《汉武故事》，汉武帝幼时，其姑母馆陶长公主抱置膝上，问曰："儿欲得妇否？"指左右长御百余人，皆云不用。指其女阿娇问好否，帝笑对曰："好，若得阿娇，当做金屋贮之。"

③五十弦瑟：典出《汉书·郊祀志》："泰帝使素女鼓五十弦瑟，悲，帝禁不止。"海上闻，谓远至海上，犹得闻之。

④"天江"句：天江，天河。银沙，指天河中的繁星。

⑤嬴女：宫中织女。因居长安嬴秦故地，故称。

【评析】

此诗应作于元和六至八年官奉礼郎时。

《乐府诗集·上云乐》解题引《古今乐录》云："《上云乐》七曲，梁武帝制，以代《西曲》。"其词皆言神仙之事。

至于李贺作此诗的旨意，诸家评说纷纭。或云"是乐神之辞"（吴正子、刘辰翁《笺注评点李长吉歌诗》）；或云"此仙家初升之乐，亦以比士初遇"（曾益《昌谷集》）；或云"此追咏庆贺金镜节也。通首皆言天上之景，以形容宫中，至末一句乃点醒"（陈本礼《协律钩玄》）；或云"此题本有颂无讽，而荒诞之意，略见言外，故佳"（阙名《李长吉诗集》）。

最多见的是讽刺说，以及记录宫中盛事说。认为有讽刺之意者，如吴汝纶云："此讥宪宗好女色而求仙也。"（《李长吉诗评注》）姚文燮云："宪宗好神仙，求长生，又耽声色。美嫔充斥，弦索喧阗，声彻海上。君王欲得上升，而宫娃辈仰视银河亦思良会。……八月一日乃君王合仙方之日也。此时当献舞称寿，冀得一邀恩光矣。"（《昌谷集注》）

认为记录宫中之事者，如王琦云："当是八月一日，宫廷将有庆会歌舞之事，宫人预为习乐，其声飘扬，远闻于外。又见断素裁缝，以制舞人之服而备用。长吉职隶太常，故得与闻其事而赋之如此。苟欲援古事以证，其失之也远矣！”（《李长吉歌诗汇解》）刘衍道：“贺诗写千秋节前，宫中为君王献寿，飞香走红，烛光满空，宫女三千，习歌练舞，织女织造，胜似银河繁星。此诗借古题以刺君王纵情声色。”（《李贺诗校笺证异》）王友胜、李德辉云：“仿古题而转言宫中事，亦属创举。”（《李贺集》）

身为奉礼郎期间，是李贺诗歌创作想象力最为喷薄的时期，不论是否为祭祀娱神之作，对仙界的想象和摹画都常出现在此期诗歌中。且看此诗所铺展的画面，如曾益所解：“‘飞香走红’，故春满天。‘上紫云’，故‘龙盘盘’，言乘龙盘云而上。‘三千宫女’言众多。‘列金屋’，住世。‘五十弦瑟’，言闻者鲜。‘海上’，以成仙行海上。‘碎碎’，沙路，以天河云‘银’，言上升所经之天路。‘羸女’，仙女。‘机中断烟素’，言织素成，织素成缝为舞衣，而于八月一日君前献舞以为乐也。”（《昌谷集》）

然而，如此解诗仅能疏通李贺诗歌大意，并未道出贺诗的独特美感所在。长吉素来钟爱超越性事物，倾心于缥缈仙境，为奉礼郎时更是非常关注神仙之事。创作迎神、送神、娱神等歌诗，或许为其职责，但更为其爱好。在神仙题材的诗歌创作中，长吉得到的是精神的快慰。以此诗前两句为例，读者尽可从“飞”“走”“满”“上”等动词中感受诗人胸中诸多意象的飞动、飘逸，体会诗人构思时毫无拘束的自由状态，那“飞香走红”的洒落，“满天春”的充盈，“花龙盘盘上紫云”的升腾，缭绕回旋的“舞衣”，无不令人联想到敦煌壁画中的“飞天”形象。再跟着诗人的文字去想象一条向上通往仙界的天河，河水波荡着闪闪的银光（银河中的繁星），想象仙女（宫中织女）飞梭织出了烟云一样缥缈朦胧的白纱，这柔软的飘动的白纱是等待被裁缝成舞女的衣裙的，那该多么美，烟一样脆弱而美的舞衣啊，有多脆弱多缥缈就有多美。“天江”的清、“银沙”的亮与“烟素”的白，一起构造了仙界的洁净和清透，末句“君前舞”的君似指人间帝王，于是，这一袭来自仙境的舞衣，连接了天上与人间。

如此美妙的想象，仍有论者诟病之。姚佺云：“‘飞香走红’，长吉每有此，如言法华作风话，凡多圣少。”（《昌谷集句解定本》）黎简说：“起句张为取入《主客图》，此句却有厮炒气。‘素素’亦不佳。”（《黎二樵批点黄陶庵评本李长吉集》）

猛虎行[①]

长戈莫舂[②]，强弩莫抨[③]。
乳孙哺子，教得生狞。
举头为城，掉尾为旌。
东海黄公[④]，愁见夜行。
道逢驺虞[⑤]，牛哀不平[⑥]。
何用尺刀？壁上雷鸣[⑦]。
泰山之下，妇人哭声[⑧]。
官家有程[⑨]，吏不敢听。

【注释】

① 猛虎行：乐府旧题。

② “长戈”句：莫，莫能。舂（chōng），冲击，撞击。

③ 抨：弹射。

④ 东海黄公：据《西京杂记》载，东海人黄公，少时为术能制蛇御虎，及衰老，气力羸惫，不能复行其术。时有白虎见于东海，黄公乃以

赤刀往镇之。术既不行，遂为虎所杀。

⑤ 驺虞（zōu yú）：传说中的义兽名。这里比喻空有虎形而无虎性者。

⑥ 牛哀：公牛哀，鲁人。病七日，化为虎。其兄掩户而入，虎搏而杀之。典出《淮南子·俶真训》。

⑦ 壁上雷鸣：古人说，刀之灵异者，风雨之夕往往自鸣。

⑧“泰山”二句：典出《礼记·檀弓下》：“孔子过泰山侧，有妇人哭于墓者而哀，夫子式而听之，使子贡问之，曰：‘子之哭也，一似重有忧者。’而曰：‘然。昔者吾舅死于虎，吾夫又死焉，今吾子又死焉。’夫子曰：‘何为不去也？’曰：‘无苛政。’夫子曰：‘小子识之：苛政猛于虎也。’”

⑨ 官家有程：谓官方规定了捕虎的期限，不能违越。

【评析】

此诗疑于元和六年（811）始官奉礼郎时作。《猛虎行》，《乐府诗集》卷三十一列入相和歌辞中的平调曲。古辞云：“饥不从猛虎食，暮不从野雀栖。野雀安无巢，游子为谁骄。”晋人陆机、谢惠连等都赋有《猛虎行》诗，皆言君子苦志洁行，常困于险难，功业难就，而不改其节。至唐人始赋新意，如李白以《猛虎行》写自己在安史之乱中的遭遇。李贺作此题，通篇写虎，意旨又如何呢？

或以为抨击时政，如刘辰翁云：“今长吉末六句皆有属，似言猛政也。”（《笺注评点李长吉歌诗》）董懋策云：“似即‘苛政猛于虎’之意。”（《唐李长吉诗集》）陈沆云：“此与《感讽》第一章同旨。‘莫舂’‘莫抨’，言其猛不可犯也。‘道逢驺虞’云云，言其残害善类，无复人性也。官家虽悬捕虎之令，而吏畏虎甚于畏法，孰敢听命乎？”（《诗比兴笺》）陈本礼以为此诗在讽刺酷吏虐民（《协律钩

玄》)。王友胜、李德辉说:“李贺此诗叹时事,写邪恶势力猖獗。”(《李贺集》)

或以为针对当时具体政事而作。曾益认为“此盖目睹忤逆之人而作”(《昌谷集》)。姚文燮云:“于頔、李吉甫劝上峻刑。后頔留长安不得志,使子敏赂梁正言求出镇,不遂。敏诱其奴支解之。时又中使暴横,皆以锻炼为雄。此权德舆所以引秦政之惨刻为谏也。贺睹时事,故拟此以为讽耳。”(《昌谷集注》)钱仲联则以为此诗是讽元和中成德军之乱(见《李贺年谱会笺》)。叶葱奇认为诗旨有关中唐时期藩镇割据的困局,刘衍亦云:“全诗句句写虎,又句句写藩镇,多方面形象地揭示出藩镇之祸。藩镇猛于虎,而朝廷不能制藩,又不用将帅,‘尺刀’徒作‘壁上雷鸣’。此诗谴责锋芒,直指最高统治集团,堪称政治讽刺佳作。”(《李贺诗校笺证异》)。联系同时期诗人张籍亦作有《猛虎行》,辞曰:“南山北山树冥冥,猛虎白日绕村行。向晚一身当道食,山中麋鹿尽无声。年年养子在空谷,雌雄上下不相逐。谷中近窟有山村,长向村家取黄犊。五陵年少不敢射,空来林下看行迹。”二诗立意颇为近似,故诗旨暗射时政是极可能的。

此诗语言风格颇为近古,孙枝蔚道:“非熟古谣谚及《独漉》(即《独漉篇》,为晋拂舞歌辞)诸篇,不能声口肖似如此。”(《昌谷集句解定本》引)此外值得注意的是,《猛虎行》是《昌谷集》中仅存的四言歌诗。

日出行[①]

白日下昆仑,发光如舒丝。

徒照葵藿心[②]，不照游子悲。
折折黄河曲，日从中央转。
旸谷耳曾闻[③]，若木眼不见[④]。
奈何铄石[⑤]，胡为销人[⑥]。
羿弯弓属矢[⑦]，那不中足。
令久不得奔，讵教晨光夕昏。

【注释】

①日出行：乐府旧题。《乐府诗集》卷二十八列入相和歌辞中的相和曲，又在卷一“郊庙歌辞”中收有《日出入》古辞。

②葵藿：偏义复词，主要指葵，其性向日而倾，古人常以此喻下对上、臣对君的忠诚。

③旸（yáng）谷：神话传说中太阳升起的地方。

④若木：神话传说中生长在日落处的一株大树。

⑤“奈何”句：铄（shuò），销蚀，熔化。《楚辞·招魂》：“十日代出，流金铄石。”

⑥销：熔化。

⑦“羿弯弓”句：羿，神话中的射日英雄。《淮南子·本经训》载：“逮至尧之时，十日并出。焦禾稼，杀草木，而民无所食。猰貐、凿齿、九婴、大风、封豨、修蛇皆为民害。尧乃使羿诛凿齿于畴华之野，杀九婴于凶水之上，缴大风于青丘之泽，上射十日而下杀猰貐，断修蛇于洞庭，擒封豨于桑林。”

【评析】

前人往往将此诗与李白的《日出入行》作比较，如清代谢起秀云：“峭曲写其哀致，与太白《日出入行》同类，而幽折过之。”（《昌谷

集句解定本》引）

李白《日出入行》的旨意大抵如诗云："其始与终古不息，人非元气，安得与之久徘徊？""吾将囊括大块，浩然与溟涬同科！"

对比二李的《日出行》诗，白诗气魄宏达，贺诗含悲衔哀。李白表达的是对太阳的敬畏和赞颂，欲追随太阳与天地合一，而李贺却扬言要射日足，以阻止太阳的运行。由此看来，贺诗虽有哀伤，却又更加豪横。

这欲射日足的豪横，在贺诗中有多次表达。在他笔下，有"东方日不破，天光无老时"（《拂舞歌辞》），有"吾将斩龙足，嚼龙肉，使之朝不得回，夜不得伏"（《苦昼短》），有"磓碎千年日长白"（《官街鼓》）……王琦说此诗"即古人'长绳系白日'之意"（《李长吉歌诗汇解》）。没错，反复的相似的言说，传达着长吉强烈的阻止时间流逝的渴望。正如钱锺书评论李贺所说："其于光阴之速，年命之短，世变无涯，人生有尽，每感怆低徊，长言永叹。"（《谈艺录》）这些咏叹和渴望，根本上来源于他的生命焦灼感。

姚文燮如此解读："旭日初升，无微不照，当能鉴我之忠，独不鉴我之摇落耶？黄河九曲，日转于中；游子悲肠，正复相类。旸谷、若木，为闻见之不及，而铄石、销人，亦无如此日何也！昔十日并出，羿射死九乌，何不将此乌亦射其足，使之不得疾驰而多变易矣？"（《昌谷集注》）

董伯音云："因其不照游子悲，故不欲其出入也。"（陈本礼《协律钩玄》引）叶葱奇认为"不照游子悲"一句是此诗眼目："这是慨叹岁月坐逝、久无成就的诗。"（《李贺诗集疏注》）

诗中所言游子之"悲"，也可以抛开"士不遇"的常谈，深入一层去体会，那便是长吉部分诗中常有的生命之哀感，这哀感与汉乐府郊祀歌《日出入》所言近似："日出入安穷？时世不与人同。故春非我春，夏非我夏，秋非我秋，冬非我冬。泊如四海之池，遍观是邪谓何？”春秋冬夏，非我所有，这种无奈，乃是每一个生命个体在天地之间的存在状态，日出日落的无限，只提醒着人们自身的渺小和局限。由此思之，那一轮“发光如舒丝”的看似温柔的太阳，是人类永远无法直面的强硬力量。

至于此诗的语言风格，论者有贬有褒。或云：“后段学汉魏，长短参差而未自然”（方世举《李长吉诗集批注》）；或云：“不成古调，结句却似元人词曲”（黎简《黎二樵批点黄陶庵评本李长吉集》）；或云：“句式参差，流转自如，似瞬间感受，一气呵成”（刘衍《李贺诗校笺证异》）。

拂舞歌辞

吴娥声绝天①，空云闲徘徊。
门外满车马，亦须生绿苔。
尊有乌程酒②，劝君千万寿。
全胜汉武锦楼上，晓望晴寒饮花露。
东方日不破，天光无老时。
丹成作蛇乘白雾③，千年重化玉井土④。
从蛇作土二千载，吴堤绿草年年在。
背有八卦称神仙，邪鳞顽甲滑腥涎⑤。

【注释】

① 吴娥：这里泛指歌舞伎，因吴越女子能歌善舞而称。

② 乌程酒：古美酒名。《文选》卷三五张协《七命》：“乃有荆南乌

程，豫北竹叶。”

③“丹成”句：蛇乘白雾，炼丹成仙，服之化为腾蛇升腾白雾之中。

④玉井：《秦书》记载，苻坚建元十二年（376），高陆县民穿井得龟，大二尺六寸，背文负八卦。

⑤“邪鳞”句：鳞是邪鳞，甲为顽甲，腥涎滑浊，言神龟终是异类，不足为贵。

【评析】

此诗应作于元和六至八年（810）在长安官奉礼郎时。

“拂舞”本为吴地的一种舞蹈，《晋书·乐志下》云：“拂舞出自江左，旧云吴舞。检其歌，非吴辞也，亦陈于殿庭。”王琦云：“拂舞者，持拂而舞兼歌其辞也。古辞五篇：一曰《白鸠》篇，二曰《济济》篇，三曰《独禄》篇，四曰《碣石》篇，五曰《淮南王》篇。长吉不言篇名，而但曰《拂舞歌辞》，郑诗言谓‘撮其大意而为之’是也。”（《李长吉歌诗汇解》）姚文燮云：“《拂舞歌辞》，本吴《白鸠献寿曲》也，故云吴声。”（《昌谷集注》）《乐府诗集》收录汉魏至五代的杂舞曲辞，其中即包括拂舞的舞辞。可见“拂舞”自汉魏至唐都是较为流行的舞蹈。

关于诗人借舞辞所传达出的思想，或以为及时行乐，如王琦云：“此诗首言声色之娱转眼成空，幸有酒在尊，正可乐饮。想汉武帝有志神仙，饮云表之露以求长生，终竟不得。我今日饮酒自乐，岂不远胜之乎？观之于天，不能常昼而不夜，而人可知矣。即物中之多寿者，皆称龟蛇，浸假而化为蛇，能乘云雾而游，殆至千岁之后，终亦必死而化为土灰；又浸假而化为神龟，虽能行气导引，历久不死，见称于神仙之流，然而鳞则邪鳞，甲则顽甲，腥涎滑浊，终是异类，亦焉足贵耶！大旨总言长生不可求。即求得长生，亦无可羡可贵之处，不如

及时行乐为是之意。”（《李长吉歌诗汇解》）

或以为是讽刺求仙，如何焯云：“不越古诗‘不如饮美酒，被服纨与素。服食求神仙，多为药所误’之意。”冯定远云：“篇末讽刺之词奇甚，言神仙者化为异物，不足道也。”（并陈本礼《协律钩玄》引）姚文燮认为此诗是讽刺宪宗求长生：“辐辏之地，有时苔生，可知消长亦有定数。劝君饮樽中荆南之酒，犹愈汉武饮铜盘仙掌之露以求长生。日行循环，十二时中岂能长旦？若采药以俟丹成，则为蛇，为土，为龟。千年屡变，亦止荒诞不经之物矣。”（《昌谷集注》）刘衍亦谓：“元和五年八月，宪宗问宰臣神仙之事，李藩以秦皇汉武求仙误身事为对，并引古诗‘服食求神仙，多为药所误’劝之。贺诗盖亦因此而引古题以刺之。”（《李贺诗校笺证异》）

另有黄淳耀云：“大抵是飨老祝寿乐舞之辞。结一句，‘邪’‘顽’‘腥’三字，似亦讽徒寿而不德之意，犹言纵使得寿，亦非正气，即秦汉求仙之例。”（黎简《黎二樵批点黄陶庵评本李长吉集》）这“讽徒寿而不德”的推论有些牵强了。

由“门外满车马”“劝君千万寿”和歌舞表演场景可知，此诗是为某次大型祝寿宴会所作。而李贺以之书写生命主题，并赋予道家思想以辩证色彩。

《乐府诗集》录晋代拂舞歌《淮南王篇》云：“汲寒浆，饮少年，少年窈窕何能贤？扬声悲歌声绝天。”李贺由这“声绝天”三字起兴，令歌声直上“空云”间，将此歌辞的主题阔大开来，动辄“千万”“千年”“二千载”。在说生命绵长的蛇、龟的同时，也拈出卑微的绿草；在写车马盈门的繁华辐辏的同时，也写到无声的绿苔。

绿苔的生长代表了静谧而惊人的时间，绿草的轮回反复代表了无限的永久。繁华与绿苔的反差，是消与长的变幻不定；“二千载”与“年年在”的对比，是有限与无穷的碰撞；神龟与小草的反差，是坚硬与柔软的比拼，而老子早就说了，柔软胜坚强。

诗人在此发出了他惯有的宏大肆意的时间愿想——“东方日不破，天光无老时”，他又在用精神之力挑战时间的局限，因了这无奈的“局限”，他不惜以“邪”“顽”“滑”“腥”等丑陋字眼来贬损那些凡人所追寻的长寿之物，否定求仙本身，表现的则是对生命之有限的极度无奈。

夜坐吟

踏踏马蹄谁见过？眼看北斗直天河[①]。
西风罗幕生翠波，铅华笑妾颦青娥[②]。
为君起唱长相思，帘外严霜皆倒飞。
明星烂烂东方陲[③]，红霞稍出东南涯，
陆郎去矣乘斑骓[④]。

【注释】

①“眼看”句：北斗指向天河是夜深之时。

②“铅华”句：铅华，妆粉。颦青娥，紧锁双眉。

③“明星”句：烂烂，将晓之候。《诗经·郑风·女曰鸡鸣》：“子兴视夜，明星有烂。”

④“陆郎”句：陆郎，此指女子所欢的情郎。乐府清商曲《明下童曲》有：“陈孔骄白赭，陆郎乘班骓。”（见《乐府诗集》）骓，有苍黑杂毛的马。

【评析】

《夜坐吟》属乐府杂曲歌辞。鲍照《代夜坐吟》："冬夜沉沉夜坐吟，含声未发已知心。霜入幕，风度林。朱灯灭，朱颜寻。体君歌，逐君音，不贵声，贵意深。"后世文人作此题，大抵营造相思缠绵之境，或借男女情感寄寓"士不遇"之牢骚和无知音之怅惘。亦有如王夫之者，取夜坐不寐的形象抒发深沉的人生感喟，其辞曰："长莫长，冬夜寒，明霜流空天宇宽。朱镫明，思未阑，昔日之日未足叹，今日之日百忧攒。古人不可问，流俗空漫漫，吾何归，归何叹。明星烂，晨鸡喧，抱孤心，临万端。"（《夜坐吟》）

关于此诗的辞意，或谓"亦见遇合之难，暌离之易，意有感而作也"（陈本礼《协律钩玄》引董伯音语）；或谓"知己俱遭放斥，同心寂寥，故无见访之人，遂托思妇以怀彼美也"（姚文燮《昌谷集注》）；或以为直写怨女相思："夜坐者，夜坐而俟其来也。为君起唱《长相思》，君者，即指其人。通篇总是思而不见之意。徐文长以来迟去早为解，反觉末句无甚隽永。"（王琦《李长吉歌诗汇解》）刘衍道："本篇可与《洛姝真珠》同读。真珠之念陆郎，乃因痴情专一，此篇叙彻夜思念，亦因陆郎去久不归。《洛姝真珠》系应试前作，而《夜坐吟》则疑于奉礼郎任上作。"（《李贺诗校笺证异》）

不论是君臣遇合、思念知己之意，还是单纯写女性相思之情，诗人在此营造的诗境都是极美的。李贺所写乐府题，每首皆有惊人语或美妙语。此首当中，"西风罗幕生翠波"和"帘外严霜皆倒飞"为亮点。王琦评云："风吹罗帐闪闪而动，有若水波之状，见空中寂静之意。严霜倒飞，见歌声之妙。"（《李长吉歌诗汇解》）刘辰翁谓"帘外"句真乃"奇语"（《笺注评点李长吉歌诗》）。朱世英谓其"用奇诡的物象和境界，表达几乎人人都能体味的情理，正是李贺的长处，也是他的诗歌独具的艺术价值”（《唐诗鉴赏辞典补编》）。如果作一比较，李诗的想象的力量可对比孟郊的《古怨》：“试妾与君泪，两处滴池水。看取芙蓉花，今年为谁死。”长吉与东野的诗歌相似处即在于大胆的想象、用力的笔触和故作惊人语的爱好。二者都是将鲜明的个性注入到诗歌创作中，形成了独一无二的诗风。

箜篌引①

公乎公乎，提壶将焉如？
屈平沉湘不足慕，徐衍入海诚为愚②。
公乎公乎，床有菅席盘有鱼③，
北里有贤兄，东邻有小姑，
陇亩油油黍与葫④，瓦甒浊醪蚁浮浮⑤。
黍可食，醪可饮，公乎公乎其奈居，
被发奔流竟何如？贤兄小姑哭呜呜。

【注释】

①箜篌引：汉乐府古曲，属相和歌六引之一，又名《公无渡河》。

②徐衍：一位抱有忠义、蹈海自杀的人。《汉书·邹阳传》：“乃从狱中上书曰：‘是以申徒狄蹈雍之河，徐衍负石入海。不容身于世，义不苟取比周于朝，以移主上之心。’”颜师古注：“服虔曰：‘周之末世人也。’师古曰：‘负石者，欲速沉也。’”

③菅（jiān）：可编席的茅草。

④“陇亩”句：油油，《史记》载《箕子歌》：“麦秀渐渐兮，禾黍油油。”葫，大蒜。《本草注》：“今人谓葫为大蒜，蒜为小蒜。”昌谷八

月种胡蒜（见《宜阳县志》卷六“土产”）。

⑤“瓦甒”句：甒（wǔ），古代量器。醪（láo），浊酒。蚁浮浮：即浮蚁，本指浮于酒面上的泡沫，后用以作酒的代称。

【评析】

此题源自一个悲伤的故事，《乐府诗集》卷二六引崔豹《古今注》记：“《箜篌引》，朝鲜津卒霍里子高妻丽玉所作也。子高晨起刺船，有一白首狂夫，被发提壶，乱流而渡，其妻随而止之，不及，遂堕河而死。于是援箜篌而歌……名曰《箜篌引》。”汉乐府《箜篌引》辞曰：“公无渡河，公竟渡河。堕河而死，当奈公何？”李白所作《公无渡河》再现了这个故事：“被发之叟狂而痴，清晨临流欲奚为。旁人不惜妻止之，公无渡河苦渡之。虎可搏，河难凭，公果溺死流海湄。有长鲸白齿若雪山，公乎公乎挂罥于其间。箜篌所悲竟不还。”

贺诗与白诗有相似之处，例如“公乎公乎”的呼唤之语。二诗皆为悲哀情调，长吉作此诗，尤其烘染出一种哀感，这哀感不仅表现在那披散头发投向河中的悲壮形象，也体现在对音韵的选择上，大部分句子落脚在与“呜呜”相类的语音上，似乎有意制造出呜咽悲伤的听觉效果，增强了哀伤氛围。

曾益解诗曰：“‘将焉如’，言奚往。沉湘、入海比渡河。‘不足慕’，‘诚为愚’，言公无渡。有席，有鱼，有贤兄小姑，有黍，有葫，有醪，可饮可食，总言生愈于死。其奈止不及，竟何如奔流以死。死故贤兄小姑呜呜哭也。”（《昌谷集》）提取出“生愈于死”的思想。

董伯音云：“长吉此歌为有激而自沉者，亦《怀沙》之流也。激烈之士，岂顾饮食身家以恋其生哉！此三闾、伍胥其人矣。”（陈本礼《协律钩玄》引）

陈本礼云：“（李贺）集中如《李凭箜篌引》《铜驼悲》《北中寒》

《假龙吟》《昆仑使者》等篇，皆愤激痛心而出之者。又若《春坊正字剑子歌》《贵公子夜阑曲》《老夫采玉歌》《洛姝真珠》等作，咸感切当时，目击心伤，不敢暴扬国政，总托于寻常咏物写景，不使人易窥其意旨之所在。”（《协律钩玄》序）

姚文燮关联时事云：“德宗朝，蔡廷玉为朱泚幕府，劝泚入朝。而泚内畏弟滔逼己，滔亦劝泚入，乃以兵属滔，廷玉谏不听。及入，帝素知廷玉贤，因授大理少卿。会滔以幽州叛，而表言廷玉与朱体微离间，泚亦归罪二人，因贬廷玉为柳州司户以慰滔。滔谍伺诸朝曰：‘上若不杀廷玉，当谪去出洛。我缚致支解之。’帝劳廷玉曰：‘尔姑行，为国受屈，岁中当还。’廷玉告子少诚、少良曰：‘我为天子不血刃下幽州十一城，乃败于将成，天助逆耶！今使我出东都殆滔计。吾不可以辱国。’至灵宝投河而死。贺盖作此以挽之欤？”（《昌谷集注》）

叶葱奇则完全抛开诗人的寄意道：“这首纯摹古歌谣，音节、语意都温厚、朴质，饶有古意。”（《李贺诗集疏注》）

刘衍又以“独善”解之，认为屈原和徐衍的悲剧皆因政见不和，仕途多舛所致，“贺不慕屈平沉湘，更斥徐衍之愚，实即借褒贬古人而自抒怀抱。贺仕途受挫，又感李唐盛世已过，愤激悲伤，但不轻生，自以为食用不缺，骨肉欢聚，可安居独善”（《李贺诗校笺证异》）。

读长吉诗，从来不宜过于坐实，此诗应无讽意，更多的是敷衍古事，对“奔流”之“公”表达同情。至于诗的风格，真正是“音节悲怆，读之泪下”（阙名《李长吉诗集》）。方世举道：“乐府最不宜袭，如此却好。然长吉可取处总不在此。”（《李长吉诗集批注》）虽言“好”却未言“好”在何处，窃以为好在发挥出了故事中最深的哀情，从而激荡感人。

巫山高[①]

碧丛丛，高插天，大江翻澜神曳烟[②]。
楚魂寻梦风飔然[③]，晓风飞雨生苔钱。
瑶姬一去一千年[④]，丁香筇竹啼老猿[⑤]。
古祠近月蟾桂寒[⑥]，椒花坠红湿云间[⑦]。

【注释】

① 巫山高：为汉《鼓吹铙歌》十八曲之一。巫山，在夔州巫山县东三十里，形如巫字，故称。

② 神曳烟：形容山顶烟云缥缈的样子。

③“楚魂”句：楚魂，用宋玉《高唐赋》《神女赋》楚襄王游云梦，夜寝，梦遇神女事。飔（sī），凉风。

④ 瑶姬：赤帝之女。《襄阳耆旧传》：“赤帝女曰瑶姬，未行而卒，葬于巫山之阳，故曰巫山之女。楚怀王游于高唐，昼寝，梦见与神遇，自称是巫山之女。王因幸之，遂为置观于巫山之阳，号为朝云。后至襄王时，复游高唐。”

⑤ 筇（qióng）竹：产于蜀中邛都邛山（今四川省西昌市东南）之竹，以此得名，可制竹杖。

⑥ 古祠：指巫山神女祠。据陆游《入蜀记》，祠正对巫山。

⑦ 椒：芸香科植物，俗称花椒。

【评析】

古代诗词中的巫山，总令人想起阳台神女的故事。宋玉《高唐赋》云：“昔者先王尝游高唐，怠而昼寝，梦见一妇人曰：‘妾，巫山之女也。为高唐之客。闻君游高唐，愿荐枕席。’王因幸之。去而辞曰：‘妾在巫山之阳，高丘之阻，旦为朝云，暮为行雨。朝朝暮暮，阳台之下。’旦朝视之，如言。”如此美妙妩媚的典故自然易为历代文人墨客取材入诗，回响不绝。

吴兢《乐府古题要解》说《巫山高》古辞“大略言江淮水深，无梁可渡，临水远望，思归而已。若齐王融‘想象巫山高’，梁范云‘巫山高不极’，杂以阳台神女之事，无复远望思归之意也。”《乐府诗集》存录汉铙歌古辞十八曲，中有《巫山高》，又收有齐梁至唐《巫山高》二十一曲，黎简认为李贺所作此题：“脉发《九歌》，《巫山高》作者当以此为第一。”（《黎二樵批点黄陶庵评本李长吉集》卷四）

同样写巫山的高险，李贺发挥其丰富的想象力与夸张的特长，写巫山的众峰高插云天，将山间缭绕的云烟想象为仙人所曳，说山上的古祠几乎接近了月亮，甚至可以感触到月亮的寒气，把巫山之高言至极致。陆游《入蜀记》言：“过巫山凝真观，谒妙用真人祠。真人，即世所谓巫山神女也。祠正对巫山，峰峦上入霄汉，山脚直插江中。议者谓太、华、衡、庐，皆无此奇。然十二峰者不可悉见。所见八九峰，惟神女峰最为纤丽奇峭，宜为仙真所托。”据此推知，李贺应在南游时到过此处。

“大江翻澜”四字，令人想到杜甫《秋兴》八首其一所写：“巫山巫峡气萧森”“江间波浪兼天涌”，可知此处山水之奇峻。除了极言巫山之高，诗人还极言古祠之古，将古老的神女故事充溢在整首诗中，故事已千年，山间的猿猴都如这故事一样苍老了。《李贺诗校笺证异》说此诗有“高丘无女”之叹，正所谓“骚之苗裔”。

《李贺诗选评》说：“诗人运用其饱蘸历史感怆的笔触，将摹写自然景物与缅思神话传说交融在一起，这里既有对瑶姬悠恍踪迹的追怀，同时也状述了眼前空寂凄凉的景象。”

神女瑶姬的故事早已与巫山融合一体了，如刘辰翁所云，“楚魂寻梦风飔然”，七字读来，“分明巫山”（《笺注评点李长吉歌诗》）。今人朱世英则说：“‘神曳烟’可视为《高唐赋》中‘旦为朝云，暮为行雨’的翻新。”（《唐诗鉴赏辞典补编》）

前人多品味诗中所写景物的韵味，曾益解曰：“祠古，见年远；近月，明山高；蟾桂寒，凄寂也。椒花坠红，无人自落；湿云间，风雨晨夕。景物时换，唯巫山长存而已。”（《昌谷集》）董伯音云：“‘江翻澜’，疑为神女曳裾也。‘风飔然’，疑为襄王寻梦也。‘晓岚飞雨’，言及晓而俱非矣。”（陈本礼《协律钩玄》引）钱澄之评曰：“‘曳’字如画，画出渐展渐拓之景。”（陈弘治《李长吉歌诗校释》引）王琦谓“近月蟾桂寒”，言其高峻；“椒花坠红”，即无人花自落之意。（《李长吉歌诗汇解》）

也有赋予此诗他旨者，如徐渭云：“亦有讽意，岂谓三郎、玉环耶？”（《唐李长吉诗集》）姚佺云：“自贺作此，有所主，盖为明皇幸蜀之后，而凭吊之也。”（《昌谷集句解定本》）姚文燮云：“此追悼马嵬也。苍翠逼天，波涛迷漫，楚魂寻梦，讥上皇也。上皇觅少君之术，求见玉真，抑知竟成永别耶？苦竹哀猿，荒祠寒月，愁红自坠，风雨凄其，未审芳魂犹凭依否？”（《昌谷集注》）刘嗣奇亦云：“此作为明皇幸蜀而凭吊之也。”（《李长吉诗删注》）以上诸解，均将题旨指向明皇与玉环事。姑存一说，以备参考。

平城下

饥寒平城下[1]，夜夜守明月。

别剑无玉花[2]，海风断鬓发[3]。
塞长连白空，遥见汉旗红[4]。
青帐吹短笛[5]，烟雾湿画龙[6]。
日晚在城上，依稀望城下。
风吹枯蓬起，城中嘶瘦马。
借问筑城吏，去关几千里。
惟愁裹尸归，不惜倒戈死[7]。

【注释】

① 平城：汉、唐皆有平城县。王琦注："此所云平城，乃古之平城，非唐时之平城也。"（《李长吉歌诗汇解》卷四）其地汉代为北部边塞，后为北魏中期都城，即今山西大同。

② "别剑"句：别剑，离家时所携之剑。玉花，谓剑光如玉，久而不用，则锈涩而无光。

③ 海风：瀚海（大漠）的严风。

④ 汉旗：汉地之旗。自两汉以后，长城以外之人称长城以内地总曰汉地。

⑤ 青帐：主帅所在之帐。

⑥ 画龙：旗帜上所画的龙形图案。

⑦ 倒戈：战死而戈倒于地。

【评析】

诸家对于此诗中"平城"的所指意见不一。汉代的平城县在唐河东道云州雁门郡，以"平城之围"（又称"白登之围"）闻名，《史记·高祖本纪》载，汉初，韩王信叛投匈奴，刘邦追至此，为匈奴所困，被围七日不解。据《新唐书·地理志三》"云州雁门郡"条，唐于此设云中、楼烦二守捉（小队的边防军），其地有阴山道、青坡道，皆出兵要道，即汉时平城县。

姚文燮以元和八年（813）振武军避水患，徙军天德，“节度使李进贤不恤士卒，军遂乱”之史实证诗，并云“平城即振武，今云中雁门也”。（《昌谷集注》卷四）王琦认为：“旧注以‘平城’及‘汉旗红’之语作汉高祖被困平城之解者，非是。”（《李长吉歌诗汇解》）

唐亦有平城县，但不在边境，而在太原以南的上党一带。王友胜认为李诗所咏为秦汉古平城，非唐平城，李贺此诗即用平城之围典故，咏边塞征战（《李贺集》）。刘衍则谓：“唐时平城县亦有静边军。贺元和九年秋入潞，时郗士美为昭义军节度使兼潞州长史，贺入潞后，客居潞州张彻处，于平城亲见戍卒之苦，此亦在情理之中。”（《李贺诗校笺证异》）二说各有所长，可互参。

抛开平城的具体所指不论，长吉此诗是唐代大量边塞诗中的佳作，应得到更多的重视。

王琦云：“此章以守边之将，不恤其士卒之饥寒，其下苦之，代作此辞以刺。然通首竟不作一怨尤之语，洵为高妙。”（《李长吉歌诗汇解》）姚文燮附会时事云：“元和八年，振武河溢，毁受降城。李吉甫请徙于天德军。李绛、卢坦云：‘振武美水草，当要冲，欲避河患，退二三里可矣。’上卒用吉甫言。冬十月，振武节度使李进贤不恤士卒，使牙将杨遵宪将五百骑趋东受降城，以备回鹘，军遂乱。平城即振武，今云中雁门也。明月海风，白空雾湿，皆状平城之水为患，致士马饥寒也。又当远徙天德，未知去关几许，而将帅仍肆苛暴，谁乐为用？虽效命疆场，徒死无益，遂不惜倒戈以致乱矣！”（《昌谷集注》）

叶葱奇评之：“趣味凄苦，而语意正大，悲壮。”（《李贺诗集疏注》）刘衍道：“《平城下》是有感于官不恤卒，军气不扬而作。诗托士卒之言，诉戍边之苦。”（《李贺诗校笺证异》）

诗的末二句，尤为人称道。吴汝纶评曰：“结意直率。”（《李长吉诗评注》）黎简评之“沉痛”（《黎二樵批点黄陶庵评本李长吉集》卷四）。陈慔云：“乐府《战城南》‘朝行出攻，暮不夜归’亦作如此结，其勇可登明堂。”（《昌谷集句解定本》引）

用意之外，此诗措语遣词亦独具特点：一则富于细节，如用剑光的消磨来侧写守边之苦，写到旗帜上被烟雾打湿的龙图，像忽然拉近镜头，增加了场景的真实感和氛围感。二则着意于色彩的铺陈，如“塞长连白空，遥见汉旗红”，写空旷的塞原与苍白的天空相接，阔大浑然的布景中点缀着鲜明的一抹朱红，既是面与点的配合，又是白与红的反差。

江南弄①

江中绿雾起凉波，天上叠巘红嵯峨②。
水风浦云生老竹，渚暝蒲帆如一幅。
鲈鱼千头酒百斛，酒中倒卧南山绿。
吴歈越吟未终曲③，江上团团贴寒玉④。

【注释】

① 江南弄：乐府清商曲辞。

② “天上”句：意为在落日的映照下，天上云气变作红霞，嵯峨（cuó é）层起如层峦叠嶂。巘（yǎn），峰峦。

③ 吴歈（yú）越吟：指以吴越声腔吟唱的歌谣。左思《吴都赋》：“荆艳楚舞，吴歈越吟。”

④ 寒玉：指月。

【评析】

宋郭茂倩《乐府诗集》解“江南弄”之题曰：“江南古辞，盖美芳晨丽景，嬉游得时。”长吉此诗亦颇切题，吟咏江南的风光良辰，用纯净的语言专注地摹写一个美丽而令人愉悦的傍晚。

前人多赏味诗中丽景，或云：“此羡江南之景物艳冶也。绿雾在水，红霞映天；翠篠阴凝，江船晚泛；鲈鱼美酒，山影垂尊；洗耳清音，月浮水面。自足令人神往矣。”（姚文燮《昌谷集注》）或云：“此言江南江山奇丽，景物妍媚，有鱼有酒，听吴越之歌以自愉快，而曲奏未终，水月旋绕也。”（曾益《昌谷集》）或云：“写景真是如画。‘团团贴寒玉’，注以为荷，余意或是言月，观上文‘渚暝’可见，且与‘吴歈越吟未终曲’句相应尤急。”（贺裳《载酒园诗话又编》）“寒玉”是月无疑了，诗中所写良辰即是黄昏至近夜情景。

此诗语言之简净，也是论者多所关注的。方世举云：“（‘渚暝蒲帆如一幅’）语稚，不得以《左传》‘如布帛之有幅’为解。”（《李长吉诗集批注》）徐渭评之“雕”（《唐李长吉诗集》），这“雕”亦非雕琢之意，而是赞其状景贴切。黎简亦云：“极雕而佳（指‘水风’一联）。状月是昌谷独造。”（《黎二樵批点黄陶庵评本李长吉集》）

长吉乐府歌诗受六朝风格影响很深，但此江南之曲却不同，“梁简文、沈君攸、吴均、殷英童皆言荡舟采莲，此梁陈所以为浮绮也”（《昌谷集句解定本》引吴甫语），贺诗则以清新之景为主。如“酒中倒卧南山绿”一句，刘辰翁评之“无不奇绝”（《笺注评点李长吉歌诗》），此句有两种解读，或解为绿色南山的倒影映入酒杯中（刘衍《李贺诗校笺证异》），或如王琦云：“酒中，饮酒方半也。倒卧者，酒酣倒地而卧也。南山绿者，悠然见南山之色也。”窃以为两种皆具美感，而后一种更体现出在江南美妙风光中舞乐乘兴、酣饮沉浸的欢畅情景。

此诗似乎打破了读者们对贺诗奇诡的成见，邢昉云：“长吉歌行艳称古今……随声赏爱之流，皆入其云雾耳。独予违众黜之，存此一首，以观其概。”（《唐风定》）贺裳云：“世皆称长吉为鬼仙之才，语殊不谬。然其集中，亦自有清新俊逸者。如《崇义里滞雨》曰：‘忧眠枕剑匣，客帐梦封侯。’《伤心行》曰：‘灯青兰膏歇，落照飞蛾舞。古壁生凝尘，羁魂梦中语。’《始为奉礼忆昌谷山居》曰：‘不知船上月，谁棹满溪云？’《秋凉寄兄》曰：‘梦中相聚笑，觉见半床月。’《江南弄》曰：‘江中绿雾起凉波，天上叠巘红嵯峨……’写景真是如画，何尝鬼语，亦何尝不佳？”（《载酒园诗话又编》）范大士评说：“此诗思致敏妙，无一毫怪诞处。”（《历代诗发》）

在这江南丽景面前，追求怪诞的诗人也安宁了，为何？一则，书写这纯粹的“美”是不需要怪诞的语言的。二则，在此地和此刻，长吉终于忘了忧，也忘了“我”。他沉浸在无边的清丽中，赏着绿色的水雾、绯红的云霞、朦胧的远帆，有青山静月相伴，他再不想让时间倏忽千年，他投入真实的人间，他在风中呼吸，听最婉媚的曲调，连饮食之愉此刻也是人生要事。这可是江南啊，比幻想中的仙境更动人万倍，洗涤了诗人心灵的阴霾。此刻的诗人只想用心记录此刻的美，享用当下的尘世之乐。向来疏离世事的长吉，在此回归了真实。

细读此诗，我们便会发现诗人的细腻用心，黎简说：“昌谷于章法每不大理会，然亦有井然者，须细心寻绎始见。”（《黎二樵批点黄陶庵评本李长吉集》）此诗正是如此。在感官方面，诗人布排了视觉（绿、红、山、水等）、听觉（曲）、触觉（凉、寒）、味觉（鱼、酒）；空间方面，全篇的书写由下及上（从江面移至天空云霞），由近及远（从竹到帆，从面前酒食到南山）；时间方面，诗人由黄昏写到月上。整体风调上，可以说是精心打磨出的一种清新自然。

相劝酒

羲和骋六辔[①]，昼夕不曾闲。
弹乌崦嵫竹[②]，抶马蟠桃鞭[③]。
蓐收既断翠柳[④]，青帝又造红兰[⑤]。
尧舜至今万万岁，数子将为倾盖间[⑥]。
青钱白璧买无端，丈夫快意方为欢。
臛蠵臑熊何足云[⑦]，
会须钟饮北海[⑧]，箕踞南山。
歌淫淫[⑨]，管愔愔[⑩]，横波好送雕题金[⑪]。
人生得意且如此，何用强知元化心[⑫]。
相劝酒，终无辍。
伏愿陛下鸿名终不歇，子孙绵如石上葛。
来长安，车骈骈[⑬]。
中有梁冀旧宅[⑭]，石崇故园[⑮]。

【注释】

①“羲和”句：羲和驾日车，御六龙。

②“弹乌”句：古人认为日中有三足乌，此处“乌”代指日。弹之使运行不驻，犹“鞭日”之意。崦嵫（yān zī），山名，在今甘肃天水西，古代神话谓其为日入之处。

③抶（chì）马：鞭马。

④蓐（rù）收：西方神名，主管秋季。

⑤青帝：东方之神，司春令者。

⑥“数子”句：数子指羲和、蓐收、青帝等。倾盖，谓行车相遇，停车而语。倾盖间，言其时不久。

⑦臛（huò）蠵（xī）臑（nào）熊：指代珍馐美味。《刘子·殊好章》：“炮羔煎鸿，臛蠵臑熊，众口之所嗛也。”

⑧钟饮北海：以北海为酒。

⑨歌淫淫：歌声洋溢貌。

⑩管愔（yīn）愔：管声酣畅和谐。

⑪“横波”句：横波，比喻眼波流动，如水闪烁。雕题金，南蛮雕题国所出的金子。雕题，以丹青雕刻其额，乃古代南国风俗。

⑫元化：造化。

⑬骈骈：车马连缀并行貌。

⑭梁冀：东汉外戚和权臣。

⑮石崇：西晋时期的著名富豪，修筑有金谷园。

【评析】

此诗疑作于元和六至八年官奉礼郎时。

其题材与立意，显然受到李白《将进酒》的影响，其中“人生得意且如此，何用强知元化心。相劝酒，终无辍”，直接化自太白的“人生得意须尽欢，莫使金樽空对月”和“将进酒，杯莫停”。或云：“梁冀旧宅、石崇故园不在长安，后汉及晋皆都洛阳，岂长吉失所考耶？抑托兴不拘事实耶？如此等篇，皆效太白意。”（吴正子、刘辰翁《笺注评点李长吉歌诗》）但贺诗从天星运转写到岁月轮回、人事代谢，如李德辉所评，“辞采更瑰丽，形象也更富暗示性，句与句间的跳脱也更大”（《李贺诗歌渊源研究》）。

李贺对李白诗歌尤其是乐府歌诗的继承，使得二人作品多有相似，因此有“诗家二李”之称。唐代齐己有诗云：“李白李贺遗机杼”“长吉才狂太白颠”。宋代姚勉有诗云：“李家自古两诗仙，太白长吉相后先。……长成学取二仙人，要使诗人常姓李。”（《赠行在李主人二子》）张戒比较二人同异道：“贺诗乃李白乐府中出，瑰奇谲怪则似之，秀逸天拔则不及也。贺有太白之语，而无太白之韵。”（《岁寒堂诗话》）胡应麟云：“太白幻语，为长吉之滥觞。”（《诗薮》）但长吉就是长吉，他对再赞赏的前辈也不会亦步亦趋，而是在继承借鉴中，彰显自身个性，驰骋无二的才华，呈现不可复制的创作。

在此诗创作手法方面，徐渭云：“曲终奏雅，亦有讽耶？其乐安在？故曰讽。”（《唐李长吉诗集》）黎简云：“戛然而止，意尽而韵长。”（《黎二樵批点黄陶庵评本李长吉集》）

至于创作意旨，王琦云：“梁冀宅、石崇园皆在河南，长吉盖举其路中所见者言之耳。权贵如梁冀，豪富如石崇，不久之间，身死家灭，徒留园宅故迹于荒烟茂草之中。富贵之不足恃如此，以见人生当行乐之意。”（《李长吉歌诗汇解》）陈沆云：“人生几何，富贵无常，但愿天下长太平，人人得行乐耳。乃来见长安，是在位执政者皆梁冀、石崇之续，则吾虽欲行乐，又可必乎哉！忧时之语，托之旷达，殆亦元和末年所作。时天下虽治，君臣渐侈，故隐然忧之。”（《诗比兴笺·李贺诗笺》）孙枝蔚云：“王公上寿酒歌，三朝献酒，万岁是膺，我皇寿而隆，茂而嵩，所以代鹿鸣然也。”（《昌谷集句解定本》引）刘衍则说：“《相劝酒》盖感人事代谢，企求及时行乐。但写法上却出常人窠臼，不以吊古兴怀，纯从天运着眼。”（《李贺诗校笺证异》）

姚文燮云：“李藩尝谏宪宗，以太宗饵天竺长年药为戒云：‘励志太平，拒绝方士，何忧无尧舜之寿？’帝不听。然其时朝贵希宠固恩，迎合上意，屡进方士丹术。贺盖伤之。”（《昌谷集注》）持此论的，还有叶葱奇等。如此解诗，无可厚非，但终究是局囿了长吉诗的解读空间，不如从陈允吉所言：“如《相劝酒》《古悠悠行》之什，所吟唱的内容基本上摆落了纷纭具体的世事，是处触动长吉愁绪的，乃是一片日光、一阵鼓声、一座铜驼，世人早已熟视无睹或置若罔闻，却能够在诗人的内心激起强烈的震荡和反响。它们传递作者的惶恐和伤感，纯从思考天道与人生的关系着眼，以天道之无尽反衬人生的有涯，强调时间的流逝是生命的否定力量，由之低回苦吟这个人类与生俱来的大惑，往往饶富形而上的哲理意味。”（《李贺诗选评》）如此，由诗人对生命的态度出发，去理解其作品，才能深知其中况味，亦能更好地解析其诗歌风格所在。

北中寒①

一方黑照三方紫②，黄河冰合鱼龙死。
三尺木皮断文理③，百石强车上河水④。
霜花草上大如钱，挥刀不入迷濛天。
争瀯海水飞凌喧⑤，山瀑无声玉虹悬。

【注释】

①北中寒：乐府古题名。《乐府解题》云："晋乐，奏魏武《北上篇》，备言冰雪溪谷之苦。其后或谓之《北上行》，盖因武帝词而拟之也。"

②"一方"句：一方黑，传说五方中主北方之神曰黑帝。《史记·天官书》："黑帝行德，天关为之动。"唐张守节正义："黑帝，北方叶光纪之帝也。冬，万物闭藏，为之动，为之开闭也。"三方紫，北方阴寒，阳光微弱，天气玄黑，其余二方也为之变紫。

③"三尺"句：由于寒冷，把三尺木皮冻断。

④强车：重车。

⑤“争潜”句：争潜，波涛回旋互激之状。凌，冰凌。

【评析】

李贺此诗的主题是“寒”，诗人虽未亲临极寒之地，却将寒意写出切肤之感，写得别出心裁。他以通感的方式写寒，通过与“寒”相关联的诸多心理感受来凸显寒意，用密集的感官印象来“制造”出一种直击心灵的寒。

且看此诗中，他使用强硬或阴沉的字眼（木皮“断”、鱼龙“死”），写压迫感（重车压冰面），写阻碍感（流不动的水中冰凌），写沉重之物（百石大车），写深沉的色彩（大块的黑和紫），写粗硕（粗大如钱的霜花），写凝固（凝结的霜花、冻结的瀑布），写浓厚（挥刀不散的迷濛天色），所有这些都是与人的寒冷知觉相关的体验。

除此之外，他还“剥夺”了一切事物的生命力，草是被厚霜冻馁的，水中鱼是“死”的，大木的三尺厚的树皮都被冻得断裂了。流动的水呢？黄河水面是冻住的，未被冻结的海水也裹挟着碎冰回旋阻塞，连山间的瀑布都凝结静止了，一个“悬”字既写出了无声的极寒，又抛出一片丧失了生命力的死寂。如此读之，便可窥见长吉的文字创造之力。

胡震亨云：“李长吉咏寒：‘百石强车上河水’。换‘冰’字作‘水’，寒意自跃。此用字之最得意者。”（《唐音癸签》）周啸天评此诗：“在散乱中见经营”，“于无理处得奇趣”，“全由片段的景色联缀而成，如‘一句一绝’者，即每句诗都展示一种景观，共同体现着‘北中寒’。”（《唐诗鉴赏辞典补编》）

王琦解云：“因冻，故木皮虽厚，亦至拆裂。河冰坚甚，虽以百石重车行其上，亦不碎陷（‘三尺木皮’二句下）。霜凝草上，有似花葩。挥刀不入，亦言其沍寒凝结之甚（‘霜花草上’二句下）。北海近岸浅狭之处，至十月即冻，而天色暄和，暂或解散，其碎冰为波涛所拥触，作声甚喧。山中瀑水激流而下，如挂匹练，遇寒而冻，寂然无声，似白虹悬于涧中（末二句下）。”（《李长吉歌诗汇解》）

刘衍评此诗“无字不从‘寒’字下笔”，并联系诗人心境云：“诗人当年遇毁长安，后又任卑官小职，加之天下不安，烽火屡起，其心情之幽冷，处境之恶劣，何异乎此！”（《李贺诗校笺证异》）

姚文燮认为此诗的创作有其具体背景，“元和七年冬，吐蕃寇泾州，上患之。时初置神策镇兵，欲以备御吐蕃。然皆鲜衣美食，乃值严寒，忽闻调发，俱无心奔赴。况乎朔漠阴凝之地耶？一方黑，状北方阴玄之气也。三方之日不敌一方之寒，故云‘一方黑照三方紫’也。……河冰冻合，可挽百尺之车。霜重严威。军士不愿提兵以入。海水波翻，加与冰激而愈喧也。山瀑既冻，则冰如玉虹之悬也。长安市儿，未习征战，方且北望而不前矣。”（《昌谷集注》）这一看法，未必确切，但不妨为解读贺诗之参考。

梁台古意

梁王台沼空中立[①]，天河之水夜飞入[②]。
台前斗玉作蛟龙[③]，绿粉扫天愁露湿[④]。
撞钟饮酒行射天[⑤]，金虎蹙裘喷血斑[⑥]。
朝朝暮暮愁海翻，长绳系日乐当年。
芙蓉凝红得秋色，兰脸别春啼脉脉[⑦]。
芦洲客雁报春来[⑧]，寥落野篁秋漫白[⑨]。

【注释】

①“梁台”句：谓积土为台，若空中而立。梁王，西汉梁孝王刘武。《西京杂记》：“梁孝王好营宫室苑囿之乐，作曜华之宫，筑兔园。园中有百灵山，山有肤寸石、落猿岩、栖龙岫，又有雁池，池间有鹤洲凫渚。其诸宫观相连，延亘数十里，奇果异树，瑰禽怪兽毕备，王日与宫人宾客弋钓其中。”

②“天河”句：谓凿地为池，若天河之水飞泻而入。

③斗玉：木石镶榫合缝之处谓之“斗”，以玉相斗合，作栏楣，镂刻为蛟龙之形，谓之斗玉。

④绿粉：指竹。据载，梁孝王有修竹园。《水经注》：“睢水又西南流，历于竹圃，水次篆竹，荫渚菁菁，世人言梁王竹园也。”

⑤射天：相传殷帝武乙、纣王、宋康王都曾以革囊盛血，悬而射之，以威服鬼神，曰射天。

⑥“金虎”句：金虎蹙裘，虎裘，刺绣着虎形图纹的衣服，代指君侧之人。喷血斑，谓裘色鲜赤。

⑦兰脸：兰花。

⑧芦洲：长满芦花的池渚。

⑨“寥落”句：野篁（huáng），野外低洼积水处。漫，广大。

【评析】

“梁台”，一般指西汉梁孝王所筑之台。但论者多认为诗人应另有所指。

姚文燮道：“此追讽太平公主也。主权震天下，将相皆出其门。作观池乐游原，瑰瑶山集，侈靡过于天子，乃潜谋大逆，竟至伏诛。后台沼荒凉，野水弥漫。贺盖抚景而托梁孝王以比之。”（《昌谷集注》）叶葱奇认为此诗“是借梁王来讽刺当时贵戚”，刘衍则认为：“贺诗借

用‘梁王’以切时事，而似梁孝王者，当以淄川王李孝同之玄孙李琦最近。”（《李贺诗校笺证异》）

或以为暗讽宽泛的对象：“此咏梁王雪苑，借古讽今，不必定指为何王。然既曰梁王，则是唐诸王孙类。是时国事日非，逆宦满朝，弑君贼主，以为常事，诸王不知天翻地覆，乱在目前，犹日以饮酒为乐，真所谓醉生梦死者也。”（陈本礼《协律钩玄》）“秋来春谢，已复可悲，秋波漫白，又复几时。极讽靡欢侈乐，从流忘返之徒。”（阙名《李长吉诗集》）或以为意在刺不臣之藩镇：“在藩镇势力飞扬跋扈的中唐时代，诗人有感于作为唐宗室藩镇的不臣之心，抚古思今，借古讽今，写下本诗。”（吴企明《李贺集》）

然而，作诗何必一定要讽喻？此诗大可只取字面意义。鲍照《拟行路难》有“君不见柏梁台，今日丘墟生草莱”之句，其所咏“梁台”虽非彼之“柏梁台”，但诗之大意亦无非感叹历史的陈迹，怅惘今昔的变迁。末句谓曾经繁华无比的台沼在不息的历史中废弃，如今此处野水弥漫，只余下一片空寂。即黄淳耀说的“（结二句言）方春而忽秋也，宫殿墟矣。”（《黎二樵批点黄陶庵评本李长吉集》）

钱锺书曾就以本事说长吉诗的做法批评道：“不解翻空，务求坐实，尤而复效，通人之蔽。将涉世未深、刻意为诗之长吉，说成寄意于诗之屈平，盖欲翻牧之序中‘稍加以理，奴仆命骚’二语之案。皆由腹笥中有《唐书》两部，已撑肠成痞，探喉欲吐，无处安放。于是并长吉之诗，亦说成史论，云愁海思，化而为冷嘲热讽。学士心目，限于世法常理，初不知韦宗所谓‘《五经》之外，冠冕之表，复自有人’也。”（《谈艺录》）这段批评深得长吉拥趸的心意。

此外须提的是，此诗“程式化”较为明显，标志如下：其一，注重设色，用到了“绿粉”“金虎”“血斑”“凝红”“漫白”；其二，植物拟人化，绿竹的“愁露湿”和兰花的“啼脉脉”皆贺诗中常见形象；其三，以代词称物，如以“绿粉”代竹子；其四，追求动词的力量感，如“飞”“撞”“喷”“翻”等。此外，连诗中最为奇巧的一句“长绳系日乐当年”亦非苦思之句，而是来自西晋傅玄的“岁暮景迈群光绝，安得长绳系白日”（《九曲歌》）。如此看来，长吉作此诗，似乎用“技”大于用心。

公无出门①

天迷迷，地密密。
熊虺食人魂，雪霜断人骨。
嗾犬唁唁相索索②，舐掌偏宜佩兰客③。
帝遣乘轩灾自灭④，玉星点剑黄金轭⑤。
我虽跨马不得还，历阳湖波大如山⑥。
毒虬相视振金环⑦，狻猊猰貐吐馋涎⑧。
鲍焦一世披草眠⑨，颜回廿九鬓毛斑⑩。
颜回非血衰，鲍焦不违天；
天畏遭衔啮⑪，所以致之然。
分明犹惧公不信，公看呵壁书问天⑫。

【注释】

①公无出门：李贺自拟的乐府诗题。无，通作“毋”。

②“嗾犬”句：嗾（sǒu），使犬声。唁（yàn）唁，犬吠声。索索，不安貌。

③舐（shì）：舔。

④“帝遣”句：帝，天帝。遣乘轩，谓精魂被遣，乘轩而上升。轩，

有曲辕和轓的车，卿大夫以上人士所乘。此指仙人所乘的云车。

⑤“玉星”句：玉星点剑，去时所佩剑，剑柄上嵌以宝石。黄金轭，去时所乘车。轭，辕端横木以系马领者。这句言去时服饰之精好。

⑥ 历阳：郡名，即唐代和州。

⑦ 毒虬：传说中的凶恶之龙，人触其毒气即死。

⑧“狻猊”句：狻猊（suān ní），狮子。猰貐（yà yǔ），古代传说中一种食人凶兽。

⑨“鲍焦”句：鲍焦，周代隐士。《风俗通义·愆礼》：“鲍焦耕田而食，穿井而饮，非妻所织不衣，饿，于山中食枣。或问之：‘此枣子所种耶？’遂呕吐，立枯而死。”

⑩“颜回”句：《史记》：“颜回年二十九，发尽白，早死。”

⑪ 衔啮（niè）：咬嚼。

⑫ 问天：指《天问》。《楚辞章句》曰：“《天问》者，屈原之所作也。屈原放逐，忧心愁悴，彷徨山泽，经历陵陆，嗟号旻昊，仰天叹息。见楚有先王之庙及公卿祠堂，图画天地山川神灵，琦玮僪佹，及古圣贤怪物行事，周流罢倦，休息其下，仰见图画，因书其壁，呵而问之，以渫愤懑，舒写愁思。”

【评析】

关于此诗的创作背景，诸家有多种猜测：

董伯音云：“德宗世，刘晏、陆贽俱以方正不容，横被诛放。贺深伤之，作此自诫，言天地本多毒螫，出门即是畏途，若佩兰芳洁之士，犹猰犬所舐掌而求者。”（陈本礼《协律钩玄》引）

姚文燮云：“贺与韩愈友善。愈高才，屡坐罪贬官。元和十三年，上命裴度讨吴元济，度表愈为行军司马，愈请乘遽自先入汴。初愈以阳山、江陵职方，皆被谤数黜。及改比部，进中书舍人，而以论兵忤执政，又有人诋愈，复改庶子。贺伤其时晦遭噬，佥壬之毒，真如猛兽。顷帝遣之乘轩，而群口自不能为害。宝剑金车，从事征讨。乃我虽滞京华，时以公此行为念。历阳属和州，亦淮西地。正当波涛汹涌，凶暴横行，宜加珍重为嘱。至己命偃蹇，勋名无分，穷愁早凋，数自应尔。当是天不欲致我于危，使卑微可以免祸耶？公当观屈原之书壁问天，知祸福不足凭矣。”（《昌谷集注》）

吴企明认为“我虽跨马不得还，历阳湖波大如山”不是泛设之词，“诗人不会平白无故地写到和州，按用典切地的原则，它们传递出诗人身在和州的信息。因为吴元济叛乱，淮西道途阻塞，‘我虽跨马’，不得归还北方老家，于是干脆南游吴会。”（《李贺集》）

刘衍亦道，李贺是以“历阳湖波”来喻藩镇作乱，并认为此诗可以印证吴元济纵兵、武元衡被杀、裴度被刺伤这一段史实。

暂不去分析各家的是非，且将解读此诗的视角放在李贺对楚辞的承袭上。

题目《公无出门》虽是李贺从古乐府《公无渡河》化出，但内容显然是受楚辞影响而来，前人对此多有认定。如，徐渭曰：“即《小招》四方上下俱不可往，故曰《公无出门》，盖甚有意于弃世违俗，罢干歇进也。”（《唐李长吉诗集》）李裕云：“‘帝遣乘轩灾自灭’，此长吉赋《行路难》也，言以上种种可畏，惟帝遣乘轩，此灾自灭也，而岂能得乎？此君门九重，上无所托，畏遭唧啮，抚已知危也。袭《小招》之辞而非《招魂》也。”（《昌谷集辨注》）

李德辉进一步指出，此诗显然“是一首深受楚辞影响的异想迭出的佳作”，“极写天昏地暗的现实，劝告人们轻易不要外出，因为出门即是畏途”（《李贺诗歌渊源研究》）。结合李贺参加科举过程中的遭遇，可知他经受的是与屈原类似的“谗谄之蔽明也，邪曲之害公也，方正之不容也”（《史记·屈原贾生列传》）的人生悲剧，因此，可以说“这颗羸弱而受伤的心灵立刻感到周围就是一个恐怖的世界”（孟修祥《论李贺对楚辞的接受》）。

事实上，《昌谷集》中处处可见长吉对楚辞的钟爱与共鸣，随举几例，如：“坐泛楚奏吟《招魂》”（《南园》），“斫取青光写楚辞”（《昌谷北园新笋》其一），“楞伽堆案前，楚辞系肘后”（《赠陈商》），“咽咽学楚吟，病骨伤幽素”（《伤心吟》）。前人对长吉诗歌的楚辞渊源多有论述，如李重华云：“李长吉从楚辞发源，天才独出，后人何得效颦。”（《贞一斋诗话》）沈德潜云：“李长吉诗，每近《天问》《招魂》，楚骚之苗裔也。”（《说诗晬语》）王琦云：“长吉下笔，务为劲拔，不屑作经人道过语，然其源实出自楚骚，步趋于汉魏古乐府。”（《李长吉歌诗汇解》序）楚骚是李贺诗歌的两大渊源之一，所不同者在于，“骚诣绝穷微，极命庶物，人力夺工功，浑成无迹。长吉锋颖太露，蹊径易见，调高而不能下，气峻而不能平”（明李维桢《李贺诗解序》）。换句话说，贺诗于学骚中更多地贯注着诗人艺术上的穷力追新和自我的穷愁不平之气。

朱熹曾云：“公，谓屈子者，穷而呼天、疾痛而呼父母之词也。故今所欲取而使继之者，必其出于幽忧穷蹙、怨慕凄凉之意，乃为得其余韵。而宏衍巨丽之观、欢愉快适之语，宜不得而与焉。”（晁公武《郡斋读书志·读书附志》卷下“楚辞类”引）清人叹此诗云：“以贫夭而归功于天，是天赐以贫夭也，而保全之，苦语摧肝。再证作结，苦哉！”（阙名《李长吉诗集》）以此来读，则此诗更具有一种悲剧性的动人力量。

神弦曲[1]

西山日没东山昏，旋风吹马马踏云[2]。
画弦素管声浅繁[3]，花裙綷縩步秋尘[4]。
桂叶刷风桂坠子，青狸哭血寒狐死。
古壁彩虬金帖尾，雨工骑入秋潭水[5]。
百年老鸮成木魅[6]，笑声碧火巢中起[7]。

【注释】

①神弦曲：《古今乐录》："《神弦歌》十一曲：一曰《阿宿》，二曰《道君》，三曰《圣郎》，四曰《娇女》，五曰《白石郎》，六曰《清溪小姑》，七曰《湖就姑》，八曰《姑恩》，九曰《采菱童》，十曰《明下童》，十一曰《同生》。"

②"旋风"句：吹马，古人以为旋风则有神祇降临，此处指天神骑着天马翩然而至。王琦注："旋风，风之旋转而吹者，中必有鬼神依之。低三尺以下，鬼风也；高丈余而上者，神风也。……马，谓神所乘之马。"（《李长吉歌诗汇解》）

③画弦：带花纹装饰图案的弦乐器，如琴瑟琵琶之类。

④"花裙"句：花裙，女巫的装束。綷縩（cuì cài），衣服摩擦发出的声音。

⑤"古壁"二句：彩虬，画龙。雨工，传说中负责降雨的神灵。这两句是说古壁画龙作孽，则驱之而放于潭水。

⑥鸮：通"枭"，猛禽，昼潜夜出，俗称猫头鹰。魅，老精怪物。《说文》曰："魅，老精物也。"

⑦ 碧火：绿色鬼火。

【评析】

此诗应作于元和六至八年李贺为奉礼郎时。

关于此诗的创作旨意，多有论者谓其“讥女巫祷神之妄”（阙名《李长吉诗集》）。如姚文燮云：“唐俗尚巫。肃宗朝王玙以祷祠见宠，帝用其言，遣女巫乘传，分祷天下名山大川。巫皆美容盛饰，所至横恣赂遗，妄言祸福，海内崇之，而秦风尤甚。贺作三首以嘲之。此言巫迎神时，薄暮阴翳，隐隐有神乘马而至。丝竹轻飔，女巫罡步，桂树阴浓，风生哀响。古壁乃巫所悬图画，奇神异鬼，光怪惊人。阴气昏凝，鸱鸮磷见，而女巫以为神至之候也。”（《昌谷集注》）方世举云：“《神弦》三首，皆学《九歌·山鬼》，而微伤于佻；然较之元明，又老成持重矣。凡《神弦诗》皆讥淫祀，篇篇皆佳。”（《李长吉诗集批注》）

这种动辄赋予贺诗以讽刺意义的评论方式，并不可取。王琦即反对说：“长吉诗脉本自楚骚，以楚骚之解解三诗，求所谓讽刺之言，竟安有哉？”又云：“《神弦曲》者，乃祭祀神祇，弦歌以娱神之曲也。此诗言狸哭狐死，火起鸮巢，是所祈者其诛邪讨魅之神欤？”（《李长吉歌诗汇解》）韩国金学主认为此诗为“女巫弦歌以娱神祇之曲”，“所祭之神大约是殴妖讨邪之正神”（《唐诗与巫教试论——以李贺为中心》）。

曾益解会诗意曰：“上四语言天暮神降而作乐，以降神也。神降则风至，故桂叶刷而桂子坠，神降则邪敛，故青狸哭而寒狐死也。‘彩虬’，画虬，‘骑入秋潭’，行雨也。“百年”二句，言古庙之中，古木丛生，鸮老其间，已百年矣，故木魅附鸮以笑，而巢中碧火忽起而自焚也。蓄神不自显，必有所凭以显，雨工骑画虬以入，木魅附鸮以

笑，皆显神也。古木栖神，神燔古木，每有是事。”（《昌谷集》）

作为娱神之曲辞，李贺创作的成功之处在于情景的造设，如刘辰翁所云：“自是一种和见，偏善其时景情态（‘旋风’句下）”（《笺注评点李长吉歌诗》）。陈本礼则评曰：“巫之惑人，类皆吞刀吐火，咒鬼焚符，摇铃振幡，筛金播鼓，跳跃出入，疾如风雨。闻桂子坠则以为神将戮妖，见帖尾动则以为雨工驱虬，且以鸮鸣为魅啸，磷光为巢火，于昏黑杳冥中写出一派阴幽飒沓景象，令人毛悚。”（《协律钩玄》）

陈允吉在前人基础上进一步分析道：诗人先是“有声有色地烘托出天降神灵的威势。以下连写三个诛妖讨魅的神迹，以明神巫之不虚。但见妖狐猝死，尸骨已寒，只剩下青狸兀自哭嗥泣血；古壁画撒花姑娘的金尾虬龙成精作孽，忽见被雨工骑驾着驱入潭水；百年的老鸮也演变成了木魅，在声声啸号中，碧火迸起，使之难以在巢中安身。如此一气贯注，备写神巫降妖除怪、迭现奇踪异状，颇有韩愈诗歌追幽凿险、惊心动魄的神韵”，“奇异种种，寒飒过人”（《李贺诗选评》）。

此诗之所以能够令读者如临其境，还有一个重要原因，是诗人多书写现场的或想象中的听觉感受，比如：弦管的缓急变幻、衣服的细微摩擦声、桂树间的风啸、桂子的咚咚坠落，还有狸狐的惨哭和猫头鹰的桀笑，这一切声响叠加起来，便形成一种神秘的、幽怖的氛围。

值得注意的是，李贺的《神弦》与《神弦曲》皆写到“旋风”，皆写到乐器演奏，皆写到落日（“终南日色低平湾”“西山日没东山昏”）。由此，我们便可联想当时李贺所职管的祭神活动的常见场景，亦可知黄昏时分、乐曲声中旋风吹动纸钱的画面，在诗人的内心留下了多么深刻的印象，以致由这画面所牵连的事物和情绪，所激发的超现实的神迹联想，都在诗人的脑海里交织着盘旋着，或明或暗地滋生于诗人此后的诗歌中。

神　弦

女巫浇酒云满空，玉炉炭火香鼕鼕[①]。
海神山鬼来座中，纸钱窸窣鸣旋风。
相思木帖金舞鸾[②]，攒蛾一啑重一弹[③]。
呼星召鬼歆杯盘[④]，山魅食时人森寒。
终南日色低平湾[⑤]，神兮长在有无间。
神嗔神喜师更颜[⑥]，送神万骑还青山。

【注释】

① 鼕鼕（dōng）：这里指迎神时的鼓声。

② “相思”句：相思木，此处指用相思木制成的琵琶。金舞鸾，琵琶上贴的金色舞鸾图案。

③ “攒蛾”句：攒（cuán）蛾，蹙眉头。啑（shà），意为多语。

④ 歆（xīn）：鬼神享用酒肴等祭品。《说文》：“歆，神食气也。”

⑤ 平湾：山峰空缺处。

⑥ 师：此处指女巫。

【评析】

本诗应作于元和六至八年官奉礼郎时。

据《唐六典》载，奉礼郎的职责是：“掌设君臣之版位，以奉朝会、祭祀之礼。凡祭祀、朝会，设庶官之位。凡尊彝之制十有四，祭祀则陈之。……凡大祭祀及朝会，在位者拜跪之节皆赞导之，赞者承传焉。又设牲牓之位，以成省牲之仪。凡春、秋二仲公卿巡行诸陵，则主其威仪、鼓吹之节，而相其礼焉。”对神鬼世界的沉浸式想象，和神鬼题材的诗歌创作，不论是李贺的职责所在，还是其无法自已的灵感释放，皆可视为其难容于现实的一种精神寄托。自任职奉礼郎后，长吉诗歌的风格开始朝更诡谲处发展，最后形成杜牧所谓“牛鬼蛇神，不足为其虚荒诞幻也”（《李贺集序》）的风貌。

奉礼郎虽为卑职小官，令李贺志不获骋，且疏离了当时政坛，但是这特殊的职位从另一方面也激发了他的诗歌创造力，为之提供了发挥超凡想象力的空间。

《神弦》《神弦曲》《神弦别曲》三首相互关联，分别展现女巫迎神、娱神、送神的场面，“抒情主人公都是神秘的女性，其品性都是神人合一、亦人亦神，诗中都笼罩着巫云蜀雨、愁思幽情”，与《九歌》相比，“《九歌》中的诗篇有比较复杂生动的情节，感情描写细腻，人物形象丰满，神灵的形象显得庄严、肃穆、和善，而《神仙》三首却不重情节的离奇，而重场面的铺写和气氛的渲染。”（李德辉《李贺诗歌渊源研究》）

称道此诗者，皆赞其营造幽森氛围之真切：“读此章，使人神意森索，如在古祠幽黯之中亲睹巫觋赛神之状也。”（刘辰翁《笺注评点李长吉歌诗》）“起四句寒飒过人，直令毛发森直。‘有无间’，妙。‘师更颜’，更妙。”（阙名《李长吉诗集》）更有将长吉此类题材与《楚辞》相媲美者，如黄淳耀云：“杂之《楚辞》，何以辨非屈、宋？”（《黎二樵批点黄陶庵评本李长吉集》）董伯音道：“此为享神之曲，凡山水之厉皆在所祭，故杂举之。”（陈本礼《协律钩玄》引）陈允吉评此诗与《神仙曲》：“奇异种种，寒飒过人”，尤其此诗“意境阴森，读来神形颤索，悚人毛骨，使人如目睹巫术之实演”（《李贺诗选评》）。

诟病者亦有之，如贺裳云：“二诗（按指《神弦曲》《神弦别曲》）真有《湘君》《山鬼》之遗。但中篇（按指《神弦》）语太浅直，如

‘呼星召鬼歆杯盘，山魅食时人森寒’，形容殊劣。二诗已不能尽奇；《骚》岂易及？况‘奴仆’耶！”（《载酒园诗话又编》）方世举云：“大概与前首（《神弦曲》）义同，而未及前之结写妖妄复作等语。然此所言巫之謟人与人之为巫所謟者加甚。”（《李长吉诗集批注》）

诗中语言，值得注意的是“玉炉炭火香鼕鼕”一句。王琦谓“鼕鼕”二字“与五字不合，疑有讹文”（《李长吉歌诗汇解》），刘衍则认为李贺在这里用了“移觉”，即通感的手法，类似杜甫《绝句》“春风花鸟香”中的“鸟香”（《李贺诗校笺证异》）。此说多为读者接受，如王樯认为此句“写出了香火随鼓声跳跃，鼓声与香火练绕的迎神场面的神秘气氛，突出了处于那种特殊环境里的恍兮惚兮的主观感受。”（《“鬼才”自有“神仙格”——谈李贺诗歌艺术中强烈的主观色彩》）

现代学界对于李贺神巫题材歌诗的评论，受到了唯物论思想的明显干扰，导致这类诗作的语言艺术之美也被忽视。以此诗末句为例，诗人所造的神仙“万骑还青山”的宏大场景，稍加联想，读者便能在脑海中铺展一种惊人的美。“海神山鬼来座中”“山魅食时人森寒”亦能令读者如临其境，将空无之境写出一种真实触感。凡此，在艺术表现上均宜予以重视。

神弦别曲 ①

巫山小女隔云别，春风松花山上发。
绿盖独穿香径归②，白马花竿前孑孑③。
蜀江风澹水如罗④，堕兰谁泛相经过⑤。
南山桂树为君死，云衫浅污红脂花⑥。

【注释】

① 别曲：即送神词。

② 绿盖：神仙的绿色车盖。

③“白马”句：花竿，神之前导。孑孑（jié），特出，独立貌。《诗经·鄘风·干旄》：“孑孑干旄，在浚之郊。”

④ 水如罗：水纹细密如罗。

⑤ 堕兰：此指水面落花，神仙可据以泛江经过。

⑥ 红脂花：此指丹桂花。据李时珍《本草纲目》，桂有三色，白者曰银桂，黄者曰金桂，红者曰丹桂。

【评析】

此诗应作于元和六至八年官奉礼郎时。

同为送神之辞，不同于《神弦》中“送神万骑归青山”的宏大场面，诗人在此幻想和绘制了极具细节美感的送神场景，把神仙归去的路途尽力柔美化、细致化，轻拈的物象是：春风、松花、白马、花竿、清风、静水、落花瓣……

送别是此诗的主题，论者无异议。而“巫山小女”是神女还是送神的女巫？“为君死”的“君”指神女还是女巫？末句“云衫浅污红脂花”一句又该如何理解？前人却众口纷纭，莫衷一是。

只因一句“云衫浅污红脂花”，董伯音说李贺：“谑鬼嘲神，笑空啼影，真词家之曼倩，鬼史之董狐。如此文心，上帝那能割爱！”（陈本礼《协律钩玄》引）暗用李商隐《李贺小传》所记贺临死被上帝召去白玉楼之事，赞赏诗人的用语大胆。《李贺诗选评》则认为此句是“描写巫山神女往还祭坛，汗污云衫，语涉轻亵”（陈允吉、吴海勇《李贺诗选评》），颇有些牵强不通。

姚文燮云：“巫以为神临去而作此以别也。巫山神女由山中来，亦自山中去。春风松花，绿盖白马，遵此长逝。来时怒涛惊拥，去则风浪恬然，水文如罟。‘南山’二句言桂宁为君死，而使绿叶贞干之不凋；花宁为君容，而如云袖红脂之长艳也。神既受享而归，自当降祥默祐。”所解尚可，但可惜又加了一句：“总以形容巫之荒诞而崇之者愚昧，深信以望福之自来，大可笑也。”（《昌谷集注》）

持类似态度的还有方世举：“此专言送神也。无一奇语，自见虚无。‘南山桂叶为君死’二句，结之‘君’谓女巫也。桂之死，因女巫也；草木何知？亦为情死，则女巫之妖妄惑人可知矣。末言其衫透肌肤，汗污浅浅，尤冶。”（《李长吉诗集批注》）如此解读，恐怕亵渎了长吉的诗意。

曾益解末二句曰：“言桂本幽深而色夺者，良从小女红衫为红脂花染其色，浅而且娇，故色夺而死也。”（《昌谷集》）

王琦解诗曰：“巫山之下即蜀江也。风恬浪息，水纹细如罗罟，兰花开堕水中，风景殊美。然道路阻长，谁能泛舟经过其地，以瞻仰神灵？今神既惠然肯来，宴享而去，不特人人欣乐，即南山桂树，受神之披拂者，亦为之死。死者，犹言喜杀。”（《李长吉歌诗汇解》）王琦之说，庶几近之。

细详诗意，“巫山小女”与“君”皆指神女。诗人末句所想象和书写的情节是，红脂花点染了神女的云衫。全诗都在写神女的归，和神女的美。诗人为了极言神女之美，便说神女路过时，桂树都为她而死，丹桂花瓣掉落在她的白色衣衫上。若作此理解，就不必在意前人的评说孰是孰非了。

对于全诗的艺术效果，或云：“一结微词，真可奴仆命骚可也。”（阙名《李长吉诗集》）或曰：“如见山鬼。”（《王闿运手批唐诗选》）

此外，有趣的是，李贺的三首“神弦”诗中提到了同一种神仙坐骑：马。《神弦》中“送神万骑归青山”一句，或云“万骑”指的是送神时候烧的许多纸人纸马，非也，诗人应指众神仙骑马而归。《神弦曲》中有“旋风吹马马踏云”，是神仙骑马降临。此诗中的神女亦是骑着白马归去。道教书籍中有关神仙骑马的材料并不多见，有如《道法会元》：“紫皇玄天元圣仁威上帝天乙天君李哲，王冠皂服，仗剑，骑白马。”再如《混元圣记》：“时老君降于坛上，祥光照映，乘白马。”小说故事中相关文字亦不多，如《博异志·白幽求》：“忽见从西旗节队伍仅千人，鸾鹤青鸟飞引于路，骑龙控虎，乘龟乘鱼。有乘朱鬣马人，衣紫云日月衣，上张翠盖，如风而至。幽求但俯伏而已。”在道教文化中，仙人坐骑有繁多的种类，马并非最常见的类型，而李贺却最喜写神仙骑马，这是值得注意的。

绿水词①

今宵好风月，阿侯在何处。
为有倾人色，翻成足愁苦。
东湖采莲叶，南湖拔蒲根。
未持寄小姑，且持感愁魂。

【注释】

①绿水词：琴曲，东汉蔡邕所制。《琴历》云：“蔡邕有五弄：《游春》《绿水》《幽居》《坐愁》《秋思》。”

【评析】

《乐府诗集》录有南北朝时的《采莲童曲》：“东湖扶菰童，西湖采菱芰。不持歌作乐，为持解愁思。”李贺诗显然承此而来。

如此清新简单的小诗在昌谷集中很少见，简短的文辞中呈现出一种民间曲调的古意，诗人在此以简为美，以情动人。

乍读来，诗意表达的是民间歌诗中常见的主题，即女子对心上人的思念，但诗中“阿侯”与“小姑”两词的所指，令古今读者颇费思量，解读不一。

“阿侯”为乐府歌诗中常见，梁武帝有诗云：“河中之水向东流，洛阳女儿名莫愁。十五嫁为卢家妇，十六生儿字阿侯。”或云贺诗中“阿侯”指美人，如徐渭云：“古乐府《河中之水歌》云：‘洛阳女儿名莫愁’云云，‘十六生儿似阿侯’，则莫愁之前，又有所谓阿侯者，亦美妇也，儿即女也。《河中之水歌》，梁武帝所作，则阿侯非梁之先，必同时矣。”（《唐李长吉诗集》）再如姚文燮云：“阿侯指美人，因其美而远别，愈伤虚此良会。莲叶喻相怜也。蒲根喻苦辛也。未敢遽持寄远，且供我把玩以解幽闷耳”，并以为“此怀友之作也。时愈坐贬，湜就掾辟，贺睹风月而深离思”（《昌谷集注》）。而由李贺《春怀引》中的“阿侯系锦觅周郎”一句，可知阿侯在其笔下确为女性。

至于“小姑”所指，或认为指心上人的姐妹（宋绪连等《三李诗鉴赏辞典》），或认为“小姑”即是阿侯，“莲则剩叶，蒲则余根，颜色零落，故感秋而魂动，以寄小姑，见倾人之色足愁苦也。小姑疑即指阿侯，岂姊妹相忆语耶？”（董懋策《唐李长吉诗集》）但两种解释皆不能使诗意理顺。可以明确的是，“小姑”在此绝非男子的妹妹，而是指思念远人的女子，古乐府《青溪小姑曲》云：“开门白水，侧近桥梁。小姑所居，独处无郎。”这个“小姑”的人物形象，为唐代诗人常取，如皇甫松的《采莲子·菡萏香莲十顷陂》（此词也见于北宋张耒词集中）有：“菡萏香连十顷陂，小姑贪戏采莲迟。”李商隐《无题》诗有“神女生涯原是梦，小姑居处本无郎”。而贺诗中“小姑”与“阿侯”究竟是何关联？读者只好保留这个困惑。

虽然有指代不明的“瑕疵”，但诗中念而不可见的意味依然浓郁动人，清人云：“‘秦王不可见，旦夕成内热。’苦矣，不道此篇更苦。”（阙名《李长吉诗集》）一个“苦”字，道出了此诗的情感浓度。

高轩过[①]

韩员外愈、皇甫侍御湜见过，因而命作。

华裾织翠青如葱[②]，金环压辔摇玲珑。
马蹄隐耳声隆隆，入门下马气如虹。
云是东京才子，文章巨公。
二十八宿罗心胸[③]，元精耿耿贯当中[④]。
殿前作赋声摩空，笔补造化天无功。
庞眉书客感秋蓬[⑤]，谁知死草生华风。
我今垂翅附冥鸿[⑥]，他日不羞蛇作龙。

【注释】

①轩：大夫以上官员所乘车。过：过访。

②“华裾”句：华裾，指官服。翠，绿色官服。唐时七品服绿，九品服青。

③二十八宿：古代天文学家所称的天上二十八组恒星星座。

④“元精”句：元精，天之精气。耿耿，明亮。

⑤庞眉：眉毛黑白相间，形容老迈之相。这里是长吉自谓。

⑥冥鸿：鸿雁。

【评析】

唐末五代王定保《唐摭言》记载了这样一则故事："贺年七岁，以长短之制，名动京华。时韩文公与皇甫湜览贺所业，奇之，而未知其人，因相谓曰：'若是古人，吾曹不知者；若是今人，岂有不知之理？'会有以瑨肃行止言者，二公因连骑造门，请见其子。既而总角荷衣而出，二公不之信，贺就试一篇，承命欣然，操觚染翰，旁若无人。仍目曰《高轩过》……二公大惊，以所乘马命连镳而还所居，亲为束发。"

这个故事曾误导了不少人，认为李贺七岁时即作此诗。如姚文燮云："按贺父晋肃，亦有才华，未能登显籍。贺七岁，时晋肃尚在，韩愈、皇甫湜见过，此时当自酬酢。庞眉死草，贺谓其父已衰暮零落，一旦得华风嘘拂，荣宠倍常。而我自今日敛其羽毛，附二公于青云之上，他时变化飞腾，自不敢负二公之盼睐也。"（《昌谷集注》）高步瀛云："为父执赋，自宜严括，故此篇不似他诗之险奥，而词义精湛，有挥斥八极之观。"（《唐宋诗举要》）延君寿云："李长吉歌行如'二十八宿罗心胸，元精耿耿贯当中。殿前作赋声摩空，笔补造化天无功'四句，虽工部、昌黎警句，不过如是，出诸少小人手，岂非奇才！"（《老生常谈》）

但误会很快被澄清，此诗绝非李贺七岁时所作。首先，据副题中韩愈和皇甫湜的官职判断，"元和三年，皇甫湜以陆浑尉应贤良方正、直言极谏举，指陈时政之失，为宰相李吉甫所恶，久之不调，其为侍御，必在此年之后。韩为都官员外郎在元和四年，约其时长吉已弱冠矣，恐《摭言》七岁之说为误。"（王琦《李长吉歌诗汇解》）其次，由语言气质来看，此诗亦非少年所作。周容道："《高轩过》注云：'贺七岁能词章，韩愈、皇甫湜未信，过其家，使赋诗，援笔辄就，目曰

《高轩过》。’然诗云：‘庞眉书客感秋蓬，谁知死草生华风。’岂七岁儿语耶？意者二公闻其七岁时已能词章，是追言之，非赋《高轩》时也。”（《春酒堂诗话》）

想来《唐摭言》所记故事无非是欲展现长吉非同寻常的诗歌天赋，而对其年龄不免有夸张失实处。但李贺具有超凡的天赋，却是无疑的。

据朱自清《李贺年谱》，此诗应作于元和四年（809），当时李贺寓居东都，韩愈其时亦在洛阳，任都官员外郎，皇甫湜为东都御史台侍御史，故三人得有机会会面。此时文坛中，韩与皇甫已颇具声望，《唐摭言》说：“韩文公、皇甫湜，贞元中名价籍甚，亦一代之龙门也。”所以李贺以此诗积极传达自荐之意。此诗为李贺赢得了不少赞誉，胡应麟说：“唐人歌行煊赫者，郭元振《宝剑篇》、宋之问《龙门行》……李贺《高轩》，并惊绝一时。”（《诗薮·内编》）葛立方云：“唐朝人士，以诗名者甚众，往往因一篇之善，一句之工，名公先达为之游谈延誉，遂至声闻四驰。……‘华裾织翠青如葱，入门下马气如虹’，李贺以是得名。然观各人诗集，平平处甚多，岂皆如此句哉？”（《韵语阳秋》）

应酬与自荐之诗似乎易入俗套，此诗则在赞美文坛“偶像”和展露诗才的同时，传达出作者的文艺观念：

其一，李贺十分感佩韩愈诗风，并以模仿来表达认同。叶葱奇道：“这首诗的句法、音调、气势都和韩愈的诗很相像，因为是赠韩，即效韩体。”（《李贺诗集疏注》）刘衍亦道：“全诗气势雄奇，用语峭拔，俨如韩愈体。”（《李贺诗校笺证异》）李贺也因其奇崛诗风而常被后人归入韩孟诗歌一派。尽管事实上李贺与韩愈的文学创作风格有着本质的不同，江弱水曾大胆地概括道：“韩愈的文字看似奇崛，骨子里却是文从字顺、章妥句适的说教，符合古典诗语要求森然的秩序

和明晰的意义的训条，而李贺精心的紊乱却属于以含混为特征的现代诗语。”（《李贺：颓废的混乱》）

其二，诗中“笔补造化天无功”一句，既是对韩愈及其门派的极高评价，也表达了李贺自己力避平庸的文学创作追求。钱锺书认为“笔补造化天无功”一语，“不特长吉精神心眼之所在，而于道术之大原，艺事之极本，亦一言道著矣。……昌黎《赠东野》诗‘文字觑天巧’一语，可以括之。……造化虽备众美，而不能全善全美，作者必加一番简择取舍之工。即‘觑巧’之意也。”“自然界无现成之美，只有资料，经艺术驱遣陶熔，方得佳观。此所以‘天无功’而有待于‘补’也。窃以为两说（按：即师法造化与功夺造化）若反而实相成，貌异而心则同。”（《谈艺录》）亦有从此句生发者，如王直方道：“李贺《高轩过》中有‘笔补造化天无功’之句，余每击节。此诗人之所以多穷也。”（《王直方诗话》）

其三，赞美楷模的“二十八宿罗心胸，元精耿耿贯当中”二句，强调的不是学识和技艺，而是其天赋气质，也透露了长吉最为看重的作家素质。沈德潜评“东京才子”四句曰：“精光煜爚，四语韩公足以当之。”（《唐诗别裁集》）张文荪云：“凿空奇语，惟韩公当得起。后昌黎（按当为杜牧）亦云：长吉不死，奴仆命《骚》可也。亦惟长吉当得起。两贤皆非谬誉，若作诗动辄献谀，尚成诗耶？”（《唐贤清雅集》）

可以说，李贺借此诗向他的文坛楷模表明了共同的文学立场，也在韩、皇甫二人身上寄托了鱼跃龙门、他日成龙的殷殷期望，为后日韩愈为其作《讳辩》埋下“伏笔”，这更让人为李贺未能在“贵人”的扶助下顺遂腾达而唏嘘遗憾。

兰香神女庙[1]

古春年年在，闲绿摇暖云。
松香飞晚华，柳渚含日昏。
沙炮落红满[2]，石泉生水芹。
幽篁画新粉，蛾绿横晓门[3]。
弱蕙不胜露，山秀愁空春。
舞佩剪鸾翼，帐带涂轻银[4]。
兰桂吹浓香，菱藕长莘莘[5]。
看雨逢瑶姬[6]，乘船值江君[7]。
吹箫饮酒醉，结绶金丝裙。
走天呵白鹿，游水鞭锦鳞[8]。
密发虚鬟飞，腻颊凝花匀。
团鬓分蛛窠，秾眉笼小唇。
弄蝶和轻妍，风光怯腰身。
深帏金鸭冷，奁镜幽凤尘[9]。
踏雾乘风归，撼玉山上门[10]。

【注释】

① 兰香神女庙：即女几庙，在昌谷的女几山上，据李贺《昌谷诗》原注，女几山“即兰香神女上升处，遗几在焉”。庙中所供兰香神女，系传说中在当地修炼成道的一位女仙。

② 沙炮：沙中的石子。

③ 蛾绿：画眉用的青黑颜料，此处指庙前青翠的远山。

④“舞佩”二句：写神女像的装饰。

⑤“兰桂”二句：兰桂、菱藕，指供养的香花祭品。

⑥瑶姬：巫山神女。

⑦江君：湘君。以其为湘江之神，故称江君。

⑧“走天”二句：写神女遨游的情状。

⑨“深帏”二句：谓神女出游，庙中清冷。金鸭，镂刻鸭形图案的香炉。奁（lián）镜，镜匣。幽凤，背面铸有凤形图纹的铜镜。

⑩撼玉：环佩晃动之声。

【评析】

此诗应作于昌谷家居期间，书写诗人家乡的一座神女庙。前十句写神女庙周围的自然景色。后写庙中供奉神女像的装饰、像前摆设，以及诗人脑海中生发出的有关神女的各种想象。

姚文燮解诗云："'古春'以下，咏庙中花卉、竹木、石泉、山水之胜。舞佩带帐，状其饰也。桂酒兰浆，新菱雪藕，言所荐之物也。看雨乘舡，言神女游空，多逢仙侣，逍遥飘荡，上下往还，一任其意。仙姿秾艳，丰度翩跹。回视庙中所设之器，依然悄寂，雾静风声，当是神乎其归来耶？此时人好神仙，贺故幻其词，以见世之炫惑。想与附会以从者，读此当为之解嘲矣。"（《昌谷集注》）姚氏将李贺所有与神仙、神女相关的诗歌皆赋予讽仙之意，有些古板且拘泥了。

刘嗣奇云："昌谷与兰香庙迩，有借兰香以表己之贞素意，故备言其人境之洁。"（《李长吉诗删注》）亦觉牵强。

董伯音解曰："'古春'十句言幽凄境界，神女处此，应不胜愁也。'舞佩'十句与末十句作两截言。神女虽凄处山中，然鸾裾银帐，山香溪秀，与巫女、湘君往来歌宴，跨卫叔卿之白鹿，驾琴高之赤鲤，走天游海，乐已至矣，夫复何愁之有？但以绿鬟珠鬓之女郎，而独处无偶，游乐之余，佩环空返，似空春之愁，终未可解耳。始而代之愁，继而代之乐，终又代之愁，可谓穷鬼神之情状，极讽刺之微言矣。”（陈本礼《协律钩玄》引）此“讽刺之微言”，不知从何看出？

读贺诗大可不必强求暗寓之旨，由文字层面去感受诗人营造的美感，可能更合乎解诗之道。比如，“密发虚鬟飞，腻颊凝花匀。团鬓分蛛窠，秾眉笼小唇。弄蝶和轻妍，风光怯腰身”几句对神女的摹画，与曹植对洛神的刻画颇有相似处，《洛神赋》写神女曰：“秾纤得衷，修短合度。肩若削成，腰如约素。延颈秀项，皓质呈露。芳泽无加，铅华弗御。云髻峨峨，修眉联娟。丹唇外朗，皓齿内鲜。明眸善睐，靥辅承权。瑰姿艳逸，仪静体闲。柔情绰态，媚于语言。奇服旷世，骨像应图。披罗衣之璀粲兮，珥瑶碧之华琚。戴金翠之首饰，缀明珠以耀躯。”这段极美之辞，为后世文人激赏，或许也为诗人李贺对兰香神女的想象提供了灵感和细节。陈允吉评云：“李贺起始遵循纪实笔法，待转入神庙内，诗篇随即沉入一片悠谬恍惚的思绪。自幼体弱多病而性格盱僻的李贺，在觐参兰香神女时投注如许深情关怀，除了欣羡神仙不受疾病困扰、生命永无止境外，亦潜藏着他心际对女性执着的眷爱。”（《李贺诗选评》）这一说法，不失为理解诗人创作心理的一种思路。

可惜诸多评家都未论及此诗的文字亮点，例如“古春年年在，闲绿摇暖云”这开篇两句，即很值得细玩。“古春”，虽有古旧之意，却用得十分新奇，似乎是站在神女的视角来看这周遭的春色，亘古不变，岁岁年年，所以称“古”。一个“闲”字，既提供了一种安详的静谧的氛围，摇曳出一派温柔的春意，又似乎写出了诗人对这片生活环境的熟悉，因为熟谙，所以安闲。就在这闲静的温暖的气息里，诗人展开对神女庙自然环境的铺陈，以及对神女的不受拘束的想象。

刘辰翁云：“逐句逐字尚有可取，全首即无谓。”（《笺注评点李长吉歌诗》）林同济反驳得妙：“不知幻想之品，正在无谓。”（《李长吉歌诗研究》）这首“无谓”的诗歌，应是诗人在神经十分放松的状态下写就的，值得涵咏品味。

送韦仁实兄弟入关[①]

送客饮别酒，千觞无赭颜[②]。
何物最伤心？马首鸣金环。
野色浩无主，秋明空旷间。
坐来壮胆破，断目不能看[③]。
行槐引西道，青梢长攒攒。
韦郎好兄弟，叠玉生文翰[④]。
我在山上舍，一亩蒿硗田[⑤]。
夜雨叫租吏，春声暗交关。
谁解念劳劳？苍突唯南山[⑥]。

【注释】

① 韦仁实：李贺好友，河南宜阳人。曾任补阙，长庆四年（824）抗疏论王播厚赂贵要，事载《旧唐书·王播传》。

② 赭（zhě）颜：赤色。

③ 断目：目断，极目远望。

④ 叠玉：言其文笔之妙，字字皆如精金美玉。

⑤ 蒿硗（qiāo）田：多石且长满蒿菜的瘠薄之田。

⑥ 苍突：苍黑突起。

【评析】

此诗应为元和五年（810）李贺举进士受挫东归昌谷后作。

姚文燮解此诗云："惜别神惨，纵饮不醉。马行镮响，不禁凄凄。秋色荒原，魂惊望断。官树迢遥，马蹄西去。自此兄弟俱鸣珂振羽矣。似我石田穷困，不免追呼。青春兀守，别无知己，唯日对突兀之南山，以当心知而已。"（《昌谷集注》）吴汝纶云："言韦兄弟既去，而我困守田园，独受催租之扰，知我者唯南山耳，甚言别后不堪为怀也。"（《李长吉诗评注》）王琦道："韦郎兄弟既去，我独困守田园，而受催租之扰，并无知己相劳苦，朝夕所对者，唯苍然突起之南山而已，盖言此别之后，不堪为怀也。"（《李长吉歌诗汇解》）

此诗主题为送别，"何物最伤心？马首鸣金环"二句正如江淹《别赋》所道："黯然销魂者，唯别而已矣！"尽管这二句被方世举激动地评为"滑语极可厌"（《李长吉诗集批注》）。

题为赠友，但全诗读来，只有"韦郎好兄弟，叠玉生文翰"两句写到友人。前四句点题，中间"野色"六句写景，最后"我在"至"南山"皆写诗人自身处境。显然，李贺是借送别之诗，发自身哀怨。

诗中的景物，皆被抹上诗人自身的孤独意味，浩荡的野色是"无主"的，明亮的秋光是"空旷"的，末了又说知其苦者，唯有苍然突起长伴其居的南山。"谁解念劳劳？苍突唯南山"有似李白的"相看两不厌，唯有敬亭山"（《敬亭山》），但面对敬亭山的李白那一刻虽孤独却自洽，抒发的是融于自然的闲情，而面对南山的李贺这一刻则孤独而困苦，书写的是生存于世的狼狈。

"我在山上舍，一亩蒿硗田。夜雨叫租吏，春声暗交关"，这四句有如陶渊明的《乞食》诗一样"惊人"：天赋异禀、文才超凡的长吉，现实生存境况竟然困窘如此！吴企明道："按唐制，官家有免租税兵役的特权，长吉诗描写到‘催科之苦’，当时父亲李晋肃已死，自己尚未出仕，才陷入此困难”，并据此推断本诗当作于长吉仕奉礼郎以前（见《李贺集》）。

想来，当催租小吏严词厉色地催促春粮，在那孤独的黑夜里、泥泞的雨水中，一位文人困窘无助、尊严扫地的模样，实在令人悲悯。

洛阳城外别皇甫湜

洛阳吹别风，龙门起断烟①。
冬树束生涩，晚紫凝华天。
单身野霜上，疲马飞蓬间。
凭轩一双泪，奉坠绿衣前②。

【注释】

① 龙门：位于洛阳南郊。当时皇甫湜将赴陆浑尉任，取襄荆驿道南下，故由洛阳南行而至龙门。

② 绿衣：七品服色，此指皇甫湜。据《旧唐书·职官志一》，唐六品官服深绿，七品浅绿。皇甫湜此时官县尉，九品，服青，不应服绿，王琦据此以为绿衣或因其受辟于藩镇，而借用幕职之服，或系其为侍御时所服。

【评析】

此诗当作于元和五年（810）李贺科举受挫之后暂居洛阳期间，可与《仁和里杂叙皇甫湜》一诗并读。

科举受挫的重大打击加上冬日的萧条景象，令此时的李贺意绪萧索，加之赏识他的前辈即将离他而去，其心情更是冷落悲伤。曾益云：“‘吹别风’，临风别。‘起断烟’，断复起。烟之起断，由薪东生。‘涩’，湿。薪烟起，晚矣。故天‘紫’而‘凝’。‘华’，鲜华。‘野霜上’，露宿。‘飞蓬间’，草行。末缘上言，当此冬晚而身单马疲，经跋涉之苦，故临别凭轩而双泪交堕于知己之前。”（《昌谷集》）将“烟”释为薪烟，由“野霜”揣测出露宿，于是想象出李贺与皇甫湜在洛阳城外荒野生炊、露宿而后话别的场景，极显落魄。

或将“烟”释为傍晚的风烟，如王琦云：“以人之离别，而风亦为‘别风’；以交际断隔，而烟亦为‘断烟’。黯然神伤，不觉景因情异矣。冬树枯落，枝干森森如束，风绕其间，另作生涩之态。此句承上‘别风’而言。晚烟凝映，远天另作紫色，王子安所谓‘烟光凝而暮山紫’也。此句承上‘断烟’而言（‘冬树’二句下）。豫言途中苦况，以起下文泪堕之意。《小传》言长吉独骑往还京、洛，读‘单身’‘疲马’之句，宛然如见。”（《李长吉歌诗汇解》）此解似乎更可取些。

将“烟”理解为薪烟，呈现的则是带着烟火气息的近镜头，若理解为晚烟，所写则为远景：在黄昏的风烟荒木野草中，疲惫地行走着一位孤独的长吉，正是李商隐《李贺小传》中所记“长吉往往独骑往来京洛间”的诗人形象。姚文燮也说：“陆浑属洛阳，即今嵩县。有龙门山，东抵天津。贺本传云：‘贺常以独骑往来京洛间。’观冬树暮霞，单身疲马，良信然也。”（《昌谷集注》）刘衍道：“此诗既写自己身单影只，‘疲马’‘飞蓬’，极其潦倒之状，又抒凭栏落泪，依念恩公之情。”（《李贺诗校笺证异》）

此诗的题材为送别，事实上书写的主题是知己远去之悲。被李贺视为知己的人不多，皇甫湜是重要的一位，加之时至洛阳的皇甫湜也正处在其事业的坎坷时期，二人更可交心共情。这一分别，使李贺仕途的挫败感、命运的零落感、知己难遇的感伤，都充溢心间。于是，诗人提笔便铺开他灰暗的情绪，赋予周遭事物以破碎感、压抑感，密集写下“别风、断烟、束、生、涩、凝”这些主观性的、瘦硬或凝滞的字眼，周遭景物只择取了冷暗基调的冬树、暮霞、野霜和萧瑟的飞蓬，“疲马”亦暗示自身的疲惫无力。当这种情绪到达峰值，“泪”字出现，“坠”字则将沉重感加满。

溪晚凉

白狐向月号山风，秋寒扫云留碧空。
玉烟青湿白如幢①，银湾晓转流天东②。
溪汀眠鹭梦征鸿，轻涟不语细游溶③。
层岫回岑复叠龙④，苦篁对客吟歌筒⑤。

【注释】

①幢（chuáng）：旌幡。

②“银湾”句：银河渐渐向东漂转，直至晨晓。

③细游溶：形容溪水缓慢流动。

④“层岫”句：岫，山有穴者。岑，山小而高者。叠龙，山势起伏重叠，犹如龙行。

⑤“苦篁”句：苦篁，竹的一种，矮小，农历四月生笋，味苦难食，故曰苦竹。歌筒，箫、笛等管乐器。

【评析】

这是一首恬淡的景物诗，营造出全然静谧清凉的氛围，纯然描摹物象，唯有一个“客”字透露出人的踪影。刘衍道：“此诗写山村晚景，历历在目，引人入胜。诗中景象，全在昌谷可见，疑系元和初居昌谷时所作。”（《李贺诗校笺证异》）

秋夜静而爽，是此诗给人的第一印象。姚文燮解诗曰：“秋夜静爽，溪流悄寂，上映银汉，光明如晓，而流向天东也。鹭眠正熟，听雁声嘹呖，恍如梦中。流泉净细，远山层叠，翠竹临风，如与诗客相唱和耳。”（《昌谷集注》）简洁妥帖地将长吉诗中景象转述出来，唯独对“眠鹭梦征鸿”的理解不确。或云：“眠鹭征鸿，冰炭相形，便有无穷苦恼”（阙名《李长吉诗集》），更是多余猜想。在此，“眠”与“梦”应为互文的一对动词，白鹭与鸿雁在此静夜中都安然睡去，鸟儿的安眠与下句溪流的“不语”亦相呼应，如此理解才能融和全篇的静谧语境。王琦所解切当：“‘扫云留碧空’，谓浮云敛尽，天质独露。鹭眠鸿梦，见水中群鸟皆已安息，故波水轻涟，静而安流。”（《李长吉歌诗汇解》）

末句写竹林之声，复“以声衬静”。叶葱奇释末二句云：“夜间看山，不辨草木，只见峰峦回合，像重重叠叠的乌龙一般；暗中惟闻风过篁竹，发出笙箫般泠泠的声音。”（《李贺诗集疏注》）

如此看来，此诗无非写静。擅写静者，前有王摩诘，已登峰造极，无可超越。然而此诗自有长吉特异之处，亦独属长吉诗法。

首先，诗人以“白狐号月”这一带有神秘感的有声画面引出一阵森凉的晚风，似乎是这阵凉风吹净了近夜的秋空，吹来了全诗的静爽之气。接着，诗人引着读者的视线游走：秋夜的寒气打湿了不远处白色而暗淡的炊烟，烟气如经幡一般在晚风里飘扬上升。目光移至高空，则见繁星织就的银河缓缓向东方流转。再看回溪边，随诗人的耳朵去听，鸟群都收敛了翅膀，安定入梦，溪水此刻也流淌得那么轻柔。向远处听去，在那回环的绵长的山影之间，还有篁竹在晚风里低声浅吟。

所谓长吉诗法，在此诗中的表现：一为营造神秘感；二为注重感官经验书写：诗题为晚凉，但除了“秋寒”一词直接写凉，其余七句皆“以静写凉”，长吉是用他最为擅长的感官经验书写来为读者制造晚凉的感受；三为对物象的主观化书写，例如将鸟儿、溪水、竹林拟人化；四为无处不在的灵动想象，例如玉烟如幢，银河夜流。徐渭评曰：“‘玉烟’‘银湾’并杜撰，却自是好。”（《唐李长吉诗集》）

刘次庄曾云：“李贺则摘裂险绝，务为难及，曾无一点尘翳之。”（吴曾《能改斋漫录》引）细玩此诗，可知长吉不仅在追求险绝奇诡的诗境时可以超凡离尘，在景诗创作上，也往往先将万物内化于心中，再摹画出独属于他的新鲜样态，由此达到“无一点尘”的抽离人间烟火的风致。

长平箭头歌[①]

漆灰骨末丹水砂[②]，凄凄古血生铜花。
白翎金簳雨中尽[③]，直余三脊残狼牙[④]。
我寻平原乘两马[⑤]，驿东石田蒿坞下[⑥]。
风长日短星萧萧，黑旗云湿悬空夜。
左魂右魄啼肌瘦，酪瓶倒尽将羊炙[⑦]。
虫栖雁病芦笋红，回风送客吹阴火。
访古汍澜收断镞[⑧]，折锋赤璺曾封肉[⑨]。
南陌东城马上儿，劝我将金换篸竹[⑩]。

【注释】

① 长平：战国赵邑，在泽州高平县（今山西省高平市）西二十一里，秦将白起在此坑杀赵国降兵四十万人。

②“漆灰”句：漆灰，箭头埋地，岁久其色黑如漆灰。骨末，箭头白处若骨末。丹水砂，箭头沾血，积久成斑，红如丹砂。

③ 金簳（gǎn）：箭杆。

④ 三脊残狼牙：箭头为三棱形，锋利如狼牙，故曰狼牙箭。

⑤ 平原：此处指白起坑赵卒之处。

⑥“驿东”句：驿，长平驿。蒿坞（wù），蒿菜丛生的土堡，乃拾镞处。

⑦ 酪：乳浆。

⑧ 汍（wán）澜：泪疾流貌。

⑨“折锋”句：璺（wèn），坼裂。刲（kuī），穿刺。

⑩ 篻（liáo）竹：竹制的箭杆。

【评析】

此诗应作于元和九年（814）秋李贺北赴潞州途中。诗人路过高平，寻访长平古战场，拾得一枚古箭头，由此生发悲心，写下此诗。《图书编》云：“长平驿，即秦白起坑卒四十万人处也。问居人，不能指其所，第云旁村人锄地，尚得铜镞如绿玉。”（王琦《李长吉歌诗汇解》引）

诗人泪眼汍澜地独自祭奠着这些无家的游魂，想象的大门也由这枚箭头打开。摆放祭品时，想象着枯瘦的亡魂左右环绕着他，离去时，想象着原野的风是孤魂们在感念送别他，想象着这枚箭头曾经强力地射中士兵肉体的那一刹那。王琦解读诗意曰：“左魂右魄，见国殇甚多，久无祭祀，闻其啼啸之声，知其馁饿求食。于是倾瓶中之酪以奠之，又奉羊炙为肴以荐之。遥望四野，虫栖雁病，芦笋焦枯，满目凄其，但见旋风忽起，阴火明灭，盖感其祭祀之惠，知其将去，竞来送客也。”（《李长吉歌诗汇解》）所有这些想象被一位骑马的男子拉回现实，男子“劝我将金换簝竹”，曾益认为此谓“劝己买竹合箭头，成完矢也”（《昌谷集》），其意可通。

方世举云：“结末二语，非欲从其劝，乃正笑其劝也。长平，坑降卒地，偶得箭头，心情惟吊古耳。”（《李长吉诗集批注》）

姚文燮解诗云：“唐室自开元以后，寇盗藩镇叛乱杀伐，迄无宁日；天下户口四分减二，死亡略尽。贺过长平，得古箭头而作此歌，吊国殇也。首句见当日作矢之妙，历久而漆灰等物犹然未泯。太公《六韬》曰：‘赤茎以铜为首。’血痕久溅铜上，致斑斓如花。年代累变，笮尽镞存。我来长平之原，于荒芜之地，傍睨景物，倍尽阴惨。白骨遍野，鬼尚凭依悲号，苦无所归。当年家乡远隔，此日岁月久淹，谁为奠以酪浆而荐以羊炙耶？虫雁啼秋，风生磷起，我方洒泪，收此断镞。锋头虽折，而腐肉犹封，对此能不为之寒心？乃马上健儿毫无狐兔之悲，反劝我买竹为笮。总之，天运人心，一归好杀，良可浩叹也！”（《昌谷集注》）

诗中的赋物与写景，鲜明地展露出长吉特色。前四句对箭头（包括对销蚀的箭杆的想象）的细致描绘，令读者如睹其物。“‘漆灰’的黑、‘骨末’的白、丹砂的红，再加上原不可见的‘古血’、‘白’翎、‘金’杆，给人一种古色凄迷的感觉。”（陈允吉、吴海勇《李贺诗选评》）设色本就是长吉特为擅长的，他将战士的血迹所生出的斑斑锈迹称为“铜花”，尤其制造出了一种惊人的凄艳。“风长日短星萧萧，黑旗云湿悬空夜”两句摹景，则为下文祭祀孤鬼的场景先行铺开了星光黯淡、黑云低垂、风啸夜寒、阒寂无人的幽寒氛围。一句“虫栖雁病芦笋红”，以“红”字来写焦枯的芦笋，并为阴火回风的恐怖情形精心搭配了相应的景物，亦为妙笔。

所有这些场景摹写，都源于诗人凝神的观察和深沉的体会。罗秉恕说得好："箭头是一个符号，在刚拾到之际，诗人尚未清晰地了解它的含意。诗歌进行中陈述了这一来自另一个时代、另一个世界的符号如何在诗人的注视下逐层透露出它的内涵。"（《楚辞的启示——略述李贺诗歌创作的"巫"心态》）

此诗可与杜牧《赤壁》对读。牧诗云："折戟沉沙铁未销，自将磨洗认前朝。东风不与周郎便，铜雀春深锁二乔。"两位诗人面对类似的古战场的留痕，吟咏成诗则差异鲜明。牧诗直抒对历史偶然性的感喟，贺诗则睹物思人，设色奇绝。用宋人的话说，"长吉才力奔放，不惊众绝俗不下笔"（王得臣《麈史》）。

江楼曲

楼前流水江陵道①，鲤鱼风起芙蓉老②。
晓钗催鬟语南风，抽帆归来一日功③。
鼍吟浦口飞梅雨④，竿头酒旗换青苎⑤。
萧骚浪白云差池⑥，黄粉油衫寄郎主⑦。
新槽酒声苦无力，南湖一顷菱花白。
眼前便有千里愁，小玉开屏见山色⑧。

【注释】

①江陵道：襄阳至荆州驿道，唐于此设江陵郡，置江陵大都督府以辖领之。楼临驿道，又通水路，交通便利。

②鲤鱼风：九月风。

③ 抽帆：张帆。

④ 鼍吟：鼍（tuó），即扬子鳄。里俗以鼍吟为将雨之兆。

⑤ 换青苎：市面上的酒旗都换成耐风雨的青色苎麻旗。

⑥ “萧骚”句：萧骚，水波荡漾貌。差池，犹参差。

⑦ “黄粉”句：黄粉油衫，御雨之具，犹今之油布、雨衣。郎主，旧时奴婢对主人、妻妾对夫主的称呼。

⑧ 小玉：唐人多以之称侍女，如元稹诗：“栖乌满树声声绝，小玉上床铺夜衾。”（《暮秋》）路德延诗：“酒殢丹砂暖，茶催小玉煎。”（《小儿诗》）此诗则代指盼郎归之思妇。

【评析】

此诗似为元和二年（807）李贺东南之行期间或稍后作。

江楼之上等待夫君归来的女子，是文人笔下常见的人物形象，或慵懒惆怅，或哀怨缠绵。旅途中，坐在江船上发呆的才子们，总要凭想象创作这样一幅富有民歌情调的望江盼夫图。古代此类主题的诗词中，令人印象尤为深刻的，有温庭筠的《忆江南》：“梳洗罢，独倚望江楼。过尽千帆皆不是，斜晖脉脉水悠悠。肠断白蘋洲。”杜牧亦有《南陵道中》：“南陵水面漫悠悠，风紧云轻欲变秋。正是客心孤迥处，谁家红袖凭江楼？”

长吉笔下也早已有这样一座江楼和思念远人的女子。比起飞卿之作的简净，长吉此作的语辞要细密得多。姚文燮解曰：“楼前流水，道通江陵。一水盈盈，本无多路。时当深秋，北风飒飒，芳姿就萎。郎居上游，归帆但得南风，一日便可抵舍。故清晨登楼，占候风信。匆匆理妆，如受晓妆之催。口中殷殷，惟向南风致祝也。然前此梅雨不歇，酒旗频换。下对萧骚之浪，上对参差之云，又尝以黄粉油衫寄上郎主，愁雨愁风，固思归必至之情乎！是以新槽待郎之同饮，湖菱待

郎之同采。眼前即是千里，亦无如凭栏眺望，只见山色不见郎耳！”（《昌谷集注》）

全篇所表达的主题，无非是“此当垆妇忆其夫。鬓为南风所催，容华不久，故‘语南风’，速其抽帆而归”（《黎二樵批点黄陶庵评本李长吉集》引黄淳耀语）。而颇长的篇幅加上细致的文字，使得此诗显出一种缠绵之态。

贺裳说：“长吉艳诗，尤情深语秀。如《江楼曲》曰：‘晓钗催鬓语南风，抽帆归来一日功。’……虽崔汴州曷能过乎！”（《载酒园诗话又编》）贺氏所言应指崔颢的《王家少妇》：“十五嫁王昌，盈盈入画堂。自矜年最少，复倚婿为郎。舞爱前溪绿，歌怜子夜长。闲来斗百草，度日不成妆。”毛先舒云：“大历以来，解乐府遗法者，唯李贺一人，设色秾妙，而词旨多寓篇外，刻意撰语，浑于用意。”（《诗辩坻》）黎简云：“第三句言于晓起催妆时即祝语南风，愿其荡子早归来也。‘晓’字与下句‘一日’二字相叫，总言欲其晓妆时即抽帆而归，归可一日而至也。‘小玉’句媚绝，所谓时花美女，不足其为色。”（《黎二樵批点黄陶庵评本李长吉集》）

叶葱奇说：“结二句若书家所谓‘无垂不缩’的笔法，更余味醰醰。”（《李贺诗集疏注》）“小玉开屏见山色”一句确实灵动之极，画意全出。“晓钗”“抽帆”两句亦如刘辰翁所评，是“俊快浓至”（《笺注评点李长吉歌诗》）。刘衍道：“全诗所写，皆江南风物，若非亲身经历，不能如此生动逼真。”（《李贺诗校笺证异》）陈允吉尤其赞赏中间四句：“即景即事，绘声绘色。长吉精心编织前代西洲曲辞传递而来的诗料，渗入自己剀切驰慕的遐想，以清新的笔调描摹出当地特有的风土人情，几令读者疑心置身此境。”（《李贺诗选评》）

长吉此诗已然有了后来词体的婉约风质，许学夷谓之“声调婉媚，亦诗余之渐”（《诗源辩体》）。刘学锴则从古代闺情词发展的角度，称赞此诗的成就："除'眼前'句点明'愁'字外，全篇其他各句对女主人公的心绪均不作正面揭示，全凭景物烘托渲染，令读者身入其境，想象得之。情感的表达如此含蓄，在李贺以前的诗歌中少见，而在晚唐五代两宋的闺情词中，则成为一种最常见的抒情方式。而色彩之秾艳，情调之柔美，音调之婉转，也非常接近后世的闺情词，而与李贺多数诗奇峭拗涩的诗风有别。如果撇开词与特定的音乐结合这一层关系，单从内容情调、表现手法上来看，《江楼曲》在李贺的诗歌中可以说是最接近后世闺情词的作品。"（《唐诗选注评鉴》）

塞下曲①

胡角引北风，蓟门白于水②。
天含青海道③，城头月千里。
露下旗濛濛，寒金鸣夜刻④。
蕃甲锁蛇鳞⑤，马嘶青冢白。
秋静见旄头⑥，沙远席箕愁⑦。
帐北天应尽，河声出塞流。

【注释】

①塞下曲：唐代乐府新辞。郭茂倩《乐府诗集》："《晋书·乐志》曰：'《出塞》《入塞曲》，李延年造。'唐有《塞上》《塞下曲》，盖出于此。"

②"蓟门"句：蓟门，蓟州，在幽州（今北京）一带。白于水，指边地尘沙色白。

③天含：与天相接。

④“寒金”句：金，军中警夜所用铜器。鸣夜刻，鸣金报更。

⑤“蕃甲”句：蕃甲，北蕃之甲。锁蛇鳞，锁衔细密，状如蛇鳞。

⑥旄（máo）头：旄头星。《史记·天官书》：“昴曰旄头，胡星也。”

⑦席箕：草名，一名塞芦，多生北方边地。按：此句别本作“席羁”。王琦注引吴正子曰：“‘席羁愁’，一本作‘席箕愁’为是。盖卧沙中，以豆箕为席也。”（《李长吉歌诗汇解》）

【评析】

乐府边塞诗而言及蓟北者，唐前令人印象深刻的当数鲍照的《代出自蓟北门行》：“雁行缘石径，鱼贯度飞梁。箫鼓流汉思，旌甲被胡霜。疾风冲塞起，沙砾自飘扬。马毛缩如猬，角弓不可张。”李贺此诗可与之并读。

李贺在诗歌创作上受到鲍照多方面的影响，钱锺书便曾说：“长吉于六代作家中，风格最近明远，不特诗中说鬼已也。”（《谈艺录》）读者尤其需要打破对长吉诗的偏见，《昌谷集》中岂止鬼诗？宋代张戒说：“李长吉诗只知有花草蜂蝶，而不知世间一切皆诗也。”（《岁寒堂诗话》）其偏颇一望可知。张氏显然没有读到长吉《塞下曲》《平城下》《北中寒》等边塞题材的诗作。

姚文燮评曰：“此为塞下征人作也。风寒月皎，露静星明。当此刁斗精严，传筹不息，亦正惟蕃甲蛇鳞，马嘶青冢，时时窥伺上国尔。故秋静见旄头之星，即不得不坐卧羁愁之席。因念帐北之天，合有尽时；顾乃河流绕塞，邈无涯际。千古此外患内忧，积成征人怨恨，谓之何哉！”（《昌谷集注》）姚氏所读为“沙远席羁愁”的版本，并将此句释为“坐卧羁愁之席”，实在难以通顺，不如取四部丛刊本的“席箕”更为合理。席箕是生于北方的一种草，唐诗中常见，例如王建《咏席箕帘诗》：“单于不向南牧马，席箕遍满天山下”，秦韬玉《塞下》："席箕风紧马蹄劳"。另，《新五代史》云："（契丹地）有息鸡草尤美，而本大，马食不过十本而饱。"息鸡与席箕为同一物。王琦释曰："当此敌人甲马精壮之时，仰观天象，旄头又复明耀，恐将来不能无窥伺之患；即观塞草，亦应有蹂躏之愁耳。"（《李长吉歌诗汇解》）王友胜则释为"谓见边草尽白而愁"（《李贺集》）。

刘衍评此诗道："诗人取古题以写塞下征人，观察点在'塞下'，视角由东北至西北而转入塞北，空间感甚显明，言外患亦颇切中唐时弊。诗中意象迭起，境界开阔，然皆为抒发忧时忧国之情。"（《李贺诗校笺证异》）

取象措语方面，值得注意的是，诗中不惜重复用了两处"白"，王琦释曰："白于水者，旷地风沙之色"，"马嘶青冢白"意谓"马群牧处水草皆尽，青冢变为白地"（《李长吉歌诗汇解》）。马位有言："长吉善用'白'字，如'雄鸡一声天下白'、'吟诗一夜东方白'、'蓟门白于水'、'一夜绿房迎白晓'、'一山唯白晓'，皆奇句。"（《秋窗随笔》）"白"字确实为李贺所钟爱，有时他用简单明了的"白"来写日月之光，如"白景归西山"（《古悠悠行》）；有时"白"是他诗中不灭的时光，如"捶碎千年日长白"（《官街鼓》）；有时他以"白"写秋天的明净，如"寥落野湟秋漫白"（《梁台古愁》），"九月大野白"（《自昌谷到洛后门》），"秋白遥遥空"（《将发》）等等。"白"，在长吉的笔下被赋予了多维的光彩。

刘辰翁评此诗曰："悲壮斗绝（'蓟门白于水'句下）。"又曰："清壮（'河声出塞流'句下）。"（《笺注评点李长吉歌诗》）皆为确评。清壮亦为长吉诗歌诸多风格中的一种。我们熟悉长吉对神鬼世界的幻诞想象，了解长吉承袭南朝诗歌的锦心绣肠，也不可不知长吉对风沙大漠、军旅边塞的向往。长吉何以创作了这批军旅边塞题材的诗作？从审美意义上讲，一定是有着诗人对苍劲之力的追求；从社会意义上讲，则体现长吉对现实政治的关怀，而非全然的疏离。

五粒小松歌 ①

前谢秀才、杜云卿命予作《五粒小松歌》，予以选书多事 ②，不治曲辞，经十日，聊道八句，以当命意。

蛇子蛇孙鳞蜿蜿，新香几粒洪崖饭 ③。
绿波浸叶满浓光，细束龙髯铰刀剪 ④。
主人壁上铺州图 ⑤，主人堂前多俗儒。
月明白露秋泪滴，石笋溪云肯寄书 ⑥。

【注释】

① 五粒小松：五粒即五鬣，其松叶有五鬣，又名五针松，皮无鳞甲而结实多。

② 选书：在此指选编诗文。李贺所选之书未能留存。

③ 洪崖饭：喻松子。洪崖为古仙人，传说松子是仙人的服食。

④ 细束龙髯（rán）：松叶之整齐而若龙髯者。

⑤ 州图：州县地图。壁上挂州图点明了主人的官吏身份。

⑥ 肯寄书：小松原与石笋、溪云相依相伴，今画入主人壁上，不知能否相忆而寄书？

【评析】

遣词设喻是李贺的强项，此类命题咏物诗正适合其发挥。

前四句，诗人由松干写到松子，从松针的色泽写到形态。“‘鳞蜿蜿’，状松干也。‘洪崖饭’，喻松子也。‘满浓光’，色之深也。‘束龙髯'，叶之齐也。"（姚文燮《昌谷集注》）"主人"二句则是侧面写五粒小松（应为盆景）的所处环境。末二句发散思维，联想小松树曾经所生长的自然环境，突发妙想，戏言石笋和溪云可与小松通信。

曾益云："壁间多俗儒往来者，不识。惟不识，故露白月明而泪滴；亦惟不识，故寄书于石笋、溪云，修旧盟也。"（《昌谷集》）林同济道："石笋、溪云皆松当日在山之伴侣，如今倘相忆而寄书否。"（《李长吉歌诗研究》）

如果说前六句诗人还未超出传统咏物的惯用思路，那么末二句一出，便超凡脱俗了。"咏松而用石笋、溪云，亦属信手拈来，头头是道也。"（阙名《李长吉诗集》）所谓"信手拈来"，是说长吉诗中常常有这般出人意表之想象。

方世举云："'细束龙髯铰刀剪'，咏松止此，以下不复照应，亦一格。"（《李长吉诗集批注》）谓此诗前后两部分风格不同。陈允吉说："下半篇造语雅谑，谐趣生动，别有一种意味。"（《李贺诗选评》）

吴企明则如是解读："后半首写小松不得其所，它被摆在主人堂前当点缀品，主人壁上挂着粗俗的州县地图，主人交游的多是志趣不高的朋友。小松在孤独、凄凉的环境里，只能对月坠泪，感伤自己的遭遇，遥想深山里曾经相依相伴的石笋和溪云，不知它们还忆念我否？诗人藉拟人化的表现手法，将不满现实的束缚压抑，渴望自由的心绪，蕴含于姿态奇特的小松形象中，思致婉曲，别具情趣，思想和艺术绾合得非常巧妙自然。"（《李贺集》）

姚文燮的解释则有曲求之嫌了："主人壁上所铺之州图，即豫州华山也。五粒松产华州，此当赞图画之松耳。贺言此山旧多仙隐，如汉卫叔卿、张公超，五代郑邀辈群修道于此。乃今堂前则世俗之儒，谁能有续仙侣者乎？月夜露重，石罅如泪，石笋溪云，惟寄书以招隐耳。"（《昌谷集注》）

“堂前多俗儒”一句于此诗中似乎太过突兀，萧琯评此句“语不温厚”，并举黄庭坚所云：“东坡文章妙天下，其短处在好骂，慎勿袭其规也。”（《昌谷集句解定本》引）而陈允吉则说：“今细察个中‘主人堂前多俗儒’云云，诗人实际上也把自己包括在里面，因此本诗无妨当作排谐作品看待。”（《李贺诗选评》）

吕将军歌

吕将军，骑赤兔[①]。
独携大胆出秦门[②]，金粟堆边哭陵树[③]。
北方逆气污青天[④]，剑龙夜叫将军闲。
将军振袖拂剑锷[⑤]，玉阙朱城有门阁[⑥]。
榼榼银龟摇白马[⑦]，傅粉女郎火旗下[⑧]。
恒山铁骑请金枪[⑨]，遥闻箙中花箭香[⑩]。
西郊寒蓬叶如刺，皇天新栽养神骥。
厩中高桁排蹇蹄[⑪]，饱食青刍饮白水[⑫]。
圆苍低迷盖张地[⑬]，九州人事皆如此。
赤山秀铤御时英[⑭]，绿眼将军会天意[⑮]。

【注释】

① 赤兔：三国时期的名马，为吕布的坐骑。

② “独携”句：大胆，《世说新语》：“姜维死时见剖，胆大如斗。”秦门，指秦地关塞。

③ 哭陵树：感激而不忘君恩，到皇帝陵寝前痛哭。据《旧唐书·玄宗纪下》，玄宗崩，葬于金粟山，山在今陕西省蒲城县东北。意谓吕将军

身负奇才，忠君报国，却含冤被屈，到玄宗陵前哭诉。

④“北方”句：指北方叛藩，割据抗唐。

⑤剑锷：剑刃。

⑥玉阙朱城：天子所居的宫城。

⑦“榼榼”句：榼（kē）榼，方正整齐貌。银龟，指带银质龟纽的印信。

⑧“傅粉”句：傅粉女郎，言朝中派出的统兵大将面如傅粉，是一位孱弱怯懦的白面郎君，不足以威服敌人。火旗，四边绘有火焰纹的帅旗。

⑨“恒山”句：恒山，唐郡名，在今河北正定、赵县一带，河朔三镇之一的镇州节度使在此。元和时，王承宗据此负隅顽抗，朝廷屡讨不胜。铁骑，此指北方胡虏。请金枪，言北虏向官军挑战。金枪，指官军统帅所持的武器。

⑩“遥闻”句：箙（fú），箭袋。花箭，杆上漆花的箭。

⑪“厩中”句：高桁（héng），马厩中用来系马的横木。蹇（jiǎn）蹄，劣马。

⑫青刍：新鲜优质的草料。

⑬“圆苍”句：圆苍，天。盖张地，如伞盖般笼罩大地。

⑭“赤山”句：赤山，即赤堇山，在今浙江绍兴东南，相传为古代著名铸剑工匠欧冶子的铸剑处。秀铤，此指宝剑。

⑮“会天意”句：意谓吕将军与赤山秀铤一样是御世之英器，天意不会将之弃置于无用之地，只需等待时机。

【评析】

关于此诗“吕将军”之所指，论者意见不一。

钱仲联认为此吕将军是吕元膺，并作出详细考辨，指出吕元膺反对宪宗以宦官（即吐突承璀）统军，旋被外放为同州刺史，满腔冤屈。其次，诗中的沙苑、金粟堆皆在同州或近同州。再者，依唐制，中晚唐时期，诸州有团练、防御等军，刺史衔均为“使持节某州诸军事某州刺史”，刺史都可以称将军，且吕元膺曾为东都留守、都畿防御使、河中节度使，有将帅之材，将军之称足以当之。(见《读昌谷诗札记》)又有《旧唐书·吕元膺传》称吕元膺“质度瑰伟，有公侯之器”。钱氏此说颇有说服力。

姚文燮认为指田弘正之子田布，云:“吴元济叛，据淮西，恒镇节度使王承宗、郓镇节度使李师道皆与吴元济互相犄角。而魏博节度使田弘正独遣其子布将兵助讨淮西，以功授御史。贺盖以布名与吕同，故借吕将军以咏之也。”(《昌谷集注》)可备一说。

或以为“吕将军”为一个不必坐实的人物形象。如，曾益云:“将军为明皇时将，是时不用留京，赤兔，借言如吕布之雄。”(《昌谷集》)方世举云:“此时人也，非咏吕布，不可以起句误之。”(《李长吉诗集批注》)

陈允吉亦认为吕将军是李贺有感于安史乱后藩镇割据拥兵自重的社会现实，而虚构塑造的一位雄健昂藏的猛将军，由“绿眼”可推测其为碧眼胡儿，并道:“本诗在揭示吕将军坎坷命运的同时，亦然潜伏着长吉一己的不平之鸣。此时的李贺纵然委顿沮丧，但尚未熄灭对前程的向往，结末他要‘绿眼将军’去领会‘天意’，亦一并道出诗人心中的希冀。如是结句扫荡了牢愁哀怨的氛围，起到了振起全篇的作用。”(《李贺诗选评》)

关于此诗的创作意图，叶葱奇认为“这首诗所讥诮的‘傅粉女郎’即指吐突承璀。太监作统帅，所以用女郎来比。当时一般人士对宪宗的昏妄、聩乱愤慨至极，所以‘榼榼银龟摇白马’以下四句措语非常锋锐、尖刻，而‘圆苍低迷’即《诗经》‘视天梦梦’的意思，正是骂昏聩的宪宗，名为《吕将军歌》，实是借来发泄自己胸中的愤

激的。”(《李贺诗集疏注》)

刘衍说:“此诗刺宦官典兵误国。元和四年,成德军节度使王士贞卒,其子王承宗自称节度使。九月,宪宗割其所据德、棣(今山东境)二州另立节度:十月,王承宗反。宪宗诏军进讨,命宦官吐突承璀为帅。宦官握兵权,早为朝野不满,先年已有制科案,影响强烈。命吐突氏为帅,宰相李绛、谏官白居易及其他朝官多持异议。”(《李贺诗校笺证异》)

不论吕将军指何人,诗中充溢的愤怨之气是分明的。黄淳耀道:“‘刺叶’言神骥之辛苦,‘刍水’愤蹇蹄之安乐,结意是怨。”(《黎二樵批点黄陶庵评本李长吉集》)王琦道:“神骥乃德力兼备之马,人不能识,放弃郊野,仅以蓬叶充饥。而厩中排列之马,俱系蹇蹄不善驰走者,反得安饱,岂不可叹!寒蓬之叶如刺,骥不得已而食之。长吉则谓天实生此不堪适口之物以为骥食。‘新栽’者,见向来尚不如此,而今乃新见之也。意中一腔愤懑不平之气于此二字中发露殆尽。”(《李长吉歌诗汇解》)

此诗与《猛虎行》《公无出门》等作品表明,李贺对其所处时代的宦官专权、藩镇作乱的社会问题是非常关注的,并将其愤懑抒泄在诗歌中,绝非宋代张戒所言“李长吉诗只知有花草蜂蝶”(《岁寒堂诗话》)。一句“北方逆气污青天”,以象征式的语言书写现实,是李贺的独特语言,一声“剑龙夜叫”,设想惊人,亦为长吉式的想象。

此诗除了强烈的愤怨意绪之外,最值得细察的是李贺的讽刺艺术。

“傅粉女郎”一词实在是辛辣,形象,极尽嘲讽之能事。“遥闻箙中花箭香”也是唯有李贺才能产生的奇思。“笑其时所用将帅,腰佩银印,身骑白马,非不形似,而孱弱无能,乃一傅粉女子在旗纛之下,何足以威服敌人?是以恒山铁骑,请与比较金枪,藏匿不出,但遥闻其箙中花箭香而已。”（王琦《李长吉歌诗汇解》）李贺爱写各种气味，其笔下的香气有多种，而在书写金戈铁马的军事战争题材时，竟也能突发奇想，以箭袋中“花箭”的香气作为讽刺战斗力绵弱的媒介，能有如此巧思的，不会再有第二人。徐渭也说：“‘花箭香’三字杜撰，却好。”（《唐李长吉诗集》）可以说，李贺的感官系统是天赋异禀的，关键是他能够将超凡的感官经验融入到诗歌创作中，造就独一无二的长吉诗风。

野　歌

鸦翎羽箭山桑弓①，仰天射落衔芦鸿②。
麻衣黑肥冲北风③，带酒日晚歌田中。
男儿屈穷心不穷，枯荣不等嗔天公。
寒风又变为春柳，条条看即烟濛濛④。

【注释】

①山桑：桑的一种，适合作弓及车辕。

②衔芦鸿：大雁。据载，雁皆衔芦草以自卫。《淮南子·修务训》：“夫雁顺风以爱气力，衔芦而翔，以备矰弋。”

③麻衣：以葛苎麻制成的外衣，有精粗之分，唐代举子皆著之，系粗麻衣。

④“条条”句：条条，柳条无叶的样子。烟濛濛，柳叶新生，远望有如濛烟。

【评析】

此诗风格轻扬，为《昌谷集》中少见。

关于其诗旨，王琦曰："长吉自谓身虽屈抑穷困，心却不为穷所困。凡人之遭际，枯荣不等，常谓天意偏私，其实天意未尝偏私。试看寒风时候，又变为春柳时候，枯者亦有荣时，不可信乎？"（《李长吉歌诗汇解》）叶葱奇道："这是游猎时，想着蹭蹬失意，自作宽解之词，大旨鼓励自己不必过于悲观，一时困厄，不过时运未至，即《庄子》'天地岂私贫我哉'的意思。"（《李贺诗集疏注》）刘衍道："此首为元和八年归昌谷山居后作。诗人仕途失意，为排遣胸中愤懑，射猎野田，饮酒高歌，自认男儿屈穷，志当不改；枯柳转眼成绿，人事变迁，或亦如此，又何需怨天尤人？"（《李贺诗校笺证异》）

三家皆认为麻衣放歌者为诗人自己，长吉作此诗自勉。然而，弯弓射雁，迎风放歌，这一人物形象似乎很难与素来体弱的长吉相联系，故亦有不同意见。

姚文燮解曰："男儿操强弓疾矢，能射雁饮羽，故雁南来，正遇其醉歌田中。乃有此伎俩，宜其策名当世。然犹日暮尚困陇亩，能令其心皆穷耶？枯荣不等，天公固可嗔矣。但律转阳回，春柳枝枝皆茂，亦何时之不能待耶？"（《昌谷集注》）陈本礼道："此咏不得意之武士也。鸦翎羽箭，何等轻趫；射落飞雁，何等矫捷。麻衣冲风，晚歌田中，何其困惫寥落也。末四句，即其所歌之诗，亦见其心胸豁达，非落落穷途中人也。"（《协律钩玄》）认为麻衣者为一武士，后四句为武士野歌的内容。可备一说。

此诗中最警亮者，自然是"男儿屈穷心不穷，枯荣不等嗔天公"二句，属于《昌谷集》中令人印象深刻的积极明朗的言语。刘辰翁评之曰："落落豪意"（《笺注评点李长吉歌诗》卷首）将后四句理解为田中所歌的内容，是最符合此诗的结构设计的，不妨这样想象这首豁达的小诗的来由：

落魄归乡的诗人长吉行走在傍晚的野田间，遇见一位弋射归来的男子，男子身穿麻衣，头着黑巾，手提大雁和酒壶，歌声飘荡在风里，歌的大意类似于："男儿屈穷心不穷，枯荣不等嗔天公……"，长吉听来备受触动，于是用自己的语言记录下这一动人的场景和这首励人心志的野歌。

"麻衣"句，诸版本皆作"麻衣黑肥冲北风"，旧注以麻衣黑肥为雁翎黑白相杂之比，或以为指射雁人。王琦解释"黑肥"为射雁人的麻衣"垢腻"的样子，或许是这"黑肥"二字迎合了读者们对长吉措辞大胆新奇的印象，所以广被接受。据林同济考证，"肥"应为"帊"之误（见《李贺诗歌集需要校勘》），"黑帊"即黑色头巾。《朱子语录》有："帊，唐人幞头，初只以纱为之。"今姑从之以为解。

将进酒①

琉璃钟，琥珀浓，小槽酒滴真珠红②。
烹龙炮凤玉脂泣③，罗帏绣幕围香风。
吹龙笛④，击鼍鼓；
皓齿歌，细腰舞。
况是青春日将暮，桃花乱落如红雨⑤。
劝君终日酩酊醉，酒不到刘伶坟上土⑥。

【注释】

①将进酒：乐府古题，属汉《鼓吹铙歌》十八曲之一。汉代古辞云：

“将进酒，乘大白。”《乐府解题》：“大略以饮酒放歌为言。”

② 酒滴：指在酒槽中榨压红酒。

③“烹龙”句：烹龙炮凤，极言肴炙的珍异美味。泣，指煎煮的声音。

④ 龙笛：笛名，以其声似龙吟而得名。马融《长笛赋》：“龙鸣水中不见己，截竹吹之声相似。”

⑤ 红雨：指纷纷落下的桃花。

⑥ 刘伶：字伯伦，“竹林七贤”之一，以嗜酒闻名，有《酒德颂》。

【评析】

提起《将进酒》，李白之作更为脍炙人口，读者亦常将李贺这首《将进酒》与之比较。如史承豫云：“此长吉诗之最近人、最可法者，风调从太白来。”（《唐贤小三昧集》）

蒋文运道：“刘次庄以太白《进酒》直劝岑夫子、丹丘生饮耳。李贺深于乐府，亦曰琉璃、琥珀，作诗摆落凡近，得意外趣者难矣。虽然乐府有假古题自发己意，与古词迥不侔者；有略得古意而增以新意者；有全即古题意以为咏者，不可执而论。而贺诗‘桃花乱落’及‘酒不到刘伶坟上土’，太白逊步矣。”（《昌谷集句解定本》引）

《李贺诗选评》对比白诗与贺诗道：“前者活现了太白性格的洒脱开朗，虽言烦恼而终不消沉；后者则发自长吉厄塞的心底，故情调虚无而颓废，有别于清新自然、一气呵成的太白诗风。李贺此诗注重刿凿藻绘，不惮细部雕镂，转以声文之美见长。”

除了对比白诗，前人多对末二句特加赏评，沈德潜称之为“达人之言”（《唐诗别裁集》），刘辰翁评云：“哀怨豪畅，故是绝调，极是快句，可人可人！”（《笺注评点李长吉歌诗》卷四）宋宗元评之：“悲咽，令人肠断。”（《网师园唐诗笺》）周珽曰：“至‘酒不到刘伶坟上土’，见人世时物易于衰谢，有生得乐且乐，无徒博身后孤寂地下也。陶渊明云：‘但恨在世时，饮酒不得足。’又‘在昔无酒饮，今但湛空觞。’贺盖深悟其真想者矣。”（《唐诗选脉会通评林》）钱锺书则说：“希腊古诗有云：‘为乐须及生时，酹酒坟前，徒成泥淖，死人固不能饮一滴也’……视长吉更进一解矣。”（《谈艺录》）

事实上，除了末二句，诗中还有不少精妙之语，刘学锴评“琉璃钟，琥珀浓”云：“透明的玻璃杯，映出了盛在杯中的褐红色的酒浆，着一‘浓’字，不但写出了酒的浓稠的质感，酒的浓艳的色感，而且写出了酒的浓烈芳香和醇浓的味觉感受，一字而色、香、味、触诸觉全出。”又评“烹龙炮凤玉脂泣”道：“一句中运用‘烹’‘炮’‘泣’三个动词，不但突出了烹调方式的多种多样，而且宛若可以闻到烹制过程中发出的扑鼻浓香，宛若可以听到原料下锅时发出的极具刺激性和诱惑力的声响。把肴馔的烹制过程写得如此刻露而又具有诱惑力，此前的诗中似未见。”（《唐诗选注评鉴》）如此评鉴，方能提取出长吉诗语的极致之美。

刘衍评此诗道：“它有声（吹笛、击鼓）、有色（真珠红、皓齿、红雨）、有形（龙、凤、细腰、桃花）、有态（浓、舞、乱落）、有情（泣、劝），并无平庸之笔。”（《李贺诗校笺证异》）

此篇的动人之处还在于其震动人心的架构：诗人用前十一句极力铺陈古人所看重的所有人间美事——美酒、珍味、乐舞、美人、春色，身处其中真乐极也！而末二句陡然一转，以醉生梦死相劝，却令人顿生人世虚空之感。周啸天称之为“乐极生悲、龙身蛇尾式的奇突结构”（《唐诗鉴赏辞典》）。

反复读之，这华美的文辞中竟是满含悲怆。周敬曰：“语藻见达人生究竟，意实可悲。”（《唐诗选脉会通评林》）姚文燮云：“此讥当世之沉湎者也。豪贵侈靡，欢宴无极。且谓其宜及时行乐，没则已矣，他日荒冢古丘，固无及耳。”（《昌谷集注》）陈本礼云：“于灯红酒绿时，或花前月下歌此词，应不减痛饮读《离骚》。”（《协律钩玄》）

刘学锴评道：“一个常见的宴饮场面，在李贺笔下，被表现得如此华美秾艳，富于刺激性的美感。在一片以红色为基调的氛围中，透出了对青春生命即将消逝的深刻恐惧和极端感伤。那红色的酒，红色的杯，乱落如红雨的桃花，以及庖厨中‘烹龙炮凤玉脂泣’的声音，罗帏绣幕中充满的香气，伴着龙笛鼍鼓的欢歌狂舞，处处都给人以感官上、心理上的强烈刺激，在目眩神迷中唤起一种及时行乐的亢奋与沉醉。这种强烈的刺激正是诗人内心深刻苦闷的一种宣泄和补偿。”（《唐诗选注评鉴》）

罗宗强说：“青春的鲜艳热烈与迟暮的热烈感怆，生的欢乐和死的悲哀，奇异地组合在一起。……这一片珠光宝气，笼罩的是坟。从青春的欢乐开始，而走向悲怆，这就是这位只活了二十七年而又有过人才华和不幸遭遇的诗人的心灵的历程。”（《隋唐五代文学思想史》）

读此诗读出悲怆，才真正读懂了长吉。

美人梳头歌

西施晓梦绡帐寒①，香鬟堕髻半沉檀②。
辘轳咿哑转鸣玉③，惊起芙蓉睡新足。
双鸾开镜秋水光，解鬟临镜立象床。
一编香丝云撒地，玉钗落处无声腻。
纤手却盘老鸦色④，翠滑宝钗簪不得。
春风烂漫恼娇慵，十八鬟多无气力。

妆成鬌鬌欹不斜⑤，云裾数步踏雁沙⑥。
背人不语向何处？下阶自折樱桃花。

【注释】

①绡（xiāo）帐：生丝织成的薄帐。

②“香鬟”句：堕髻，倾侧的发髻。沉檀，沉香木和檀香木，此处指用沉檀木做的枕头。谓发髻散乱，半覆于枕。

③转鸣玉：井上辘轳转动的清脆声音如玉之鸣。

④老鸦色：言发色之黑。《西洲曲》：“双鬓鸦雏色。”

⑤鬌鬌（wǒ tuǒ）：即倭堕髻，古时流行的一种发式，发髻向额前倾斜。古乐府《陌上桑》：“头上倭堕髻。”晋崔豹《古今注·杂注》：“堕马髻，今无复作者。倭堕髻，一云堕马之余形也。”

⑥“云裾”句：云裾（jū），像云彩一样轻薄而绚丽的裙裾。踏雁沙，如雁足踏沙，言其行步匀缓轻盈。

【评析】

浓密的黑发是美的，女子梳头的姿态是美的，慵懒的样貌是美的，无声的静谧也是美的。长吉此诗，便是专注于“美”本身，写的是“美”的完成。黄周星云：“描写美人梳头，可谓曲尽其致，但不知白玉楼中亦有此美人否？若无此一物，何以见天上之乐？”（《唐诗快》）以诙谐之语道出此诗写美人梳头的超妙。

此诗语言精美，描写传神，具有一种摇荡性灵的力量。钟惺评曰：“懒静而摇曳，美人妙手。”（《唐诗归》）刘学锴评曰：“设色秾艳，描绘精细，但却艳而不亵，细而不腻，秾艳之中自具婉丽灵动之致与幽怨寂寥之情。艳诗其表，闺怨诗其里。”（《唐诗选注评鉴》）

诸家对长吉此作都赞赏不已。徐渭云：“语重而不觉其重，愈重愈妙，诸人皆不及。”（《唐李长吉诗集》）史承豫云：“形容处极生艳之致，此种乃杨铁崖极力模仿者，然不逮远矣。”（《唐贤小三昧集》）韦居安云：“婉丽精切，自成一家机轴。”（《梅磵诗话》）

论者尤爱末二句。黎简评为“蕴藉”（《黎二樵批点黄陶庵评本李长吉集》卷四），沈德潜评之“梳头以后之神”（《唐诗别裁集》）。董伯音道：“总一折花，而于见其步之妍，于‘背人不语’见其态之幽，于‘下阶自折’见其情之别。长吉起语，如空山凝云，秋蓝着色；结句如渭城波小，自折樱桃，俱于本题外别出一意，愈远愈合，无限烟波。”（陈本礼《协律钩玄》引）杜国清则如此解读末二句：女子是“带着风华正茂的自恋，她摘下一枝花，与花儿惺惺相惜，希冀自己有朝一日也被人爱恋，就像她爱恋着手中这枝樱桃花”。（《李贺》）

更为论者注重的，是末二句乃至全诗均呈现出强烈的画面感。刘辰翁陶醉地说：“如画如画，有情无语，更是可怜。无语之语更浓（末句下）。”（《笺注评点李长吉歌诗》）方世举道：“写幽闺春怨也。结尾‘樱桃花’三字才点睛。花至樱桃，好春已尽矣；深闺寂寂，亦复何聊！不着一字，尽得风流。使温、李为之，秾艳应十倍加。然为人羡，不能使人思，不如此画无尽意也。从来艳体，亦当以此居第一流。”（《李长吉诗集批注》）朱世英道：“这首诗主要表述行动过程，按照通常写法，当以赋笔为主，诗人却纯用画笔把它表现出来。全诗十六句，句句是画，或者说句句有画，即是像‘背人不语向何处’也是一幅无声的画。这位美人的气质、情绪和心性，通过‘不语’更加充分地显现出来”，妙在“通过人物的神情动作，含而不露地刻画人物内在情思”（《唐诗鉴赏辞典补编》）。

也有论者由此题材探析诗人书写头发的心态。孟修祥认为李贺对美人头发的特别青睐，反映出他因受鬓发斑白和凋落的困扰而产生的心理变异，“《美人梳头歌》一篇，专门对少女浓密而秀美的头发作精细至极的描绘，达到了‘奇藻倩艳，极尽形相’的地步，这皆因为他长期忧虑‘疫气冲头鬓茎少’‘梦泣生白头’而在无意识中寻求精神补偿的缘故”(《论李贺对楚辞的接受》)。持此观点的学者不在少数，陈允吉也说:“李贺有惊人的创造象征物的才能，他极善借助幻想和丰富多彩的直觉，把自身对于缺失的感受灵敏地置换到它的相反方向，由之使这些‘笔补’概以想象性的愿望形态出现。……举其《美人梳头歌》为例，此中即以倩艳笔调尽意叙写一位少女的长发之美，用词浓缛而描摹弥富逼真感，通篇洋溢着微妙生机和青春气息，信是一首宣示此类逆反心理趋向的典型作品。”(《李贺诗选评》)

长吉常写美发是不错的，《恼公》有“发重疑盘雾”，《咏怀二首之一》有“春风吹鬓影”，《兰香神女庙》有“密雪虚鬟飞”，《大堤曲》有“青云教绾头上结”，《冯小怜》有“鬓湿杏花烟”，《江楼曲》有“晓钗催鬓语南风”，《神仙曲》有“垂雾妖鬟更转语”……笔者却认为不必作此“补偿”心态的猜想，如此美人梳头诗，单纯从呈现“美”的角度来理解便足够。

“雕琢蔓藻，思极闺闱之内”，魏徵曾以此语批评南朝宫体诗(见《隋书·经籍志》)，而长吉此诗，正表现了其深受南朝诗歌影响而形成的此一特点。施蛰存曾特别强调过南朝文学的丽藻对李贺的影响及贺诗的地位：“南朝宫体诗绮丽的辞藻，到盛唐时，已被摈斥在诗坛之外。王、孟的诗，固然清淡；即使李、杜、高、岑，也绝不堆垛秾艳的字面。从此以后，诗家一味崇尚清淡，到了郊、岛，已清淡到质朴无华的古拙境界，不免有人感到枯瘁。物极必反，首先出现了一个李贺。他从齐梁诗赋中汲取丽辞幽思，运用在唐代的声韵琅然的近体诗中，登时使唐诗开辟了一片新境界。受李贺影响的有施肩吾、段成式、温庭筠、李商隐。”(《唐诗百话》)既承接前朝，又另辟新境，这是看待李贺在唐诗史上地位的一个重要角度。

月漉漉篇

月漉漉，波烟玉[1]。
莎青桂花繁，芙蓉别江木[2]。
粉态夹罗寒[3]，雁羽铺烟湿。
谁能看石帆[4]，乘船镜中入。
秋白鲜红死[5]，水香莲子齐。
挽菱隔歌袖，绿刺罥银泥[6]。

【注释】

① 波烟玉：波起烟生时，水中的月影。

② 芙蓉：此处指荷花。

③ 夹：没有棉絮的夹衣。

④ 石帆：山名。据《会稽志》，山在唐越州会稽县东十五里，高二十余丈，北临大湖，望之如帆，故称。

⑤ 秋白：此指泛白的湖水。

⑥“绿刺”句：绿刺，菱角。罥（juàn），挂。银泥，菱角上的白泥。

【评析】

这是一首隐人于景、物人相融的绘景佳作。

起笔便用一片莹润的月光笼罩了全景，景中是独具秋韵的花木，和月光下采菱的女子。诗人并未直接描摹那婉转于湖面的女子，而是以“夹罗”“歌袖”代指，读来形象立现，意态全出。

看似一幅远景图，却又不失细节。“银泥”点得最好，既是写菱角的白泥，又是在写采菱女，沾在衣袖上的白色泥点在月光下如同用银粉勾点的花纹。“银泥”在唐诗中常见，张籍有“银泥裙映锦障泥，画舸停桡马簇蹄”（《苏州江岸留别乐天》），白居易有“更对雪楼君爱否，红栏碧甃点银泥”（《答微之见寄》）。于是，在这月夜劳作的江南女子，既满身天然，又多了一分装饰之美。

曾益云：“此诗似有慕镜湖而作。”（《昌谷集》）姚文燮云：“此贺昌谷山居秋夜泛湖作也。……言月色皎洁，湖光恬静，秋水开落，夜度飞鸿，景况甚佳，差堪仿佛会稽之石帆镜湖也。‘秋白’，秋水清也。‘鲜红死’，莲房坠也，故‘水香’而莲子齐也。少妇采菱，歌声伊迩，而菱刺牵衣，致罥银泥也。”（《昌谷集注》）二人皆认为李贺是借此诗思念曾经到过的会稽山水，恐非是。如此充满感兴的文字，如此布满细节的图景，或当为诗人南游即景所作。

《水经注》记：“石帆山东北有孤石，高二十余丈，广八尺，望之如帆，因以为名。北临大湖，水深不测。”《舆地志》云：“山阴南湖，萦带郊郭，白水翠岩，互相映发，若镜若图。故王逸少云：‘山阴道上行，如在镜中游。’”谢惠连《泛南湖至石帆诗》：“涟漪繁波漾，参差层峰峙。”贺诗中所写这石帆山和镜湖，常为人赞赏。感官敏锐的长吉南游至此，更为之动心，写下了不少富于江南风情的乐府诗。陈本礼说：“此诗神味隽永，思致精深，人谓长吉诗牛鬼蛇神，如此种诗，岂人意见所及？”以“神味隽永”四字概括此诗，堪称切当，但陈氏又解云：“古诗以莲喻怜。鲜红死，人心不死；鲜红虽死，余香尚留水上。人心不死，则怜香之心，郎固与妾同也。况郎近在菱塘，思欲溯洄以就，无如袖为菱刺所罥，致被钩留而不得往也，宛若蒹葭秋水伊人宛在之思。”（《协律钩玄》）这一番穿凿便损坏此诗一派天然的诗意了。

刘辰翁说“月漉漉，波烟玉”两句“不可解，亦自好”（《笺注评点李长吉歌诗》），想来这月光莹润、波影浩渺之景，不烦解说亦自有妙趣。晏殊有“梨花院落溶溶月，柳絮池塘淡淡风”之句，“溶溶月”与此“月漉漉”相似，都是触觉与视觉相联通的一种美感经验。

此诗以“篇”命题，也是值得注意的。据研究，以“篇”字为标志的文人自创新题的乐府诗，始于曹植，如其《白马篇》等。《昌谷集》中以“篇”为题的诗歌只有两首，另一为《罗浮山父与葛篇》。《月漉漉篇》应为李贺原创题目，至少“月漉漉”为李贺原创的独特意象，自此也为后世文人借取。如元人胡奎直接仿长吉作《月漉漉篇》：“月漉漉，银塘曲。兔影蘸金波，龙绡皱文縠。越女浣纱归，双蛾湿秋影。移舟明镜中，露下菱花冷。”同代诗人文质有“送君行，月漉漉”（《月漉漉送瞿慧夫之竦川》），雅琥有“月漉漉，泥在水。送君归，几千里。泥在水，月不明。执君别，难为情”（《赋得月漉漉送方叔高作尉江南》），明代顾景星有“银汉通光月漉漉，桂华倒映鼍鳞屋”（《洞庭龙女歌》），清乾隆帝有“每吐云英英，亦浸月漉漉”（《游摄山栖霞寺》）……由此不难见出长吉所创此题对后世的影响了。

官街鼓[①]

晓声隆隆催转日，暮声隆隆呼月出。
汉城黄柳映新帘[②]，柏陵飞燕埋香骨。
磓碎千年日长白[③]，孝武秦皇听不得。
从君翠发芦花色[④]，独共南山守中国[⑤]。
几回天上葬神仙，漏声相将无断绝[⑥]。

【注释】

① 官街鼓：设置在京城大街以警夜报更的大鼓。

② “汉城”句：汉城，长安。黄柳，刚吐出鹅黄色嫩芽的新柳。

③ 磓（duī）：撞击。

④ “从君”句：君，秦皇汉武。翠发芦花色，谓黑发变白发。

⑤ 中国：此处指京城长安。意谓任凭你黑发变白发，只有这官街的鼓声可与终南山一起永久守护着长安城。

⑥ 相将：伴随。

【评析】

此诗应作于元和六至八年为奉礼郎期间。《新唐书·百官志》记：“日暮，鼓八百声而门闭；五更二点，鼓自内发，诸街鼓承振，坊市门皆启，鼓三千挝，辨色而止。”李贺居长安时，一定对这伴随昼夜的、密而不绝的鼓声感触颇深，由此发而为诗，“于光阴之速，年命之短，世变无涯，人生有尽”之主题“感怆低徊，长言永叹”（钱锺书《谈艺录》）。

长吉以鼓点所带来的听觉冲击来写时间的强力，砰然的鼓点正仿佛时间本身，推行着日和月，轮转着昼和夜，改变着一切事物，不论草木、美人或高高在上的帝王，都逃不出时间的掌控。不论是轰然震耳的鼓声还是嘀嗒细吟的漏声，都象征着时间催迫一切的力量。甚至连那些令凡人与帝王都艳羡的神仙，也依然要臣服于时间的威力。神仙可葬，而时间永恒不灭。

这首以时间为主题的诗作，最为惊人之处在于写到了神仙的死亡。刘辰翁云：“神奇至于仙，极矣；独屡言仙死。不怪之怪，乃大怪也。”（《笺注评点李长吉歌诗》）黄淳耀说：“神仙可死而漏声不绝，极意形容。”（《黎二樵批点黄陶庵评本李长吉集》）李沂道：“长吉不求大雅，唯务险涩，其诗适足骇俗人耳。如‘天上几回葬神仙’、‘一夜严霜皆倒飞’，尤为荒唐杜撰。”（《唐诗援》）袁宏道云：“不脱阴区苦奈何，仙官尘侣不争多。人间惟有李长吉，解与神仙作挽歌。”（《过黄粱祠》）刘学锴道：“比起永恒的时间，天上的神仙也是难逃一死的。这彻底的否定，将时间的永恒强调到极致，也将永恒的时间与人生的短促的矛盾推向了极致。”（《唐诗选注评鉴》）

前人论此诗旨意，多以为讽刺求仙：“屡言仙死，深为求仙怠政者戒。冷语趣甚。”（阙名《李长吉诗集》）“人少发色翠黑，老则白如芦花，由少而老，人人如是。乃有人独欲长生，与南山并寿，守此中国而不死。岂知神仙不死之说，本是虚诞之辞，虽或可以祛病延年，终有死期，岂能如漏声之日夜相将而无断绝乎？……此诗盖为求长生者讽，而借官街鼓作题，以发其意。”（王琦《李长吉歌诗汇解》）“此讥求仙之非也。日月循环，鼓声相续，故长安犹是。汉城黄柳，新帘飞燕，已成黄土。使如秦皇孝武在时，遽言磓碎千年白日，势必使翠发变为芦花之白，犹与共南山之寿以守此中国也。其实秦皇死，孝武复死，漏声相续之下，亦不知断送多少万乘之君矣！”（姚文燮《昌谷集注》）

也有不同意见者，如陈本礼道：“此长吉祝国之词。追顺宗册太子时，作史称顺宗风瘖未愈，政在二王，而八司马之党交构纵横，人情噂沓，乃从韦皋之请，暨荆南裴均、河东严绶，笺表继至，乃传位太子，社稷以安。此诗作讥求长生者，似属牵强。”（《协律钩玄》）周啸天说：“《官街鼓》反复地、淋漓尽致地刻画和渲染生命有涯、时光无限的矛盾，有人认为意在批判神仙之说。这评价是很不够的。从李贺生平及其全部诗歌看，他慨叹人生短促、时光易逝，其中应含有‘志士惜日短’的成分。他怀才不遇，眼看生命虚掷，不免对此特别敏感，特别痛心。”（《唐诗鉴赏辞典》）

事实上，诗人所言说的乃是一个终极问题：时光不可逆。开篇便展开一幅“日月跳丸，循环不已”的宏观宇宙图景。古代诗人对此主题多有咏叹，而贺诗的独特之处在于，“他人或以吊古兴怀，遂尔及时行乐，长吉纯从天运着眼，亦其出世法、远人情之一端也”（钱锺书《谈艺录》）。如陈允吉所道：“综观全篇内容，其要旨乃在显示天道变化悠远无穷与人生年命短促飘忽的矛盾。这一矛盾乃是人类之大惑，但谁亦无法加以克服。”（《李贺诗选评》）

全诗的出色之处，在于贯通始终的力量感，这力量感既来自官街的巨鼓，又来自人所共感的时间所自带的冲击力，哪怕文字中隐隐有人生渺短的悲哀，也不失撼动纸背的力量之美。吴汝纶评曰：“此首最警悍。”（《唐宋诗举要》引）“警悍”一词评得好，读长吉此诗，真觉巨大的鼓槌“隆隆、隆隆、隆隆、隆隆”，一声一声都撞击在胸膛之上，这强力来自时光，来自这世间最不可阻挡之物，令人心惊肉跳。而借鼓声这一听觉意象来象征时间，真乃长吉奇思！

许公子郑姬歌 郑园中请贺作

许史世家外亲贵[①]，宫锦千端买沉醉[②]。
铜驼酒熟烘明胶[③]，古堤大柳烟中翠。
桂开客花名郑袖，入洛闻香鼎门口[④]。
先将芍药献妆台，后解黄金大如斗。
莫愁帘中许合欢[⑤]，清弦五十为君弹。
弹声咽春弄君骨，骨兴牵人马上鞍[⑥]。
两马八蹄踏兰苑，情如合竹谁能见[⑦]。

夜光玉枕栖凤凰，夹罗当门刺纯线⑧。
长翻蜀纸卷明君，转角含商破碧云⑨。
自从小靥来东道⑩，曲里长眉少见人⑪。
相如冢上生秋柏，三秦谁是言情客⑫。
蛾鬟醉眼拜诸宗⑬，为谒皇孙请曹植⑭。

【注释】

①“许史”句：许史指许伯、史高，西汉宣帝时的外戚，许公子亦唐室外戚。

②“宫锦”句：言许公子以千端宫锦为缠头，得与郑姬畅饮。端，古以二丈为一端。

③“铜驼”句：铜驼，街名。铜驼街是汉代洛阳繁华的商业街市。烘明胶，酒色莹润醇厚。

④“桂开”二句：客花，郑姬从他处新到洛阳，有如幽桂之香自远方而至，故称“客花”。鼎门口，为郑姬居住之地，鼎门为洛阳东城门名。

⑤莫愁：《古今乐录》有：“石城西有女子名莫愁，善歌谣。”此处借指郑姬。

⑥“弹声”二句：咽春，指美妙的琴声低回掩抑。骨兴，言兴奋。

⑦合竹：指两情相悦，如竹符相合。

⑧夹罗：双层罗帷。

⑨“长翻”二句：长翻，长卷。明君，昭君。此二句指郑姬演唱昭君的故事，将多幅画面绘制在长幅的纸上，表演时根据讲唱者演绎的顺序和进度渐次舒展画卷，使相应画面同步展现。陈允吉认为演唱的是《王昭君变文》。

⑩小靥（yè）：敷于脸颊的装饰物。

⑪曲里：妓女聚居的里巷。

⑫ 三秦：姚文燮《昌谷集注》作“三春”。

⑬ 蛾鬟：指郑姬。

⑭ “为谒”句：皇孙、曹植，皆李贺自称。

【评析】

此诗被方世举认定为伪作，云：“万无长吉之理。‘许史世家外亲贵’，俗手所不下之笔。”（《李长吉诗集批注》）方氏武断了，一来，开篇这句虽显通俗，但结合此诗主题看，则无可非议；二来，诗中多有长吉独到之语，如“铜驼酒熟烘明胶”句，以温热的明胶形容酒色，非长吉想不出；再如“弹声咽春弄君骨”句，撩动心骨的一个“弄”字，亦非长吉不办。

陈允吉评此诗风格为“浅俗流转”，“充斥着浮世风情”，并认为此诗虽然“语言不像《长恨歌》那么圆熟流转，却算得上《昌谷集》内最接近变文唱词的一种类型了。姑以‘莫愁帘中许合欢，清弦五十为君弹。弹声咽春弄君骨，骨兴牵人马上鞍’四句，于极短篇幅内连续两处蹈袭民歌‘顶真格’手法，这未尝不是诗人试图‘改良当日民间口头流行之俗曲’的体现。再看‘自从小靥来东道，曲里长眉少见人’两句，极力强调女主人公的美艳绝伦，其述方式与《长恨歌》‘回眸一笑百媚生，六宫粉黛无颜色’同一套路，其间分明透出一股循俗气味。明乎此端，我们看到了李长吉主导诗风掩盖下的另一种倾向。”（《李贺诗选评》）不失为一种富有启发的意见。

姚文燮解诗曰：“此贺见许公子、郑姬而作。此诗言公子家世如许、史，郑姬美貌如郑袖。初时两两相得，已而纳之后房。曲翻《明君》，音调商角，固后房为欢之事。在此时公子命姬与贺相见，则又相见时之事。贺本才人，姬素闻名推服，贺遂述姬白贺之言，具云：娇小东来，虽曲中亦罕见客。而今见王孙者，正以相如既往，三春已无情人，而诸宗之中有王孙，固能赋《洛神》如子建也。则是贺可以不见姬，而姬反不能不见贺。要之，文君、宓妃，姬亦善自诩哉！”（《昌谷集注》）

刘衍认为此诗“当是贺谒韩愈后，居洛阳仁和里时所作，故多自信而无忧愁情绪”，“末四句言许公子命姬见贺，请贺作歌。相如已死，京都遂无才人，今拜请皇孙，是因贺有曹植之才，可以胜此言情诗作之任。此系贺转述郑姬之语，然亦可见贺自信自诩之情。”（《李贺诗校笺证异》）

以上诸说，姑可作为读此诗之参考。

新夏歌

晓木千笼真蜡彩①，落蒂枯香数分在。
阴枝拳牙卷缥茸②，长风回气扶葱茏。
野家麦畦上新垄，长畛徘徊桑柘重③。
刺香满地菖蒲草④，雨梁燕语悲身老。
三月摇杨入河道，天浓地浓柳梳扫。

【注释】

①蜡彩：枝叶光滑鲜丽，如涂蜡彩。

②“阴枝”句：阴枝，日光不能照及的枝条。拳牙，拳曲的枝叶之芽。缥（piǎo）茸，青白色的细茸毛。

③长畛（zhěn）：长长的田间道路。

④刺：此指菖蒲叶尖如刺。

【评析】

读此诗，令人想到意大利学者维科的话：“诗人是人类的感官。”

一句“天浓地浓柳梳扫”，如若不是长吉写出，常人身处夏天也必是感受不到的，即便是敏锐者被夏日的满目浓绿所震撼，被摇曳多姿的柳条所触动，也断断道不出这“柳梳浓绿”的话来。这便是长吉所禀的天才：既长着不同凡人的极其敏锐的感官“触角”，又能够组织出熨帖的文字来描摹其幽微的感知经验。评家常论长吉诗中的通感联觉手法，但未见以“天浓地浓柳梳扫”这句举例，细品之，其实是视觉与触感的联通。

姚文燮解此诗云：“笃耨香出真蜡国，树如松形。此状树之浓阴翠色也。花茎犹未全落，柔条尚尔半舒，而节候方助其畅遂。垅麦将秋，桑柘纷披，菖蒲剑立。梁间燕子，似惜春归，而大堤杨柳竟尔迷濛高下矣。”（《昌谷集注》）

这首描绘夏日自然风情的歌诗，是《昌谷集》中尤其能够展现长吉的异禀天赋的。他感受这世界的方式，是直觉的，是性灵的。在他眼中的夏日，既有着庞大的气息（“长风回气扶葱茏”）和宏博的颜色（“天浓地浓柳梳扫”），又有着微妙的质地（“蜡彩”）和幼嫩的细节（“拳芽卷缥茸”）。

他立在夏日的光影里，看见明处的草木的光，看见暗处蜷曲未伸的嫩芽，嗅到春日逝去之后落花的淡淡“枯香”，听见春燕的呢喃（“燕语悲身老”），他的所有感官都对夏敞开着，捕捉着新夏的所有气息和动静。夏的光景时而是一个完满的整体，柳条撩动着天地，也撩动着诗人之心；夏的光景时而是无数的细节，为诗人展现着“道契玄微”。

即便是全部感官和触角都沉浸在夏日的鲜亮和浓翠中，诗人还是想到了“悲”与“老”，并令最轻盈的燕子来背负这难逃衰老的悲伤。“悲”和“老”两个字与这充满新鲜能量的夏景多不谐和，长吉似乎过分执着于年岁易逝的悲哀了，可谁让燕子的生命那么短暂，又勾起诗人的伤感呢。

方世举以此诗为伪作，多有差评，并谓其“三句一韵，用秦碑体。末有单一句，古人却少，文气亦似未尽，窃疑有脱”（《李长吉诗集批注》）。所谓“三句一韵”“末有单一句”，恐属误读。

题归梦

长安风雨夜，书客梦昌谷。
怡怡中堂笑[①]，小弟裁涧菉[②]。
家门厚重意，望我饱饥腹。
劳劳一寸心，灯花照鱼目。

【注释】

①“怡怡”句：怡怡，欢快的样子。中堂，指李贺母亲。

②“小弟”句：裁，采撷。菉，菉竹，一种草，以茎叶似竹而得名。

【评析】

此诗应如董伯音所说，“为奉礼日作”（陈本礼《协律钩玄》引），而非姚文燮所说“贺将发京城而梦归也”（《昌谷集注》）。

李贺在长安做奉礼郎三年，生活方面离群索居，事业方面疏离政坛，侍奉鬼神，心境空寂，于是，在清冷的风雨之夜，思家念归而致家人入梦，当属常情。“旅邸凄凉，风雨夜至，则思归之念殷，故梦昌谷，梦家也。”（曾益《昌谷集》）“梦中到家，小弟见兄而喜，采芹藻以饷，醒尚宛然。因思家门厚期于我，冀沾薄禄以慰调饥。谁知劳劳一寸心，灯花照之而泪落如珠也。”（姚文燮《昌谷集注》卷四）姚氏谓“鱼目”是泪珠，非也。徐渭注曰：“自谦鱼目非明珠，故难售。”更是离题。方世举批徐注曰：“缪甚！鱼目用鳏鱼不瞑耳。本浅浅语，徐何曲求？”（《李长吉诗集批注》）方氏所言甚是。“劳劳一寸心，灯花照鱼目”，明白如话，写的是诗人在这风雨交加的黑夜里，梦回昌谷，至亲相见，意深情切；醒来后不胜怅惘，思念愈加浓重，思及家人对自己的期待，则更添心境的苦楚和对命运的无奈。于是，诗人再难入睡，心绪难平。昏黄将尽的油灯，影影绰绰地照着不眠的诗人圆睁的眼睛。所谓“鱼目不瞑，言劳思不寐也”（吴正子、刘辰翁《笺注评点李长吉歌诗》），说的便是这种情况。

曾益解曰：“‘蒃’之言禄，犹乐府‘莲’之曰怜也。‘厚重’，至厚且重，望期之饱饥腹，即得禄，言得禄意非止弟，实举家望之。‘劳劳’言禄未曾得，故我劳劳而思，徒对灯花，无暝时也。”（《昌谷集》）亦可备一说。

外　集

南　园

方领蕙带折角巾[①]，杜若已老兰苕春。
南山削秀蓝玉合[②]，小雨归去飞凉云。
熟杏暖香梨叶老，草梢竹栅锁池痕。
郑公乡老开酒樽[③]，坐泛楚奏吟招魂。

【注释】

①“方领”句：方领，直领，两汉以来为儒生之服。折角巾，角巾即有棱角的头巾，古代隐士所佩。东汉时，郭泰遇雨，巾一角沾湿，乃折一角，人慕而效之，号曰折角巾。蕙带，薰香之带。

②“南山”句：削秀，秀峰如削。蓝玉合，谓山如青玉，四面回合。

③郑公乡：犹儒术昌明之乡。《后汉书·郑玄传》载，东汉经学家郑玄，学问人品均为一代之冠，北海相孔融深敬之，建议为其特立一乡，曰“郑公乡”。这句是说自己将终老于礼仪敦厚之乡，饮酒读楚辞以度日。

【评析】

此诗似为元和八年（813）昌谷家居期间作。据汲古阁校刻鲍钦止本跋，且依诗意判断，诗或为卷一所脱，与前《南园十三首》当为一组。刘衍道："南园十四首，前十二首皆为七绝，后二首，一为五律，一为七古。一题之内各体并列，唐诗多有，不似后人拘于一题一体。"（《李贺诗校笺证异》）

这首小诗，诗意不难体会。姚文燮云："簪组既谢，野服徜徉。时当夏初，景物盛茂。南山在望，可方其高；蓝水匪遥，堪比其洁。小雨归去，不畏炎威；凉云自飞，弗愁薰灼。杏熟梨老，无复秾郁之思。弱质筠心，白水自矢。南过不减郑乡，惟饮酒读《离骚》以终老已。"（《昌谷集注》外集）曾益云："服是服，睹是物，对是景，值是时，而与里中佳客开尊吟赏，此闲居之乐也。"（《昌谷集》）陈愫云："开尊乡老，亦有靖节壶觞劳近邻风。"（《昌谷集句解定本》引）这些说法，大抵道出了此诗闲适自安的一面。至于将其与陶渊明田园诗作比，似还一间有隔。

诗末二句，论者有不同理解。董伯音云："春将去，故吟楚辞《招魂》以留之耳。"（陈本礼《协律钩玄》引）评得离题太远，此诗虽然大多文字写南园春意，倒也不至于吟楚辞而留春。毕竟楚辞之于长吉，是另有一番意义的。

叶葱奇认为诗人在美景当中的思绪是："自己既不能谐俗以求进取，只有终老此乡，饮酒赋诗，消磨岁月。……歌吟楚调，独吟《招魂》，牢骚愁闷的意味显然可见。"（《李贺诗集疏注》）刘衍评："杜若已老，兰苕正盛，当是初夏时节。南山秀丽，峰峦如削，青黛如玉，是雨后女儿山景。山隔洛河，故三四句写远眺。杏熟梨老，竹丛草树，倒映池中，则写近观。于此良辰美景之中，饮酒赋诗，凉爽宜人。自有园田之乐，但转念进身受阻，骚怨不已，故称郑公乡'老'，而欲'楚奏''招魂'。全诗主旨，在末二句。"（《李贺诗校笺证异》）从末句读出愁闷、骚怨的意味，可以说将诗意深化了一层。

假龙吟歌①

石轧铜杯，吟咏枯瘁②。
苍鹰摆血，白凤下肺③。
桂子自落，云弄车盖④。
木死沙崩恶溪岛，阿母得仙今不老⑤。
窞中跳汰截清涎⑥，隈壖卧水埋金爪⑦。
崖蹬苍苍吊石发⑧，江君掩帐篔筜折⑨。
莲花去国一千年⑩，雨后闻腥犹带铁⑪。

【注释】

① 龙吟：龙的吟啸。假龙吟，此指击摩铜器发出的类似龙吟的声响。据皎然《戛铜碗为龙吟歌》小序言，唐太尉房琯早年隐终南山峻壁之下，曾听到龙吟之声。时有好事僧暗中以摩击铜器之声仿效之，房琯闻后曰："龙吟复迁于兹矣。"僧因出其器以告，公命戛之，惊曰："真龙吟也。"这则故事，或即此诗的创作缘由。

② 枯瘁：声音清极而反觉其枯寂沉瘁。

③ "苍鹰"二句：摆，击。击苍鹰取血，下白凤之肺，其声哀凄，以象假龙吟。

④ "桂子"二句：谓风起云兴。

⑤ 阿母：指龙母。

⑥ "窞中"句：窞（dàn），坎的最深处。跳汰，涤荡。

⑦ 隈（wēi）：水的曲隩处。壖（ruán）：水边空地。

⑧ "崖蹬"句：蹬（dèng），崖间登山之道。石发，石上青苔。

⑨“江君”句：江君，江娥。筼筜（yún dāng），水边大竹。

⑩“莲花”句：莲花，指龙。《孔雀经》中有青莲花龙王、白莲花龙王之名。

⑪“雨后”句：相传镇服毒龙，多以铁物沉水中。《封氏闻见记·鱼龙畏铁》：“盖金铁味辛，辛能害目，蛟龙护其目，避之而去。”

【评析】

古诗中的“龙吟”意象，有多种常见的所指，包括笛声、箫声、古琴声、君主号令等，有时也指敲磬的声音。而长吉所述“假龙吟”之声，是滚压（戛、轧）铜磬发出的悠长锐利的音响，类似古人想象中的龙吟。

诗用“苍鹰摆血，白凤下肺”的哀凄之鸣形容“龙吟”，以“云弄车盖”形容其回环不绝，以“桂子自落”渲染神秘恐怖氛围，设想奇绝，造境奇险。尤以对真龙消失的想象最为惊艳：真龙离开了溪谷，从此这里木死、沙崩，或许它已游潜别处得到了长生。溪水涤荡着乱石间的深坑，洗荡了曾经的龙涎，山脚和水边的空地曾是龙栖卧的地方，或许龙爪还埋藏在那里。山上苍苍的石阶上纠缠着苔藓，水边的大竹都已颓断。末句“雨后闻腥犹带铁”，谓龙去已久，犹闻铁之腥味。

诗人在对铜磬之声的精彩想象和具象化形容之外，似还有更深寄托。前人对此屡有评说。

陈本礼云：“长吉诗中如《箜篌引》《铜驼悲》《北中悲》《假龙吟》等篇，咸感切当时，目击心伤。托于咏物写景，使人不易窥其意旨。”（《协律钩玄》）

董伯音云：“长吉有伤于建宁王之事，借此题以咏之。”（陈本礼《协律钩玄》引）

丘象随云："假龙吟，思真龙也。错会作铜杯之善，则失之矣。"（《昌谷集句解定本》）

姚文燮云："诗盖讥假之乱真也。"（《昌谷集注》外集）

王琦云："此篇因假龙吟而思及真龙，笑人于真龙则驱去之，好事者却又写其声以娱人之听闻。真者不好，而好者不真，寄慨之意深矣！"（《李长吉歌诗汇解》外集）

这些意见，从不同方面指出了诗的寓意，不必全然当真，但不妨作为解读的参考。

也有质疑此诗为长吉所作者，如方世举谓："诡异未有不可以义理通者，此则比时无理，入题语又皆顽钝，其非长吉无疑。"（《李长吉诗集批注》外集）方氏以"无理"谓诗非长吉作，岂不知长吉诗自是"无理而妙"者，无理则无须以"义理"解。正如刘辰翁谓杜牧"不知贺所长，正在理外。"（《须溪集》）又如清人施补华所道："长吉长古，不可以理求，不可以气求。譬之山妖木怪，怨月啼花，天壤间直有此事耳。"（《岘佣说诗》）

感讽六首（选二首）

其　一

人间春荡荡[①]，帐暖香扬扬。
飞光染幽红[②]，夸娇来洞房。
舞席泥金蛇[③]，桐竹罗花床。
眼逐春暝醉[④]，粉随泪色黄。
王子下马来，曲沼鸣鸳鸯。

焉知肠车转⑤，一夕巡九方。

【注释】

① 荡荡：广大貌。

② 飞光：日光。

③ 泥金蛇：画蛇于席，涂以金色。

④ 春暝：春夜。

⑤ 肠车转：心思曲折不能言，如车轮回转。汉乐府诗《悲歌》有："心思不能言，肠中车轮转。"

【评析】

据汲古阁校刻鲍钦止本鲍跋，此诗为卷二所脱，当是在长安所作，内容与《感讽五首》接近，疑二者本为同一组诗。

曾益解诗曰："'荡荡'言广，'扬扬'言幽。'飞光'谓日。'染幽红'，初上。'夸娇'，犹言作态。'泥金蛇'，画蛇于席。'桐竹'，即弦管，言歌舞具备。'春暝醉'，犹春色醉人。'泪'，从眼。'黄'，渍粉而色黄，二句夸娇。'下马来'，谓来洞房。'鸣鸳鸯'，相比和。'肠车转'，言各具一肠。'巡九方'，两心未必其能一。"（《昌谷集》）

对于此诗的旨意，前人有不同理解。董伯音云："皆感所见而作。首言苟荣不足乐，指韩冯妻、乐昌公主之流，以志感。念所思在天一方，所谓'虽蒙今日宠，犹忆昔时怜'也。"（陈本礼《协律钩玄》引）黎简云："刺贵胄以写己怀，只结句是主意。"（《黎二樵批点黄陶庵评本李长吉集》）

姚文燮则强附时事云："贞元三年，帝幽郜国公主之女太子妃。帝因怒切责太子，太子惧，请与妃离婚。上六句言值芳辰可以行乐，乃忽以疑惧，致当春而陨涕也。王子指太子。言方播迁之后，得从帝还京，而下马未几，冀深宫曲沼以自娱，至是肠回如巡九方，诚四顾莫知所措也。”（《昌谷集注》）贞元三年（787）长吉尚未出生，何为而感讽此事？姚氏只顾臆说罢了。

此诗的亮点是其语言，“夸娇”一词用得生动，“泥”字用得妥帖。诗人也把自己对春天的感受充分书写，先是开篇“人间春荡荡，帐暖香扬扬”二句，从整体氛围上写春的弥漫、春的暖意，将暖意与香气混融起来，相互激发。后又说“眼逐春瞑醉”，眼眸都为春意所沉醉，从侧面极力写春，一个“逐”字透露的则是人对春意的迷恋。方世举评“桐竹罗花床，眼逐春瞑醉”二句云：“二语亦小有意，但浅滑。”（《李长吉诗集批注》）

诗人极力所写的“春”，似乎并非单纯自然界的春，而又与恋情相关联。只是未能确知其感讽之深意罢了。

其　二

苦风吹朔寒，沙惊秦木折。
舞影逐空天①，画鼓余清节②。
蜀书秋信断③，黑水朝波咽。
娇魂从回风④，死处悬乡月。

【注释】

① 舞影：为迎接公主出塞，可汗举行盛大宴会，舞女身影似与天相逐。

② 清节：清劲的鼓点。

③ 蜀书：以朔比蜀，则蜀指南方。王昭君为巴蜀之人，以蜀书指出塞公主的家书。

④ 回风：飘风。《楚辞·九章·悲回风》："悲回风之摇蕙兮，心冤结而内伤。"

【评析】

关于此诗的创作缘由与主题，姚文燮认为是为当时公主和亲之事而作，"贞元四年，回纥求和亲。十一月以咸安公主归之。玄宗朝，回纥以兵助讨禄山，遂下嫁以宁国公主。是昔以蜀乱，故及今书信断绝。顷又以吐蕃为患，而复以女驱异域，黑水之朝波亦为之呜咽不平也。昔宁国公主行，泣曰：国方多事，死不恨。一旦远去，永无还期。而娇魂唯随回风，死地犹悬乡月，不亦悲乎！"（《昌谷集注》）黎简认为此诗是"代戍扫怨"（《黎二樵批点黄陶庵评本李长吉集》），王琦则依据"舞影"一联，认为所写应为和亲之事（见《李长吉歌诗汇解》）。此诗写唐朝公主出塞和亲，当无疑。

曾益解诗云："'朔'，北阴，风苦寒。'折'，曲折。'逐空天'，谓地当极北，影与天旋。'馀清节'，惟闻画鼓之节。朔与蜀远。'秋信断'，雁至而书不至。'黑水'以下皆倒。魂从死言，言死于朔北，与乡月相悬，故娇魂从回风以旋返，而黑水之朝波，亦闻之而若咽。"（《昌谷集》）

宋琬云："贺，王孙也，所忧宗国也，和亲之非也，求仙之妄也，藩镇之专权也，阉宦之典兵也，朋党之衅成而戎寇之祸结也。以区区陇西奉礼之孤忠，上不能达之天子，下不能告之群臣，惟崎岖驴背，托诸幽荒险涩诸咏，庶几后之知我者，而世不察，以为鬼神悠谬不可知。其言既无人为之深绎，而其心益无以自明，不亦重可悲乎！"（《昌谷集注叙》）由此观之，这首讽刺和亲的小诗在《昌谷集》中足可重视。

方世举认为外集中《感讽》六首皆伪作，"伪耳，却非下下。人所以知其为伪，易知易能也。步步有陈迹可寻，如何是长吉蹊径？其中却有好句”（《李长吉诗集批注》）。如其所言，此诗中的好句则是“娇魂从回风，死处悬乡月”。写死亡是长吉的擅长，细思此二句所造之境，令人为之惊颤：遥离故乡的孤独的魂魄，如脆弱的纸片一样随风，如微弱的气息一样消散，日夜思念的那轮故乡的月啊，明得乍眼，高悬夜空。杜甫《北征》有“寒月照白骨”，陆游《塞上曲》有“明月如霜照白骨”，相似的惊人场景，在长吉笔下，由于书写的是柔弱且孤独的女子的娇魂，这高悬的月光便更加刺痛人心了。

嘲　雪

昨日发葱岭①，今朝下兰渚②。
喜从千里来，乱笑含春语。
龙沙湿汉旗，凤扇迎秦素。
久别辽城鹤③，毛衣已应故。

【注释】

①葱岭：古代对帕米尔高原、昆仑山、天山西段的统称。地势极高，古人认为寒风冰雪作于此地，发葱岭之说本此。

②兰渚：泛指东部平原温暖地带芳草丛生的水中小洲。

③辽城鹤：旧题陶潜《搜神后记》载，汉辽东人丁令威在灵虚山学道成仙，后化白鹤归辽，落城门华表柱上，有少年欲射之，乃徘徊空中，不能落地，后冲天而去。这里以辽城鹤比喻雪片。

【评析】

这是一首简明的咏物小诗，纷纷零落的白雪，触动了长吉的灵感。

徐渭云："奇甚，不犯诸作雪套作语更奇，宛然雪似人也。"（《唐李长吉诗集》）黄淳耀云："托言雪从西入中国，如远客然。"（黎简《黎二樵批点黄陶庵评本李长吉集》）二人皆读出李贺的以雪拟人之法。

董伯音读此诗说"我所欲言辄先言之，古人大是可恨"（陈本礼《协律钩玄》引），可见对此诗的赞赏。

曾益解诗云："西北风寒始作雪，故曰'发葱岭'。昨、今，连日也。自葱岭曰'千里'。'乱'，纷貌。'春'，春雪。'语'，绥绥然下。'龙沙'言白。'湿汉旗'，边戍苦。扇以素裁曰'迎'。'龙沙''凤扇''辽鹤''毛衣'，总言其白。"（《昌谷集》）萧琯云："赋马作不经人道语，赋雪亦作不经人道语，此长吉胜处，若非辽城鹤一结，已可谓屏去白，事之至也。"（《昌谷集句解定本》引）用丰富多变的喻体专一地吟咏一物，以"赋"笔极尽形容之能事，这是古人咏物的惯用之法，更是长吉的擅长之处。

"乱笑"一词，非长吉写不出。长吉写物，不止一次用"笑"字，如"细绿及团红，当路杂啼笑"（《春归昌谷》），花的"笑"与雪的"笑"同是形容热闹纷繁的情状，这是长吉以笔赋予万物的生动。

关于"嘲"字，姚文燮云："远人千里言归，方且笑语春温，而忽然雪至，以致龙沙汉旗皆湿，凤扇秦素相迎。盖塞外、宫中，寒略相等矣。乃久别之人，雪下沾衣，不异辽城之鹤。诗言嘲雪，实自嘲衣上雪耳。雪何可嘲耶？"（《昌谷集注》）黎简云："即咏雪耳，不见嘲意。唐人咏或曰嘲，勿泥。"（《黎二樵批点黄陶庵评本李长吉集》卷四）叶葱奇认为题目的"嘲"是嘲雪容易融化（《李贺诗集疏注》）。刘衍认为"题为嘲雪，实为嘲人，自嘲身上之雪使己如辽城之鹤，然雪易消融，人则应当如故"（《李贺诗校笺证异》）。显然，黎简之说更为可取，“嘲雪”不过是咏雪之意。

有所思[1]

去年陌上歌离曲，今日君书远游蜀。
帘外花开二月风，台前泪滴千行竹。
琴心与妾肠，此夜断还续。
想君白马悬雕弓，世间何处无春风。
君心未肯镇如石，妾颜不久如花红。
夜残高碧横长河，河上无梁空白波。
西风未起悲龙梭[2]，年年织素攒双蛾。
江山迢递无休绝，泪眼看灯乍明灭。
自从孤馆深锁窗，桂花几度圆还缺。
鸦鸦向晓鸣森木，风过池塘响丛玉。
白日萧条梦不成，桥南更问仙人卜[3]。

【注释】

① 有所思：汉《鼓吹铙歌》十八曲之一，以首句“有所思”名篇，叙写女子与情人决绝时的悲伤，后人多借以咏别离之苦。

② 龙梭：《异苑》：“陶侃常钓于山下，得一织梭，还挂壁上。有顷雷雨，梭变成赤龙，从空而去。”这里因系言仙事，故托之以指织机机梭。悲龙梭，悲叹长河阻隔，不能奋飞与情人团聚，只能织素，此就织女而言。

③ 桥南：指洛阳闹市区天津桥南。天津桥乃洛阳西南的一座石础桥，附近为巫医卜筮之流集中之地。

【评析】

这首诗被方世举认定为伪作："长吉肯（有）如此滑易章句否？若属他人，则虽不见好，亦不见丑。"（《李长吉诗集批注》）

认为是贺作者，或评之"清嫩"（吴正子、刘辰翁《笺注评点李长吉歌诗》），或谓"此题长吉平正无瑕之作。神仙亦复伤别，所以况人间也"（黎简《黎二樵批点黄陶庵评本李长吉集》）。或云："此客久思归，因借文君会相如以寄兴也"（姚文燮《昌谷集注》）。

选录这首真伪难定之作，可以令人反思李贺诗歌的核心特质。贺诗不易模仿处，亦即伪作与真作的主要不同处，在于语言的熟与生。

这首诗语言稍嫌熟滑，而与李贺力破陈言的诗美追求有所不合。避陈言，并不意味着摒弃前人，或脱离文学继承的脉络，李贺诗歌所受六朝文人诗歌与唐前乐府歌诗的影响是显然的。长吉之所以为长吉，关键在于他虽汲取前人的创作经验和文辞营养，但仍以新鲜陌生的态度对待文字，一字一词细加斟酌，绝不让语料库中的文词不假思索地流于纸面。即便借鉴前人，也要经过再加工、再创造，以确保笔下一字一词皆出自我心我口，着"我"之色彩。方世举所谓"若属他人，则虽不见好，亦不见丑"，言外之意是说，以"笔补造化"为诗歌创作追求的长吉，是不会写出此种缺乏独创性的诗歌的。对此，细心的读者不妨深思以辨之。

龙夜吟[①]

鬈发胡儿眼睛绿，高楼夜静吹横竹[②]。
一声似向天上来，月下美人望乡哭。

直排七点星藏指[③]，暗合清风调宫徵。
蜀道秋深云满林，湘江半夜龙惊起。
玉堂美人边塞情，碧窗皓月愁中听。
寒砧能捣百尺练，粉泪凝珠滴红线。
胡儿莫作陇头吟[④]，隔窗暗结愁人心。

【注释】

① 龙夜吟：夜间吹笛。

② 横竹：笛。

③ 星藏指：喻笛孔。

④ 陇头吟：乐府横吹曲名，一名《陇头水》，声情悲咽。古辞曰：“陇头流水，鸣声幽咽。遥望秦川，心肝断绝。”

【评析】

东汉马融有《长笛赋》曰：“近世双笛从羌起，羌人伐竹未及已。龙鸣水中不见已，截竹吹之声相似。”长吉诗题“龙夜吟”的灵感似乎由此。龙夜吟的想象，与明月之下高楼之上一位碧眼的异域男子吹笛的景象，皆给人清凉幽沉之感。

曾益解诗曰：“‘横竹’，笛也。‘楼高’，似出天上。‘望乡哭’，哀动人。‘星藏指’，喻笛孔。‘暗合’，自然谐律。律谐故云生龙起。‘边塞’指抱远怀者。‘捣练’，将以寄远。远怀本愁，故听之而泪堕。末言胡儿吹笛能动人望乡之情，又能动人边塞之情，慎勿作《陇头吟》，其声最苦，使人暗结而愁生也。”（《昌谷集》）

姚文燮曰：“胡儿吹笛，一声来自天上。正如常娥悔奔而为望乡之哭，以状声之哀切，忽然起自空中也。及细听其七星藏指，宫徵风调，一以为蜀国之弦，一以为湘灵之瑟。亦无怪下界美人，碧窗皓

月，难为愁中之听矣。因念寒砧捣练，已经粉泪凝珠，又何事作《陇头吟》，一使人心愁结也！”（《昌谷集注》）

长吉笔下有不少音乐题材的诗作。此诗的真伪是存疑的，若仅从艺术风格来判断，既有长吉诗歌的典型特质，又有不及长吉的平凡。在象的呈现方面，“蜀道秋深云满林，湘江半夜龙惊起”二句特佳，王友胜、李德辉注前句“喻笛声萧森，如秋行蜀道，萧条冷寂，森然肃杀”，后句则“喻笛声激越高亢，如同湘江龙惊，暴风骤雨。”（《李贺集》）在境的营造方面，“鬈发胡儿眼睛绿，高楼夜静吹横竹”两句亦属长吉惯用的借代之法。但是，“玉堂美人边塞情，碧窗皓月愁中听。寒砧能捣百尺练，粉泪凝珠滴红线。胡儿莫作陇头吟，隔窗暗结愁人心”等句的抒情用语，又嫌常熟，令这首诗的真伪变得似是而非。

方世举认定此诗为伪作，云：“但不恶道，亦无一意外语”，评“一声似向天上来”一句“滑”，评“暗合清风调宫徵”一句为“死相”（《李长吉诗集批注》）。对出乎“意外”的要求，不仅是方世举，也是长吉诗爱好者们的共同期待。

昆仑使者

昆仑使者无消息[①]，茂陵烟树生愁色。
金盘玉露自淋漓[②]，元气茫茫收不得[③]。
麒麟背上石文裂，虬龙鳞下红肢折[④]。
何处偏伤万国心，中天夜久高明月。

【注释】

① 昆仑使者：指汉武帝所遣求长生仙术者。《汉书·张骞传》："汉使穷河源，其山多玉石，采来。天子案古图书，名河所出山曰昆仑云。"

② "金盘"句：金盘玉露，指汉武帝所作柏梁台、铜柱、承露盘、仙人掌及所承玉露，武帝相信盘中露水掺和玉屑服用，可以长生。淋漓，指露珠沾湿或流滴的样子。

③ 元气：指天地间元始之气。道家认为服吸可长生不老。

④ 红肢：丹漆柱上雕刻的虬龙的肢足。

【评析】

此诗当作于元和五年（810）在长安官奉礼郎时。

关于此诗的创作意旨，前人多认为是借汉武帝讽刺宪宗。

陈本礼云："此感汉武而讽宪宗也。前朝陵寝，异代荒凉，自古而然。但汉武当年拜文武，封五利，废后杀子，惭德多矣。金盘玉露，何曾享得长生？至今骨埋荒土，祭奠无人，只有凄凉明月，夜夜来相照耳，岂不悲哉！鳞背裂，虬枝折，似长吉早已隐忧宪宗之不得考终，后卒被杀。"（《协律钩玄》）

姚文燮云："汉武好大喜功，遣张骞使异域，方欲为万年计，乃使者未还而陵木已拱。仙掌甘露犹然淋漓，奈元气已耗，不能得长生矣。墓前刻兽，久而颓败；中天月满，一抔徒存。英武神仙，又安在乎？贺盖深为元和忧也。"（《昌谷集注》）

陈沆云："此又以汉武寓宪宗也。宪宗晚节好神仙，以方士柳泌为台州刺史，采药天台山。服其药，日加燥渴，即诗所刺也。后以服金丹多躁怒，暴崩中和殿，长吉已不及见，而诗若预知之，岂非深识远虑者欤？"（《诗比兴笺》）

叶葱奇亦持此观点，并解析诗思云："起两句笔势奇崛，破空而下，把武帝想远通绝域等许多话截在句前，所以非常陡峻、峭洁。收两句分明是说武帝的雄心从何处看来最可悲叹，却反说‘何处偏伤万国心’，用笔曲致而灵巧。”（《李贺诗集疏注》）

语言艺术方面，方世举赞赏此诗道：“为好仙也，此乃真本，看他何等卓立。”（《李长吉诗集批注》）“卓立”之处何在呢？“金盘玉露”二句最佳，历来也最被称道：

刘辰翁评之：“甚有风刺。”（《笺注评点李长吉歌诗》）

董懋策道：“序称长吉理不及词，如‘元气茫茫’一句，奥越《参同》（按，指《周易参同契》）。”（《唐李长吉诗集》）

叶矫然云：“（贺诗）至七言则天拔超忽，以不作意为奇而奇者为最上。如《高轩过》之‘二十八宿罗心胸’、‘笔补造化天无功’，《昆仑使者》之‘金盘玉露自淋漓，元气茫茫收不得’……诸如此类，真所谓‘咳唾落九天，随风生珠玉’者耶！”（《龙性堂诗话续集》）

王夫之云：“此以刺唐诸帝饵丹暴亡者，今且千年，人犹不解，况当时习读问传之主人。长吉长于讽刺，直以声情动今古，直与供奉为敌，杜陵非其匹也。‘元气茫茫收不得’，说出天人之际无干涉处分明透现，笑尽仙佛家代石人搔背痒一段愚妄。韩退之诸君终年大声疾呼，何曾道得此一句在？故知人不可以无才。”（《唐诗评选》）船山对长吉“长于讽刺”这一评论或可商榷，但对“元气”一句的阐释可谓淋漓尽致！

汉唐姬饮酒歌

御服沾霜露[①]，天衢长蓁棘[②]。

金隐秋尘姿③，无人为带饰。
玉堂歌声寝，芳林烟树隔④。
云阳台上歌⑤，鬼哭复何益。
仗剑明秋水，凶威屡胁逼。
强枭噬母心⑥，奔厉索人魄⑦。
相看两相泣，泪下如波激。
宁用清酒为，欲作黄泉客。
不说玉山颓，且无饮中色。
勉从天帝诉，天上寡沉厄⑧。
无处张穗帷⑨，如何望松柏。
妾身昼团团⑩，君魂夜寂寂。
蛾眉自觉长，颈粉谁怜白。
矜持昭阳意⑪，不肯看南陌。

【注释】

①“御服”句：谓汉少帝帝位已失，被迫出京，流落草野，晓行夜宿，御服沾露。

②“天衢（qú）”句：谓都城化为废墟。

③金隐秋尘：喻帝位既失，唐姬遇危难，虽美如精金而为尘埃所蔽。

④芳林：皇家苑囿。东汉有芳林园。

⑤云阳台：指董卓进鸩，少帝被毒死的台阁。

⑥强枭噬（shì）母：张华《禽经注》：“枭在巢，母哺之。羽翼成，啄母目翔去也。”此借以形容其恶毒害人。

⑦厉：恶鬼。

⑧“勉从”二句：言死后当勉力上诉天帝以惩罚人间奸臣凶虐。沉厄，沉沦冤厄。

⑨ 穗帷：灵前帷幔。

⑩ 团团：行走不安、无所依傍的样子。

⑪ “矜持”句：矜持，庄重拘谨。昭阳，汉后宫名，汉成帝宠妃赵飞燕曾居此，故以昭阳比喻君王对后妃的宠爱。

【评析】

此诗写汉代故实，依据东汉少帝与唐姬的记载而作。《后汉书·灵思何皇后传》载，汉末天下大乱，董卓废少帝自专，“明年，山东义兵大起，讨董卓之乱。卓乃置弘农王于阁上，使郎中令李儒进鸩，曰：‘服此药，可以辟恶。’王曰：‘我无疾，是欲杀我耳！’不肯饮，强饮之。不得已，乃与妻唐姬及宫人饮宴别。酒行，王悲歌曰：‘天道易兮我何艰！弃万乘兮退守藩。逆臣见逼兮命不延，逝将去汝兮适幽玄。’因令唐姬起舞，姬抗袖而歌曰：‘皇天崩兮后土颓，身为帝兮命夭摧。死生路异兮从此乖，奈我茕独兮心中哀！’因泣下呜咽，坐者皆歔欷。王谓姬曰：‘卿王者妃，势不复为吏民妻！自爱，从此长辞！’遂饮药而死，时年十八。唐姬，颍川人也。王薨，归乡里。父会稽太守瑁欲嫁之，姬誓不许。”

前人或以为李贺直赋史事：“董卓废少帝，……王乃与妃唐姬及宫人饮宴，遂饮药死。……此赋其事。”（陈本礼《协律钩玄》引何焯语）

或以为有所影射：“贺诗以《唐姬饮酒歌》为题，当不仅为述故实，止于颂唐姬守节之志，盖哀‘身为帝而命夭摧’之帝王。”（刘衍《李贺诗校笺证异》）

钱仲联认为此诗旨在“影射永贞宫廷政变”，即暗指顺宗被害之事。这种观点似乎有迹可循。德宗死后，顺宗即位，方数月，就被宦官逼迫退位，旋又暴死，时人以顺宗之死为疑案。刘禹锡《子刘子自传》云："宫掖事秘，而建桓立顺，功归贵臣"，用东汉贵戚梁冀杀质帝立桓帝、东汉宦官孙程等人立顺帝的故事，暗指顺宗被弑的秘事。与此类似的托古寓今的书写在当时文人笔下并非个例，李贺此诗亦可作为一例。吴企明道："永贞宫廷事变发生时，李贺年岁尚轻，身处僻壤，难以知闻。京城任职三年内，密友杨敬之、王参元均与柳宗元有交往，对其事或有所闻。作为'唐诸王孙'，他激于义愤，不敢言又不能不言，不能不言又不敢明言，于是他便探寻前事，以汉喻唐，独辟蹊径，'比物征事'，写成这首《汉唐姬饮酒歌》，采用离奇的构想、隐晦的言辞、曲折的表现技巧以避文网，从而形成本诗'奇诡'的艺术风貌，容人们去寻索、去深思。"（《李贺集》）

此诗语言风格也有特点。姚文燮评曰："'矜持'二字最妙。汉且有奸臣篡弑，芳年帝后至临父皇之尊，终身执节不改从者，汉平帝之王皇后是也。至性固多，矜持亦自不少。本念皇后无偶之尊，而降体辱身，其肯甘之乎？唐姬事与相类，独是乃翁不同耳。"（《昌谷集注》）

孙枝蔚评之："休气整肃，有息夫躬《绝命词》风。"（《昌谷集句解定本》引）黎简评"宁用"二句曰："即我死何用鸠，醇醪足矣之意，而翻用之，且言不必酒，死即死耳。"（《黎二樵批点黄陶庵评本李长吉集》）

方世举则认定此诗为伪作，"伪在粗疏"（《李长吉诗集批注》卷四），似过于武断。

咏旧事乃诗家常见题材，而于长吉笔下亦特色鲜明，就此诗而言，一方面，其所选"鬼哭""强枭噬母""奔厉索人魄""君魂夜寂寂"等事象，使得冤厄的故事平添了幽怖气息；另一方面，诗人着意于对故事女主人公唐姬的处境与心理的设想，如"无人为带饰""颈粉谁怜白"等句，是用幽微的同情写出了一种深沉的悲感。

听颖师弹琴歌

别浦云归桂花渚[1]，蜀国弦中双凤语[2]。
芙蓉叶落秋鸾离，越王夜起游天姥。
暗佩清臣敲水玉[3]，渡海蛾眉牵白鹿。
谁看挟剑赴长桥[4]，谁看浸发题春竹[5]。
竺僧前立当吾门，梵宫真相眉棱尊[6]。
古琴大轸长八尺[7]，峄阳老树非桐孙[8]。
凉馆闻弦惊病客，药囊暂别龙须席[9]。
请歌直请卿相歌，奉礼官卑复何益。

【注释】

①“别浦”句：别浦，天河。桂花渚，月亮。

②“蜀国”句：蜀国弦，唐代琴材以蜀地为贵，故称琴为蜀国弦。双凤语，谓琴声如凤凰雌雄和鸣。

③“暗佩”句：暗佩，古代官员所佩玉皆别于腰带之上，不外露，故曰暗佩。清臣，志行廉洁之臣。水玉，水晶。

④“挟剑”句：用西晋周处长桥斩蛟之事，以状琴声之怒且疾。

⑤“浸发”句：《宣和书谱》载张旭写字，往往先浸发入墨再落笔，这里形容琴声轶荡纵横。

⑥“梵宫”句：梵宫真相，言竺僧相貌端庄古朴，如同梵天宫殿中的罗汉与古佛。棱尊，高峻貌。

⑦大轸（zhěn）：琴瑟腹下转动弦索的木柱子。

⑧“峄（yì）阳”句：言琴既是大琴，所用木也是古木老干，非后

生的旁枝。

⑨龙须席：一种名贵的席子，唐代岐、陇、泾、原等州皆有贡献。

【评析】

此诗疑作于元和六至八年在长安官奉礼郎时。颖师是一位来自天竺的僧人，工于弹琴，并以此技游于长安公卿之间。韩愈有《听颖师弹琴》诗，可与贺诗并读。

前人对此诗的评价褒贬截然不同，或认为松散凌乱，品次较低，或认为章法可循，值得细品。

褒之者，如姚文燮云："'别浦'状其幽忽也，'双凤'状其和鸣也，'秋鸾'状其激楚也。声之飘渺凌空，如越王夜游天姥，隐隐欲上也。清臣鸣佩，状其清肃也；渡海蛾眉，状珊珊欲仙也。时而猛烈如周处之斩蛟，时而纵横如张颠之属草。贺言初尚未与颖师觌面，乃远闻弦声，惝乎如形容之现于吾前也。古琴本之异材，而病客惊起，遂不安于卧也。颖师觞贺以请歌，贺以官卑让未遑也。"（《昌谷集注》）

姚佺曰："首句状其幽缓，次句状其和，三句状其萧骚激楚，四句状其浩荡，五句状其洁而清，六句状其神，七句状其勇，八句状其纵横。"（王琦《李长吉歌诗汇解》引）他认为前八句皆在摹拟琴声。

叶葱奇也认为此诗在章法上有可取处，"前八句先描绘琴声，然后再倒叙出琴僧的来访，章法便跌宕、矫健可喜。要是把竺僧当门、古琴八尺放在前面说，就平衍松泛了。这是善于布局的地方"（《李贺诗集疏注》）。

刘衍分析道："前八句，听声类形，以典喻声，方法多变，使人获得新颖的审美情趣；后八句倒写颖师登门访贺，再写自己被琴声所感。看似松散，实则无一不在渲染琴声的听觉效果与颖师的卓越技艺。诗之布局跌宕多变。"（《李贺诗校笺证异》）

贬之者，如黎简云：“‘越王’以下五句忒吵闹，琴诗如此，虽工亦低品矣。注凄、和、幽壮（指黄陶庵注语）全不是，适、怨、清、和，已非妙解，况染其习。‘竺僧’以下追叙法，可观。”（《黎二樵批点黄陶庵评本李长吉集》）

方世举云：“真本无疑，与韩孰先后耶？其格调略同，后两段落僧，则拖沓不如韩。”（《李长吉诗集批注》）

也有人居间调停，谓李诗、韩诗各有所至。陈本礼道：“凡曲各有声调。……调各不同，音亦各异。昌黎诗止就其一曲而言，长吉则总括各曲之音而一一为之形容，故能于昌黎外另标一帜，而各臻其妙。”（《协律钩玄》）

此诗亦可与李贺《李凭箜篌引》比读。同为摹状音乐的诗歌，此作在描摹声音意象时隶事过多，少了些直截了当的形象感发，不如《箜篌引》远矣。

末尾“请歌直请卿相歌，奉礼官卑复何益”二句，王琦认为是长吉“愤世之辞”（《李长吉歌诗汇解》）。所言不差，二句并非诗人谦辞，“奉礼官卑”的牢骚之气显然影响了此诗的创意，仅可谓应酬之作。钱仲联以为此诗“借琴声以寄慨王叔文集团人物之悲惨命运”（《李贺年谱会笺》），似乎牵强了。

吴汝纶云：“旧说颖师以琴自鸣，乞文士歌诗藉长声价，故贺以官卑讽之。”（《李长吉诗评注》）这一说法未必可信，但增加了此诗创作的背景资料。